AF307863

**Saskia Louis** lernte durch ihre älteren Brüder bereits früh, dass es sich gegen körperlich Stärkere meistens nur lohnt, mit Worten zu kämpfen. Auch wenn eine gut gesetzte Faust hier und da nicht zu unterschätzen ist ... Seit der vierten Klasse nutzt sie jedoch ihre Bücher, um sich Freiräume zu schaffen, Tagträumen nachzuhängen und den Alltag einfach mal zu vergessen.

SASKIA LOUIS

# MIT Chaos INS Herz

Überarbeitete Neuausgabe Juni 2024

Copyright © 2024 dp Verlag, ein Imprint der
dp DIGITAL PUBLISHERS GmbH
Made in Stuttgart with ♥
Alle Rechte vorbehalten

# Mit Chaos ins Herz

ISBN 978-3-98998-154-6
E-Book-ISBN 978-3-98998-136-2
Hörbuch-ISBN 978-3-98998-164-5

Copyright © 2021, dp Verlag, ein Imprint der
dp DIGITAL PUBLISHERS GmbH
Dies ist eine überarbeitete Neuausgabe des bereits 2021 bei
dp Verlag, ein Imprint der dp DIGITAL PUBLISHERS GmbH erschie-
nenen Titels Liebe und andere Lügen (ISBN: 978-3-98637-108-1)

Covergestaltung: Anne Gebhardt
Umschlaggestaltung: ARTC.ore Design
Unter Verwendung von Abbildungen von
shutterstock.com: © Phatthanit, © f11photo
stock.adobe.com: © alinamd, © neonshot
Lektorat: Janina Klinck
Satz: dp DIGITAL PUBLISHERS GmbH
Druck und Bindung: Books on Demand GmbH, Norderstedt

# Vorwort

Ich weiß nicht, ob ihr es wusstet ... aber ich bin besessen vom Schreiben.

Ja, jedem, der mich und meine Bibliographie schon einmal gegoogelt hat, wird das klar sein. Ich gebe mir auch nicht sonderlich Mühe, es geheim zu halten. Wenn ich einmal in eine Geschichte getaucht bin, fällt es mir unglaublich schwer, während des Schreibens auch nur nach Luft zu schnappen. Es ist der Grund, aus dem ich schon so viele Bücher veröffentlicht habe. Der Grund, aus dem ich nachts nicht schlafen kann, wenn ich in einem Plot feststecke. Warum ich mehr über Bücher rede, als meine Freunde hören können.

Einerseits ist das gut, weil es bedeutet, dass ich wirklich liebe, was ich tue – und ihr deshalb so viel von mir zu lesen bekommt! Andererseits ist es manchmal auch etwas anstrengend, von seiner Arbeit besessen zu sein. Keine Pausen machen zu wollen. Die Zeit zu vergessen, ohne es zu merken.

Was vermutlich der Grund ist, warum ein Buch über Callum zu schreiben, therapeutische Ausmaße für mich angenommen hat. Ich bin bei weitem nicht so schlimm, wie der letzte Panther-Bruder – aber das Buch

ist trotzdem zumindest ein wenig dafür verantwortlich, warum ich nicht mehr am Wochenende arbeite
und ein Privatleben besitze.
Lest es einfach – ich bin mir ziemlich sicher, am Ende
versteht ihr genau, was ich meine!

Alles Liebe
Saskia

# Prolog



*Vor acht Monaten ...*

Lara Evans schwitzte.

Es war Ende Oktober und der Wettergott Philadelphias schenkte ihnen nur mickrige acht Grad, doch ihre Handflächen waren feucht, das T-Shirt klebte an ihrem Rücken und vereinzelte Tropfen sammelten sich auf ihrer Stirn. Zu allem Überfluss hüpfte ihr Herz aufgeregt in der Brust, als hätte sie es soeben im Spieleparadies abgegeben.

Mist, sie war nervös.

Das war ärgerlich. Eigentlich war es ihr Plan gewesen, Callum Panther, dem Grund ihres Besuchs, gefasst und professionell entgegenzutreten. Doch das hier war ihr erster Auftrag. Ihre Chance, zu beweisen, dass sie kompetent und verlässlich war. Dass sie mehr Arbeit stemmen konnte, als ihr alle zutrauten.

Es hing sehr viel davon ab, dass das Treffen gut lief. Leider veranlasste der Druck, den sie sich selbst machte, ihre Schweißdrüsen dazu, besonders effizient zu arbeiten. Als kämpften sie um die Goldmedaille im *Springbrunnen des Jahres*-Contest.

Stöhnend legte sie den Kopf in den Nacken und sah die weiße Fassade des Apartmentblocks hinauf, in dem Callum Panther die gesamte untere Etage bewohnte.

Das war lächerlich. Sie war neunundzwanzig Jahre alt. Sie hatte schon Schlimmeres überstanden, als auf einen Klingelknopf zu drücken!

Sie war in die Schule gegangen, nachdem ihr ältester Bruder Tony ihr ein Kaugummi in die Haare geklebt und das Schlamassel eigenhändig mit einer Schere beseitigt hatte. Sie hatte ihre beste Freundin Hannah erfolgreich davon abgehalten, eine Schlägerei mit einem Fremden anzufangen. Abgesehen davon stand sie jetzt hier, obwohl die Ärzte vor sieben Jahren behauptet hatten, dass sie sich nicht mehr erholen würde.

Sie würde einen Teufel tun, sich von einem Klingelknopf ohne Namensschild in die Flucht schlagen zu lassen – also drückte sie ihn. Zweimal und sehr bestimmt.

Ihr Puls schoss in die Höhe und sie kaute auf ihrer Unterlippe herum, während sie wartete ... doch nichts passierte.

Sie klingelte noch einmal. Und noch einmal.

Das Haus blieb ruhig. Keine Schritte ertönten, keine Stimme erklang, alles blieb stumm.

Sie stöhnte erneut. Das konnte doch nicht wahr sein. War Callum Panther gar nicht zu Hause?

„Alles in Ordnung?", erklang eine dunkle Stimme hinter ihr.

Überrascht wandte sie sich um. Ihr Blick fiel keine drei Meter von ihr entfernt auf einen schwarzhaarigen Mann, der trotz der niedrigen Temperaturen lediglich Jeans und ein ölverschmiertes weißes T-Shirt trug.

Der war ihr vorhin gar nicht aufgefallen. Vielleicht, weil er auf dem Bordstein kniete und halb von einem hellblauen Roller verdeckt wurde, an dessen Motor er offensichtlich gerade herumwerkelte.

Der Roller sah aus, als könne er jeden Moment den Lenker abgeben, und war über und über mit Spiegeln beklebt. Der Mann jedoch ... Wow.

Laras Magen zog sich zusammen und ihr Gesicht warf den Hochofen an.

Seine Schultern waren breit, sein Kiefer mit einem dunklen Bartschatten überzogen und seine etwas zu langen Haare lockten sich unter einer grünen *Ms Pac-Man*-Kappe. Doch das Schönste an seinem Gesicht waren die stechend eisblauen Augen, die ihr geradewegs in die Seele zu sehen schienen. Oder zumindest durch ihre Kleidung hindurch. Automatisch verschränkte sie die Arme vor der Brust und machte einen Schritt zurück.

Liebe Güte, wenn sie nicht beruflich hier wäre, hätte sie sich mehr Zeit genommen, ihn anzusehen. Er war einfach lächerlich attraktiv. Dabei sollte er das gar nicht! Eigentlich war er zu dünn und drahtig, sein Bart etwas zu ungehobelt und seine Brille bestimmt seit drei Jahren außer Mode, aber seine Ausstrahlung ...

Oje, sie hatte zu lange keinen Sex mehr gehabt.

Seit dem Unfall, wenn sie ehrlich war. Aber mit fremden Männern auf Dates zu gehen, war seitdem nicht mehr so einfach und unbeschwert, wie sie es sich gerne gewünscht hätte. Dennoch: Wenn sie schon anfing, von fremden Kerlen zu fantasieren, sollte sie definitiv darüber nachdenken, ihr Online-Dating-Profil wiederzubeleben.

Denn sie *war* beruflich hier und sie nahm ihren Job verdammt ernst! Sie hatte etwas zu beweisen. Dass sie weder zerbrechlich noch schwach war.

„Es ist alles gut", meinte sie und hielt ihre Stimme gewaltsam davon ab, eine Oktave höher zu rutschen. „Ich wollte Sie nicht bei Ihrer Arbeit stören." Sie deutete zum Roller.

„Okay. Dann nur so als kleiner Tipp: Wenn Sie keine Aufmerksamkeit erregen wollen, sollten Sie vielleicht aufhören, zu stöhnen", schlug er nüchtern vor.

Sie nickte. „Merke ich mir."

Hastig wandte sie ihm den Rücken zu und drückte erneut die Klingel, die noch immer niemandes Aufmerksamkeit erregte.

Sie war extra aus New York hergefahren. Callum Panther wusste, dass sie kam! Warum zur Hölle machte er dann die Tür nicht auf?

Frustriert stieß sie einen Schwall Luft aus.

„Kann ich Ihnen wirklich nicht helfen?", ertönte erneut die Stimme des Fremden. „Ehrlich gesagt sehen Sie aus, als würde diese Tür Sie davon abhalten, einem tragischen, aber zugleich heldenhaften Schicksal entgegenzutreten."

Sie kniff die Augen zusammen und zog eine Grimasse. Sie hasste es, um Hilfe zu bitten. Größtenteils, weil ihr viel zu oft welche angeboten wurde. Doch Callum Panther war offenbar ausgeflogen und der Fremde wohnte vielleicht im selben Apartmentkomplex und kannte ihn, also …

Seufzend wandte sie sich um. „Ja, vielleicht", sagte sie vage. „Ich suche Callum Panther. Kennen Sie ihn?"

Der schwarzhaarige Mann neigte nachdenklich den Kopf. „Ah, ja. Flüchtig. Er wohnt hier. Hab schon viele Dinge über ihn gehört.“

„Ja, so wie der Rest der Welt.“ Sie rang die Hände und trat von der Tür weg.

„Was meinen Sie?“, hakte der Mann nach und zog die Kappe vom Kopf, um sich den Schweiß von der Stirn zu wischen.

„Na ja, er steht andauernd in der Zeitung, oder nicht? Auch wenn er kamerascheu zu sein scheint, ich habe keine guten Bilder von ihm gefunden. Trotzdem schreiben fast täglich irgendwelche Klatschmagazine über ihn und seinen Reichtum und sein fantastisches Aussehen. Als wäre er eine Art Gott.“ Sie verdrehte die Augen und seufzte. „Amerika liebt heiße Dummbeutel mit zu viel Geld. Obwohl Callum Panther anscheinend kein Dummbeutel ist, er soll sogar hyperintelligent sein, aber ... ach, keine Ahnung. Wenn man hyperintelligent ist und aus reichem Haus kommt, einem also von klein auf eingeredet wird, dass man besser ist als der Rest der Menschheit, kann man nur arrogant werden, oder?“

Oh Gott, sie faselte. Das tat sie immer, wenn sie nervös war – und sie war nervös.

Denn der Kerl, dem das weiße T-Shirt besser stand als James Bond ein Anzug, sah viel zu gut aus, und ihr erster Auftrag ging nicht nach Plan und das verunsicherte sie.

„Da haben Sie vermutlich recht.“ Der Fremde nickte überzeugt. „Die anderen Panthers spazieren hier andauernd ein und aus und machen alle keinen sonderlich bodenständigen Eindruck. Parken, wo sie wollen. Treten bei Callum ein, ohne zu klingeln.“ Er setzte die

Kappe zurück auf seinen Kopf. „Und so gut aussehend sind sie auch nicht. Callum schon – soweit ich das von meinem heterosexuellen Standpunkt aus beurteilen kann – der Rest … nee." Er winkte ab. „Insgesamt scheint die ganze Familie etwas verkorkst, finden Sie nicht? Zumindest wenn man den Medien glauben kann."

Nachdenklich verengte Lara die Augen und dachte an all die Dinge, die sie über die Familie Panther wusste. Da war der älteste Sohn Cole, dem eine ganze Baseballmannschaft gehörte und der mit seiner Angestellten schlief. Das sprach weder für seine Integrität noch für seinen guten Charakter. Danach kam Cooper Panther, notorischer Frauenheld, der mit allem vögelte, was nicht bei drei auf den Bäumen war. Seine Zwillingsschwester Callie, die nach einem Jugendskandal in der Größe Alaskas einfach untergetaucht war. Und schließlich Callum. Das Technikgenie, das laut *inTouch* genauso unnahbar und abgehoben wie heiß war.

„Doch. Jetzt, da Sie es sagen", stimmte sie ihm zu. „Sie scheinen alle einen kleinen Knacks zu haben. Aber wer kann es ihnen verdenken? Wenn meinem Vater halb Philadelphia gehören würde, wäre mein Ego wohl auch größer als mein Verstand."

„Drei Viertel. Clint Panther gehören drei Viertel der Stadt."

„Ah." Der Kerl schien sich gut auszukennen. „Na ja, ich sollte nicht über sie urteilen, ich kenne sie nicht."

„Dafür, dass Sie es nicht sollten, haben Sie es aber gerade erfolgreich getan", stellte der Mechaniker trocken fest.

Sie kratzte sich an der Schläfe und das schlechte Gewissen nagte an ihr. Eigentlich hasste sie es, wenn Leute voreilige Schlüsse zogen. Sie hatte mehr als einmal selbst unter dieser schlechten Eigenschaft der Gesellschaft gelitten. Aber die Panthers waren keine normalen Menschen! Sie waren High-Society-Götter und würden sich sicherlich nicht dafür interessieren, was sie dachte oder sagte. „Ja, vielleicht", gab sie zu. „Ich hab mich nur die letzten Tage so ausführlich mit der Familie beschäftigt, damit ich meinen Auftrag erfolgreich ausführen kann, dass … Egal. Zurück zu Callum Panther. Sie kennen ihn. Wissen Sie zufällig, wo er gerade ist? Haben Sie vielleicht gesehen, ob er weggefahren ist? Ich bin hier mit ihm verabredet."

Der Typ schüttelte den Kopf und wischte sich die Hände an einem dreckigen Leinentuch ab. „Keine Ahnung. Aber wenn er einen Termin mit Ihnen hat, wird er wahrscheinlich nicht weit sein. Vielleicht ist er sogar zu Hause und hat die Klingel einfach nicht gehört. Das passiert ihm öfter. Seine Geschwister machen sich zumindest nicht mehr die Mühe, die vordere Haustür zu benutzen. Sie gehen einfach durch den Hof in seine Werkstatt." Er nickte zu einem metallenen Tor, das nur angelehnt war und scheinbar in einen dahinterliegenden Innenhof führte.

„Okay. Das kann natürlich sein", überlegte sie laut und trat näher auf die Tür zu, bevor sie sich unsicher zu dem dunkelhaarigen Mann umwandte. „Ich kann da einfach reingehen?"

„Das ist es, was jeder andere tut."

„Mhm", machte sie und starrte zögerlich den Mechaniker und seinen Motorroller an.

Bei näherem Hinsehen fiel ihr auf, dass es gar keine Spiegel waren, die da auf dem blauen Metall klebten. Es waren kleine Sonnenkollektoren. Hunderte davon. Wow. Hatte er die allesamt selbst verkabelt? Das war beeindruckend.

„Schicker Roller. Wird er allein mit Solarenergie betrieben?“

„Mit Solarenergie und Liebe, ja“, antwortete er schroff.

Ihre Mundwinkel zuckten. „Na, wenn Sie von der immer genug haben ...“ Sie atmete tief durch und visierte erneut die Hoftür an. „Okay, ich versuche mein Glück mal an der Hintertür. Danke.“

Er nickte lediglich, während sie an der Klinke zog und schließlich durch die Tür schlüpfte.

Der Hof war viel größer, als sie erwartet hatte. Mindestens dreißig Quadratmeter groß. Doch Callum Panther schien den Platz zu brauchen, denn an den Wänden stapelte sich der Metallschrott.

Da waren alte Werkzeuge, diverse Bestandteile von auseinandergenommenen Computern, Kupferdrähte, Aluminiumplatten ... Es war der feuchte Traum eines jeden Maschinenbauers. Ihr Bruder Brian hätte sich vor Aufregung in die Hosen gemacht.

Als Bauingenieurin veranlasste der wunderschöne Metallschrott sie jedoch lediglich zu einem verträumten Seufzen.

Ihr Hauptfach machte sie zugegebenermaßen nicht zur optimalen Fachfrau, denn Callum Panther baute Drohnen und programmierte sie, aber ihr Boss – also ihr Vater – hatte ihr versichert, dass sie die beste Wahl sei. Was immer das bedeuten mochte. Wahrscheinlich hatte er ihr einfach nicht allzu viel Verantwortung übertragen wollen, aus Angst, sie könne dem Druck nicht standhalten.

Laras Kiefer verhärtete sich und sie strich ihren Bleistiftrock glatt, während sie auf die Hintertür des Apartments zuging. Seit fünf Jahren ging es ihr wieder gut, dennoch hatte sie nicht einmal ihre eigene Familie davon überzeugen können, dass sie wieder ein normaler Mensch war.

Wie sollte sie stark sein und in ihrem Job brillieren – was das Einzige war, was sie sich seit einem halben Jahrzehnt wünschte –, wenn ihr niemand zutraute, ihn erledigt zu bekommen?

Mit mehr Kraft als eigentlich beabsichtigt, hämmerte sie gegen die Tür.

Niemand antwortete.

Sie klopfte erneut, und als wieder keine Reaktion folgte, zog sie die Hintertür ein paar Zentimeter auf.

Der schwarzhaarige Typ hatte recht. Sie war nicht abgeschlossen.

Neugierig steckte Lara ihren Kopf hindurch. „Hallo?", rief sie laut. „Ist da wer?"

Niemand antwortete.

Sonnenstrahlen drangen durch eine Reihe von Oberlichtern, die die Werkstatt erhellten.

Sie war riesig. Vollgestellt mit Metalltischen, auf denen diverse Computer, Kameras und andere Gerätschaften standen. Überall lagen Werkzeuge, Schrauben und Berge an Papier herum.

Eine breite Couch stand inmitten des Raumes und mehrere halb fertige Drohnen lagen auf einer langen Werkbank.

All das Material, die Maschinen und die Drohnen mussten Millionen wert sein.

Großer Gott, Callum Panther sollte sich wirklich angewöhnen, abzuschließen!

Kopfschüttelnd ließ sie die Tür wieder ins Schloss fallen. Er war offensichtlich nicht da und es würde keinen guten ersten Eindruck hinterlassen, wenn er sie dabei erwischte, wie sie heimlich in seiner Arbeit herumwühlte.

Sie hatte jedoch auch keine Telefonnummer von Mr Panther, da er seine persönlichen Daten laut ihrem Vater an niemanden weitergab. Was sollte sie also tun, außer zu warten?

Ungeduldig klopfte sie mit dem Fuß auf den Boden.

Geduld. Sie musste nur Geduld haben.

Leider besaß sie keine.

Es dauerte keine zehn Minuten, bis ihr der Kragen platzte.

Callum Panther konnte sie mal!

Dieser Termin stand seit einer verdammten Woche fest. Was dachte er sich dabei, sie hier so lange warten zu lassen?

Eingebildeter, unhöflicher Sack, der offenbar glaubte, die Welt drehe sich allein um ihn. Sie war doch nicht seine verdammte Sekretärin, die ihm jederzeit zu Diensten stand!

Sie würde zurück ins Hotel fahren und es später am Abend noch einmal versuchen.

Genervt stemmte sie die Hände in ihre Seiten. Dabei streifte sie leider mit der Linken einen nahestehenden Haufen Schrottmüll.

Ein stechender Schmerz fuhr durch ihre Handfläche und hinterließ ein stetes Brennen. Verwundert hob sie die Hand, auf dessen Innenseite ein flacher Schnitt glänzte.

Klasse. Jetzt blutete sie auch noch. Als ob sie eine weitere Narbe auf ihrem Körper brauchte!

Scheiße.

Sie war nervös, sie war wütend, sie war aufgebracht und genervt, verletzt noch dazu ... und als hätte er nur auf ein Zeichen gewartet, verkrampfte sich ihr rechter Oberschenkel. Seufzend rieb sie mit ihrer gesunden Hand darüber und massierte die verspannte Muskulatur.

Es war die Kälte. Die machte ihr immer zu schaffen.

Mit geschlossenen Augen atmete sie durch den penetranten, aber ertragbaren Schmerz hindurch, bis er verging.

Dann biss sie die Zähne aufeinander, zerrte ein Taschentuch aus ihrer Tasche und wickelte es um ihre Hand. Verflucht sei Callum Panther, der sie schwach fühlen ließ, ohne überhaupt anwesend zu sein!

Zornig durchquerte sie den Hof und stieß die Metalltür auf.

Der Mann, der noch immer an seinem blauen Roller arbeitete, blickte auf. „Sie sehen wütend aus", meinte er milde interessiert.

„Wütend trifft meine Stimmung nicht einmal annähernd", feuerte sie zurück. Sie wollte sich die Haare wegstreichen, die der Wind ihr in die Stirn blies, zuckte jedoch anhand der Bewegung zusammen. Scheiße, das tat weh.

Missmutig hob sie das Taschentuch und besah sich den Schnitt. Er war womöglich doch tiefer als angenommen, zumindest hörte er nicht auf, zu bluten. Sie sollte wirklich gehen.

„Was haben Sie da gemacht?", wollte der Kerl prompt wissen und nickte zu ihrer Verletzung.

Gütiger Himmel, konnte er sich nicht einfach weiter um seinen blöden Roller kümmern?

„Hab mich geschnitten", sagte sie knapp. „An dem verdammten Metallberg im Hof."

Einige Sekunden lang starrte der Fremde sie nur mit seinen eisblauen Augen prüfend an – dann seufzte er so schwer, dass sie die Vibration in ihren Fußspitzen zu spüren meinte. „Shit", fluchte er und warf das Tuch auf den Boden, mit dem er sich gerade die Hände sauber gemacht hatte. „Ich wünschte wirklich, Sie hätten sich nicht verletzt."

„Was? Warum?" Es konnte ihm doch egal sein.

„Weil ich mich trotz meiner katastrophalen Erziehung dazu gezwungen sehe, Ihnen die Möglichkeit zu geben, die Wunde auszuwaschen."

Sie schüttelte den Kopf. „Quatsch. Mir geht es gut."

Er hob eine Augenbraue. „Das blutet ganz schön."

„Ich hab kein Problem mit Blut und schon Schlimmeres überstanden." Sie lief an ihm vorbei in Richtung ihres Wagens.

„Wo wollen Sie hin?", rief der Mann ihr entnervt nach.

„Weg. Callum Panther ist offenbar ausgeflogen." Außerdem brauchte sie dringend ein neues Taschentuch.

„Callum ist nicht ausgeflogen, er kommt gleich", sagte der Fremde.

Irritiert sah sie ihn an. „Woher wissen Sie das?"

Der Mann stand auf.

Auf den Knien hatte er so harmlos und klein gewirkt, doch jetzt überragte er Lara um mehr als einen Kopf.

Mit zusammengezogenen Brauen sah er zu ihr hinab, dann lächelte er verschmitzt ... und ein wenig boshaft. Zumindest stellten sich Laras Nackenhaare auf.

„Weil *ich* Callum Panther und jetzt hier fertig bin", erklärte er schlicht, hängte seine Kappe an den Lenker des Rollers und fuhr sich durch die Haare. „Also, wollen wir? Sie können den Wasserhahn in der Werkstatt zum Auswaschen der Wunde benutzen." Er machte eine unwirsche Bewegung in Richtung Hinterhof.

Mit offenem Mund starrte Lara ihn an. Ihre Hände wurden kalt, ihr Herz rutschte zwei Etagen tiefer, ihre Lungen stotterten. Das konnte nicht ...

*Nein!*

„Was denn?", wollte Callum Panther wissen und neigte interessiert den Kopf. „Sehe ich nicht reich und arrogant genug aus? Komme ich Ihrer Vorstellung eines heißen Dummbeutels nicht nah genug?"

Oh Gott.

Das Blut wich aus ihrem Gesicht.

Sie hatte ... und er hatte ... *oh Gott!*

Sie hätte gern die Hand vor den Mund geschlagen, doch sie brauchte jeden Milliliter Sauerstoff, den sie kriegen konnte.

„Das kann nicht ... Ich verstehe nicht!" Hastig schüttelte sie den Kopf. „Warum haben Sie denn nichts gesagt?"

„Größtenteils, weil ich nicht mit Ihnen reden wollte."

„Wie bitte?"

„Ein wenig auch, weil es immer schön ist, zu erfahren, was andere über mich denken, bevor sie mich überhaupt kennenlernen."

Das Blut schoss sofort zurück an seinen angestammten Platz.

Oh Gott. Sie hatte *schreckliche* Dinge gesagt. Über ihn. Über seine Familie. Über das, was sie dachte, zu wissen.

Nein! Das war eine Katastrophe.

Ihre Kehle schnürte sich zusammen und sie konzentrierte sich darauf, durch die Nase ein und durch den Mund auszuatmen. „Es tut mir leid, ich dachte nicht ... Ich meinte nicht ..."

„Oh, ich weiß sehr gut, was sie dachten und meinten", unterbrach er sie kühl. „Aber ich habe ehrlich gesagt nichts anderes erwartet. Sie wurden schließlich angestellt, um mich zu nerven, und bisher machen sie einen ausgezeichneten Job."

Laras Gehirn ratterte unermüdlich, während darin die furchtbaren, nervösen und unüberlegten Worte umherspukten, die sie über Callum und die Panthers gesagt hatte. Sie öffnete den Mund ... doch wusste einfach nicht, was sie darauf erwidern sollte. Wie sie wiedergutmachen sollte, was sie gesagt hatte. Doch offenbar erwartete Callum Panther gar keine Rechtfertigung ihrerseits, denn er sprach bereits weiter.

„Hätten Sie jetzt die Güte, mitzukommen?", fragte er ungeduldig. „Sie bluten meinen Bürgersteig voll."

Blinzelnd sah sie hinab – und tatsächlich: Rote Tropfen perlten von ihrer Hand zu Boden.

„Oh … ich … okay.“ Was hatte sie schon für eine Wahl? So konnte sie sich schlecht ins Auto setzen – und außerdem war sie aus einem bestimmten Grund hier.

Die Ingenieurfirma, für die sie arbeitete, war vom Verteidigungsministerium der Vereinigten Staaten angeheuert worden, damit diese einen kompetenten Fachmann zu Callum Panther schickten, um den Fortschritt seiner Arbeit zu überwachen. Lara war der kompetente Fachmann – oder wohl eher die kompetente Fachfrau. Und auch wenn sie einen denkbar schlechten Start gehabt hatten, ihr Auftrag war derselbe geblieben.

Also folgte sie ihm durch den Innenhof und räusperte sich. „Mr Panther, es tut mir wirklich leid, was ich …“ Sie stockte und schluckte. „Nun, dass ich über Sie geurteilt habe, bevor ich Sie kennengelernt habe. Das hätte ich ni–“

„Machen Sie sich nicht die Mühe“, schnitt ihr Callum das Wort ab und zog die Tür zur Werkstatt auf. „Sie sind wahrlich keine Ausnahme und meine Familie ist tatsächlich verkorkst, meine Geschwister haben definitiv ein Egoproblem und ich bin beizeiten sehr arrogant, denn, scheiße, ich bin eben ein Genie.“ Seine Worte klangen so trocken wie Sägespäne. „Also sparen Sie sich den Atem und ich spare mir den Stress, so zu tun, als würde ich Ihre Entschuldigung annehmen.“

Lara öffnete den Mund noch einen Spalt breiter. „Sie nehmen meine Entschuldigung *nicht* an?“, fragte sie ungläubig. „Es war doch offensichtlich, dass ich nervös und … nun, etwas dumm war! Ich habe unüberlegt geredet, und Sie haben versäumt, zu erwähnen, wer zum Teufel Sie sind!“

„Wenn es nach mir ginge, wüssten Sie immer noch nicht, wer ich bin“, stellte er klar. „Es war reine Höflichkeit, dass ich es Ihnen am Ende verraten habe.“

„Höflichkeit?“, spuckte sie aus. „Das kann nicht Ihr Ernst sein!“

„Natürlich ist es das. Ich besitze keinen Humor – zumindest laut den Klatschzeitschriften, die sie mit so viel Feuereifer lesen. Bitte sehr, da ist das Waschbecken.“ Er trat beiseite und ließ sie mit ausgestrecktem Arm an sich vorbei.

Lara presste die Lippen zusammen, während sie die Wunde auswusch. Doch auch das kalte Wasser konnte nicht verhindern, dass heiße Wut in ihr hochbrodelte.

Was bildete der Blödmann sich ein?

Ja, natürlich war sie in ein riesengroßes Fettnäpfchen getreten, aber es tat ihr aufrichtig leid und unter normalen Umständen wäre ihr das nie passiert!

Er könnte ihr wenigstens die *Chance* geben, es wiedergutzumachen.

„Ich kann mich nur wiederholen“, sagte sie angespannt und warf ihm einen scharfen Blick zu. Die Wunde war sauber und hatte aufgehört zu bluten „Es tut mir leid, dass ich über Sie geurteilt habe, das hätte ich nicht tun sollen. Aber Sie hätten mir sagen müssen, wer Sie sind!“

„Ich wiederhole mich ebenfalls: Ich wollte nicht mit Ihnen reden. Wenn ich Ihnen gesagt hätte, dass ich Callum Panther bin, hätten sie darauf bestanden. Also ...“

„Aber jetzt reden wir doch auch!“

„Nur, weil Sie nicht besser aufgepasst haben.“ Er gestikulierte zu ihrer Hand.

„Der Metallschrott im Hof ist lebensgefährlich."

Er lächelte ohne jeglichen Humor. „Wenn man sich mit dem Kopf zuerst hineinstürzt, vielleicht ... Und jetzt kommen Sie her, ich habe Desinfektionsmittel und ein Pflaster." Er hob die Hände, um es ihr zu zeigen.

Wütend funkelte sie ihn an, bevor sie ihm beides entwand. „Danke vielmals", sagte sie zähneknirschend.

„Mhm", machte er nur und beobachtete sie dabei, wie sie den Schnitt desinfizierte und schließlich abklebte. „Geht es Ihnen sonst gut? Sie sehen etwas blass aus. Vielleicht sollten Sie sich besser setzen."

„Vielleicht sollten Sie besser die Klappe halten", entgegnete sie scharf. „Mir geht es fantastisch."

Auch wenn ihr tatsächlich etwas schwindelig war. Doch das lag nicht an der Wunde, sondern daran, dass sie aufgebracht war und ihre zitternden Knie den Schmerz in ihrem Oberschenkel anfeuerten. Aber sie würde einen Teufel tun, Callum Panther das auf die Nase zu binden!

Tatsächlich gab es nichts, was sie mehr hasste als Menschen, die sie wie ein schwaches Mäuschen behandelten.

Leider kam das in ihrem Berufszweig, nicht zu vergessen aufgrund ihrer Krankengeschichte, viel zu häufig vor.

Aber das wusste Callum Panther nicht – und wenn es nach ihr ginge, würde er es nie erfahren.

Sie atmete ein letztes Mal tief durch, straffte die Schultern und sah Callum fest in die Augen. „Mr Panther, ich bin Lara Evans und eigentlich nur aus einem Grund hier ..."

„Ich weiß, warum Sie hier sind", fiel er ihr grob ins Wort. „Sie wollen sich mein Projekt ansehen, wissen, was ich so tue und wie lange es noch dauert."

„Ähm, ja."

„Schön. Danke für Ihr Interesse, Sie können dann wieder gehen."

Perplex blinzelte sie. „Was? Aber Sie haben mir weder erzählt, wie weit Sie sind, noch ob Sie den Abgabetermin einhalten werden."

„Und das werde ich auch nicht tun", sagte er nüchtern. „Also ..." Er deutete zur Tür.

Sie lachte trocken auf. „Mr Panther, Sie sind einen Vertrag mit dem Verteidigungsministerium der Vereinigten Staaten eingegangen ..."

„Das ist mir bewusst", sagte er nervenaufreibend ruhig. „Aber nirgendwo in dem Vertrag steht, dass mich alle paar Wochen irgendein Hampelmann belästigt und nach meiner Arbeit ausfragt."

„Es ist doch wohl nachvollziehbar, dass der Staat sich darüber informieren möchte, wie seine Forschungsgelder eingesetzt werden. Es ist bereits ein Zugeständnis seinerseits, Sie überhaupt in Ihren eigenen Räumlichkeiten arbeiten zu lassen."

Callum lachte laut. „Großer Gott ... Wissen Sie, die wievielte Person Sie sind, die hierhergeschickt wurde?"

Lara blinzelte. „Nein."

„Die zehnte. Ich habe mitgezählt, weil ich neugierig war, ab wann ihr aufgebt."

„Nun, nicht bei zehn", erwiderte sie lahm.

„Das sehe ich und ich habe eine Frage: Ist es nicht frustrierend, all die harte Arbeit investiert zu haben, um Anwältin zu werden, und dann praktisch zu meinem Babysitter degradiert zu werden?"

„Ich bin keine Anwältin." Aber ja, das war es. Sehr.

„Hm. Interessant." Er verengte die Augen. „Der letzte Hampelmann war Anwalt. Aber was sind Sie dann?"

„Ich bin Ingenieurin", meinte sie kühl. „Sonst würde das Ministerium mich ja wohl kaum schicken, um Ihre Fortschritte zu überprüfen! Wie soll ein Anwalt beurteilen können, was Sie hier tun?"

Einen Moment lang sah sie, wie seine Augenbrauen überrascht unter seinen Haaren verschwanden. Diesen Blick bekam sie nicht selten zu sehen. Ingenieurskunst war nun einmal eine Männerdomäne. Doch Callum fing sich recht schnell wieder.

„Schön. Ingenieurin. Das ändert nichts daran, dass Sie den Scheißjob zugeteilt bekommen haben, mich zu besuchen."

Hitze stürmte ihre Wangen, doch sie hielt den Blick gehoben. „Es ist ein wichtiger Job, dafür zu sorgen, dass ..."

„Glauben Sie das wirklich?", unterbrach er sie und neigte den Kopf. „Dass es wichtig ist, gerade hier zu sein und diese dämliche Unterhaltung mit mir zu führen, auf die Sie keine zufriedenstellende Antwort bekommen werden?"

Sie presste die Lippen zusammen. Sie war die Beste ihres Jahrgangs gewesen. Sie war professionell. Sie wusste, was sie tat ...

„Wissen Sie, warum gerade Sie hierhergeschickt wurden?", murmelte er, trat näher und beugte sich vor. „Weil Sie hübsch und eine Frau sind. Weil Ihr Boss wahrscheinlich dachte, dass ich Hemmungen haben würde, Ihnen zu sagen, dass Sie mich in Ruhe lassen sollen. Aber die habe ich nicht."

Okay, es reichte!

„Sie liegen falsch", erwiderte sie süßlich, auch wenn sie nicht wusste, ob sie log, und machte ebenfalls einen Schritt nach vorn. „Ich wurde nicht geschickt, weil ich eine Frau bin. Ich wurde geschickt, weil ich *gut* bin. Weil ich was von meinem Fach verstehe und nicht so einfach aufgebe. Weil mein verdammter Spitzname *Pitbull* ist." Das war nicht gelogen, ihre Brüder nannten sie ausschließlich so. „Wenn ich einmal die Zähne in etwas versenkt habe, dann lasse ich nicht mehr los. Mein Boss weiß das ... und jetzt weißt du es auch, Callum." So einen rüpelhaften Bastard würde sie sicherlich nicht länger mit der Höflichkeitsform behelligen. „Ich gebe nicht auf, ich lasse mich nicht einschüchtern und ich kann dir das Leben zur Hölle machen, wenn du darauf bestehst, weiterhin ein uneinsichtiger Blödmann zu sein."

„Ist das eine Drohung oder ein Versprechen?", fragte er unbeeindruckt.

„Beides."

Er lächelte freudlos. „Ich werde nicht gern überwacht, Lara", erwiderte er bedrohlich leise.

„Es ist keine Überwachung. Es ist eher ... ein Unterstützungsangebot. Du erzählst mir, mit was für Problemen du dich herumschlägst, und ich werde, wenn nötig, eine Verlängerung deiner Frist durchsetzen, dir fehlende Materialien oder vielleicht einen Mitarbeiter besorgen. Es ist also ganz einfach: Du zeigst mir deine Arbeit und wenn du etwas brauchst, um sie schneller voranzutreiben, dann ..."

„Ruhe. Ich brauche Ruhe“, sagte er eisig.

„Ja, das ist verständlich“, gab sie fröhlich zurück. „Und glaub mir, ich will nicht lange bleiben. Sobald ich mir deine Drohne angesehen habe und einen Bericht darüber schreiben kann, wie weit fortgeschritten deine Arbeit ist und wann du damit rechnest, das Projekt zu beenden, mache ich mich wieder aus dem Staub.“

„Es dauert so lange, wie es eben dauert.“

„Nun, du wirst verstehen, dass die Investoren anhand einer solch vagen Zeitangabe nicht gleich in Begeisterungsstürme ausbrechen.“

„Das ist mir vollkommen egal.“ Seine Stimme war lediglich ein dunkles Flüstern. „Ich wollte mein Projekt nicht verstaatlichen, doch mir wurde nicht wirklich eine Wahl gelassen, oder? Denn es ist von militärischem Interesse und ich bin es jetzt auch. Ich konnte die Idee also verkaufen oder sie selbst umsetzen. Dummerweise habe ich mich für Letzteres entschieden – denn hätte ich gewusst, wie viele inkompetente Idioten mir das Ministerium auf den Hals hetzt, hätte ich es mir anders überlegt. Doch jetzt ist es zu spät und der einzige Gedanke, der mir Trost spendet, ist der, dass ich das Projekt auf *meine verdammte Art und Weise* zu Ende bringen kann. In *meinem* Tempo. Zu *meinen* Konditionen. Also nein: Ich werde dir keinen aktuellen Lagebericht geben. Was ich dir geben werde, ist ein Tipp: Komm nicht wieder. Wenn diese Drohne eines Tages funktioniert und tatsächlich Landminen entschärfen und versteckten Sprengstoff aufspüren kann, dann wird der Staat das Geld in Milliardenhöhe wiederbekommen. Also: Tu mir und dir selbst einen Gefallen und verschwinde.“

Sie biss die Zähne aufeinander. Sie konnte nicht gehen. Sie würde nicht mit leeren Händen zurückkehren.

„Sie sind in diesem Fall lediglich Angestellter des Staates, Callum, und wir haben das Recht ...“

„Ihr habt einen Scheiß“, sagte er knapp, seine Stimme noch immer ruhig und gelassen. „Ich hätte das Projekt selbst finanziert, wenn man mich gelassen hätte. Und noch einmal werde ich dich nicht darum bitten, zu gehen.“

Erneut streckte er den Arm in Richtung der Tür aus, seine Miene so steinern und unnachgiebig, dass Lara nicht anders konnte, als seiner Aufforderung nachzukommen.

Auch wenn die Wut noch immer unter ihrer Haut brodelte. Auch wenn ihre Zähne schmerzhaft übereinander schabten.

Sie war mit ihrem Latein am Ende.

Also trat sie an die frische Luft, durchquerte den Innenhof und blieb vor dessen rostiger Tür stehen.

Ihr Herz schlug so heftig, dass weiße Punkte vor ihren Augen tanzten, und abwesend rieb sie sich über das noch immer pochende Bein.

Sie hatte hart dafür gearbeitet, nicht mehr bemitleidet und bevormundet zu werden. Und Callum Panther war nichts im Vergleich zu den Hindernissen, die sie schon überwunden hatte.

Sie atmete tief durch, spürte, wie der Sauerstoff sich den Weg zu ihrem Gehirn bahnte, und schloss die Augen.

Ihre Gedanken klärten sich, ihr Puls beruhigte sich und zurück blieb das Wissen, das Callum Panther sie von vorne bis hinten manipuliert, beleidigt und hinters

Licht geführt hatte – und das alles begleitet von einem lässigen Gesichtsausdruck und einer ruhigen Stimme.

Dieser Mistkerl! Damit würde sie ihn ganz gewiss nicht davonkommen lassen.

Sie straffte die Schultern und reckte das Kinn. Er mochte neun seiner *Babysitter* vergrault haben – aber keiner von ihnen war Lara gewesen.

Sie würde morgen früh direkt wieder auf der Matte stehen. Callum Panther würde nicht wissen, wie ihm geschah.

Zufrieden mit ihrem Vorhaben lief sie zu ihrem Wagen und zog im Vorbeigehen die *Ms Pac-Man*-Kappe vom Lenker seines Rollers.

Er sollte wirklich vorsichtiger mit seinem Eigentum sein. Er musste damit rechnen, dass ihm bei seinem Leichtsinn einige Habseligkeiten abhandenkamen.

Stur setzte sie die Kappe auf ihren eigenen Kopf und öffnete die Autotür.

Callum Panther ein Genie? Dass sie nicht lachte! Er war ein Arschloch. Nichts weiter.

Und jeder, der etwas anderes behauptete, lag schlicht und ergreifend falsch.

# Kapitel 1

*Heute ...*

Callum Panther war ein Genie.

Das war nicht seine persönliche Meinung. Nein, er selbst hielt sich zeitweilig für mehr als dämlich, schließlich hatte er erst gestern versucht, eine Spaghetti als Kupferkabel zu benutzen. Viel eher war es eine Diagnose, die ihm mit sieben Jahren gestellt worden war.

Seine Eltern waren unglaublich erleichtert darüber gewesen, als sein Kinderpsychologe ihnen von seiner Hochbegabung berichtet hatte. Denn es gab ihnen die optimale Entschuldigung dafür, seinen lächerlich hohen Intelligenzquotienten als Ausrede für, nun, alles zu benutzen.

Jede seiner Eigenarten, jede seiner merkwürdigen Fragen, jede seiner Verhaltensauffälligkeiten konnte endlich vernünftig begründet werden.

Er schlief ständig im Unterricht ein, weil er sich schlichtweg langweilte. Nicht etwa, weil er die ganze Nacht nicht hatte schlafen können, da seine Eltern sich lautstark im Nebenzimmer gestritten hatten.

Er stellte ihnen mit acht Jahren unangenehme Fragen, wie zum Beispiel, warum sie sich nicht endlich scheiden ließen, obwohl sie so unglücklich waren, weil es ihm aufgrund seines großen Intellekts an Sozialkompetenz mangelte. Nicht etwa, weil er es nicht länger ertrug, dass seine Schwester Callie sich nachts in den Schlaf weinte.

Er vergaß die meisten Ratschläge, die sein Vater ihm als Teenager gab, weil sein Kopf mit Größerem beschäftigt war. Nicht etwa, weil das, was er ihm erzählte, lächerlicher Blödsinn war.

Er verzichtete als Zwanzigjähriger auf die meisten Familienveranstaltungen, weil er große Menschenmengen hasste und Besseres zu tun hatte. Nicht etwa, weil er nicht mitansehen konnte, wie sein Bruder Cooper jedes Mal aufs Neue den Kopf verlor, hässliche Vorwürfe ausgetauscht wurden und der Älteste von ihnen, Cole, händeringend versuchte, zwischen den einzelnen Parteien zu vermitteln.

Nein, Callum Panther war etwas seltsam, noch dazu ein Einsiedler, aber er war das Kind, das am wenigsten verkorkst war. Das keine Essstörung entwickelt hatte wie Callie, kein Aggressionsproblem wie ihr Zwilling Coop. Ein Kind, das nicht versuchte, seinen Eltern alles recht zu machen, so wie Cole.

Callum war ruhig. Er hatte keine Trotzphasen, er löste keine Feueralarme aus, weil er es witzig fand, er wurde nicht laut, sobald ihn etwas ärgerte ... Er war schlichtweg pflegeleicht.

Klug genug, um bereits mit neun Jahren seine eigenen Entscheidungen zu treffen, und dazu bestimmt, Großes in seinem Leben zu erreichen.

Ja, Callums unfassbare Intelligenz war ein Segen für die Familie Panther ... und sein persönlicher Fluch.

Denn egal, was alle – bis auf seine Geschwister – dachten:

Er war nicht seltsam.

Er stellte unangenehme Fragen, weil es irgendwer tun musste. Er war meistens ruhig, weil alle anderen es nicht waren. Seine Sozialkompetenz war ausgezeichnet, eigentlich zu gut für seinen Geschmack, denn er las Emotionen wie andere Straßenschilder. Er war kein Einsiedler, er mochte Menschen sogar sehr gern und genoss es nicht wirklich, allein zu sein. Sein Problem war nicht, dass er zu wenig verstand, zu wenig mitbekam – sein Problem war, dass er *alles* verstand, *alles* mitbekam.

Nun gut. Vielleicht nicht alles.

Auf manche Eventualitäten bereitete ihn sein lästig großes Gehirn nicht vor. Und selbst er hatte manchmal Verständnisschwierigkeiten und musste erst mal nachfragen.

„Ihr habt *was* beschlossen?", wollte er verwirrt wissen.

„Dass du anfangen solltest, zu daten", wiederholte Callie freundlich und prostete ihm mit ihrem Bier zu.

Mit geöffnetem Mund starrte er seine Schwester an. „Was?"

„Nein, nein", meinte Coop und hob einen Finger. „Wir haben beschlossen, dass er anfangen *wird*, zu daten. Nicht dass er *sollte*. Das klingt zu sehr, als hätte er eine Wahl."

Callum schnaubte. „Sagt mal, habt ihr sie noch alle?", fragte er betont gleichmütig, auch wenn sich sein Zwerchfell schmerzhaft zusammenzog. „Ihr könnt keine Entscheidungen für mich treffen."

„Das sehen wir anders“, bemerkte Cole mit einem zufriedenen Lächeln.

„Mir ist egal, wie ihr das *seht.*“ Callums Stimme war angespannt, aber noch immer leise. Auch wenn es ihn einiges an Mühe kostete. Denn Gott, diesmal gingen seine Geschwister zu weit!

„Warum bin ich noch gleich hier?“, wollte Hannah, Coops Freundin, kleinlaut wissen. „Das hört sich nach einer familieninternen Diskussion an.“

„Wir haben dich als Puffer mitgenommen“, kommentierte Coop. „Weil wir dachten, dass Callum Skrupel hat, vor dir aus der Haut zu fahren.“

Callum presste die Zähne so fest aufeinander, dass sein Kiefer wehtat. Klasse, seine Geschwister hatten ja wirklich an alles gedacht.

„Jetzt beruhige dich erst einmal“, meinte Cole und hob die Hände. „Du siehst uns an, als wäre das eine bescheuerte, fixe Idee, aber tatsächlich haben wir das ausführlich zusammen besprochen und sind zu dem Schluss gekommen –“

„Ohne mich!“, fuhr Callum ihm dazwischen, während er den Griff um die metallene Werkbank verstärkte, sodass seine Knöchel weiß hervortraten. „Ihr habt es *ohne mich* besprochen.“

„Natürlich *ohne* dich“, sagte Coop und verdrehte die Augen. „Deine Antwort kannten wir bereits, du hättest unser schönes, harmonisches Gespräch nur ruiniert.“

„Ich schwöre dir, Coop, wenn du noch einmal den Mund aufmachst, ruinier ich dir dein harmonisches *Gesicht*“, rief Cal aufgebracht.

Sein Bruder sah zufriedenstellend beeindruckt aus.

Gott, natürlich tat er das, denn Callum war nicht für seine Gefühlsausbrüche bekannt. Er war der ruhige Bruder. Der vernünftige Bruder. Aber er war kein verdammter Heiliger und er hatte seine Grenzen!

Er war es gewohnt, dass seine Geschwister unangekündigt vorbeischauten, um zu überprüfen, ob er genug aß oder schlief. Er hatte sich damit arrangiert, dass Callie ihm Gemüse mitbrachte, dass Coop ständig auf seiner Couch herumlümmelte und ihn in unsinnige Gespräche verwickelte, und dass Cole ihn zu Spaziergängen zwang, um ihm eine faszinierende Wolkenformation oder etwas ähnlich Lächerliches zu zeigen. Seine Familie sorgte sich um ihn, weil er zu viel Zeit in seiner Werkstatt verbrachte.

Zu Recht. Er arbeitete zu viel, er trank zu viele Energydrinks, er ging zu wenig aus ... aber er hatte seine verdammten Gründe! Er hatte eine Deadline einzuhalten, und dass sich seine Geschwister nun einbildeten, bestimmen zu können, wann er sich eine Frau suchte, ging zu weit!

Seit einunddreißig Jahren befand er sich auf dieser Erde und wusste nur zwei Dinge mit absoluter Gewissheit:

Ananas gehörte nicht auf eine Pizza und sein Job war beziehungsinkompatibel.

Er hatte es versucht, dabei seine Freundin und sich selbst über Monate hinweg gezielt unglücklich gemacht, bevor sie die Güte gehabt hatte, das Ganze zu beenden. Callum hatte nicht vor, das Debakel zu wiederholen.

Beziehungen und Trennungen waren zu schmerzhaft, denn er brach sich damit nicht nur selbst das

Herz, er bekam auch jede Emotion mit, die seine Partnerin empfand, was doppelt scheiße war.

„Callum, du hast kein Privatleben“, meinte Callie feierlich.

Konnten sie ihm etwas erzählen, das er nicht wusste? „Mit Absicht“, unterrichtete er sie knapp.

Sie seufzte. „Das hatten wir befürchtet.“

Er verengte die Augen. „Was soll das denn schon wieder heißen?“

„Es heißt“, sagte Cole laut, „dass du dir nicht einmal Mühe gibst, glücklich zu werden.“

Callums Miene versteinerte und er ließ die Werkbank los. „Glück ist ein relatives Konzept, das keinen Regeln folgt“, erklärte er kühl. „Euer Verständnis von einem glücklichen Leben muss nicht meinem Verständnis entsprechen. Nur, weil du in zwei Wochen heiratest, bedeutet es nicht, dass ich ebenfalls vor den Traualtar hüpfen will.“

„Du schuldest mir fünfzig Dollar“, verkündete Coop und streckte die Hand in Coles Richtung aus. „Du hast geglaubt, er würde deine Hochzeit vergessen.“

Oh, bitte, Callum hatte seit fünfundzwanzig Jahren nichts mehr vergessen. Wenn er einen Termin versäumte, dann war das kein Versehen.

Cole zog griesgrämig sein Portemonnaie aus der Tasche.

„Wie kommt es überhaupt, dass du Savannah auf einmal so schnell heiraten musst?“, wollte Cal wissen. Jedes Thema war ihm lieber als die Schnapsidee seiner Geschwister.

„Jetzt *auf einmal?*“ Cole hob die Augenbrauen. „Ich frag sie seit einem Jahr! Jetzt, da sie endlich Ja gesagt hat, will ich ihr keine Zeit geben, es sich anders zu überlegen.“

„Kluger Kerl“, sagte Coop anerkennend.

Callie räusperte sich laut und sah Callum streng an. „Du versuchst, vom Thema abzulenken. Wir sind nicht hier, um über Cole zu reden oder Glück zu definieren.“

„Offensichtlich ja schon, denn ihr behauptet schließlich, dass ich eine Frau brauche, um glücklich zu sein.“

„Das hat Cole gesagt“, stellte sie klar. „Ich will lediglich, dass du endlich mal aus deiner Werkstatt rauskommst und ein wenig das Leben genießt. Du vereinsamst hier, Cal!“

Ja. Das tat er. Aber das war sein Problem, nicht ihres. „Ich befinde mich bei meinem Projekt derzeit in einer kritischen Phase“, sagte er gezwungen ruhig.

„Das tust du seit zwei Jahren“, erwiderte sie ungläubig.

Ja, und wie es aussah, würde es auch noch mindestens zwei weitere Jahre so bleiben.

„Das spielt keine Rolle“, beharrte er ungeduldig. „Ich werde erst wieder anfangen zu daten, wenn ich das Problem mit meiner Drohne aus der Welt geschaffen habe.“ Das war gelogen, und den Gesichtern seiner Geschwister nach zu urteilen, wussten sie das.

„Weißt du, wieso du solche Schwierigkeiten mit deiner Drohne hast, Cal?“, meinte Coop und fuchtelte mit seiner Bierflasche herum. „Weil du zu wenig ausgehst. Dir fehlt ein Tapetenwechsel. Ich meine: Du lernst niemanden kennen. Du nimmst niemanden mit nach Hause. Wie willst du jemals Sex haben?“

„Ich will keinen Sex.“

„Das ist eine Lüge."

Natürlich war es eine Lüge! „Sex lenkt ab, Coop", knurrte er.

„Sex macht den Kopf frei", korrigierte sein Bruder ihn neunmalklug. „Und das ist es, was du brauchst."

„Hör nicht auf ihn", schaltete Hannah sich augenverdrehend ein. „Sex ist seine Lösung für alles."

Mit verengten Augen blickte Coop zu seiner Freundin. „Bisher hast du dich nicht beschwert."

„Und das werde ich auch nicht", erwiderte sie mit großen, unschuldigen Augen. „Aber Callum ist nicht du, Coop. Ihm wird Sex nicht dabei helfen, sein Leben auf die Kette zu kriegen."

Ach, Cal war sich da gar nicht so sicher. Vielleicht war das tatsächlich sein Problem. Vielleicht konnte er deswegen nicht richtig denken. Weil er seit etlichen Jahren nicht mehr flachgelegt worden war. Die Theorie war genauso gut wie jede andere, die er bisher gehabt hatte.

Shit, Callums Trockenperiode dauerte mittlerweile so lange an, dass er an manchen Tagen zweifelte, ob sein Körper sich überhaupt noch daran erinnern würde, wie Sex funktionierte. Aber er *vermisste* ihn. Die Berührung, die Intimität, die Orgasmen. Alles daran. Doch Sex machte alles kompliziert und er *hasste* kompliziert.

„Okay, pass auf", meldete sich Cole zu Wort und lehnte sich mit den Ellenbogen auf seinen Knien vor. „Wir gehen die Sache vollkommen falsch an. Wir sollten Cal erst einmal erklären, was unser Plan ist – dann können wir verhandeln."

Cal betrachtete ihn düster. Typisch. Alles in Coles Leben war eine Verhandlung. Der Anwalt konnte Privat- und Berufsleben einfach nicht trennen.

„Ich werde nicht anfangen zu daten, nur weil ihr Affen – nichts für ungut, Hannah – es mir sagt."

„Ich habe mit der Sache nichts zu tun!", sagte die Ärztin und hob abwehrend die Hände. „Ich bin nur hier, weil Coop meinte, es gäbe kostenloses Bier."

Callum wusste schon, warum er sie von allen Leuten, die gerade seine Couch besetzten, am liebsten mochte.

„Hör dir das Angebot erst an, bevor du darüber urteilst", bat Cole gelassen. „Also, wie bereits erwähnt: Wir haben uns lange darüber Gedanken gemacht, was wir gegen dein Einsamkeitsproblem unternehmen können, und beschlossen, dich zu verkuppeln. Da aber jeder von uns eine andere Meinung darüber hat, welche Frau am besten zu dir passt, verkuppeln wir dich dreimal."

„Super. Das hört sich schrecklich an", sagte Callum trocken.

Coop grinste. „Jeder von uns darf eine Frau aussuchen, mit der du auf ein Date gehen musst", erklärte er. „Die Frau, mit der du dann schläfst, gewinnt."

„Das haben wir *nicht* gesagt", meinte Callie augenverdrehend und boxte ihm gegen die Schulter. „Niemand von uns gewinnt – außer dir, Callum!"

„Sprich für dich selbst", murmelte Coop. „Cole und ich haben unter Umständen eine weitere Wette am Laufen."

Verärgert sah Callie ihn an, doch Cooper war so frei, sie zu ignorieren.

„Klasse Plan", sagte er tonlos. „Ich sehe nur ein Problem: Wie wollt ihr mich auf ein Date schleppen, auf das ich nicht gehen will? Meiner Erfahrung nach stehen Frauen Männern, die an ihren Stuhl gefesselt sind, eher skeptisch gegenüber."

„Oh, wir werden dich natürlich erpressen", sagte Callie leichthin und machte eine fahrige Handbewegung.

Callum biss die Zähne aufeinander. „Das würdet ihr nicht tun, denn ihr seid gute Menschen", quetschte er zwischen ihnen hindurch.

„Es ist, als würde er uns gar nicht kennen", meinte Coop irritiert und sah in die Runde.

Callum verengte die Augen, während leise Wut durch seine Adern kroch und anfing, unter seiner Haut zu brodeln. Dieser Tag entwickelte sich zu einer Katastrophe. Dabei hatte er schon denkbar schlecht angefangen, als Lara ihn nicht wie gewohnt mit ihrer Anwesenheit belästigt hatte. Es gab wenige Dinge, auf die er sich verlassen konnte. Dass Lara Evans am Donnerstagmorgen ihre neugierige Nase in seine Werkstatt steckte, um seine Arbeit zu überprüfen, war eine davon.

Doch sie war nicht aufgetaucht – und das regte ihn fast noch mehr auf!

„Du wirst auf diese Dates gehen, Cal", sagte Cole bestimmt. „Du wirst dir einen Anzug anziehen und Small Talk führen und dir Mühe geben, die Frau zu beeindrucken. Du wirst ..."

*„Es reicht!"*, herrschte er ihn an und vielleicht schrie er sogar ein wenig. Aber er hielt seine Fassung nur noch an den Fingerspitzen fest und wusste sich nicht anders zu helfen.

Callie zuckte zusammen und sah ihn schockiert an, Coop runzelte verwirrt die Stirn und Cole sah plötzlich unglaublich erschöpft aus.

Shit.

Das war das Problem, wenn man als *der ruhige Bruder* bekannt war. Sobald er aus seinem Muster fiel, sahen seine Geschwister ihn an, als hätte er einen Hundewelpen getreten.

Er musste sich zusammenreißen. So wie er es sonst immer tat. Er hasste es, dass seine Geschwister das Gefühl hatten, er könne sich nicht um sich selbst kümmern.

Die letzten Monate waren eine Ausnahmesituation gewesen.

Callum war es gewohnt, Probleme zu haben. Er war nun einmal Mitglied der Familie Panther, sie alle hatten von Geburt an eine Menge emotionalen Müll mit auf den Weg bekommen. Aber er war es ebenso gewohnt, sie allesamt lösen zu können. Er war doch schließlich ein Genie, oder nicht?

Doch zum ersten Mal in seinem Leben hatte er Probleme, die er nicht aus der Welt schaffen konnte. Er konnte seine Geschwister nicht davon überzeugen, dass es ihm gut ging und er sie nicht brauchte. Er wusste nicht, wie er seine Drohne so programmieren konnte, dass sie sich nicht zusammen mit der Mine, die sie entschärfen sollte, in die Luft jagte – und er hatte keine Ahnung, wie er Lara beibringen sollte, dass er dabei war, zu versagen. Dass er ihr nicht sagen konnte, wie weit er mit der Drohne war, weil er es selbst nicht wusste! Weil er keine verdammten Ergebnisse hatte.

Mann, er hätte sie heute Morgen wirklich gebrauchen können!

Callie, Cole und Coop machten sich direkt Sorgen um ihn, wenn er die Geduld verlor.

Lara jedoch konnte das ab. Lara feuerte zurück. Sie hasste ihn ohnehin schon. Bei ihr waren Hopfen und Malz verloren. Er konnte sich vernünftig mit ihr streiten, ohne dass sie seine geistige Gesundheit infrage stellte. Nicht mehr als sonst zumindest.

Callum seufzte innerlich, schloss ein paar Sekunden lang die Augen und zwang sich zur Ruhe.

Er wollte seine Geschwister nicht irritieren oder verletzen. Denn er würde jede Emotion auf ihren Gesichtern sehen und damit leben müssen, sie hervorgebracht zu haben. Also ließ er es.

„Schön", sagte er knapp und atmete tief durch. „Wie genau wollt ihr mich erpressen? Was habe ich davon, auf euch zu hören?"

Callie stieß erleichtert einen Schwall Luft aus. Mit dem gefassten und entspannten Callum konnte sie umgehen. „Nun, wenn du unsere Bedingungen erfüllst", erklärte sie, „lassen wir dich in Ruhe."

Misstrauisch sah er seinen Geschwistern nacheinander ins Gesicht. Ihre Mienen waren aufrichtig. Sie meinten es ernst.

„Was bedeutet *Ruhe*?", fragte er dennoch.

„Keine unangekündigten Besuche mehr, keine Kritik daran, wie du dein Leben führst", zählte Cole auf. „Callie hört auf, dir Salat anzudrehen, Coop und ich werden uns nicht mehr beschweren, wenn du eines unserer

Treffen versäumst. Wir lassen dich in Frieden. Wir mischen uns nur noch in dein Leben ein, wenn du uns ausdrücklich darum bittest."

„Hm", machte er und sank auf seinen Bürostuhl. Sofort fingen seine Gedanken an zu rattern. Das war ein interessantes Angebot.

Drei Dates und er würde für immer seinen Frieden haben?

Sich, sagen wir, ungefähr neun Stunden lang mit fremden Frauen herumzuschlagen, erschien ihm auf einmal gar keine so schreckliche Option mehr. Und vielleicht würde er sogar mit einer von ihnen im Bett landen … Coops Vorschlag, Sex als Ablenkung und Problemlösung zu nutzen, war eigentlich keine dumme Idee …

„Okay", sagte er schlicht. „Ich halte euch immer noch für Idioten, aber okay. Drei Dates. Kein weiteres."

Coop grinste breit. „Ich wusste, dass wir damit deine Aufmerksamkeit erregen können."

„Aber du musst dir Mühe geben, Cal", warnte Callie. „Du musst den Frauen eine echte Chance geben. Dir die Haare waschen, bevor du sie triffst. Nicht nur über deine Arbeit reden."

„Klar", meinte er leichthin. „Nichts leichter als das."

Seine Schwester sah skeptisch aus, widersprach jedoch nicht.

„Ihr hättet mit dem Argument einsteigen sollen", sagte er kopfschüttelnd. „Dann hättet ihr mich nicht so wütend gemacht."

„So herum war es witziger", meinte Coop und sprang auf. „Wunderbar! Callie macht den Anfang, Cole ist als Zweiter dran und das Beste kommt zum Schluss."

Callums Mundwinkel zuckten. Coop hatte jahrelang nicht einmal gewusst, welche Frau zu *ihm* passte. Er bezweifelte, dass er bei ihm mehr Kompetenz bewies.

Andererseits hatte er Hannah gefunden und sie war ziemlich fantastisch, also …

„War es das?", fragte er ungeduldig. „Könnt ihr dann jetzt gehen?"

„Ja, können wir." Cole nickte und erhob sich ebenfalls.

„Aber es ist nach acht und Cal ist allein, wenn wir gehen", sagte Callie perplex.

„Ich bin des Öfteren allein, Callie", erinnerte er seine Schwester und zog sie an den Händen von der Couch.

„Ja, ich weiß. Das ist doch überhaupt erst der Grund, warum wir dich verkuppeln wollen."

„Lass gut sein", murmelte Coop und dirigierte sie an den Schultern Richtung Tür von Cals Werkstatt. „Er ist ein großer Junge. Er wird dir sagen, wenn er einsam ist."

Nein, würde er nicht.

„Nein, wird er nicht!", sagte Callie verärgert und wandte sich zu Cal um. „Ich melde mich bei dir, Cal! Wegen des ersten Dates."

„Ich kann es kaum erwarten", erwiderte er tonlos.

Sie lächelte breit. „Meine Kandidatin ist eine Wucht, wirklich! Sehr vielversprechend. Warte es nur ab!" Er beließ es bei einem Nicken – dann war sie Gott sei Dank zusammen mit Coop aus der Tür. Cole nickte ihm zu und folgte, bis nur noch Hannah vor ihm stand.

„Ich hatte keine Ahnung, was sie vorhaben", flüsterte sie. „Ich hätte versucht, es ihnen auszureden."

„Danke, aber du wärst nicht erfolgreich gewesen."

Seufzend zog sie die Tür zum Innenhof auf. „Du hast recht. Na dann …“ Sie wollte schon gehen, da hielt Cal sie zögerlich am Arm zurück.

„Ähm, Hannah, weißt du zufällig, ob Lara heute kommen wollte?“

Er kam sich dämlich vor, überhaupt nachzufragen. Eigentlich interessierte ihn herzlich wenig, was Lara so tat, und er sollte sich freuen, dass er sich nicht mit ihr hatte herumschlagen müssen. Aber sie war sonst immer so verlässlich und … Ach, er wollte es eben wissen!

„War sie nicht da?“, fragte Hannah verblüfft.

„Nein. Ehrlich gesagt nicht mehr seit …“ Er kratzte sich betreten den Nacken. „Dem Vorfall vor zwei Wochen.“

„Oh.“ Sie lachte. „Na ja, eigentlich ist Lara keiner dieser Menschen, die sich von einem kleinen Drohnenangriff verunsichern lassen.“

„Ich habe sie nicht angegriffen“, sagte er verärgert. „Sie ist der Drohne in den Weg gesprungen! Es ist nicht meine Schuld, dass sie sich eine Platzwunde auf der Stirn zugezogen hat.“

„Das hat sie anders erzählt.“

Er seufzte schwer. Natürlich hatte sie das. „Egal: Hast du etwas von ihr gehört?“

„Nein. Ich hab ein paar Tage lang nicht mit ihr geredet … aber sie kommt bestimmt morgen.“

„Aha.“

„Mach dir keine Sorgen um sie, sie ist nicht allzu zart besaitet.“

Sorgen um *sie*? Er machte sich Sorgen um *sich*. Denn dass sie den heutigen Termin versäumt hatte, musste bedeuten, dass sie etwas Großes, Schreckliches plante, unter dem er würde leiden müssen.

„Okay. Danke", murmelte er.

„Gern", antwortete Hannah und sah ihn nachdenklich an. „Sag mal, Cal, was ist zwischen euch vorgefallen, dass ihr euch so zu hassen scheint?"

„Wir hassen uns nicht", widersprach er sofort. „Wir haben nur ..." – ja, was hatten sie? – „professionelle Meinungsverschiedenheiten."

Hannah verdrehte die Augen. „Nichts von dem, was sich zwischen euch abspielt, ist *professionell.*"

Ja, da hatte sie vermutlich recht.

# Kapitel 2

„Was soll das heißen, ich verhalte mich in seiner Gegenwart nicht professionell?"

„Lara, du hast ihn beschimpft und er hat dich mit einer Drohne angegriffen." Ihr Vater, der leider auch ihr Boss war, sah sie ernst an. „Es ist offensichtlich, dass ihr nicht gut miteinander kommunizieren könnt."

Sie verdrehte die Augen und stützte sich mit den Händen auf den Schreibtisch. „Ich habe ihn nicht beschimpft – ich habe ihm verdeutlicht, dass er sich wie ein kleines Kind verhält." Indem sie ihn beschimpft hatte. „Und er hat mich auch nicht angegriffen. Da habe ich möglicherweise etwas übertrieben. Er wollte mir die Drohne demonstrieren. Es war ein Unfall."

Ihr Vater deutete zu ihrer Stirn, auf der noch immer die Narbe des Schnitts zu erkennen war, den sie sich vor ein paar Wochen zugezogen hatte. „Es war ein Unfall zu viel! Ich habe dir diesen Auftrag gegeben, weil ich dachte, dass …" Er brach ab, doch Lara konnte den Satz auch ohne seine Hilfe in ihrem Kopf beenden.

*Weil ich dachte, dass dir dort nichts passieren kann.*

Ihr Boss räusperte sich und strich sich über den kahlen Kopf. „Nun, ich habe mich offensichtlich geirrt, deswegen werde ich den Auftrag anderweitig vergeben."

Lara presste die Lippen zusammen und sank in den Stuhl vor dem Schreibtisch. Es war jedes Mal dasselbe. Er traute ihr nicht mehr zu, als Zuckerwatte zu essen und Einhörner zu streicheln.

„Dad, bitte. Nimm mir den Auftrag nicht weg", sagte sie betont freundlich, auch wenn der Frust auf ihrer Zunge brannte.

„Ich weiß mehr über Cals Arbeit als jemals ein Mitarbeiter vor mir."

„Ja, aber immer noch bedauerlich wenig."

Aber das lag doch nicht an ihr! Cal war einfach … unvernünftig! Verschlossen. Was seine Arbeit anging, war er in etwa so gesprächig wie ein Stein, dem kürzlich die Weisheitszähne gezogen worden waren.

„Schatz", sagte ihr Vater plötzlich mit weicher Stimme und lehnte sich über den schweren Mahagonischreibtisch. „Es ist offensichtlich, dass du mit der Aufgabe etwas überfordert bist. Das ist doch nicht schlimm. Ich gebe dir zusammen mit Tony ein Bauprojekt."

Ihr Kiefer drohte zu zerspringen. Wie sie das Wort ‚überfordert' hasste! Und ‚zusammen mit Tony' bedeutete ungefähr so viel wie: *Du kriegst ein Projekt, bei dem dein Bruder auf dich aufpassen und dir langweilige, ungefährliche Aufgaben zuteilen kann.*

Darauf konnte sie guten Gewissens verzichten.

„Könntest du auf der Arbeit bitte davon absehen, mich ‚Schatz' zu nennen?", fragte sie seufzend. „Und ich bin kein Kind mehr. Ich bin weder überfordert noch brauche ich einen Aufpasser. Callum Panther und seine Arbeit liegen in meiner Verantwortung und die werde ich nicht abgeben."

Ihr Vater sah mit jedem Moment unglücklicher aus, doch darauf konnte und würde sie keine Rücksicht nehmen. „Ich verstehe dich nicht, Lara. Ich dachte, du wolltest unbedingt einen neuen Auftrag. Hast du nicht letztens noch behauptet, dass Callum Panther ein Dorn in deiner Existenz wäre, den endlich jemand ziehen müsste?"

Ja, aber *sie* wollte ihn ziehen. Cal war ihr erster Job gewesen und sie hatte ihn keinen einzigen Tag zur Zufriedenheit ihres Auftraggebers erledigen können. Das war inakzeptabel.

„Es ist doch unsinnig, mich jetzt zu ersetzen, obwohl in vier Wochen das Bankett ansteht, bei dem Callum sein Drohnenprojekt vorstellen soll."

Was er nicht tun würde. Das hatte er ihr mehr als einmal deutlich zu verstehen gegeben. Er hasste Menschenmengen und öffentliche Feierlichkeiten noch mehr als ... nun, sie.

Ihr Vater verzog unzufrieden den Mund. „Mir ist bewusst, dass es recht kurzfristig wäre, jemand anderen auf die Sache anzusetzen."

„Dann lass es!"

„Aber mir gefällt nicht, dass du dich in seiner Gegenwart verletzt hast", ignorierte ihr Vater sie und verschränkte die Hände auf dem Schreibtisch. „Er scheint dich sehr wütend und unvorsichtig zu machen – und dass ich das erst jetzt mitbekomme, weil du es nicht für nötig hieltst, es mir zu erzählen, besorgt mich."

Erschöpft schloss Lara die Augen. Wenn sie es ihm erzählt hätte, hätte er ihr den Auftrag schon viel früher

weggenommen. Ihre Familie war einfach etwas überfürsorglich. Da kam man einmal beinahe ums Leben
und schon machten sie sich ständig Sorgen!

„Es ist nichts, womit ich nicht zurechtkomme", sagte
sie schließlich. „Du musst mir vertrauen, Dad, okay?
Wenn *ich* nicht aus Callum Panther herauskitzele, was
sein derzeitiges Problem ist und wann er glaubt, mit
der Drohne fertig zu sein, wird es niemand tun."

Ihr Vater warf ihr einen zweifelnden Blick zu.

Mist. Er glaubte ihr nicht. Ein Kompromiss musste
her, und zwar schnell.

Hastig räusperte sie sich und hob geschäftig die
Hände. „Dad, pass auf. Gib mir einen Monat. Vier Wochen bis zum Bankett. Wenn ich bis dahin keinen aktuellen, detaillierten Bericht zu Callums Projekt vorlege,
den wir dem Verteidigungsministerium zeigen können, kannst du mir den Auftrag immer noch wegnehmen. Cal wird womöglich nicht zu diesem Bankett erscheinen, und du brauchst jemanden, der das Projekt
verkaufen und die Investoren besänftigen kann. Ich
bin die beste Kandidatin dafür, denn ich beschäftige
mich seit acht Monaten mit nichts anderem."

Sie erkannte an dem missmutigen Ausdruck auf dem
Gesicht ihres Vaters, dass er wusste, dass sie recht
hatte. Doch er war noch nicht bereit, aufzugeben.

„Wieso, glaubst du, wird dir in diesen vier Wochen gelingen, was du die letzten acht Monate nicht geschafft
hast?", wollte er wissen.

Sie hatte keine Ahnung, doch sie war kreativ und am
Ende mit ihren Nerven – ihr würde schon etwas einfallen. „Er schuldet es mir", meinte sie leichthin und deutete auf ihre langsam verheilende Platzwunde.

Ihr Vater sah nicht überzeugt aus. Schade, denn sie war es auch nicht.

„Also ist es abgemacht?", fragte sie in ihrer professionellsten Stimme und streckte die Hand über den Tisch aus. „Wenn ich es in den nächsten vier Wochen schaffe, das Verteidigungsministerium glücklich zu machen, behalte ich den Auftrag ... und bekomme außerdem mein erstes eigenes Bauprojekt zugewiesen. Ohne Tony. Ohne Brian. Ich werde die leitende Bauingenieurin und niemand wird mir über die Schulter schauen." Sie arbeitete seit fast einem Jahr hier. Bisher hatte ihr Vater ihr nicht erlaubt, ihre Stützräder abzunehmen – und sie war es leid.

Sie war *gut*. Sie war genauso fähig, den Bau einer Brücke oder eines Hotelkomplexes zu beaufsichtigen, wie ihre Geschwister.

Ihr Vater zögerte und sah von ihrer Hand zu ihrem Gesicht und zurück.

Sie wusste genau, was er tat. Er schätzte ein, wie hoch die Wahrscheinlichkeit war, dass sie Callum Panther tatsächlich all die Infos entlocken konnte, die er jedem Gesandten seit zwei Jahren verweigerte.

„Okay", sagte er schließlich und ergriff ihre Hand. Offenbar war er zu dem Schluss gekommen, dass sie gegen null tendierte. „Bis zum Bankett. Und was soll das heißen, Callum Panther wird womöglich gar nicht erscheinen? Die Feierlichkeit wird allein für ihn und sein Projekt veranstaltet!"

Ja, aber das interessierte Callum nicht. Wenn es nach ihm ginge, würde die gesamte Welt ihn in Ruhe lassen.

„Genaugenommen ist es ein Fundraising-Event für staatlich geförderte Forschungsprojekte aller Art."

„Aber ohne Callum Panthers Drohne der Zukunft wird kein einziger Cent gesammelt werden."

Nein, wahrscheinlich nicht. Callum war der Beste auf seinem Gebiet, so sehr Lara der Gedanke auch missfiel. „Na, dann mache ich mich wohl besser direkt an die Arbeit", sagte sie mit einer Zuversicht, die sie nicht verspürte, und stand auf.

„Danke für das nette Gespräch, Boss."

Ihr Vater grummelte etwas Unverständliches, was sich sehr nach „Sag deiner Mutter, ich hätte es versucht" anhörte, bevor er lauter hinzufügte: „Halt mich über deine Fortschritte auf dem Laufenden, ja?"

„Klar, werde ich", log sie, denn ihr Vater hatte hoffentlich bereits in drei Tagen vergessen, dass er sie darum gebeten hatte. Sie hatte keine Lust, überwacht zu werden. Ironischerweise verstand sie Callum diesbezüglich recht gut.

Sie trat hastig aus dem Büro ihres Vaters, bevor er es sich anders überlegte, und rannte geradewegs in Tony, der auf dem Schreibtisch des Rezeptionisten saß und offenbar auf sie wartete.

„Na, Pitbull? Wie lief's? Hat Dad dir erzählt, dass du ab kommender Woche mit mir zusammenarbeitest?", wollte er wissen, sprang auf und tätschelte ihr grinsend den Kopf. „Du musst auch gar nicht mit auf den Bau, das kann ich alles machen, da ist es immer unglaublich stressig und Ziegel fliegen von den Dächern, also …"

Verärgert stieß sie seine Hand weg. „Ich werde nicht mit dir zusammenarbeiten", unterrichtete sie ihn. „Dad hat versucht, mich dazu zu überreden, aber ich habe dankend abgelehnt."

„Du hast *was*?"

Die fassungslose Stimme stammte von ihrer Mutter, die aus ihrem Büro gekommen war, das direkt neben dem ihres Mannes lag. Angie Evans war eine kleine, kompakte Frau, die von den meisten Mitarbeitern gefürchtet, wenn auch respektiert wurde. Ihre Kinder bildeten da keine Ausnahme, und Tony zog automatisch den Kopf zwischen die Schultern. Lara jedoch reckte das Kinn.

„Ich werde nicht mit Tony zusammenarbeiten", wiederholte sie. „Aber ich soll dir von Dad sagen, dass er versucht hat, mich zu überreden."

Ihre Mutter schnaubte laut. „Dein Vater hat einfach kein Rückgrat", sagte sie verärgert. „Er sollte dir sanft und verständlich beibringen, dass du zu viel arbeitest und wir dir deshalb den Auftrag des Verteidigungsministeriums wegnehmen. Nicht weil du ... Nun, nicht aus anderen Gründen."

„Ich arbeite nicht ‚zu viel'. Ich leiste genauso viele Stunden ab wie Tony!", beschwerte sie sich und deutete auf den breitschultrigen Angsthasen neben ihr.

„Eben: zu viel", bestätigte ihre Mutter. „Dein Bruder sollte wirklich nicht dein Vorbild sein. Er hatte seit drei Jahren keine feste Beziehung mehr."

„Bei Lara sind es sechs Jahre", sagte Tony triumphierend.

*Mistkerl.*

„Aber im Gegensatz zu dir date ich", ließ sie ihn wissen.

„Oh, bitte!" Verächtlich sah er sie an. „Du hast seit zwei Jahren ein Online-Dating-Profil, auf dem du alle naslang mal vorbeischaust. Du bist aber mit keinem der Typen ausgegangen. Weil du besessen von Callum Panther bist."

„Schwachsinn!"

„Du redest über fast niemand anderen, Lara", informierte er sie im Plauderton. „Wenn ich nicht wüsste, dass du ihn scheiße findest, würde ich denken, dass du in ihn verliebt bist."

Blut schoss in ihre Wangen, und wäre ihre Mutter nicht anwesend gewesen, hätte sie ihren Bruder vermutlich umgeschubst.

„Ist das wahr?", wollte ihre Mutter wissen und verschränkte die Arme.

„Nein!", sagte sie schockiert und das Herz sprang ihr in die Luftröhre. „Ich bin nicht in Cal verliebt." Was für ein lächerlicher Gedanke.

„Das meinte ich nicht. Bist du wirklich seit zwei Jahren mit niemandem mehr ausgegangen?"

Nein, es waren sechs gewesen.

Aber es war alles nicht so einfach! Denn ein Date führte womöglich zu einem Kuss und ein Kuss führte zu nackter Haut ... und die führte zu dummen Fragen und unangenehmen Blicken.

Und darauf konnte sie getrost verzichten. Sie war noch nicht so weit.

„Vielleicht", sagte sie vage. „Aber Tony auch nicht."

Ihre Mutter seufzte schwer. „Arbeit ist nicht alles im Leben, ihr beiden. Seht euch Brian an. Er ist verheiratet, hat zwei Kinder und könnte glücklicher nicht sein. Euer Vater und ich nehmen uns jede Woche mindestens einen Abend frei, um unsere Ehe auf Trab zu halten. Wenn ihr vergesst, was im Leben wichtig ist, müssen wir euch womöglich feuern."

Lara wechselte unruhig einen Blick mit Tony. Er war sich offenbar ebenso wenig sicher, ob das eine leere Drohung war, denn sofort sagte er: „Ich geh noch dieses Wochenende auf ein Date und schau mir einen Sonnenuntergang an."

„Gut", meinte ihre Mutter zufrieden, bevor ihr Blick zu Lara schwenkte. „Was ist mit dir?"

„Ich ... ähm ... werde nächste Woche einen bedeutungslosen One-Night-Stand haben und ein Musikinstrument lernen?", schlug sie vor.

Angie Evans lächelte zufrieden. „Ich weiß, dass du Witze machst, aber wenn du mir nächste Woche keine lustige Date- oder Freizeitanekdote erzählen kannst, werde ich noch einmal mit deinem Vater darüber reden, ob wir dir nicht deine Stunden kürzen müssen."

Ach, Mist. Das war gemein. Sie hatte zurzeit doch nichts anderes als ihre Arbeit! Was sollte sie mit ihrer Zeit anfangen, wenn ihr Überstunden auf einmal verboten wurden? Lara hatte ihrer Familie etwas zu beweisen – und das konnte sie nicht, wenn sie plötzlich ein übermäßig ausschweifendes Privatleben entwickeln sollte.

„Mom ..."

„Lara", erwiderte sie streng. „Du hast eine Menge durchgemacht, und ich weiß, dass du dich noch immer nicht ganz wohl in deiner Haut fühlst – aber es wird Zeit, dass du deine Unsicherheit überwindest. Du bist klug und wunderschön. Jeder sollte sich glücklich schätzen, dich als Freundin bezeichnen zu können."

Sie konnte sich nur schwer von einem Schnauben abhalten. Sicher. Sie war ein verdammter Hauptgewinn.

Dennoch nickte sie. Ihre Mutter würde keine Widerworte erlauben. Lara liebte sie über alles, aber sie war ein verdammter Drache.

„Weißt du was? Ich nehme mir deinen Rat direkt zu Herzen und deshalb den Rest des Tages frei", sagte sie breit lächelnd. Sie musste ohnehin einen Schlachtplan entwerfen und sich überlegen, wie sie die Callum-Sache angehen sollte.

Überrascht öffnete ihre Mutter den Mund. „Wirklich?"

„Ja", antwortete sie überzeugt. „Ich habe die letzten Wochen tatsächlich zu viel gearbeitet. Zu viele Projekte parallel gemanagt ... Ab Montag werde ich mich vorrangig auf Callum Panther und die Vorbereitungen des Banketts konzentrieren, okay?"

„Okay." Ihre Mutter nickte stolz. „Das ist eine wunderbare Idee."

Na, das würden sie dann ja sehen. „Großartig", antwortete Lara enthusiastisch und rückte sich den Kragen ihrer Bluse zurecht. „Dann ... bis bald. Viel Spaß bei deinem erfundenen Date dieses Wochenende, Tony", sagte sie und klopfte ihm auf die Schulter.

Bevor ihr Bruder irgendetwas erwidern konnte, hastete sie bereits zum Ausgang von *Easy Engineering* und trat nach draußen.

Die warme Sonne schien Lara ins Gesicht, als sie fünf Minuten später auf die überfüllte Straße trat. Der Mai war einer der schönsten Monate in New York. Die Hitze wellte sich noch nicht über den Asphalt, die Bäume und Wiesen im Central Park waren noch saftig grün und nicht ausgedörrt, und alle Menschen schienen freundlicher als noch in den Winter- oder Frühlingsmonaten. Nichtsdestotrotz war ihre Stimmung eher düster.

Sie hatte sich selbst die Pistole auf die Brust gesetzt.

Vier Wochen, um alles über Callums Projekt zu erfahren, das er ihr bisher verschwiegen hatte ... Großer Gott, was hatte sie sich dabei gedacht?

Ihr Vater hatte recht. Wie sollte sie in vier Wochen schaffen, worin sie acht Monate lang versagt hatte?

Aber sie war es so leid, anders als der Rest behandelt zu werden. Von ihren Eltern und Geschwistern als zärtliche Blume betrachtet zu werden, die geschützt und mit Samthandschuhen angefasst werden musste. Sie wollte ihnen beweisen, dass sie mehr als das Opfer ihres blöden Unfalls war!

Nervös tippte sie mit den Fingern gegen ihre Aktentasche, während sie sich auf den Weg zur U-Bahn machte.

Ihre Gedanken wanderten automatisch zu Cal.

Wie konnte sie ihn dazu bringen, endlich mit der Sprache rauszurücken? In den letzten Monaten hatte sie zwar immer Kleinigkeiten erfahren – zum Beispiel, dass er gerade daran arbeitete, die Drohne leichter werden zu lassen oder die Infrarotstrahlung der Kamera zu testen –, aber er hatte ihr immer nur allgemeine Infos gegeben, nie etwas Konkretes. Vor allem hatte er seinen Zeitplan nie vor ihr ausgebreitet, doch das war letztendlich, was das Verteidigungsministerium interessierte. Wann hatte er einen Prototyp und wann könnten sie anfangen, Minen mithilfe seiner Drohnen zu entschärfen?

Sie stieß einen Schwall Luft aus. Eines war klar: Es würde sie sehr viel Zeit und Mühe kosten, ihn zu bearbeiten, und deshalb konnte sie nicht von New York aus agieren. Cal wohnte in Philadelphia und der Weg zu ihm war einfach zu lang. Wenn sie wollte, dass sich die Firma ihres Vaters nicht beim Bankett in vier Wochen blamierte, würde sie den Blödmann sehr viel öfter besuchen müssen als bisher. Ihn bei der Arbeit beobachten.

Vielleicht sollte sie sich für ein paar Wochen ein Hotelzimmer nehmen. Andererseits sah sie es nicht ein, der Firma so viel Geld zu kosten, nur weil Callum Panther sich anstellte!

Nein, es musste eine bessere Möglichkeit geben. Eine günstigere Möglichkeit. Eine Möglichkeit, die es ihr erlaubte, Callum wann immer sie wollte über die Schulter zu sehen ...

Hm. Ihr kam eine Idee.

Eine verrückte Idee, die sie einige Überredungskunst kosten würde, aber nichtsdestotrotz ...

Ihr Handy klingelte und riss sie aus ihren Gedanken. Sie rieb sich über die Schläfe, an der vor etwa einer Minute ein stechender Kopfschmerz eingesetzt hatte, und zog es aus ihrer Tasche.

„Lara Evans?"

„Hallo, Ms Evans. Hier spricht Ihre beste Freundin, die Sie seit Tagen nicht zurückrufen!", erklang eine vorwurfsvolle Stimme.

„Oh, hey Hannah. Sorry, ich wollte mich melden, aber ..." Sie seufzte und zog die Schultern hoch. „Ich hab es vergessen. Entschuldige. Zu viel zu tun."

„Ja? Warum? Was ist bei dir los?"

„Zu viel Arbeit. Zu viel … Zeug“, sagte sie vage.

„Was für Zeug?“

„Zeug, über das ich nicht reden möchte.“

„Also Familienzeug? Das ist immer das, was du am liebsten totschweigst.“

Ja, weil Lara ihr schlecht sagen konnte, dass ihre Familie sie mit ihrer Sorge um ihre Gesundheit erdrückte – ohne ihrer besten Freundin zu verraten, *warum* sie besorgt waren. „Ist ja auch egal. Ich komm schon klar“, meinte sie leichthin. „Rufst du aus einem bestimmten Grund an?“

„Nein, nicht wirklich. Wollte einfach nur wissen, wie es dir geht. Abgesehen davon hat Callum gestern Abend nach dir gefragt, dachte, das interessiert dich vielleicht.“

„Hat er das?“, fragte sie und verengte die Augen.

„Ja, er schien sich Sorgen zu machen, weil er dich seit dem Vorfall mit der Drohne nicht mehr gesehen hat.“

Sie schnaubte. Der Tag, an dem Callum Panther sich um ihr Wohlbefinden sorgte, war der Tag, an dem sie auf ihrer Aktentasche davonflog.

„Ach, er ist nur nervös, weil er nicht weiß, was ich als Nächstes vorhabe.“

„Das glaube ich nicht …“

Nein, weil Hannah ebenfalls einer dieser Menschen war, die Callum für einen Heiligen hielten, der Treffen versäumte und Anrufe vergaß, weil er so schrecklich intelligent und in seiner Arbeit versunken war.

Die ganze Welt hielt Callum Panther für dieses liebenswürdige, etwas verkorkste Genie und er spielte die Rolle gut, aber … sie glaubte sie ihm keine Sekunde lang. Im Gegenteil. Sie war sich sogar ziemlich sicher, dass es nichts in Callum Panthers Leben gab, dass er nicht aus purer Berechnung tat.

„Es spielt keine Rolle", sagte sie und schüttelte den Kopf. „Er wird mich schon früh genug wieder zu Gesicht bekommen."

„Ja?"

„Ja." Sie straffte die Schultern. „Du übrigens auch."

„Warum das?"

Ein süßliches Lächeln breitete sich auf ihren Lippen aus. „Weil ich für die nächsten vier Wochen bei Callum einziehen werde."

# Kapitel 3

„Nein. Wirst du nicht."

Die Worte flossen so schnell aus Callums Mund, dass er ihnen nicht einmal mehr zuwinken konnte. Doch sie mussten gesagt werden. Bevor seine Eingeweide vollends gefroren und sein Kopf explodierte.

Lara lächelte milde, und Cals Nackenhaare stellten sich auf.

Er kannte ihr Gesicht in- und auswendig. Es verfolgte ihn bis in seine verdammten Träume.

Vom Schwung ihrer meist verkniffenen rosa Lippen bis zu ihren viel zu oft zusammengezogenen hellen Brauen war er mit jedem einzelnen Zentimeter ihres Antlitzes vertraut. Niemand benutzte ihre Mimik so ausdrucksstark wie Lara Evans. Niemand konnte ihre Augen so laut rollen, niemand so herzzerreißend tief seufzen, niemand so unschuldig süß lächeln.

Doch heute war etwas anders an ihrem Gesicht. Es wirkte beinahe gelassen und freundlich ... wäre da nicht das entschlossene Funkeln in ihren Augen gewesen, das ihm eiskalt den Rücken hinunterlief.

Lara hatte einen Plan – und sie hatte nicht vor, sich davon abbringen zu lassen.

„Lara, wisch dir diesen Ausdruck vom Gesicht!", rief
er alarmiert. „Er jagt mir Angst ein. Du bist keine Haus-
spinne, also wirst du hier *nicht* einziehen."

„Ich hatte befürchtet, dass du uneinsichtig sein würdest", bemerkte sie seufzend und verschränkte die
Hände auf dem Griff des riesigen Koffers, der vor ihr
stand. „Aber es ist die einzig sinnvolle Lösung für unser
Problem."

Er schnaubte laut und lehnte sich mit der Schulter gegen den Rahmen der Werkstatttür, die Arme vor der
Brust verschränkt. „*Du* bist mein Problem, Lara. Wie
könntest du da die Lösung sein?"

Ihr Lächeln hätte eine ganze Glühbirnenfabrik zum
Strahlen gebracht. „Danke für das Kompliment", sagte
sie leichthin. „Aber gib mir eine Chance, es zu erklären."

Großer Gott, sie hörte sich an wie seine Geschwister.
Kopfschüttelnd sah er sie an und konnte trotzdem
nicht umhin, sie für ihren Dickkopf zu bewundern.
Wer hätte ahnen sollen, dass sie nach ihrem katastrophalen ersten Treffen vor acht Monaten auch heute
noch immer den Schneid besaß, ihm auf die Nerven zu
gehen?

Als er sie damals das erste Mal gesehen hatte, hatte er
geglaubt, ein schüchternes, zerbrechliches Wesen vor
sich stehen zu haben. Lara war klein, höchstens eins
fünfundsechzig groß, und zierlich. Sie war nicht abge-
magert, sondern schlichtweg sehr schmal. Ihre blonden Locken verliehen ihr eine engelsgleiche Aura und
ihre hellblauen, großen Augen waren die pure Un-
schuld. Doch sobald sie den Mund aufgemacht hatte,
war ihm klar gewesen, dass er einem kolossalen Irrtum

auferlegen war. Lara war in etwa so zerbrechlich wie ein Block Granit.

„Du wirst hier nicht einziehen, Lara!", wiederholte er stur.

„Aber ich habe meinen Koffer schon dabei."

„Ist mir egal! Ich will dich nicht hierhaben."

Sie seufzte theatralisch. „Es mag dich überraschen, Cal, aber ich genieße deine Gesellschaft auch nicht gerade. Doch mir bleibt keine andere Wahl."

„Weißt du, jedes Mal, wenn jemand so was Dummes sagt, lache ich innerlich laut."

„Du kannst laut lachen?", fragte sie irritiert. „Nein, das kann nicht stimmen. Denn das würde bedeuten, dass du Spaß am Leben hast."

Cal presste die Lippen zusammen. Sie sollte ihn nicht so aufregen. Er sollte sich mittlerweile an ihren bissigen Humor und ihre dummen Sprüche gewöhnt haben. Doch das Verlangen, die Hände um ihren eleganten Hals zu legen und zuzudrücken, blieb.

Gott, er wollte die Lara zurück, die er vor acht Monaten kennengelernt hatte. Die nervöse, unangenehm berührte Lara, die gegangen war, als die Situation drohte, zu eskalieren.

Aber sie war mit Fackel und Mistgabel in der Hand zurückgekehrt, um dem Biest ein Ende zu bereiten.

Callum konnte sich immer noch nicht ganz mit dem Gedanken arrangieren, in dieser Gleichung das Biest zu sein. Er sah sich selbst eher als stolzer Löwe oder bescheidener Wolf.

Tief atmete er durch und ermahnte sich zur Ruhe. Er konnte die Oberhand nur behalten, wenn er gelassen und freundlich blieb. Denn das regte sie auf.

„Du solltest sofort beim Fundbüro anrufen", sagte er und lächelte gezwungen.

Verwirrt blinzelte sie ihn an. „Was?"

„Na ja, weil du doch deinen Verstand verloren hast."

Sie verdrehte die Augen und hievte den riesigen Koffer über seine Türschwelle. „Wie lange kennen wir uns bereits, Callum?"

„Acht Monate, drei Tage und ungefähr zweieinhalb Stunden", ratterte er herunter.

„Aww, du hast mitgezählt!", sagte sie und legte dramatisch eine Hand auf ihre Brust. „Ich bin gerührt. Ich muss wirklich einen großen Einfluss auf dein Leben haben."

„Schmeichel dir nicht selbst, ich zähle die Sekunden, bis ich dich wieder los bin. Abgesehen davon kennen meine Gehirnkapazitäten keine Grenzen."

„Na, wenn das so ist, müsstest du dich auch daran erinnern, dass ich nicht scherze, wenn es um meine Arbeit geht. Ich bin gekommen, um zu bleiben."

Er schnaubte. „Einen Scheiß bist du. Das ist meine Wohnung, du begehst Hausfriedensbruch."

„Dann ruf doch die Polizei", sagte sie ungerührt. „Coop arbeitet doch jetzt wieder dort, oder nicht? Sag ihm, er soll mich verhaften."

Das würde er ja tun, wenn Coop nicht ein solcher Verräter wäre. Denn er *mochte* Lara. Callum hatte keinen Schimmer, warum – vielleicht weil seine bessere Hälfte Laras beste Freundin war und er sie nicht verärgern wollte –, aber so war es nun einmal. Er würde Cal auslachen, wenn er die Polizei rief, damit diese mit der winzigen Blondine fertig wurde, die seine Gedanken, sein Leben und zu allem Überfluss jetzt auch noch sein Apartment infiltrierte.

„Das ist mit Abstand der beschissenste Montagmorgen meines gesamten Lebens", murmelte er und fuhr sich mit beiden Händen in die Haare.

„Was nur beweist, was für ein behütetes Leben du bisher hattest", erwiderte Lara ungeduldig und schnalzte mit der Zunge. „Pass auf: In vier Wochen ist das Bankett …"

„Das Bankett, zu dem ich nicht gehen werde?"

„Ja, genau das. Außerdem auch das Bankett, auf dem du den Prototyp deiner Drohne vorstellen sollst. Meine Firma hielt es für klug, dir für die letzten Wochen so viel Hilfe wie möglich bereitzustellen."

„Und da schicken sie *dich*?", fragte er entgeistert.

„Ich weiß am meisten über das Projekt."

„Ja, aber wir mögen uns nicht, Lara!"

Irritiert zog sie die Augenbrauen zusammen. „Was hat denn das eine mit dem anderen zu tun? Ich sehe das so, Callum: *Irgendwer* wird auf diesem Bankett *irgendetwas* zu deiner Drohne erzählen müssen. Damit das Verteidigungsministerium nicht denkt, dass es seine Millionen Dollar an Forschungsgeldern in den Wind geschossen hat. Am liebsten hätten sie natürlich, dass du oben auf der Bühne stehst und von deiner Arbeit berichtest – aber wir beide wissen, dass das selbst mit Hilfe einer guten Fee nicht passieren wird. Weißt du, wer stattdessen mit einem Mikrofon in der Hand vor zweihundert Leuten enden wird? Richtig: Ich!" Ein harter Zug entstand um ihren Mund. „Ich werde dort oben stehen und dein Projekt vorstellen müssen. Und das werde ich nicht tun, ohne genau zu wissen, *was* du überhaupt designst. Welche Funktionen die Drohne haben wird. Wie du planst, die Minen zu entschärfen. Wie weit fortgeschritten du mit deiner Arbeit bist."

Gott, sie war eine verdammte, kaputte Schallplatte.

„Nein", sagte er hart.

Er hörte ihre Zähne knirschen. „Okay. Dann musst *du* zum Bankett."

„Nein."

„Du magst das Wort, oder?"

„Nein."

„Cal!"

„Ja?"

„Oh, großer Gott!" Lara zog so unwirsch die Hände von ihrem Koffer, dass er drohte vornüberzukippen. „Das hier ist kein Spaß für mich, okay?", fuhr sie ihn an und stemmte die Hände in die Seiten. „Meine ... meine gesamte Existenz hängt davon ab!"

Er hob eine Augenbraue. Wovon redete sie? „Was?"

„Sie feuern mich, wenn ich nicht endlich Ergebnisse liefere, Cal!", platzte es aus ihr heraus.

Cals Magen zog sich abrupt zusammen und seine Schultern versteiften sich.

Das konnte nicht ihr Ernst sein.

Es war nicht fair. Er sollte nicht die Verantwortung dafür tragen müssen, ob Lara erfolgreich war oder nicht! Erst recht nicht dafür, ob sie bald arbeitslos war! Das alles sollte von ihrer Intelligenz und ihren eigenen Fähigkeiten abhängen. In was für eine schreckliche Lage brachte ihr Boss ihn ... ähm, sie damit?

„Mein Chef ist ein Arschloch, okay?", sagte sie fahrig und senkte den Blick. „Er ist frauenfeindlich, so wie alle anderen blöden Männer in meinem Berufszweig, und sucht seit Monaten einen Grund, mich rauszuwerfen. Wenn ich ihn also auf dem Bankett blamiere, weil ich keine Ahnung habe, wovon ich rede ..." Sie schloss die Augen und seufzte. „Bitte, Cal. Mein Job hängt davon ab. Ich weiß, wir hatten einen echt miesen Start, und das letzte Mal, als wir uns gesehen haben, ist die Situation etwas eskaliert ... aber könnten wir einfach für die nächsten vier Wochen einen Waffenstillstand vereinbaren?"

Er hob einen Mundwinkel, doch seine Gedanken ratterten. Sie konnte nicht ernsthaft seinetwegen rausgeworfen werden, oder? Er suchte die Wahrheit in ihrem Gesicht, doch sie verzog keine Miene.

Zum ersten Mal in seinem Leben war sich Cal nicht sicher, ob die Verzweiflung auf ihrem Gesicht echt war oder nicht. Denn er hatte sie noch *nie* dort gesehen.

„Wir sind erwachsen. Es sollte nicht so schwer für uns sein, Vernunft zu beweisen", stellte sie klar. „Und ich weiß, dass du ... dass du mich nicht mithilfe deiner Drohne umbringen wolltest, Callum."

Er lachte trocken. „Wunderbar."

„Hör auf, sarkastisch zu sein", sagte sie warnend. „Ich gebe mir gerade Mühe, okay?"

Er hob die Hände und fühlte sich wie der letzte Idiot. Shit, sie meinte es wirklich ernst. Sie hatte Angst um ihren Job und versuchte eine erwachsene Unterhaltung mit ihm zu führen. Wer hätte damit rechnen können?

„Okay. Entschuldigung", sagte er nüchtern. „Ich hab mich nur schon so dran gewöhnt."

„Na, dann wird es Zeit, es sich wieder abzugewöhnen", erklärte sie und reckte das Kinn. „Wenn ich hier einziehe, werden wir die nächsten Wochen schließlich eine Menge Zeit miteinander verbringen. Vielleicht können wir Fr–", sie brach ab und zog eine Grimasse, „gute Bekannte werden!"

*Wenn ich hier einziehe ...*

Fuck.

Fuck, fuck, fuck.

Er knackte mit dem Kiefer und fuhr sich mit der flachen Hand übers Gesicht.

Was tun?

Gott, er hasste sein Leben. Er hatte doch bereits genug Probleme, die er nicht lösen konnte!

Aber wenn er eines über Lara wusste, dann dass sie keine halben Sachen machte. Wenn sie sagte, sie zog bei ihm ein – zog sie bei ihm ein.

Sie hatte recht, er würde nicht zum Bankett gehen, auch wenn es praktisch exklusiv für ihn gegeben wurde. Er verstand, dass sie wissen wollte, wovon sie redete ... und er würde nicht damit leben können, dafür verantwortlich zu sein, dass sie ihren Job verlor.

Er war doch nur dazu fähig, sich mit ihr zu streiten, weil er wusste, dass es sie nicht wirklich störte! Dass sie mit seiner Wut zurechtkam.

Doch wenn sie plötzlich arbeitslos wurde, weil er ein Idiot war ... nein. Das war inakzeptabel.

Er schuldete es ihr, sie zumindest auf das Bankett vorzubereiten. Abgesehen davon: Egal, ob er Schuld daran trug oder nicht; das letzte Mal war sie mit Platzwunde an der Stirn aus seinem Innenhof gestolpert, und auch wenn sie glauben mochte, dass ihm das nichts ausgemacht hatte, hatte er sich die letzten Wochen über verdammt schäbig gefühlt.

Lara war stark und stolz, und Tränen in ihren Augen zu sehen, während Blut ihr Gesicht hinablief, war beschissen gewesen. So beschissen, dass er zwei Nächte lang nicht geschlafen hatte.

Also, ja. Er würde ihr etwas über die Drohne erzählen, er würde dafür sorgen, dass sie ihren Job behielt – auch wenn er ihr nicht verraten würde, dass er nicht sicher war, ob sie jemals funktionieren würde.

„Schön", sagte er knapp und richtete sich zu seiner vollen Größe auf. „Du kannst das Gästezimmer haben."

„Wirklich?" Überrascht hob sie die Augenbrauen.

„Ja." Dort konnte er sie zur Not drin einschließen. Diese Möglichkeit hatte er nicht, wenn sie in einem Hotelzimmer wohnte. „Aber ich habe ein paar Bedingungen." Wenn sie ihn schon belästigen musste, konnte sie sich zumindest nützlich machen.

Seufzend ließ sie die Hände sinken. „Natürlich hast du die. Okay. Ich spiele mit: Was muss ich tun, um mir den Platz in deinem Gästezimmer zu verdienen?"

„Du musst mit mir auf drei Dates gehen."

Lara verschluckte sich offenbar an ihrer eigenen Spucke, denn sie fing an zu husten und ihr Gesicht lief feuerrot an. „Was?", krächzte sie.

Er lächelte breit. „Mhm, das war vielleicht etwas ungünstig formuliert", überlegte er laut. „Ich meinte, dass du mich auf drei Dates, die ich mit anderen Frauen haben werde, begleiten musst. Wenn es schlecht läuft, wirst du dafür sorgen, dass es schnellstmöglich vorbei ist."

„Moment, du ... du *datest*?" Die Verblüffung in Laras Stimme war beleidigend, aber er konnte sie nur allzu gut nachvollziehen.

„Ja", antwortete er schlicht. „Meine Geschwister sind der Meinung, dass ich ein Privatleben entwickeln sollte."

Lara blinzelte perplex, nickte jedoch langsam. „Hm. Dasselbe hat meine Mutter mir am Freitag auch gesagt."

„Deine Mutter will, dass ich ein Privatleben entwickle?", fragte er stirnrunzelnd.

„Nein. Aber ich. Anscheinend arbeite ich ihr zu viel."

Was sagte man dazu. Sie hatten eine Gemeinsamkeit. „Also ... haben wir einen Deal?" Er streckte die Hand aus.

Lara ignorierte sie. „Ich soll deine Anstandsdame spielen ... und das ist alles?"

Nein, jetzt, da sie es sagte ... „Außerdem musst du für mich kochen und putzen", fügte er hinzu.

Lara lachte laut, und der fröhliche Ton war so überraschend, dass Cals Herz stolperte.

Hatte er sie jemals lachen hören? Ehrlich lachen? Er erinnerte sich nicht.

„Du möchtest also eine Haushaltshilfe?", meinte sie im Plauderton.

„Ja, das wäre fantastisch", antwortete er betont ernst.

Ihr Lächeln wurde breiter. „Hm. Interessant. Ich soll für dich kochen, für dich putzen, dir böse Frauen vom Hals halten. Soll ich vielleicht auch noch mit dir schlafen?"

Cal konnte es nicht verhindern ... seine Gedanken wanderten sofort in dreckige Gefilde und ein Bild blitzte in seinem Kopf auf. Ein Bild von nackter Haut und geöffneten Lippen und großen, verdunkelten Augen. Eine Lara, die nicht widersprach. Die zu beschäftigt mit ihrem Mund war, um etwas anderes als ein Stöhnen hervorzubringen ... Hitze schoss durch seinen Körper, in seine unteren Regionen, und schockiert trat er einen Schritt zurück.

Was zur Hölle?

Coopers Gerede von Sex war ihm offensichtlich zu Kopf gestiegen. Mann, er lebte wirklich schon viel zu lange enthaltsam.

Er blinzelte sich die Gedanken aus dem Kopf und räusperte sich.

„Das ist eine fantastische Idee", sagte er gelassen. „Warum hast du mir das nicht schon viel früher angeboten? Du solltest deine Arbeitsmoral wirklich mal überdenken."

Lara verlor ihr Lächeln nicht, schnaubte jedoch und stieß hart mit der Schulter gegen seine Brust, während sie ihren Koffer an ihm vorbei in Richtung Flur bugsierte. „Ich würde dich im Bett vollkommen überfordern", erklärte sie schließlich sachlich. „Du wüsstest nicht, wie dir geschieht."

Zu seiner Überraschung spürte er, wie ebenfalls ein Lächeln auf sein Gesicht kletterte. „Du unterschätzt mich, Lara. Ich bin ein Genie. In allen Bereich des Lebens. Schon vergessen?"

Ihre Wangen verfärbten sich zufriedenstellend pink.

„Ich bleibe dabei", sagte sie und räusperte sich. „Eine Nacht mit mir und am nächsten Morgen stünde deine Welt kopf. Das wäre nichts für dich."

„Ich weiß nicht, bist du im Bett still?", überlegte er laut. „Dann könnte ich vielleicht Gefallen daran finden."

Mit gehobenen Augenbrauen wandte sie sich zu ihm um. „Callum: Wenn ich im Bett still bin, macht der Kerl irgendetwas falsch.“

Er grinste. „Dann also eher nicht.“

„Nein", stellte sie klar, bevor sie durch die Tür in den Flur verschwand.

Leise lachend sah er ihr nach, bevor er den Kopf schüttelte und seine Stirn betastete. Lara Evans würde vier Wochen lang bei ihm wohnen, und er befand sich nicht in einem Fiebertraum.

Wow. Er sollte sich selbst sofort um die hundert IQ-Punkte aberkennen. Denn zumindest in diesem Moment durfte er sich nicht mehr als Genie bezeichnen.

# Kapitel 4

Oh Gott, sie hatte geflunkert.

Das letzte Mal hatte sie so dreist gelogen, als sie mit vollem Mund und Schokolade an ihrer Nasenspitze behauptet hatte, sie wisse nicht, wo das letzte Stück Kuchen sei. Doch damals war sie sechs gewesen! Jetzt war sie dreißig und sollte es besser wissen.

Mist.

Stöhnend griff sie sich an den Kopf. Sie konnte die Lügen, die sie Cal aufgetischt hatte, nicht einmal mehr an einer Hand abzählen.

Erstens bezweifelte sie stark, dass ihr Vater sie feuern würde, sollte sie diesen Auftrag nicht beenden können. Ihre Karriere hing also keineswegs vom Ausgang dieser vier Wochen ab. Ihre Ehre, ihr Selbstbild, nicht zu vergessen ihr Stolz jedoch schon.

Zweitens war Richard Evans natürlich weder frauenfeindlich noch ein Arschloch. Aber all das musste Cal ja nicht wissen. Wichtig war nur, dass sie sich gerade in seinem Gästezimmer befand und ihren Koffer auspackte.

Auch wenn das ungute Gefühl von ihr Besitz ergriff, dass sie es diesmal womöglich etwas zu weit getrieben hatte. Aber die Lüge war in den Brunnen gefallen und sie würde sicher nicht dort hinunterklettern, um sie wieder hochzuholen.

Also seufzte sie noch einmal schwer, atmete tief durch und beschloss, sich keine weiteren Gedanken darüber zu machen. Sie hatte Cal davon überzeugt, sie bei ihm einziehen zu lassen. Das zählte.

Vorsichtig sah sie sich im Raum um, der in etwa so liebevoll eingerichtet war wie eine Gefängniszelle.

Cal schien kein Händchen oder einfach keine Geduld für Innendesign zu haben.

Die Einrichtung bestand aus weißen kahlen Möbeln. Schreibtisch, Bett, Schrank. Vorhänge existierten nicht. Es gab keine bunten Kissen, nichts, das den Raum geschmückt hätte. Nur ein Regal, in dem eine Unmenge an Büchern stand. Allesamt dicke Wälzer. Sachbücher, keine Romane. Gemütlichkeit war Callum wohl nicht wichtig.

Kopfschüttelnd verfrachtete sie den Rest ihrer Kleidung in den Schrank, bevor sie ein Foto ihrer Familie auf den Nachttisch stellte – es beruhigte sie, etwas Kleines, Familiäres dabei zu haben – und den herzförmigen Rosenquarz danebenlegte, den Tony ihr geschenkt hatte, als sie im Krankenhaus gelegen hatte.

Wahrscheinlich war es albern, doch seitdem trug sie ihn immer und überall mit sich herum. Er erinnerte sie daran, was hinter ihr lag und dass sie stärker daraus hervorgegangen war. Dass jede Hürde, die vor ihr lag, nicht so schlimm sein konnte wie die, die sie bereits überwunden hatte.

Auch wenn Callum Panther nah herankam.

Sie zog ihre High Heels aus, die sie zur Ermutigung gebraucht hatte, auch wenn sie ihre Hüfte zum Ächzen brachten, schlüpfte in ein paar alte Sneaker und lief mit ihrem Laptop unterm Arm zurück zur Werkstatt.

Auf dem Weg dorthin lugte sie in ein paar weitere Zimmer. Da war eine graue Küche, die fast unbenutzt aussah. Ein weiteres Schlafzimmer, das vermutlich Callum gehörte. Zumindest war das Bett größer und ein Handyladegerät daneben angeschlossen. Auch wenn sie nirgendwo persönliche Gegenstände entdecken konnte.

Der Flur war ebenso nackt und bilderlos.

Lara verstand es nicht. Woran erfreute Callum sich im Leben? Auch sie war ein ziemlich pragmatischer Mensch, der sich gern in ihrer Arbeit verlor und Deko nicht allzu viel abgewinnen konnte – trotzdem besaß sie zumindest eine Pflanze! Sie war aus Plastik, aber so konnte sie sie wenigstens nicht umbringen.

Cal jedoch lebte furchtbar trostlos.

Wie konnte er in diesem Apartment glücklich sein?

Andererseits: So wie es aussah, verbrachte er nicht viel Zeit hier.

Sein gesamtes Leben schien sich in der Werkstatt abzuspielen, in die sie nun trat.

Mit verengten Augen sah sie sich um.

Er hatte hier alles, was er brauchte. Einen Kühlschrank, eine Kaffeemaschine, ein breites Sofa, auf dem sie ihn mehr als einmal schlafend vorgefunden hatte. Wie viele Stunden in der Woche verbrachte er hier wohl?

Zu viele.

Sie mochte ein Workaholic sein, Cal jedoch war ein Besessener, der Freizeit wahrscheinlich nicht einmal buchstabieren konnte. Automatisch fragte sie sich, ob sein Leben schon immer so ausgesehen hatte. Voll von Zahlen, Drähten und Ideen.

Sie hatte in den letzten acht Monaten einiges über ihn erfahren. Alles aus Klatschzeitungen – denn von Cal hätte sie sicherlich keine persönlichen Infos bekommen.

Er war bereits mit sieben Jahren als Genie verschrien gewesen. Hatte den Highschool-Abschluss mit fünfzehn gemacht – jedoch nur so *spät*, da er zur Hälfte seiner Kurse nicht erschienen war. Dann hatte er die Universität *Caltech* besucht, an der er nie einen Abschluss gemacht hatte. Er besaß nicht einmal einen Bachelor. Einer seiner Professoren hatte gemeint, dass er sich geweigert hätte, eine vierzigseitige Arbeit zu schreiben und eine Drohne als Abschlussarbeit hatte einreichen wollen. Als der Dekan ihm erklärt hatte, sie bräuchten auch eine theoretische Arbeit von ihm, hatte er einfach weiterhin Master-Kurse besucht und war zwei Jahre später ohne Zertifikat abgegangen.

Ja, ihr war sehr schnell klar geworden, dass Callum Panther Dinge auf seine Art oder gar nicht tat. Sehr zum Leidwesen eines jeden Auftraggebers. Das Verteidigungsministerium der Vereinigten Staaten miteinbegriffen.

Sie ließ ihren Laptop auf einen der Tische gegenüber von Cals Werkbank sinken und suchte den Raum nach Bildern, Fotos oder Blumen ab. Doch auch hier lag nichts herum, das als persönlich oder hübsch hätte kategorisiert werden können.

Cal stand bereits wieder an der Werkbank und studierte irgendetwas auf einem der vielen Bildschirme, die den Raum bevölkerten. Lara räusperte sich.

Er sah nicht auf, doch sie wusste trotzdem, dass er sie gehört hatte. Er war viel aufmerksamer, als er alle glauben machen wollte.

„Wie lang lebst du hier schon, Cal?", wollte sie wissen.

Einige Sekunden lang sagte er nichts, dann schien er jedoch zu dem Schluss zu kommen, dass die Antwort auf diese Frage ihr keinerlei Munition gab. „Seit drei Jahren", murmelte er also.

„Und in der Zeit bist du nicht dazu gekommen, deine Wohnung einzurichten?"

Irritiert sah er von seinem Bildschirm auf. „Ich bin eingerichtet." Er wedelte mit der Hand im Raum umher.

„Ja, deine Werkstatt ist mit dem nötigen Equipment versehen. Aber der Rest des Apartments sieht fast ... unbewohnt aus."

Er hob eine Augenbraue. „Und das interessiert dich, weil ...?"

Sie hob die Schultern. „Keine Ahnung. Die ganze Einrichtung ist einfach merkwürdig. Sehr kalt. Fast so, als würdest du keine Besucher in deinen Räumlichkeiten wollen."

Er warf ihr einen ironischen Blick zu. „Woran kann das nur liegen?"

Sie verdrehte die Augen. „Ja, klar, ich weiß, dass du *mich* nicht hierhaben willst – aber jemand anderen?"

„Wen?"

„Keine Ahnung. Eine Frau?"

Er verengte die Augen. „Sag mal, haben meine Geschwister dir Geld dafür gezahlt, hier aufzutauchen und solche Dinge zu fragen?"

„Nein, auf die Idee bin ich von ganz allein gekommen", erklärte sie stolz, während ihr Blick zu einem Schrank wanderte, in dem nur Chipstüten und Energydrinks standen. „Und dir ist klar, dass du dich wie ein Teenager ernährst, oder? Ich meine, wie alt bist du? Einunddreißig? Das Innere deiner Schränke lässt nämlich vermuten, dass du noch mitten in der Pubertät steckst. Liebe Güte, warum wiegst du nicht drei Tonnen?"

Er zuckte die Achseln und sah schon wieder auf seinen Computerbildschirm. „Hab gute Gene und gehe Joggen."

Gott, die Welt war unfair! „Du solltest einkaufen gehen."

„Ich habe keine Zeit dafür."

Lara presste die Lippen zusammen. „Niemand hat Zeit für irgendetwas, Callum. Das ist in unserer Gesellschaft so vorgesehen. Du musst dir die Zeit nehmen, sonst wirst du sie niemals haben."

„Sehr philosophisch, Sokrates, danke", murmelte er abwesend.

„Ich meine ja nur", fuhr sie fort. „Du kannst unmöglich so leben."

„Und doch tue ich es."

„Weil du besessen von deiner Arbeit bist und dich um nichts anderes kümmerst!"

Callum hielt inne ... und Lara bekam das Gefühl, dass sie etwas Falsches gesagt hatte. Mit verengten Augen sah er auf. Seine eisblauen Iriden so durchdringend, dass Lara erschauderte.

„Ich habe eine Gegenfrage, Lara“, sagte er nervenaufreibend langsam. „Fühlst du dich mit deinem eigenen Leben zufriedener, wenn du meines kritisierst?“

Sie blinzelte. „Was?“

„Fühlst du dich mit deinen eigenen Entscheidungen besser, wenn du mich für meine verurteilst?“, erklärte er geduldig.

Mit offenem Mund starrte sie ihn an.

Ach, Mist. Niemand war so gut darin, unangenehme Fragen zu stellen, wie Callum Panther.

„Ich meine“, fuhr er fort, „ist das Leben einer Person, die täglich Brokkoli isst und ein hübsches Bild an der Wand hängen hat, wertvoller als das Leben einer anderen? Und wenn meine Art, mein Leben zu führen, so schrecklich ist, ist deine Herangehensweise ans Leben im Vergleich dazu dann fantastisch?“

„Ähm ... mein Leben ist in Ordnung.“ Meistens zumindest.

„Ist es das?“ Er runzelte die Stirn. „Denn dein Lebensweg hat dich offensichtlich zu mir geführt. Irgendetwas muss also schiefgelaufen sein.“

Sie starrte ihn an ... und wusste nicht, was sie darauf erwidern sollte.

Er lächelte wissend und sah wieder auf seinen Bildschirm.

Ihr Magen zog sich zusammen und sie brauchte ein paar Minuten, um zu verstehen, dass sie ein schlechtes Gewissen hatte.

Shit, Callum hatte recht.

Sie urteilte über ihn. Schon wieder! Er führte sein Leben nicht so wie alle anderen, und sie kritisierte ihn dafür. Warum tat sie das? Während sie doch selbst in einem so dünnwandigen Glashaus saß und zwei Handgranaten in den Händen hielt?

Sie schloss die Augen und seufzte leise. Schließlich murmelte sie: „Es tut mir leid.“

Das erntete sofort seine Aufmerksamkeit. „Entschuldige?“

„Es tut mir leid“, wiederholte sie steif, denn die Worte fielen ihr wirklich nicht leicht. „Es ist dein Leben. Du kannst es leben, wie du willst. Es wäre ... anmaßend von mir, zu behaupten, ich wüsste es besser.“

„Danke“, sagte er tonlos, sichtbar verblüfft.

Sie nickte fest. „Und wenn wir schon einmal dabei sind: Es tut mir ebenso leid, dass ich dir vorgeworfen habe, du wolltest mich umbringen. Ich weiß, dass es ein Unfall war. Außerdem hätte ich dich und deine Familie bei unserem ersten Treffen nicht beleidigen sollen. Ich war nervös und wenn ich nervös bin, fasele ich. Ich habe das alles nicht so gemeint. Tatsächlich mag ich deine Familie sehr gern. Na ja, zumindest Coop, die anderen kenne ich nicht besonders gut.“

Also, wenn das kein erster Schritt in Richtung Waffenstillstand war, dann wusste sie auch nicht!

„Oh ... okay“, wiederholte Cal etwas überfordert. „Danke. Ich ... wow. Wer hätte damit gerechnet?“

„Ich hab mich auch schon damals entschuldigt!“, erinnerte sie ihn, bemüht, nicht wieder angriffslustig zu klingen. „Aber du hast die Entschuldigung nicht angenommen.“

„Nein. Aber damals dachte ich ja auch, dass ich dich loswerde, wenn ich nur besonders unhöflich bin.“

Sie konnte ihr Lächeln nicht unterdrücken. „Das war sehr naiv von dir."

„Ja, eines der größten Irrtümer meines Lebens – und davon gibt es denkbar wenige", bestätigte er und fuhr sich durch die Haare. Dann neigte er den Kopf und sah sie nachdenklich an. „Ich sollte mich auch entschuldigen, was?"

„Nur, wenn du denkst, es gäbe da etwas, das du innerhalb der letzten acht Monate falsch gemacht hast", erwiderte sie unschuldig.

Er hob den rechten Mundwinkel. „Mhm. Nein. Ich erinnere mich an nichts."

Düster sah sie ihn an.

Er lachte leise. Ein angenehmes Lachen, das sie ihm vor einer Stunde noch nicht zugetraut hätte. „Es tut mir leid,                                                    Lara."

„Was genau?", wollte sie wissen, denn so leicht ließ sie ihn sicher nicht vom Haken.

„Dass ich dir ..." Er zögerte. „Dass ich dir deine Arbeit so schwermache; dass du dich in meiner Gegenwart untypisch oft zu verletzen scheinst und dass ich dich manchmal absichtlich aufrege."

„Ich *wusste*, dass du es absichtlich machst", sagte sie kopfschüttelnd und presste die Lippen zusammen. „Hannah meinte, du würdest Leute irritieren, ohne es zu merken – aber sie liegt komplett falsch."

Callums breites Lächeln war Antwort genug. „Da wir gerade bei Entschuldigungen sind", meinte er im Plauderton. „Tut es dir auch leid, dass du mir meine Lieblingskappe geklaut hast?"

„Ich habe keine Ahnung, wovon du redest", erwiderte sie nüchtern – denn die Kappe würde sie behalten! Sie hatte sich schon an ihre Kopfform angepasst und würde ohnehin zu klein für Cals unförmigen Dickschädel sein.

„Mhm, schon klar", erwiderte er kopfschüttelnd, doch er schien noch immer amüsiert.

„Also, jetzt, da wir das aus dem Weg geschafft haben", sagte Lara zufrieden, „möchtest du mir vielleicht erklären, woran du gerade arbeitest?"

Callum blickte auf seinen Computerbildschirm, blickte in ihr Gesicht ... „Nein."

Ihre Schultern sackten nach unten. „Das kann doch nicht dein Ernst sein."

Er seufzte, sah jedoch nicht auf. „Ich kalibriere den Infrarot-Sensor."

„Warum?"

„Damit ich die Drohne das nächste Mal gezielter gegen deinen Kopf fliegen lassen kann."

Sie gab einen Laut der Frustration von sich, und endlich blickte Cal ihr wieder in die Augen.

Er sah sehr unzufrieden aus. „Okay, pass auf", sagte er in fachmännischem Tonfall. „Ich verstehe, dass das scheiße für dich ist. Wirklich. Aber ich kann dir keine Infos geben, die sich einen Tag später wieder ändern. Das ist lästige, unnötige, nie endende Arbeit. Ich werde dir genug über die Drohne erzählen, damit du dich auf dem Bankett nicht blamierst – wenn ich so weit bin."

Das war mehr, als sie jemals von ihm bekommen hatte, also nickte sie nur. Vielleicht war es auch zu viel verlangt, direkt Fortschritte zu erwarten, nur weil er sie hier duldete und sie Entschuldigungen ausgetauscht hatten. Sie würde das Gespräch auf später verschieben und erst einmal etwas von ihrer Arbeit erledigen.

Die drängende Mail des Verteidigungsministeriums, das wissen wollte, ob Cal vorhatte, die Drohne auf dem Bankett zu demonstrieren, und ob sie dies auf ihrer Website veröffentlichen könnten, ignorierte sie vorerst.

Sie musste sich ohnehin noch überlegen, wie sie möglichst freundlich und sensibel formulierte, dass Cal überhaupt nicht vorhatte, zu erscheinen.

Sie stöhnte. Manchmal fühlte sich ihr Job wie ein Wettrennen auf Eierschalen an.

# Kapitel 5

Da Lara von ihrem Vater ärgerlicherweise größtenteils Computerarbeiten zugeteilt bekam, war es kein Problem, ihr Arbeitspensum von Cals Werkstatt aus zu schaffen. Sie war sogar früher fertig als gedacht ... und das, obwohl sie abgelenkt war. Denn Cal beim Arbeiten zu beobachten, war überraschend faszinierend.

Sie hatte noch nie jemanden gesehen, der über einen so langen Zeitraum hinweg so konzentriert bei der Sache war – und sie musste ihn einfach dafür bewundern.

Wie seine großen Hände so gezielt arbeiteten. Wie seine Finger über die Tastatur flogen und er jeden Anruf, den er bekam, schamlos wegdrückte. Wie er alles um sich herum vergaß. Als habe er keine Ahnung, dass er nicht allein war ... oder als würde es ihn schlichtweg nicht kümmern.

Callum Panther interessierte sich nicht für die Dinge, die andere über ihn dachten. Viele Menschen behaupteten, diese Fähigkeit zu besitzen, doch die meisten logen. Cal nicht.

Er hatte auch andere Eigenarten, die Lara zuvor nicht aufgefallen waren. Sie war sich nicht sicher, ob er sich dessen bewusst war, aber Cal sprach beim Arbeiten. Oder vielmehr murmelte er vor sich hin.

Manchmal waren es nur Maschinenbefehle, die er vermutlich gerade in sein Programm eintrug. Mehr als einmal hörte sie ihn jedoch frustriert sagen: *„Nein, das wäre ja auch zu viel verlangt"* oder *„Oh, bitte, stell dich nicht so an"*.

Es war unklar, ob diese Worte an ihn selbst oder aber an die Drohne gerichtet waren. Egal, was es war: Unterm Strich betrachtete Lara es als erstes Anzeichen dafür, dass Callum langsam, aber sicher dem Wahnsinn verfiel.

Denn das war, was Genies passierte, wenn sie vergaßen, Luft zu holen und Pausen einzulegen.

Es stand offenbar schlimmer um Callum als gedacht, und auf einmal verstand Lara, warum sich seine Geschwister solche Sorgen um ihn machten und ihn dazu zwangen, auszugehen.

Doch sie war nicht in der Position, ihn darauf aufmerksam zu machen ... außerdem hatte sie das unbestimmte Gefühl, dass sie Cal nichts erzählen würde, was er nicht bereits wusste.

Also blieb sie stumm und kümmerte sich um ihren eigenen Kram. Arbeitete vor, was sie vorarbeiten konnte.

Heute kam sie jedoch nicht wirklich voran. Sie war so nervös aufgrund ihres Vorhabens gewesen, dass sie das Wochenende über furchtbar schlecht und wenig geschlafen hatte. Die Müdigkeit saß in ihren Gliedern und machte sich bei jeder Bewegung bemerkbar.

Um sieben rauchte ihr der Kopf und der Hunger fraß ein Loch in ihren Bauch. Sie hätte Cal fragen können, ob er was zu essen im Haus habe, aber irgendetwas sagte ihr, dass er darauf keine befriedigende Antwort gehabt hätte. Also ließ sie es einfach und durchstöberte selbst die Küche.

Sie fand zwei Tiefkühlpizzen im Gefrierfach, die sie in den Ofen schob und nach zwölf Minuten schließlich auf zwei Tellern drapierte, die sie zurück in die Werkstatt trug.

Cal hatte sich währenddessen nicht von seinem Platz bewegt, und Lara war nicht einmal überrascht.

„Ich hab Pizza gemacht, willst du vielleicht kurz aufhören und zusammen mit mir essen?"

„Nein", war Callums schlichte Antwort. „Aber ich will die Pizza."

Sie seufzte. Damit hätte sie rechnen können.

„Es ist nicht gesund, Essen herunterzuschlingen. Außerdem brauchst du eine Pause."

Er sah auf und neigte den Kopf. „Es ist ebenso gesundheitsgefährdend, mir das immer und immer wieder zu sagen, also pass besser auf."

Ach, Cal war so charmant. „Ich würde dir ja jetzt den Mittelfinger zeigen, aber ich habe zwei Pizzateller in der Hand. Es muss also warten", erwiderte sie fröhlich, lief auf ihn zu und stellte einen der Teller zu ihm auf die Anrichte.

Den Mittelfinger sparte sie sich jedoch – Callum sah sowieso nicht hin.

„Danke", murmelte er nur und tastete nach dem Essen.

Kopfschüttelnd sah sie ihn an. „Wie lange wirst du noch arbeiten, Cal?"

„Bis ich mit dem fertig bin, was ich mir für heute vorgenommen habe."

Lara klopfte ungeduldig mit den Fingern auf den Tisch. „Aber das kann noch ewig dauern."

„Exakt, also hör auf, mich zu nerven."

Sie verdrehte die Augen, tat ihm jedoch den Gefallen und zog sich mit ihrer Pizza auf die Couch zurück. Callum gab dem Wort *Workaholic* eine ganz neue Bedeutung – und Lara konnte sich nicht vorstellen, dass so viel Arbeit und so wenig Freizeit seinem Seelenheil guttaten.

Auf gewisse Art und Weise verstand sie ihn. Arbeit konnte süchtig machen, gerade wenn man nicht viel anderes im Leben hatte, auf das man sich konzentrieren konnte. Aber es war unmöglich, ein solches Pensum ewig durchzuhalten. Früher oder später brannte man aus. In Callums Fall würde das eher später, passieren, weil er eben ein blödes Genie war und nur vier Stunden Schlaf die Nacht brauchte – zumindest, wenn man *People Magazine* Glauben schenken konnte. Nichtsdestotrotz würde er irgendwann am Ende mit seiner Kraft sein. Er war schließlich kein Superheld.

Doch das war nicht *ihr* Problem, redete sich Lara ein. Sie war weder seine Ärztin noch mit ihm befreundet. Sie beobachtete lediglich seinen Arbeitsprozess. Wenn er sich in Grund und Boden schuften wollte, war das sein gutes Recht.

Dummkopf.

Sie aß ihre Pizza, machte sich danach wieder an ihrem Programm zu schaffen und versuchte zu ignorieren, dass ihr immer wieder die Augen zufielen.

Um neun Uhr bekam sie eine Nachricht von ihrer Mutter, die nur einen Satz beinhaltete:

*Hast du am Wochenende was Schönes gemacht und bist, wie versprochen, ausgegangen?*

Oh, Mist. Das hatte sie vollkommen vergessen! Sie schuldete ihrer Mutter bis Ende der Woche eine witzige Date-Anekdote.

Stöhnend sackte sie auf der Couch zusammen.

Ihre Mutter würde wissen, wenn sie log. Sie wusste es immer. Abgesehen davon ... sie konnte Callum schlecht den Vorwurf machen, dass er zu wenige Pausen einlegte und kein Privatleben hatte, wenn sie selbst nicht besser war.

Vielleicht sollte sie sich also einfach einen Typen anlachen und kommende Woche mit ihm ausgehen. Sie musste sich ja nicht direkt vor ihm ausziehen.

Zeit, ihr Online-Dating-Profil neu zu beleben!

Sie schloss ihr Programm und öffnete *Partner4Life.com*, das Dating-Portal, bei dem sie bereits seit mehreren Jahren angemeldet war. Dass sie noch immer Single war, sprach nicht unbedingt für die Erfolgsbilanz der Website, aber Lara konnte ihr nicht die ganze Schuld geben – sie war es schließlich gewesen, die alle Anfragen von vielverheißenden Männern ignoriert hatte.

Doch Daten war so anstrengend! Man musste freundlich und sympathisch sein und persönliche Dinge erzählen. Das war einfach nicht ihre Stärke.

Bestimmt und effizient sein – das konnte sie. Süß und herzlich – nicht wirklich.

Dennoch sollte sie vielleicht endlich mal ein paar Männern, die Interesse an ihr bekundet hatten, antworten. Was hatte sie zu verlieren, außer ein paar Stunden ihrer nicht wirklich kostbaren Zeit?

Also klickte sie sich durch verschiedene Profile, las die Nachrichten der Anwärter und blieb an den Zeilen von *Shawn, 32,* hängen, der erst seit ein paar Tagen bei *Partner4Life.com* angemeldet war.

*Liebe Lara,*

*ich bin gerade über dein Profil gestolpert und von deiner beeindruckenden Persönlichkeit fasziniert. Da du Bauingenieurin bist, musst du wohl nicht nur klug, sondern auch durchsetzungsfähig sein. Das finde ich klasse!*
*Kurz zu mir: Ich bin Shawn, Werbefachangestellter bei Tag, einfach ein sympathischer Kerl bei Nacht.*
*Außerdem liebe ich Spaziergänge bei Mondschein, lange philosophische Gespräche über Familie, Liebe, Gott und die Welt, gemeinsames Kochen bei Kerzenlicht und eine gute Flasche Wein am Strand. Für weitere Informationen schau dir gern mein Profil an.*
*Ich würde mich sehr darüber freuen, dich näher kennenzulernen.*

*Liebe Grüße*
*Shawn*

Lara lächelte. Das war irgendwie süß.

Gut, sie stand nicht so auf Mondscheinspaziergänge, hatte jedoch nichts gegen sensible Männer. Tatsächlich waren ihr die sogar lieber als die Neandertaler, die Angst vor ihren Gefühlen hatten. Dieser Shawn hörte sich zumindest nicht oberflächlich an. Vielleicht war er ein Mann, der über ihre Makel hinwegsehen konnte.

Sie klickte auf Shawns Profil, überflog seinen Steckbrief und neigte den Kopf. Möglicherweise sollte sie …

„Männer, die behaupten, sie mögen Mondscheinspaziergänge am Strand, werden versuchen, dich ins Bett zu bekommen, um dich dann nie wieder anzurufen."

Sie zuckte zusammen und der Laptop glitt beinahe von ihrem Schoß.

„Was tust du!", fragte sie verärgert und wandte sich um. Callum stand hinter ihr, die Augenbrauen zusammengezogen, den Blick interessiert auf ihren Bildschirm gerichtet.

„Ich mache eine Pause. Das ist es doch, was du wolltest, oder nicht?", erwiderte er unschuldig.

Ganz sicher nicht, wenn er sie dafür nutzte, sich über sie lustig zu machen!

Entschieden klappte sie ihren Computer zu.

„Es geht dich nichts an, welche Männer ich date."

„Das sollte es aber, wenn du mit welchen ausgehst, die in ihrem Steckbrief lügen, um möglichst viele Frauen flachzulegen", meinte er nüchtern.

Mit zusammengepressten Lippen erhob sie sich von der Couch. „Du erzählst Blödsinn! Nur, weil jemand Mondscheinspaziergänge mag …"

„Du darfst das Kochen bei Kerzenlicht nicht vergessen, das sich meiner Meinung nach einer unnötigen Brandgefahr anhört", unterbrach Callum sie gelassen.

„Was ist falsch daran, dass er offenbar ein romantischer Kerl ist?"

„Es ist gelogen, Lara“, sagte er und lachte. „Niemand führt gerne philosophische Gespräche über die eigene Familie!“

„Oh, bitte, viele Menschen lieben ihre Familie und können gar nicht genug von ihr erzählen.“

„Tatsächlich?“ Er hob die Augenbrauen. „Liebst du deine Familie?“

„Ja, natürlich!“

„Okay, erzähl mir was über sie.“

„Ähm, was denn?“

„Irgendetwas.“

„Nun, meine Familie ist großartig.“

„Ach, wirklich? Was macht sie so großartig?“

„Na ja, sie war immer für mich da, als ich ...“ Lara brach ab.

„Als du was?“, hakte Callum nach.

„Ist egal. Auf jeden Fall habe ich zwei ältere Brüder. Der eine ist schon verheiratet, hat ein paar Kinder und ist überglücklich.“

„Hm. Und das möchtest du auch? Heiraten, Kinder bekommen?“

„Ich ...“ Laras Wangen wurden heiß und wieder verliefen ihre Worte im Sand. Sie presste die Lippen aufeinander und wippte ungeduldig mit dem Fuß auf und ab. „Ach, das beweist gar nichts!“, meinte sie dann verärgert. „Nur, weil ich *dir* nichts erzählen will, bedeutet das nicht, dass es nicht genug Leute gibt, die ihre Familienpläne gerne jedem, der sie danach fragt, offenbaren.“

„Leute, die öffentlich verkünden, dass sie Mondscheinspaziergänge mögen?“, fragte er zweifelnd.

„Was hast du nur mit dem Mondscheinspaziergang?“, wollte sie wissen und stemmte die Hände in die Seiten. „Magst du es nicht, nachts bei klarem Himmel am Strand entlangzuspazieren?“

„Natürlich mag ich das“, erwiderte er irritiert. „Was gibt es an der Kombi Spaziergang und Mond nicht zu mögen? Allerdings würde ich das einer Frau nur vorschlagen, wenn ich sie ins Bett bekommen will.“

„Warum?“

„Weil die Vorliebe für Mondscheinspaziergänge normalerweise keine Information ist, die man diskret in ein Gespräch miteinfließen lassen kann. Wenn man einer Frau also versucht weiszumachen, dass man hochsensibel und romantisch ist – dann nur, um sie eine Stunde später ausziehen zu dürfen.“

Lara biss die Zähne aufeinander und legte automatisch unbehaglich die Arme um ihre Mitte. „Das ist eine sehr zynische Sichtweise auf die Männerwelt.“

„Es ist die Wahrheit“, sagte er gelassen. „Ich meine, die Hinweise sind da.“

„Ach, in Shawns kurzer Nachricht steckt mehr als nur ein Hinweis darauf, dass er ein Schwerenöter ist?“

„Jap“, sagte er schlicht.

Einige Sekunden lang starrten sie sich nur herausfordernd in die Augen … dann gab Lara stöhnend nach. „Schön! Ich beiße an. Was deutet noch auf seinen zweifelhaften Charakter hin?“

„Es steckt direkt in der ersten Zeile. Ich meine: Er ist von deiner starken Persönlichkeit beeindruckt? Warum schickt er dir nicht gleich ein Bild von seinem nackten Oberkörper?“

Ungläubig weitete sie die Augen. „Was ist falsch daran, dass er von mir beeindruckt ist?"

Callum schüttelte den Kopf. „Er kennt dich nicht, Lara. Alles, was er über dich weiß, sind ein paar Stichpunkte. Ich schlage mich seit acht Monaten mit dir rum. *Ich* darf behaupten, dass du eine beeindruckende Persönlichkeit hast. Shawn jedoch ... wie kommt er zu seinem Schluss?"

Ein paar Sekunden lang flatterte ihr Herz in der Brust und mit leicht geöffneten Lippen starrte sie ihn. „Du findest, ich habe eine beeindruckende Persönlichkeit?"

Verwirrt blinzelte er sie an. „Wie könnte ich nicht? Du bist immer noch hier, obwohl ich dir mehr als einen Anlass gegeben habe, das Handtuch zu werfen. Aber das war nicht meine Frage: Wie kommt Shawn zu dieser Schlussfolgerung?"

„Vielleicht hat er gesehen, dass ich studierte Bauingenieurin bin, und weiß, dass es als Frau sehr schwer ist, sich in dem Feld zu behaupten", verteidigte sie ihn.

Cal schüttelte den Kopf. „Er hat gelesen, dass du Bauingenieurin bist, und sich gedacht: ‚Oh, davon werden viele Männer eingeschüchtert sein, sie wird sich nach Aufmerksamkeit sehnen und es toll finden, wenn ich so tue, als wäre ich es nicht'. "

„Nicht jeder Mann will ein süßes, schlechtverdienendes und unschuldiges Mäuschen als Frau, Cal!"

„Nein, aber zur Schande meines eigenen Geschlechts sind es leider genug. Und Mr Schmierlapp hier", er machte eine rüde Geste zu ihrem Laptop hin, „ist definitiv einer davon."

„Blödsinn", sagte sie feindselig. „Du kannst nur nicht glauben, dass wirklich jemand meine ‚beeindruckende Persönlichkeit' anziehend findet."

Dieser Kommentar brachte ihr lediglich eine gehobene Augenbraue ein. „Es ist nichts weiter als ein Anmachspruch, Lara."

„Und das weißt du, weil du ihn selbst benutzt, oder was?"

„Nein. Das weiß ich, weil Coop mein Bruder ist und er ihn praktisch erfunden hat. Ich benutze lediglich den Spruch: ‚Hey, ich bin Callum Panther'. Das reicht meistens schon."

Sie verdrehte die Augen und verschränkte die Arme. „Bloß keine falsche Bescheidenheit. Aber ich bleibe dabei: Du liegst falsch. *Shawn, 32,* klingt äußerst nett."

„Oh, komm schon. Du bist klüger als das. Alles, was in seinem Profil steht, ist erstunken und erlogen. Ich meine: In seiner Freizeit sammelt er verletzte Vögel von der Straße auf, um sie gesund zu pflegen? Das kannst du ihm doch nicht ernsthaft abkaufen?"

Es war wirklich ärgerlich, dass Cal so schnell lesen konnte. Zu der Sache mit den Vögeln war sie selbst nämlich noch nicht gekommen. Insgeheim musste sie Cal ein wenig recht geben. Das war etwas zu dick aufgetragen. Aber das konnte sie schlecht vor Cal zugeben, oder?

„Nein", sagte sie deshalb fest. „Er ist ein Gentleman, der die große Liebe sucht", beharrte sie. „Und ich werde es dir beweisen, denn ... ich gehe mit ihm aus."

Bevor sie es sich anders überlegen konnte, schnappte sie sich ihren Laptop, stolzierte damit zu Cals Werkbank und klappte ihn auf.

Dann schrieb sie Shawn eine freundliche Nachricht zurück, in der sie sich für sein Interesse bedankte und ihm anbot, dass sie diese Woche sicherlich einen Abend für ihn Zeit finden würde.

„Siehst du? Abgeschickt. Falls wir heiraten sollten, wirst du keine Einladung bekommen", erklärte sie feierlich.

Cals Mundwinkel zuckten, während er auf sie zu schlenderte. „Es bricht mir das Herz. Aber dir ist schon klar, dass es weniger schmerzhafte Mittel und Wege gibt, mir zu beweisen, was für eine toughe Frau du bist, oder?", murmelte er kopfschüttelnd. „Trotzdem. Du hast mich neugierig gemacht. Lass mich doch mal sehen, was deine Persönlichkeit so beeindruckend macht."

Bevor sie ihn davon abhalten konnte, zog er ihr den Laptop unter den Fingern weg und durchquerte hastig den Raum.

„Callum!", rief sie schockiert und sprang auf.

„Ah, wunderschönes Profilbild. Wer hätte gedacht, dass du so lächeln kannst? Ich sicherlich nicht", murmelte er.

„Was tust du?" Zornig – und auch ein wenig panisch – lief sie ihm hinterher.

„Ich beurteile deinen Datingsteckbrief", meinte er abwesend und legte den Kopf in den Nacken. Um weiter ihr Profil zu studieren, musste er ihren Laptop hoch in die Luft recken, damit sie ihn nicht aus seiner Hand schlagen konnte.

„Irgendetwas musst du falsch gemacht haben, wenn du solche Waschlappen wie Shawn anziehst."

„Mein Steckbrief ist vollkommen in Ordnung", widersprach sie und hasste, dass sie so klein war. All ihre Bemühungen, ihren PC wiederzubekommen, waren umsonst. Von außen musste es so aussehen, als würde ein Chihuahua an einem Schäferhund hochspringen.

„Lass mich das beurteilen", bemerkte Cal gönnerhaft. „Du meintest doch, wir sollten neu anfangen. Wie könnte ich dich besser kennenlernen als über dein Datingprofil?" Er besaß den Schneid, unschuldig zu gucken. „Ah, ja."

Zu Laras Entsetzen hatte er offenbar die richtige Seite geöffnet, und sein Blick flog beängstigend schnell über den Bildschirm.

„Cal! Gib mir sofort meinen Computer zurück!"

Er beachtete sie überhaupt nicht. „Du bist also ein Hundemensch", las er. „Hast in der Schule Englisch geschwänzt, aber die Mathestunden geliebt, und deine Hobbys sind Programmieren und zum Bäcker schlendern?" Zweifelnd sah er zu ihr hinunter. „Zählt Letzteres als Hobby?"

„Wenn man es jeden zweiten Tag tut und Spaß dabei hat, ja", presste sie zwischen ihren Lippen hervor.

Er nickte, so als würde er ihr Argument absolut nachvollziehbar finden, bevor er weiterlas: „Dein Lebensmotto ist: ‚Die Welt ist unfair, leb damit'? Also erstens: Wer von uns beiden ist hier zynisch? Und zweitens: Ich bin enttäuscht. Ich habe mit: ‚Brennt Callum Panther nieder' gerechnet."

Sie musste ein Lächeln unterdrücken, das sich frech an ihrem Mund vergehen wollte. „Das hatte ich kurzzeitig dort stehen, aber der Support hat mich darauf aufmerksam gemacht, dass ich in meinem Profil keine Werbung für meine Website machen darf“, erklärte sie.

„Ah.“ Cal nickte. „Natürlich ... Oh, jetzt wird es interessant.“ Seine Miene erhellte sich unheilvoll. „*Sexuelle Vorlieben.* Wow, diese Website ist wirklich sehr progressiv.“

Oh Gott. Das hatte Lara vollkommen vergessen.

Ihre Ohren wurden heiß und ihre Handflächen klamm. „Callum! Lass das. Lies nicht weiter, okay? Wir –“

„‚Sex wird überbewertet‘ ...“, unterbrach er sie und neigte den Kopf. „Interessante These. Die sollten wir näher erörtern.“

Frustriert stöhnte sie auf. „Nein, sollten wir nicht!“

„Doch, denn das ist das Interessanteste, was ich den ganzen Tag über gehört habe. Und Coop hat mir vorhin geschrieben, dass eine neunzigjährige Oma auf ihrem City-Roller an ihm vorbeigeflitzt wäre.“

Lara kniff die Augen zusammen und schüttelte den Kopf. „Es kann dir doch egal sein, was ich über Sex denke!“

„Ja, kann es“, sagte er langsam. „Aber überraschenderweise ist es das nicht. Nur einen Tipp: Wenn du wirklich jemanden kennenlernen willst, solltest du den Spruch rausnehmen.“

„Oh, großer Gott“, entfuhr es ihr, bevor sie endlich den Laptop aus seinen Fingern riss, den er unvorsichtig hatte sinken lassen. „Lebens- und Liebesberater Cal hat weitere Weisheiten parat! Was ist es diesmal? Ich kann kaum erwarten, deine Meinung zu diesem Thema zu hören!“

Cal lächelte breit. „Freut mich. Also, wenn du groß herumposaunst, dass dir Sex nicht so wichtig ist, werden viele Männer das als Herausforderung sehen, dich eines Besseren zu belehren."

Sie verdrehte die Augen. „Lächerlich."

„Ich wünschte, es wäre so. Aber sogar ich fühle mich etwas herausgefordert, Lara, und ich mag dich noch nicht mal", beteuerte er ernst.

Laras Mund wurde trocken und ein ungemütliches Kribbeln setzte zwischen ihren Schulterblättern ein. Wie kam es, dass sie heute gleich zweimal mit Cal über Sex redete? Das war zweimal zu viel!

Sie presste den Laptop an ihre Brust und stieß einen Schwall Luft aus. „Das zeigt nur mal wieder, wie primitiv die meisten Männer sind! Egal, ob Genie oder nicht. Und überhaupt: Wieso, glaubst du, ein solcher Experte auf dem Gebiet zu sein? Du bist kein Aufreißer, soweit ich weiß, und besonders oft ausgehen tust du auch nicht. Du hast doch überhaupt keine Ahnung davon, was da draußen für Männer herumlaufen", informierte sie ihn und reckte das Kinn. „Es gibt Kerle, die eine intellektuelle Beziehung einer körperlichen vorziehen. Die sich darüber freuen, dass ich ihnen mit meiner Aussage den Druck nehme!"

„Oh, mit Sicherheit, aber niemand von denen wird sich bei dir melden – weil sie Angst vor deiner beeindruckenden Persönlichkeit und deinem Job haben."

Düster sah sie ihn an. „Du bist ein richtiger Spaßvogel, hat dir das schon mal jemand gesagt?", fragte sie bissig.

„Nein, aber ich wollte schon immer einer sein. Also danke", erwiderte er freundlich.

Lara musste sich stark am Riemen reißen, nicht handgreiflich zu werden. „Dieses Gespräch ist beendet“, sagte sie harsch. „Kümmere dich um dein eigenes Datingleben.“

„Das habe ich an meine Geschwister outgesourced“, erinnerte er sie.

„Das ist dein Problem, nicht meins“, stellte sie beschwingt fest und ließ sich mit dem Laptop an dem Schreibtisch gegenüber von Cals Arbeitsplatz nieder, um weiter auf *Partner4Life.com* herumzusurfen. Peinlicher als das gerade konnte es nicht werden, warum also nicht nach weiteren prospektiven Dates Ausschau halten? Falls Shawn diese Woche nicht konnte, musste jemand anderes als Anekdote für ihre Mutter herhalten.

Sie klickte auf Shawns Profil, das bei den aktuellen Neuzugängen der Datingseite zu finden war, scrollte sich durch die Infos, besah sich ein paar der Singles, die ihr darunter vorgestellt wurden, und …

Ihr klappte die Kinnlade herunter.

Unmöglich.

Wie wundervoll!

Euphorie durchströmte sie. Ganz langsam und breit grinsend sah sie von ihrem Bildschirm auf.

„Was?“, wollte Cal misstrauisch wissen, der sie weiter beobachtet zu haben schien.

„Oh, nichts“, flötete sie fröhlich. „Ich hab mich nur gefragt … Warum machst du dich über mein Profil lustig, wenn du doch selbst bei *Partner4Life* angemeldet bist?“

Wie ein Reh im Scheinwerferlicht erstarrte Cal. „Was? Wovon redest du? Ich date nicht. Schon gar nicht online.“

„Sicher?", fragte sie gespielt verblüfft und legte eine Hand auf ihre Brust. „Wieso habe ich deinen persönlichen Steckbrief dann direkt vor mir? ‚Callum Panther, 31'", las sie laut vor. „Hobbys sind ‚Arbeiten und romantische Komödien gucken'. Oh, und bei sexuellen Vorlieben steht: ‚Kann mich nicht erinnern, ist zu lange her'. Äußerst informativ das Ganze."

Innerhalb von zwei Sekunden hatte Cal die Halle durchquert und ragte bedrohlich über ihr auf. Unwirsch entwand er ihr den Computer ... bevor eine Tirade schillernder Flüche über seine Lippen kam, dass der Regenbogenfisch vor Neid erblasst wäre.

Lara konnte zwischen all seinen geknurrten Worten nur ein einziges verstehen, das keinen Pastor in die Ohnmacht getrieben hätte.

„Callie!"

Unwirsch drückte er ihr den Laptop in die Arme, bevor er sich ruckartig umwandte und zur Verbindungstür seiner Wohnung stürmte.

Lara lachte laut. „Gott sei Dank hast du dein Datingleben an deine Geschwister outgesourced!", rief sie ihm hinterher. „Sie scheinen dich gut zu kennen. Und hey, du hast schon dreihundertsiebzig Anfragen! Ich glaube, das ist ein Rekord. Du hältst dich also besser ran, wenn du die Frauen alle noch dieses Jahr treffen willst."

Die Tür fiel mit einem Krachen ins Schloss.

Lara grinste. Der Abend hatte sich überraschend gut entwickelt. Sie schnappte sich den Laptop und machte es sich wieder auf der Couch gemütlich. Vielleicht würden die nächsten Wochen gar nicht so schlimm werden wie angenommen ...

# Kapitel 6

„Calliope!", presste Callum zwischen den Zähnen hervor und zerquetschte sein Handy beinahe zwischen den Fingern. „Was zur Hölle denkst du dir dabei, mir ein Datingprofil zu erstellen?! *Hast du sie noch alle?*"

„Wow. Immer, wenn du meinen ganzen Vornamen benutzt, bekomme ich eine Gänsehaut."

„Callie!"

„Nein, wenn du meinen Spitznamen so feindselig aussprichst, stimmt mich das auch nicht fröhlicher ..."

„Oh, großer Gott." Callum schlug mit der flachen Hand gegen die Wand und war froh, dass seine Schwester ihn jetzt nicht sehen konnte. Glücklicherweise hingen keine Bilder im Flur, denn die wären jetzt zu Boden gefallen und hätten eine Menge Lärm gemacht. „Was soll das? Du kannst mich nicht einfach im Internet verhökern."

Ein tiefes Seufzen war die Antwort. „Ich verhökere dich nicht, ich biete Frauen nur die Möglichkeit, dich kennenzulernen. Außerdem hatte ich gehofft, dass du es mit Humor nehmen würdest ... oder gar nicht erst bemerkst."

Er *hätte* es nicht bemerkt, wenn Lara kein Profil bei dieser albernen Seite gehabt hätte. Aber die Vorstellung, es nicht zu wissen, war noch schrecklicher als die Vorstellung eines Datingprofils an sich. Er war also froh darum.

Auch wenn Laras selbstgefälliges Gesicht ihn in seine Träume verfolgen würde.

„Du hast geschrieben, dass ich seit Ewigkeiten keinen Sex mehr gehabt hätte!"

„Aber das stimmt doch", sagte Callie verblüfft.

„Na und?", fragte er ungläubig. „Das bedeutet doch nicht, dass das jeder wissen muss!"

„Ich fand den Eintrag lustig", meinte seine Schwester scheinheilig.

„Das geht zu weit, Callie! Ich habe euch erlaubt, mir jeweils ein Date aufs Auge zu drücken, nicht, private Informationen über mich im Internet zu verbreiten."

„Ja, aber wie soll ich dir ein Date aufs Auge drücken, wenn ich keine für dich passende Frau kenne?", fragte sie perplex. „Ist doch klar, dass ich erst einmal eine suchen muss."

„Du meintest, du hättest schon eine vielversprechende Kandidatin."

„Hab ich auch. Aber wie glaubst du, bin ich an sie rangekommen? Ich bin ganz sicher nicht in eine Bar gegangen und habe herumgeschrien, dass ich Callum Panther eine Frau suche. Nachher hätten die heiratswilligen Frauen mich noch umgerannt."

„Also war deine Lösung Online-Dating?", fragte er unglücklich.

„Ja, dort hat man die größte Auswahl. Cole macht es übrigens genauso wie ich, nur dass er auf einer anderen Website unterwegs ist.“

Stöhnend schloss Cal die Augen und legte den Kopf in den Nacken. Ihm hätte klar sein müssen, dass die Situation eskalieren würde. Es würde nur Tage dauern, bis irgendeine Klatschzeitung Wind davon bekam, dass Callum Panther scheinbar nach einer Braut suchte. Er würde vielleicht doch anfangen müssen, seine Türen abzuschließen. Sonst hatte er demnächst Paparazzi in seinem Schlafzimmer stehen.

„Und Coop? Wie will er mir meine Traumfrau finden?“, fragte er zerknirscht.

„Das weiß ich nicht. Er ist sehr geheimnisvoll diesbezüglich“, meinte Callie unzufrieden. „Redet die ganze Zeit davon, dass er uns nicht sein Erfolgskonzept verraten will. Nach allem, was ich weiß, baut er die Frau einfach selbst.“

Shit. Das konnte nichts Gutes bedeuten! Coop hatte leider viel zu viel Fantasie.

„Klasse. Einfach nur klasse“, sagte Cal tonlos und rieb sich hitzig über die Stirn. „Ich hoffe, euch ist allen klar, dass ihr viel zu weit geht! Ihr kennt keine Grenzen, und Privatsphäre ist euch ein Fremdwort.“

„Oh ja, dessen sind wir uns bewusst“, erwiderte sie fröhlich. „Es tut mir auch ein bisschen leid, dass wir dich damit so überfallen haben. Aber wir wollen nur das Beste für dich.“

„Wenn das das Beste ist, habe ich Angst davor, wenn ihr mir etwas Schlechtes wünscht.“

Callie lachte. „Du solltest dich überhaupt nicht beschweren. Du hast schon mal eine Drohne auf mich gehetzt, ich hetze lediglich eine Frau auf dich. Das ist bei Weitem freundlicher."

Das war definitiv Ansichtssache. Callum hätte sich mit hundert Kampfdrohnen gleichzeitig angelegt, wenn es bedeutet hätte, dass seine Geschwister ihn mit dem Dating-Quatsch in Ruhe ließen.

„Genieß doch einfach die Erfahrungen, die wir dir bieten", schlug Callie vor. „Freu dich über ein bisschen Aufregung in deinem Leben."

„Ich hab genug Aufregung", gab er genervt zurück und sein Blick huschte automatisch zur Werkstatttür, hinter der Lara vermutlich noch immer lachte. „Zu viel, wenn es nach mir geht."

„Das ist schwer zu glauben. Na ja, ist ja auch egal. Online-Dating erschien mir auf jeden Fall die richtige Wahl zu sein ... Und es hat irgendwie Spaß gemacht, Du zu sein."

Dann hatte sie es offensichtlich nicht richtig gemacht. „Freut mich, dass meine Qual dir Freude bereitet."

Sie lachte. „Sei nicht so dramatisch. Du wirst mir noch danken, sobald du die süße Melody am Mittwoch kennenlernst."

„Mittwoch?", wiederholte er verwirrt.

„Oh, habe ich dir nicht davon erzählt? Da findet dein erstes Date statt. Ich habe mir die Freiheit genommen, in deinem Namen einen Tisch im *L'Amour* zu reservieren."

Er stöhnte laut. „Das ist ein schreckliches Restaurant! Dort herrscht Anzugpflicht."

„Ich weiß. So gehe ich sicher, dass du dir Mühe gibst.
Aber wenn du willst, kann ich auch vorher vorbeikommen, um gemeinsam mit di–“

„Nein!“, unterbrach er sie sofort. „Ganz sicher nicht.“

„Schade“, murmelte sie enttäuscht. „Aber wie du
willst. Du triffst dich auf jeden Fall mit Melody Terry,
sie ist Konzertpianistin.“ Sie machte eine dramatische
Pause. Wahrscheinlich erwartete sie Begeisterung von
Cal, womöglich ein „Wow“ oder „Beeindruckend!“ –
doch darauf konnte sie lange warten. Cal beurteilte
Menschen nicht nach ihrer Profession. Eine Konzertpianistin konnte genauso langweilig oder grausam sein
wie eine Grundschullehrerin.

„Sie ist eine dunkelhaarige Schönheit mit endlos langen Beinen.“

Auch das interessierte Cal nicht. Ihm war das Aussehen einer Frau in etwa so wichtig wie Bilder an seinen
Wänden.

„In ihrer Freizeit geht sie Joggen. Siehst du? Ihr habt
also schon etwas gemeinsam.“

„Hast recht. Sie klingt wie meine Seelenverwandte“,
erwiderte er trocken.

Callie seufzte. „Gib ihr wenigstens eine Chance, okay?
Mittwochabend um acht im *L’Amour*. Und glaub mir,
ich werde es erfahren, wenn du dort nicht auftauchst.“

„Ich werde da sein. Ich werde höflich sein. Ich werde
einen Anzug tragen“, zählte er auf. „Aber mach es mir
nicht zum Vorwurf, wenn ich mich nicht direkt auf den
ersten Blick in sie verliebe.“

„Natürlich nicht“, antwortete Callie sofort. „Alles, was
ich möchte, ist, dass du sie nicht direkt abschreibst, nur
weil *ich* das Treffen arrangiert habe.“

Er atmete tief durch. „Das werde ich nicht", fügte er sanfter hinzu. „Aber tu mir einen Gefallen, ja? Halt ein Auge auf Coop. Seit er eine Freundin hat, hält er sich für einen Liebesexperten und diese Tatsache könnte katastrophale Auswirkungen auf mein Leben haben."

Er konnte Callies Grinsen praktisch durch den Hörer hören. „Es war seine Idee, dich zu verkuppeln. Er ist wirklich sehr enthusiastisch bei der Sache."

„Du machst es mit jedem Wort schlimmer, Callie", erwiderte Cal gequält.

Seine Schwester lachte nur. „Ich pass schon auf, dass er niemanden entführt oder eine nackte Frau in deinem Bett versteckt."

„Danke." Erleichtert ließ er die Schultern sinken.

„Kein Problem. Wir sprechen uns Donnerstagfrüh? Dann kannst du mir möglichst detailreich erzählen, wie das Date gelaufen ist."

„Klar", murmelte er. „Bis dann."

Er legte auf, steckte das Handy weg und kniff die Augen zusammen. Ein penetrantes Stechen setzte in seiner Schläfe ein und einige Sekunden lang lehnte er sich mit dem Rücken gegen die kühle Wand und konzentrierte sich einzig und allein auf seinen Atem.

Er wusste, dass seine Geschwister ihn liebten. Er wusste, dass sie wollten, dass er glücklich war. Doch er war sich nicht sicher, ob sie den richtigen Weg nahmen. Denn alles, was sie mit ihrem kleinen Plan bewirkten, war, dass er sich noch mehr Druck machte als ohnehin schon.

Er hatte keine Lust auf das Date, doch er würde sich dennoch Mühe geben. Um Callie nicht zu enttäuschen.

Auch wenn Cal aus Erfahrung wusste, dass ihn feste Beziehungen auf Dauer unglücklich machten. Es war schwer genug, seinen eigenen Erwartungen gerecht zu werden ... wie sollte er sich da noch um die einer anderen Person kümmern?

Er seufzte. Manchmal fragte Cal sich, wie sein Leben verlaufen wäre, wenn er als Kind nicht als Genie diagnostiziert worden wäre. Wenn sein Nachname nicht Panther wäre. Wenn er einen normalen IQ hätte, er in einer gemütlichen Wohnung anstelle eines Anwesens großgeworden wäre und Drohnen nur benutzen würde, um seine Nachbarn auszuspionieren.

Würde er dann etwas vermissen ... oder wäre er glückselig aufgrund seiner Ahnungslosigkeit? Hätte er ein vollkommen normales Leben? Einen Job, der morgens um neun begann und nachmittags um fünf vorbei wäre? Vielleicht schon eine eigene Familie? Freunde, mit denen er sich jeden Samstag zum Bowling traf?

Er wusste es nicht und es lohnte sich auch nicht, dieses Gedankenexperiment immer und immer wieder durchzugehen. Denn er *war* ein Genie. Er *liebte* Drohnen. Und hatte somit eine gewisse Verantwortung gegenüber ... der Welt.

Er rieb sich mit beiden Händen übers Gesicht, stieß den Atem aus, von dem er nicht gewusst hatte, dass er ihn angehalten hatte, und öffnete die Tür zur Werkstatt.

Er machte sich darauf gefasst, irgendeinen dummen und ärgerlicherweise zumeist recht witzigen Spruch von Lara zu hören, doch wundervolle Stille überraschte ihn.

Mit gerunzelter Stirn sah er sich im Raum um. Einen kurzen Moment lang dachte er, Lara wäre nach draußen gegangen, doch dann entdeckte er sie auf der Couch. Tief in die Kissen gesunken, den Laptop auf ihrem Schoß, lag sie da ... und schlief.

Ihr Atem gleichmäßig, der Kopf auf ihre eigene Schulter gesunken, die Finger noch auf der Tastatur. Er war offenbar nicht der Einzige, der müde war.

Vorsichtig trat er näher an seine geliebte Ledercouch, die bis zu diesem Moment eigentlich nur er für ein Nickerchen hatte nutzen dürfen.

Mit dem Blick tastete er Laras friedliches Gesicht ab. Ihre Lippen waren leicht nach oben gebogen, als würde sie lächeln, und standen einen Spalt breit offen. Als stünde sie selbst im Schlaf kurz davor, etwas zu sagen. Ihre Wimpern bildeten einen dunklen Halbmond auf ihren Wangen und ein paar ihrer blonden Haare hatten sich darin verfangen.

Sie sah entspannt aus. Ruhig und gelassen. So, stellte sich Callum vor, musste sie aussehen, wenn sie nicht mit ihm konfrontiert wurde.

Hannah, Laras beste Freundin, behauptete zumindest immer, dass Lara eigentlich ein sehr fröhlicher und unbeschwerter Mensch war, den man nur sehr schwer aufregen konnte.

Na ja, das sagte man über ihn auch – und es war Schwachsinn.

Sein Blick wanderte weiter und landete auf dem erleuchteten Bildschirm ihres Laptops. Er zeigte noch immer die Dating-Seite. Shawn hatte bereits auf Laras Nachricht geantwortet.

*Hey,*

*freut mich sehr! Wie wäre es mit Mittwochabend?
Kann es kaum erwarten.*

*Alles Liebe
Shawn*

Er konnte es kaum erwarten? Der Kerl trug wirklich etwas zu dick auf.

Dennoch, es erschien passend, dass Lara den Hampelmann am Mittwoch traf. Cal wusste auch schon, wo sie ihr Date haben würden: Im *L'Amour.* Damit Lara ihn, wenn nötig, aus den Fängen der Konzertpianistin retten konnte. So war schließlich ihre Abmachung gewesen.

Außerdem gefiel ihm der Gedanke, dass er den schleimigen Shawn unter die Lupe nehmen konnte – denn er war immer noch überzeugt davon, dass er Lara lediglich ins Bett bekommen wollte.

Gott, der Kerl regte ihn auf. Lara war klüger als das! Besser als das. Sie sollte sich nicht von ein paar süßen Worten einwickeln lassen.

Er zog die Augenbrauen zusammen und klappte kurzentschlossen den Laptop zu, damit er nicht in Versuchung kam, Shawn zurückzuschreiben, dass er sich woanders umsehen sollte.

Dann stand er unschlüssig da und rang die Hände.

Was tat er jetzt? Er konnte nicht weiterarbeiten, solange Lara hier lag. Er war zu laut und wollte sie nicht wecken. Sie sah so zufrieden aus und außerdem war sie *still.* Das wusste er zu schätzen.

Oh Gott, er würde sie hochheben und in ihr Schlafzimmer tragen müssen. Großartig.

Seufzend legte er den Laptop weg, bevor er den einen
Arm um ihre Schultern schlang und den anderen unter
ihre Kniekehlen schob.

Cal hatte kein Problem damit, Frauen zum Bett zu tragen. Aber meistens folgte er ihnen danach zwischen die
Laken. Dieses Exemplar jedoch würde er züchtig zudecken, nur damit es ihn am nächsten Morgen wieder mit
nervigen Fragen plagen konnte.

Auf einmal kam ihm Laras Lebensmotto gar nicht
mehr so blödsinnig vor.

*Die Welt ist unfair, leb damit,* war alles in allem eine
zutreffende Weisheit.

Schließlich hob er sie ächzend hoch und betete zu einem Gott, an den er nicht glaubte, sie möge weiterschlafen.

Lara war nicht allzu schwer, aber nach New York tragen wollte er sie auch nicht, also beeilte er sich damit,
die Werkstatt zu durchqueren, und achtete darauf, ihren Kopf nicht am Türrahmen anzuschlagen.

Wenn Lara wach gewesen wäre, wäre sie aufgrund
seiner Umsicht vielleicht überrascht gewesen. Doch sie
schlief so fest, dass sie nicht einmal merkte, wie ihr
Kopf zur Seite sackte und sie die Nase in Callums Halsbeuge vergrub.

Hätte er gewusst, dass sie nur das Bewusstsein verlieren musste, um zum kuscheligen Kätzchen zu werden,
hätte Callum viel früher erwogen, sie auszuknocken.

Er lief den Flur entlang, während Lara etwas im
Schlaf murmelte und dabei mit den Lippen über seinen
Hals strich.

Callum hätte sie vor Schreck beinahe fallen lassen. Stattdessen sog er jedoch nur hektisch Luft ein … und damit Laras Geruch.

Sie roch nach Orange und warmer Haut.

Seine Eingeweide zogen sich zusammen und hastig hob er das Kinn, damit ihm das nicht noch einmal passierte.

Shit, es war eine dumme Idee gewesen, sie zu tragen.

Er wollte nicht wissen, wie sie *roch.* Wie sie sich in seinen Armen anfühlte. Dass sein Puls in die Höhe schoss, wenn sie seinen Nacken küsste – obwohl es noch nicht einmal ein Kuss gewesen war!

Diese körperliche Reaktion auf sie konnte er überhaupt nicht gebrauchen und fast hoffte er, sie würde die Augen aufmachen, erschrocken quietschen und von ihm verlangen, sie sofort abzusetzen.

Er war sich sicher, dass Lara diese Art von Nähe niemals zugelassen hätte. Sie war schließlich professionell und kompetent – wie sie immer und immer wieder betonte.

Cal war das klar. Doch der Umstand, dass sie es so oft sagte, ließ ihn ahnen, dass es einige Menschen in ihrem Leben gab, die das nicht so sahen. Was ihn insgeheim ein wenig aufregte.

Frauen im Ingenieurwesen hatten es schwerer als Männer und das war nicht richtig. Aber wenn er ihr das sagte, würde sie ihn womöglich noch sympathisch finden und aufhören, mit ihm zu streiten. Und das konnte er nicht riskieren – mit wem sollte er sich sonst zanken, um seine schlechte Laune loszuwerden?

Mit seinen übersensiblen Geschwistern vielleicht, die ihn jedes Mal ansahen, als hätte er soeben einem Neugeborenen den Mittelfinger gezeigt? Sicher nicht.

Er erreichte das erlösende Gästezimmer und beeilte sich damit, Lara auf der Matratze abzuladen.

Erleichtert darüber – oder zumindest redete er sich das ein –, das Gewicht nicht mehr stemmen zu müssen, atmete er aus. Schließlich zog er noch hastig die Decke über sie.

So, Pflicht erfüllt. Dann konnte er jetzt wieder arbeiten gehen.

Doch stattdessen hielt er inne und sah sich im Raum um.

Er war plötzlich neugierig, was Lara aus ihrer Wohnung mitgenommen hatte. Ohne welche Gegenstände sie keine vier Wochen leben konnte.

Eigentlich waren da nur zwei Dinge, die ihm auffielen.

Ein handgroßes Bild und ein herzförmiger Rosenquarz, der davor lag.

Stirnrunzelnd hob er den Rahmen an. Darauf waren fünf Personen mit gelben Hartschalenhelmen vor einer riesigen Abrissbirne zu sehen. Das musste Laras Familie sein. Ihre Mutter und ihr Vater. Die zwei Brüder, von denen sie erzählt hatte. Auf dem Foto waren sie noch Teenager und sahen sich alle recht ähnlich. Sie hatten dasselbe breite Lächeln, dieselben blonden Haare ... doch Lara war deutlich kleiner als ihre Geschwister. Trotzdem hatte sie das Kinn gereckt und den Rücken durchgestreckt. So als versuche sie, sich unterbewusst etwas größer zu machen.

Cal musste sich ein Lachen verkneifen. Das machte sie noch heute! Ihre Kampfmontur waren High Heels und ein hoch erhobenes Kinn. Er fragte sich, wie viele Kämpfe sie mit dieser Pose schon für sich entschieden hatte.

Vorsichtig stellte er das Bild zurück, bevor sein Blick zum Rosenquarz wanderte. Er war schlicht, aber hübsch. Vielleicht ein Geschenk von ... ihrem Ex-Freund? Ihrem derzeitigen Lover?

Hatte sie einen? Nein, oder? Warum sollte sie sich bei einem Dating-Portal anmelden, wenn sie schon einen Freund hatte.

Aber Liebhaber und fester Freund waren zwei sehr unterschiedliche Dinge. Sex war nicht gleich Beziehung.

Der Gedanke, dass Lara einen Sex-Buddy haben könnte, irritierte ihn. Er wusste nicht warum, doch er war immer davon ausgegangen, dass sie Single und ... allein war.

Dabei war das absolut albern, denn Lara war nicht hässlich.

Er ließ den Blick zu ihrem Gesicht schweifen. Im Gegenteil. Seiner Meinung nach war sie sogar zu hübsch.

Vor acht Monaten war er ziemlich sicher gewesen, dass sie nur allein aufgrund ihres Aussehens geschickt worden war.

Ein Arschloch-Move seinerseits, denn ihm war sehr schnell klargeworden, dass sie ärgerlich intelligent und gut in ihrem Fachgebiet war. Sogar außerhalb ihres Fachgebiets.

Es war ironisch, denn er hatte das Gleiche getan, was er ihr am selben Nachmittag zum Vorwurf gemacht hatte. Er hatte über sie geurteilt, obwohl er sie nicht kannte.

Auch wenn er nicht behaupten würde, sie mittlerweile zu *kennen*.

Nein. Er sah Lara seit acht Monaten jede Woche mindestens einmal, doch wusste kaum etwas über sie.

Sie war Bauingenieurin. Sie war ehrgeizig und stur. Sie knackte mit dem Kiefer, bevor sie etwas besonders Gemeines sagte. So als versuche sie, sich davon abzuhalten – bevor sie aufgab und es ihm trotzdem an den Kopf warf. Sie hasste es, um Hilfe zu bitten, Hilfe anzunehmen oder das Wort „Hilfe" auszusprechen. Sie trank ihren Kaffee schwarz. Wenn sie ehrlich lächelte, wackelten ihre Ohren kurz. Sie wusste, wie man Pizza in den Ofen schob.

Das war's.

Er runzelte die Stirn. Nein, das stimmte nicht. Nicht mehr. Jetzt wusste er auch, dass sie nach Orangen roch und weiche Haut hatte.

Seufzend trat er aus dem Zimmer und schloss die Tür hinter sich. Er wünschte sich nichts sehnlicher, als diese zwei Informationen sofort wieder zu vergessen ... doch weder sein Kopf noch seine Sinne waren gnädig mit ihm.

# Kapitel 7

Callum hatte sie zum Bett getragen und zugedeckt.

Dieser Gedanke verfolgte Lara noch zwei Tage später, als sie sich in ein enges schwarzes Kleid zwängte, das alle wichtigen Körperstellen bedeckte, und eine zweite Schicht Mascara auftrug.

Sie konnte sich nicht entscheiden, ob diese Aktion nett von Callum oder ein schrecklicher Einbruch in ihre Privatsphäre gewesen war.

Andererseits hatte er sie weder ausgezogen noch ihren Kopf gegen einen Türrahmen stoßen lassen. Sie tendierte also zu *nett*.

Das gefiel ihr nicht. Denn diese Eigenschaft passte nicht zu dem Callum, den sie kannte.

Seufzend schlüpfte sie in ihre ebenfalls schwarzen High Heels, griff nach ihrer Handtasche und schlenderte zurück in die Werkstatt, in der sie sich um halb acht mit Callum treffen wollte. Da sie beide im selben Restaurant aßen, wäre es albern, separat hinzufahren.

Lara wäre nie von allein auf die Idee gekommen, ins *L'Amour* zu gehen. Sie fühlte sich bei McDonalds wohler als in einem Sternerestaurant, doch sie hatte keine Wahl.

Callum würde sein Date dort abhalten und sie hatten eine Abmachung. Sie musste ihn retten, wenn seine Dame sich als Horrordate herausstellte. Lara hatte da nichts gegen. Sie baute sogar ein wenig darauf, Callum in eine peinliche Situation verwickeln zu können. Auch wenn sie fürchtete, dass *peinlich* ein Fremdwort für ihn war. Er war einfach zu verdammt selbstsicher!

Sie warf einen Blick auf ihre Uhr und tippte ungeduldig mit dem Fuß auf den Boden. „Cal!", rief sie. „Was treibst du noch? Wir kommen zu spät."

Keine Sekunde später ging die Tür zur Werkstatt auf und Cal trat ein.

„Sorry", murmelte er mit zusammengezogenen Augenbrauen. „Hab vergessen, wie man eine Krawatte bindet. Die Dinger sind ..." Er brach ab. „Hab ich es falsch gemacht? Oder warum starrst du mich so an?"

Lara konnte nicht antworten. Ihr Mund war zu sehr damit beschäftigt, offen zu stehen. Ihr Blick glitt über Cals Erscheinung, über seinen schwarzen eng anliegenden Anzug, seine fachmännisch durcheinandergebrachten Haare, die nicht mehr seinen Kragen streiften, sondern künstlerisch in seine Stirn hingen. Dann waren da seine Augen. Seine eisblauen Augen, deren Blick sie sonst so bedacht mied. Die sonst immer hinter Brillengläsern versteckt waren.

Er sah anders aus. Seine Schultern schienen breiter und seine Beine länger und ...

„Lara? Hast du einen Schlaganfall?"

Sie blinzelte und riss ihren Blick nach oben. „Was? Nein. Ich ... Was hast du da an, Callum?", fragte sie schockiert und presste sich beiläufig den Handrücken unter ihre Kinnlade, damit sie nicht erneut herunterklappte.

Gott, sie stellte sich an. Sie hatte Cal innerhalb der letzten acht Monate Dutzende Mal gesehen ... Doch sie hatte vergessen, wie attraktiv er war. Sie wusste, dass sie das gedacht hatte, als sie ihn das erste Mal erblickt hatte. Doch dann hatte er den Mund aufgemacht und lauter ätzende Dinge waren dort herausgekommen, sodass sie zeitweilig vergessen oder vielleicht auch verdrängt hatte, dass er so lächerlich heiß war. Doch jetzt schlug ihr dieses Wissen mit einer glutheißen Faust mitten in den Magen.

„Es ist ein Anzug", antwortete er irritiert.

„Ja, aber du trägst sonst nie einen!" Und sie war ihm sehr dankbar dafür.

„Warum sollte ich? Aber im *L'Amour* herrscht Anzugpflicht, also ..."

„Verstehe. Natürlich. Aber ... was hast du mit deinen Haaren gemacht?"

„Ich habe sie schneiden lassen."

„Aber dein Gesicht! Es ist anders, deine Augen, sie ..."

Er runzelte die Stirn. „Ich habe Kontaktlinsen drin, Lara."

„Oh. Also brauchst du die Brille wirklich?", fragte sie dümmlich. Ihr war herzlich egal, was sie sagte, solange es von der Tatsache ablenkte, dass sie sich gerade absolut merkwürdig benahm.

„Du benimmst dich gerade sehr merkwürdig, Lara."

Mist.

„Ich ... ich bin nur überrascht", sagte sie hastig und räusperte sich. „Ich habe dich noch nie ohne Brille gesehen und ... Also, sie ist nicht nur ein Modestatement? Sie ist echt?"

„Ich hoffe doch. Sonst hätte ich viel Geld für eine unbrauchbare Illusion bezahlt."

Hitze stieg in ihre Wangen, die sich wie ein Lauffeuer durch ihren ganzen Körper ausbreitete.

„Tut mir leid", krächzte sie. „Ich war mir nur nicht sicher, ob du sie nicht nur trägst, weil sie dein Nerd-Ensemble vervollständigt."

Cal verengte die Augen. „Soll ich sie morgen vielleicht mal abnehmen, um dann mit voller Wucht gegen den Kühlschrank zu laufen? Erledigt sich deine Frage dann?"

„Ja, das würde helfen", sagte sie und lächelte etwas wacklig. „Sorry. Ich dachte wirklich, dass du sie nur aufsetzt, um dem Klischee eines heißen Nerds zu entsprechen und den Klatschzeitungen somit den Mittelfinger zu zeigen."

Er schnaubte. „Du hörst dich an wie meine Schwester. Aber ja, ich brauche sie. Ich bin halb blind ohne sie. Und ich gebe nicht allzu viel Wert darauf, *heiß* zu sein oder wie ein *Nerd* auszusehen."

Shit. Wie würde er dann bitte aussehen, wenn er sich auch noch Mühe gab? Das war einfach nur unfair.

„Was sollen dann deine nerdigen T-Shirts?", wollte sie wissen. Er trug dauernd Shirts mit Ladebalken oder Matheformeln oder neunmalklugen Sprüchen darauf.

Cal lächelte breit – und Lara wünschte sich, er würde das lassen.

„Soll ich dir ein Geheimnis verraten? Ich hab mir keins dieser T-Shirts selbst gekauft. Ich habe sie allesamt geschenkt bekommen, weil Leute dachten, dass sie zu mir passen."

„Welche Leute?"

„Größtenteils Callie. Dann Coop. Auf jeden Fall hasse ich shoppen, und schon wurden diese Shirts Teil meiner Identität.“

„Das ist absurd“, sagte sie perplex.

„Ein wenig. Aber mir macht es nichts aus. Also ... können wir? Fährst du?“

„Ähm, klar, kann ich machen“, meinte sie, erleichtert darüber, dass sich ihr Gespräch in sicherere Gefilde bewegt hatte. „Aber warum?“

„Weil ich kein Auto habe“, sagte er knapp und lief an ihr vorbei zur Tür zum Innenhof.

„Du ... Was?“ Verwirrt hastete sie ihm hinterher.

„Ich habe meines vor fast einem Jahr Callie geliehen – und es nie zurückbekommen“, erklärte er achselzuckend. „Seitdem habe ich nur noch meinen Roller.“

„Du bist Multimillionär und besitzt kein Auto?“ Fassungslos schüttelte sie den Kopf.

„Ich brauche es nicht“, erwiderte er lediglich und hielt ihr die Tür auf.

„Aber Autos sind doch beliebte Statussymbole.“

Er schnaubte. „Ich brauche kein Statussymbol. Erstens kennen alle Leute dieses Landes meinen *Status* und zweitens halte ich es für eine dumme Idee, sein Selbstbewusstsein an einer Blechkiste zu messen.“

„Machst du nicht dasselbe?“, sinnierte sie nachdenklich und öffnete elektronisch ihren VW, der direkt vor Cals Eingangstür geparkt stand. „Nur, dass deine Blechkisten Drohnen und keine Angeberwagen sind?“

Er warf ihr einen verärgerten Blick zu. „Mein Selbstwertgefühl hängt nicht von meinen Drohnen ab.“

„Wovon dann? Von deinem freundlichen, höflichen Charakter etwa?“

„Ja. Und meiner Fähigkeit, dein Gesicht allein mithilfe eines Anzugs und eines Lächelns zum Werbeplakat für reife Tomaten zu machen."

Oh Gott. Das war ihm aufgefallen? „Ich hab keine Ahnung, wovon du redest", sagte sie knapp und zog hastig die Fahrertür auf, um sich in die Sicherheit des Autos zu flüchten.

Leider setzte sich Cal keine zehn Sekunden später neben sie. „Es ist kein Verbrechen, mich attraktiv zu finden, weißt du?", sagte er betont freundlich. Lara brauchte sein verschmitztes Lächeln nicht zu sehen, um zu wissen, dass er sich gerade köstlich amüsierte.

„Cal", sagte sie feierlich. „Halt die Klappe."

Er lachte leise. „Hast du ernsthaft zu viel Stolz, um zuzugeben, dass du mich heiß findest?"

„Ich dachte, dein Aussehen wäre dir nicht wichtig? Warum haschst du dann so verzweifelt nach Komplimenten?", wollte sie wissen und warf ihm einen süßlichen Seitenblick zu, bevor sie den Wagen startete.

„Weil es Spaß macht, die Rottöne in deinem Gesicht zu zählen."

„Schön: Du bist nicht hässlich, okay? Zufrieden?"

Cal seufzte melancholisch. „Das ist das schönste Kompliment, das ich je bekommen habe. Ich muss aufpassen, dass es mir nicht zu Kopf steigt. Du bist übrigens auch nicht hässlich, Lara."

Sie verdrehte die Augen, musste jedoch unfreiwillig lächeln. Abgesehen von ihrer Mutter hatte ihr schon lange niemand mehr ein Kompliment für ihr Aussehen gemacht ... und aus ihrem Mund zählte es irgendwie nicht. Aus Callums jedoch ...

„Danke. Können wir dann jetzt über etwas anderes reden als über deine Besessenheit von deiner eigenen Schönheit?“

„Ah, ich weiß nicht. Ich finde meine Schönheit immer ein sehr anregendes Thema.“

„Nun, ich finde, es ist recht schnell erschöpft“, hielt sie dagegen, blickte über ihre Schulter und fädelte sich in den Verkehr ein. „Also, sag doch mal: Wann bist du das letzte Mal auf ein Date gegangen?“, wollte sie wissen.

Cal stieß einen Schwall Luft aus. „Eleganter Themenwechsel.“

„Er muss nicht elegant sein. Er muss nur stattfinden.“

„Schön. Keine Ahnung ... Vor drei Jahren vielleicht?“

„Und? Wie ist es gelaufen?“

„Sie hat mich nach einer halben Stunde dabei erwischt, wie ich vor Langeweile unterm Tisch Tetris auf meinem Handy gespielt habe.“

Lara lachte. „Es war also ein voller Erfolg?“

„Ja. Sie hat ein kostenloses Essen, ich meine Ruhe bekommen. Wann war dein letztes Date?“

„Puh. Vor zwei Jahren?“, log sie. Sechs klang so furchtbar dramatisch. „Wir waren Minigolfen.“

„Und? Magst du Minigolf?“

„Nicht, wenn mein Mitspieler bei jedem Ball, den er versenkt, anfängt zu tanzen und mir erklärt, wieso er so brillant beim Minigolfen und auch in allen anderen Lebensbereichen ist.“

„Hört sich ähnlich erfolgreich an wie mein Treffen.“

„Oh, nein. Ich habe kein kostenloses Essen bekommen. Dein Date gewinnt also.“

Sie bemerkte aus den Augenwinkeln, wie Cal lächelte. „Heute solltest du eins bekommen.“

Darauf baute sie.

Das *L'Amour* machte seinem Namen alle Ehre. Das Restaurant hatte sich für ein prägnantes Thema entschieden, das augenscheinlich unter dem Namen *Herzen und Kerzen* lief.

Überall standen rote Rosen auf den Tischen, die mit schweren weißen Seidentüchern bedeckt waren. Mistelzweige hingen an der Decke, Herzchenkonfetti war um die pompösen silbernen Kerzenleuchter auf der Bar gestreut worden und Edith Piaf drang aus den Lautsprechern über ihnen.

„Ein bisschen kitschig, oder nicht?", stellte Cal griesgrämig fest und lehnte sich rückwärts gegen die Bar, an der sie auf ihre Dates warteten.

„So was passiert, wenn Amor zu viel trinkt und sich über einem unschuldigen Restaurant erbricht", murmelte Lara.

Cal lachte, und ihr Nacken prickelte. Sie zog die Schultern hoch und warf ihm einen hastigen Seitenblick zu. Das hatte er schon öfter diesen Abend getan. Gelacht. Sie war sich noch nicht sicher, ob es ihr gefiel oder sie ihn bitten sollte, nie wieder in ihrer Gegenwart solche Töne von sich zu geben. Denn sie stellten merkwürdige Dinge mit ihren Eingeweiden an.

Sie lenkte sich mit einem weiteren Blick auf ihre Uhr ab.

„Sie sind zu spät."

„Nein, wir sind zu früh", widersprach Callum. „Du bist immer zu früh."

Ja, er hatte recht. „Ich bin *pünktlich.*"

„Überpünktlich", murmelte Cal abwesend und sein Blick schweifte zur Eingangstür, durch die gerade ein dunkelhaariger Mann eingetreten war. „Ist das der Kerl?", wollte er wissen.

Sie betrachtete den Neuling und schüttelte den Kopf. „Nein, Shawn will eine rote Rose als Erkennungsmerkmal tragen."

Cal machte einen gequälten Gesichtsausdruck. „Und nachdem er dir das gesagt hat, hast du diesem Treffen trotzdem zugestimmt? Er trägt wirklich dick auf."

„Es ist süß", meinte sie leichthin.

Callum schüttelte nur wieder den Kopf. „Sag mal, was erhoffst du dir eigentlich von dem Date mit dem schnuckeligen Shawn?", fragte er im Plauderton. „Die große Liebe? Eine heiße Affäre?"

„Ach", sie winkte ab, „ich habe keine genauen Pläne. Ich gucke einfach, was passiert." Verschwörerisch beugte sie sich zu Cal vor. „Ob ich was Langfristiges will, weiß ich immer erst, wenn ich mit dem Kerl in der Kiste war. Also werde ich Shawn wohl mit nach Hause nehmen und ihn testen müssen."

Callum sah sie an, als habe sie soeben verkündet, sie wolle sich einen Mittelfinger auf die Stirn tätowieren lassen.

Mann, sein Blick war es wirklich wert! Lara hatte nicht vor, irgendetwas anderes mit Shawn zu tun, als sich mit ihm zu unterhalten – es war ihr erstes Date und Sex nun einmal wirklich überbewertet. Doch das musste sie Cal ja nicht gleich auf die Nase binden.

„Nach Hause? Was bedeutet nach Hause?", fragte er scharf.

„Na ja, wo wohne ich denn zurzeit?", erwiderte sie unschuldig.

Er verengte die Augen zu Schlitzen. „Du wirst Shawn nicht mit in meine Wohnung nehmen."

„Warum nicht?", fragte sie scheinheilig. „Du wirst überhaupt nicht mitbekommen, was wir im Gästezimmer treiben. Schläfst doch ohnehin die meiste Zeit in der Werkstatt."

Sie hörte Cals Kiefer knacken. „Das ist nicht witzig, Lara."

„Für deinen Rücken? Nein, auf gar keinen Fall. Deine Couch ist wirklich nicht als Bett geeignet."

„Lara, du wirst –", sagte er warnend, doch er kam nicht dazu, seinen Satz zu beenden. Denn in diesem Moment trat eine kurvige, hochgewachsene Brünette mit Zahnpastalächeln auf sie zu.

Oje. Sie war wunderschön.

„Callum?", fragte sie vorsichtig. „Ich glaube, wir sind verabredet."

Callum blickte auf und stieß sich vom Tresen ab. „Ich glaube auch. Gott sei Dank", erwiderte er lächelnd. „Und nenn mich doch Cal." Er reichte ihr die Hand, und die Frau mit den braunen Haaren und dem atemberaubend roten Kleid ergriff sie erleichtert.

„Sehr gern. Ich bin Melody – und meine Güte, du siehst wirklich aus wie auf deinem Foto. Das ist mir noch nie passiert."

Cal lachte. „Oh. Ich hoffe, das ist etwas Gutes."

Sein Gegenüber kicherte. „Etwas *sehr* Gutes."

„Vielen Dank. Ich gebe das Kompliment zurück. Du bist vermutlich das Hübscheste, das Internet-Dating je zutage gefördert hat."

Melody lief rosarot an, und Lara konnte es ihr nicht verübeln.

Sie blinzelte perplex. Da schwang eine Wärme in Cals Stimme, in seinem Blick und in seinem Lächeln mit, die ihr völlig fremd war. Und seine Worte waren so freundlich und herzlich. Und sein Lachen wie eine warme Hand, die über ihre Haut strich ...

Was passierte hier?

Hatte sie all die letzten Monate verpasst, dass Cal *charmant* war?

Das konnte nicht sein!

Sie richtete sich ebenfalls auf, um sich vorzustellen, doch Cal schob sich mit dem Rücken vor sie, bevor sie etwas sagen konnte.

„Sollen wir dann zu unserem Tisch gehen?", hörte sie ihn sagen. Melody bejahte und im nächsten Moment verschwanden sie in Richtung eines Kellners.

Lara starrte ihnen mit offenem Mund hinterher.

Er war höflich gewesen. Freundlich. Ein Gentleman.

Ihr war nicht bewusst gewesen, dass er dazu überhaupt *fähig* war! Ihr hatte er keine dieser Seiten jemals gezeigt.

All die Monate hatte er *das* zurückgehalten? Das freundliche, charmante Ich, das er jetzt zur Schau stellte?

Kein Wunder, dass alle ihn für einen Heiligen hielten!

Er *war* einer, wenn er wollte.

Doch bei ihr wollte er nicht.

Ihr Herzschlag verdoppelte seine Geschwindigkeit.

Das war ... *warum?*

„Hi, du musst Lara sein."

Sie blinzelte und blickte verwirrt auf. Sie hatte überhaupt nicht bemerkt, dass sie nicht mehr allein an der Bar war. Ein großer, breitschultriger Blondschopf stand ihr gegenüber.

„Was?“, antwortete sie elegant.

„Bist du nicht, Lara?“, fragte er unsicher. „Ich bin Shawn, wir hatten geschrieben?“

„Oh, natürlich“, fing sie sich und rang sich ein Lächeln ab. „Sorry, ich war gerade in Gedanken.“

„Kein Problem. Wirklich sehr nett, dich kennenzulernen.“

Er streckte die Hand aus, in der er eine einzelne rote Rose hielt.

Sie nahm die Blume entgegen, doch alles, was sie denken konnte, war: *Er trägt wirklich dick auf,* obwohl sie die Idee vor ein paar Tagen tatsächlich noch ganz süß gefunden hatte!

Beinahe hätte sie laut „Raus aus meinem Kopf, Cal!“, gerufen. Aber dann wäre dieses Date womöglich schneller zu Ende gewesen, als ihr lieb war.

„Vielen Dank“, sagte sie also nur und versuchte sich in einem weiteren Lächeln. Doch irgendwie wollte es ihr nicht ganz gelingen.

Cal konnte charmant und süß sein, war es aber nicht, wenn er mit ich zusammen war. Nie. Wie sehr *hasste* er sie, dass er sich bei ihr keine Mühe gab?

Ihr Magen zog sich zusammen und unbewusst ballte sie eine Faust. Oder machte er den anderen etwas vor? Was war anstrengender für ihn? Nett oder ein Arschloch zu sein?

„Sollen wir dann?“, fragte Shawn freundlich, und Lara nickte abwesend.

„Ja, gern", murmelte sie, auch wenn sie mit dem Blick den Raum nach Callum absuchte.

Wo zur Hölle war er?

Obwohl die viel bessere Frage womöglich war: *Wer* zur Hölle war er?

# Kapitel 8

*Also werde ich Shawn wohl mit nach Hause nehmen und ihn testen müssen.*

Wer sagte so etwas?

Wer dachte, dass es eine gute Idee wäre, diese Worte laut auszusprechen?

Lara hätte doch klar sein müssen, dass sie mit ihnen grässliche Bilder lostrat, die Cal so unruhig werden ließen, dass er sein Weinglas beinahe umwarf, in dem Versuch, einen Blick auf den dummen Affen zu erhaschen, der sich, kurz nachdem er gegangen war, zu ihr an die Bar gesellt hatte.

Herrgott, wie konnte Lara einen One-Night-Stand mit diesem Schleimlappen überhaupt in Erwägung ziehen?

Cal war sich nicht sicher, ob sie sich mit ihren Worten nur über ihn lustig gemacht oder es ernst gemeint hatte – und er fürchtete fast, dass sie es selbst nicht wusste.

Gott, wenn sie dem Kerl anbot, mit zu ihr – oder besser gesagt zu *Cal* – nach Hause zu kommen, würde er natürlich Ja sagen.

Sie hatte schließlich dieses lächerlich enge, schwarze Kleid anziehen müssen, das weder zu weit ausgeschnitten noch zu kurz war und gerade deshalb die Fantasie eines jeden Mannes ankurbelte. Denn je weniger Lara von ihrem Körper preisgab, desto größer würde das Verlangen des scheußlichen Shawns werden, mehr von ihm zu sehen.

Glaubte Cal. Er konnte es natürlich nicht mit Sicherheit sagen, aber wenn sie auf einem Date mit ihm gewesen wäre und dieses Kleid anhätte ... na ja, dann würden seine Gedanken zumindest in diese Richtung wandern!

Aber er war nicht auf einem Date mit Lara. Er war auf einem Date mit *Melody*. Der wunderschönen Konzertpianistin, die ihm gerade irgendetwas über ihren Job erzählte.

„... geht das Lampenfieber nie ganz weg, aber das berauschende Gefühl am Ende eines jeden Konzerts ist es definitiv wert.“

Er blinzelte und riss seine Gedanken von Lara los. „Ich schätze, ein bisschen Nervosität ist manchmal sogar gut“, erwiderte er schließlich und schwenkte den Wein in seinem Glas. „Was war die schönste Konzerthalle, in der du je gespielt hast?“, wollte er wissen und neigte den Kopf, um ihr zu bedeuten, dass er ihr aufmerksam lauschen würde.

Ein entzücktes Leuchten glitt über Melodys Gesicht und hastig schraubte er sein Lächeln zurück. Sie war bereits viel zu begeistert von ihm. Er musste besser aufpassen.

Sein Ziel war es, den Anschein zu erwecken, dass er sich Mühe gab. Am Ende des Dates sollte Melody ihn mögen und ihren Freundinnen erzählen, dass es ein schöner Abend gewesen war – aber sie sollte nicht auf halbem Weg sein, sich in ihn zu verlieben. Es war ein

Drahtseilakt, der ihn mehr als unwohl fühlen ließ, doch was blieb ihm für eine Wahl?

Callie würde sich nicht zu schade sein, Melody nach ihrem Date anzurufen und sie darüber auszufragen. Also würde er sich gut verkaufen müssen. Die Frauen mussten ehrliches Interesse an ihm bekommen, am Ende aber glücklich darüber sein, nur mit ihm befreundet zu bleiben und nicht in seinem Bett zu landen.

Ja, ursprünglich hatte er geplant, die drei Dates zu nutzen, um seine Trockenperiode zu beenden. Aber das konnte er jetzt, da Lara bei ihm wohnte, wohl kaum in die Tat umsetzen.

Melody holte weit aus und zählte gefühlt jede Konzerthalle auf, in der sie je gespielt hatte.

Er seufzte innerlich, nickte jedoch ab und an freundlich und lächelte weiter unermüdlich. Er konnte charmant sein, wenn er wollte. Das wusste er. Aber das hieß nicht, dass er es genoss.

Callum war klar, dass er „nicht hässlich" war, so wie Lara es ausgedrückt hatte. Die Panther-Geschwister waren laut Klatschkolumne allesamt mit gutem Aussehen gesegnet. Das Problem war, dass dieser Umstand dazu führte, dass viele Frauen innerhalb kurzer Zeit dachten, sie wären in Cal verliebt.

Was natürlich Schwachsinn war, sie fanden ihn nur attraktiv, wussten, dass er reich war, und verliebten sich in die Vorstellung, mit ihm zusammen sein.

Infolgedessen hatte er schon mehr als einer Frau vorsichtig beibringen müssen, dass sie niemals zusammen in den Sonnenuntergang reiten würden.

Es war schrecklich.

Denn er hasste es, sie zu verletzen. Sie zu enttäuschen. Er sah es den Frauen an und fühlte sich jedes Mal wie der letzte Dreck.

Callie meinte, das läge daran, dass er so sensibel sei. Aber ihm war klar, dass er einfach nur ein passabler Beobachter war.

Er wusste meistens, was die anderen dachten oder wie sie sich fühlten, weil ihr Gesicht es ihm verriet. So sehr unterschieden sich Menschen nicht von Computern. Sie arbeiteten nach Mustern. Sie waren vorhersehbar. Ihre Emotionen stark mit ihrer Hardware verknüpft, sodass sie an ihren Regungen ablesbar waren. Jeder Muskel im Gesicht hatte eine andere Funktion, jeder dadurch hervorgebrachte Ausdruck eine andere Bedeutung ... und er kannte jede einzelne. Seiner Meinung nach war das keine gute Fähigkeit. Sie war sogar der Grund dafür, warum sein Herz nur halb so groß war, wie seine Geschwister immer dachten. Denn er wusste, wie oft er Menschen mit seinen direkten Fragen und seinen sachlichen Statements verletzte ... und er tat es trotzdem.

Er hatte seine Ex-Freundin Josie verletzt, als er ihr erklärt hatte, dass sie ihr Herz nicht zu schnell an ihn verlieren sollte. Er hatte seine Mutter verletzt, als er ihr erzählt hatte, sie solle lieber in den Hamptons bleiben, wo sie ihre Kinder nicht weiter verkorksen könne. Er hatte seinen Vater verletzt, als er ihm erklärt hatte, was seine Kinder von ihm hielten und wie er das ändern könne.

Doch irgendwer hatte es tun müssen und da er absurderweise der Typ war, dem alle immer alles verziehen, hatte die Last auf seinen Schultern gelegen.

Er runzelte die Stirn. Okay, nicht *alle* verziehen ihm alles. Lara zum Beispiel hielt ihm mit ziemlicher Sicherheit noch heute vor, wie schrecklich er sich bei ihrem ersten Treffen verhalten hatte – und aus irgendeinem Grund hatte ihn dieser Gedanke immer beruhigt. Denn so wusste er, dass er sich nicht alles erlauben konnte. Dass nicht jeder Mensch dem Irrtum erlag, dass er manchmal mit den Gedanken woanders war und nicht mitbekam, was er da von sich gab.

Denn er wusste es. Immer.

So wie er trotz seiner eigenen Gedanken noch immer mit halbem Ohr Melodys Worten lauschte, als die laute Stimme eines Kellners zu ihnen drang, der weitere Gäste an ihren Tisch führte.

„Ist Ihnen dieser Platz genehm?"

„Oh, ich weiß nicht", antwortete eine weibliche Stimme. „Die Aussicht hier ist schrecklich."

Cals Blick flog zur Seite.

Oh Shit. Natürlich waren es Lara und Shawn, die den Tisch neben ihrem zugewiesen bekamen.

Er sah Lara an, die auf dem Platz ihm schräg gegenüber Platz nahm, doch sie ignorierte ihn geflissentlich.

Vermutlich hätte er sich freuen sollen, dass er ihr so zumindest leichter ein Zeichen geben konnte, falls sie sein Date mithilfe eines fingierten Notfalls beenden sollte. Doch dem war nicht so.

Stattdessen war er genervt. Als wäre es nicht schon schwer genug, sich auf Melodys Worte zu konzentrieren!

„Die Aussicht?", fragte Shawn verwirrt. „Weil du auf die Wand starrst, meinst du?"

Nein, das hatte sie nicht gemeint.

„Ja, genau. Nur ein Witz", bemerkte sie, und Cal konnte ihr leuchtendes Lächeln aus seinen Augenwinkeln aufblitzen sehen.

Halleluja. Wenn sie es noch etwas weiter aufdrehte, platzte gleich die Glühbirne über ihrem Kopf.

„Sag mal, kochst du gern, Cal?", riss ihn Melody aus seinen Gedanken, und blinzelnd schenkte er ihr wieder seine Aufmerksamkeit.

„Ich mag es, zu kochen …", sagte er langsam.

Ein lautes Schnauben einen Tisch weiter ließ Melody zusammenfahren und irritiert wandte sie sich zu Lara um. „Alles in Ordnung?", fragte sie laut.

„Hab mich nur an einer Lüge verschluckt … ähm, an meinem Lillet, meine ich. Aber vielen Dank", antwortete sie lächelnd und winkte ab, bevor sie lauter als nötig hinzufügte: „Shawn, erzähl mir was über deine Familie."

Es fiel Cal sehr schwer, Melody zu erklären, dass er gerne mehr Zeit fürs Kochen finden würde, aber gerade bis zum Hals in einem wichtigen Projekt steckte, und gleichzeitig Shawns Geschwafel über seine atemberaubend fantastische Familie zu lauschen – doch er bekam es hin.

Shawn erzählte so detailreich und langweilig wie möglich, wie er mit seinen süßen Nichten das letzte Wochenende in den Zoo gegangen war. Dabei ließ er gekonnt subtil mit Sätzen wie: „Sie lieben mich, ich bin ihr Lieblingsonkel", einfließen, dass er ein toller Kerl war.

„Mhm, ich war schon lange nicht mehr im Zoo", antwortete Lara, als er geendet hatte.

„Wirklich nicht?"

„Nein. Außer, man zählt dieses Restaurant mit. Hier laufen eine Menge Pinguine, Steroid-Gorillas und Paradiesvögel herum, findest du nicht?"

Cal musste unfreiwillig lachen, denn er hatte bereits dasselbe gedacht, und verschluckte sich dabei an seinem Wein.

„Alles in Ordnung?", fragte Melody besorgt.

„Ja, alles gut", erwiderte er hastig und hustete in eine Serviette, während er hörte, wie Shawn antwortete: „Ich verstehe nicht."

Humor besaß der Kerl also auch nicht. Mann, er war ja ein echter Fang.

Lara schien das jedoch nicht zu stören, denn sie lächelte nur breit, lehnte sich vor und griff nach Shawns Hand. „Das macht überhaupt nichts. Wechseln wir doch einfach das Thema: Hat dir eigentlich schon mal jemand gesagt, dass du atemberaubend gut aussiehst?"

Cal presste die Lippen zusammen.

Er war sich ziemlich sicher, dass sie das nur tat und sagte, um ihn anzupissen – und scheiße, sie war erfolgreich.

Okay, es reichte. Sie sollte hier sein, um ihn, falls nötig, zu retten, nicht um ihn in sein Verderben zu treiben.

Also würde er nicht weiter auf sie achten, sondern sich voll und ganz auf Melody konzentrieren.

Und das schaffte er auch. Für etwa fünf Minuten.

Der Abend plätscherte dahin wie das kitschige Wasserspiel auf der anderen Seite des Raumes.

Melody war in Ordnung.

Eigentlich war sie sogar mehr als das.

Sie war intelligent und wunderschön. Redegewandt und interessiert an seiner Arbeit. Sie lachte über seine Witze, und ihr Leben als Konzertpianistin war zugegebenermaßen recht interessant.

Aber Cal fühlte nichts. Er wusste nicht, warum, aber sie zog ihn auf keiner Ebene an. Weder körperlich noch intellektuell.

Ersteres ergab einfach überhaupt keinen Sinn und Letzteres ... na ja, nach etwa einer Stunde, als ihr Hauptgang gebracht wurde, kam er drauf, was ihn an ihr störte.

Es waren zwei Dinge.

Einerseits versuchte sie etwas zu sehr, ihn zu beeindrucken. Sie gab nicht mit ihren Errungenschaften an, doch sie ließ sie während des Gesprächs beständig fallen. So als wolle sie ihm beweisen, dass sie eines Panthers würdig war.

Das war natürlich Blödsinn, denn er und seine Geschwister waren ein eher unwürdiges Pack, das nur wenig bis gar keinen Respekt verdiente, aber er wusste, dass viele Menschen das Gefühl hatten, ihnen unterlegen zu sein. Und eine Beziehung, in denen einer der Partner sich weniger wertvoll als der andere fühlte, war zum Scheitern verurteilt.

Das Zweite, worüber er sich Gedanken machte, war, dass sie zu nett war. Sie war sehr weich. Sehr zart. Etwas zu ... zerbrechlich.

Wenn er sie verletzte, würde sie nicht trotzig oder wütend werden. Sie würde anfangen zu weinen und sich in ihrem Schmerz verlieren, während er jede einzelne schreckliche Emotion an ihrem Gesicht ablesen könnte.

Als er sich eine Stunde später schließlich von ihr an der Garderobe verabschiedete, blieb er mit einem Seufzen zurück. Es war fast schade.

Sie hatten eine Menge Gemeinsamkeiten gehabt. Sie hatten beide einen sehr zeitintensiven Job, der einem alles abverlangte, und wussten, wie es sich anfühlte, seinen Freiraum zu brauchen und ihn im Gegenzug zu gewähren.

Eigentlich wären das gar keine so schlechten Voraussetzungen für eine Beziehung, und Cal war sich sicher, dass seine Schwester denselben Gedanken gehabt und Melody genau deswegen ausgewählt hatte.

Nichtsdestotrotz war er froh, dass das Treffen vorbei war. Wenn auch nur, weil er Laras alberner Scharade nicht länger lauschen und zusehen musste.

Sie hatte sich alle Mühe gegeben, mit Shawn zu flirten, und der Dummkopf war voll darauf angesprungen.

Cal glaubte nicht, dass sie ihn wirklich mit nach Hause nehmen wollte, aber ... na ja. Es konnte nicht schaden, sicherzugehen. Außerdem war sie seine Mitfahrgelegenheit.

Stirnrunzelnd sah er zu den Tischen auf der anderen Seite des Raumes, die sie soeben noch besetzt hatten, doch Lara und ihr trantütiger Romeo waren nicht mehr zu sehen.

Wo waren sie hin?

Langsam drehte er sich im Kreis – bis er ein schweres Seufzen vernahm, das er unter Tausenden wiedererkannt hätte.

Es kam aus Richtung der Bar – und tatsächlich: Lara und Shawn, das Schaf, standen an der langen Holztheke.

Sie hatte die Hände auf seine Brust gelegt, aber nicht auf die liebevolle Art und Weise. Stattdessen drückte sie ihn von sich weg.

Gemächlich schlenderte Cal in ihre Richtung und spitzte die Ohren.

„… sehr geehrt, Shawn, aber ich glaube, das wird nichts mit uns.“

„Was?“

„Ja, tut mir leid.“

„Aber … du hast den ganzen Abend mit mir geflirtet.“

„Ja, ich weiß. Weil es Spaß macht und ich einen Punkt verdeutlichen wollte. Versteh mich nicht falsch, du bist sehr nett, aber … die Chemie zwischen uns stimmt nicht.“

„Ich fand schon, dass wir …“

„Ich nicht, tut mir leid.“

„Aber …“ Er blinzelte verwirrt. „Komm schon. Wir haben uns nicht einmal geküsst. Vielleicht überlegst du es dir dann doch noch anders.“

Sie zog eine Grimasse und trat einen Schritt zurück. „Ich glaube nicht. Tut mir leid.“

Shawn folgte ihr auf dem Fuß. „Hör mal“, sagte er lächelnd und beugte sich zu ihr vor, die Hände auf ihre Schultern gelegt. „Es war doch ein netter Abend. Niemand sagt, dass er jetzt schon enden muss …“

„Lass mich los, Shawn“, sagte Lara seelenruhig.

Er zog irritiert die Augenbrauen zusammen. „Du hast mir so viele Zeichen gegeben.“

„Ich habe geflirtet. Mehr nicht. Und ich darf mit dir flirten, ohne dass ich dazu verpflichtet bin, mit dir nach Hause zu gehen. Also, lass mich los“, wiederholte sie mit Nachdruck. „Ich werde es nicht noch einmal sagen.“

Shawn lachte nervös, doch wich keinen Zentimeter vor Lara zurück.

Cal biss die Zähne aufeinander und ein kleiner Knoten roter Wut bildete sich in seiner Brust.

Es reichte.

Es gab eine Grenze und Shawn hatte sie überschritten.

„Sie hat Nein gesagt“, bemerkte Cal laut und trat zu ihnen an die Bar. „Nein bedeutet Nein.“

Shawn sah sich überrascht um und seine Hände sanken von Laras Schultern. „Was soll das denn jetzt? Ich hab keine Ahnung, wer du bist, aber das hier geht dich nichts an.“

„Das sehe ich anders.“

Lara presste die Lippen zusammen und funkelte wütend zu ihm hoch. „Ich brauche deine Hilfe nicht, Cal.“

„Und trotzdem biete ich sie dir an“, erwiderte er nüchtern. „Also, Kumpel. Geh am besten einfach. Lara wird nicht mit dir nach Hause gehen.“

„Was soll denn der Mist jetzt?“ Verwirrt sah er zwischen ihnen hin und her. „Ihr kennt euch?“

„Ja, er ist mein Haushälter“, sagte Lara ungerührt, bevor sie scharf in seine Richtung hinzufügte: „Nicht mein Bodyguard. Doch das scheint er vergessen zu haben.“

Cal schnaubte, doch widersprach nicht. Stattdessen starrte er Shawn nieder, der schließlich genervt von der Bar zurückstolperte und zum Ausgang hastete.

Ging doch.

„Was sollte das?", fuhr Lara ihn an, sobald Shawn verschwunden war.

„Ich habe ihm lediglich den Schubs in die richtige Richtung gegeben, Lara. Kein Grund, sich aufzuregen."

„Aber es war nicht deine Aufgabe, *mich zu retten*!" Sie spuckte ihm die Wörter vor die Füße. „Ich wäre selbst mit ihm zurechtgekommen."

„Das bezweifle ich keine Sekunde lang", erwiderte er ungerührt. „Ich habe den Prozess lediglich etwas beschleunigt."

„Das hättest du nicht tun sollen!", presste sie zwischen den Lippen hervor. „Ich trage meine eigenen Kämpfe aus, Cal! Dafür brauche ich dich nicht."

Okay, jetzt übertrieb sie. „Ich habe ihn nicht für dich verprügelt, Lara", sagte er düster. „Ich habe dir lediglich zur Seite gestanden. Dir *geholfen*."

„Aber ich will deine ..."

„Schon klar!", unterbrach er sie hart. „Gott, was ist dein Problem? Warum zur Hölle fällt es dir so schwer, Hilfe anzunehmen? Du lagst mit blutender Platzwunde in meinem Innenhof und hast trotzdem meine Hände weggeschlagen!"

„Weil ich stark genug bin, meine eigenen Probleme zu meistern!"

Irritiert zog er die Augenbrauen zusammen. „Natürlich bist du stark genug. Ich wünschte mir manchmal, dass du ein bisschen weniger stark wärst, dann würdest du um einiges weniger nerven! Aber nur, weil du alles allein machen *kannst,* heißt das doch nicht, dass du es allein machen *musst.* Was ist falsch daran, sich unter die Arme greifen zu lassen?"

Lara antwortete nicht sofort. Doch ihre Wangen liefen rosa an und sie weitete die Augen, bis sie eine Miene der absoluten Verblüffung trug.

„Du denkst, ich bin … stark? Nicht schwach?"

Er schnaubte. Diese Unterhaltung war lächerlich. Mit verengten Augen beugte er sich zu ihr vor. „Glaub mir, ich habe schon eine Menge unschmeichelhafte Dinge über dich gedacht, Lara, aber nie, dass du schwach bist", murmelte er dunkel. „Und jetzt komm. Der Abend ist vorbei."

Mit diesen Worten ließ er sie stehen und lief zum Ausgang.

Er wollte keine Unsicherheit in ihren Augen sehen. Nicht bei *ihr.*

Schwer atmete er durch, strich sich durch die Haare und trat an die frische Luft.

Nun, dieser Abend war ein Desaster gewesen. Aber aus ganz anderen Gründen, als er zu Beginn gedacht hatte.

# Kapitel 9

Lara wusste nicht, was sie fühlen sollte.

Das war neu für sie. Normalerweise hatte sie recht starke Meinungen, gerade was Callum Panther betraf. Aber dieser Abend ... hatte sie verwirrt.

Bisher hatte sie Cal immer sehr eindeutig der Schublade *Heißer Blödmann* zuordnen können.

Doch jetzt? Jetzt war sie sich nicht mehr sicher.

Womöglich reichte eine Schublade nicht, um Cals Charakter zu kategorisieren. Womöglich brauchte sie Hunderte.

Oder aber nur eine einzige, in die sie sich selbst sperren konnte, bis sie wieder dazu in der Lage war, einen klaren Gedanken zu fassen.

Sie zurrte die Hände enger ums Lenkrad und warf Cal einen hastigen Seitenblick zu.

War Cal ... *nett?* Womöglich auch noch *sympathisch* und *charmant?*

Sie wünschte sich fast, dass das nicht stimmte, denn es hätte bedeutet, dass sie eine äußerst schreckliche Sonderstellung in seinem Leben einnahm – und das gefiel ihr nicht.

Doch die Art und Weise, wie er mit Melody umgegangen war, wie er ihr den ganzen Abend lang aufmerksam gelauscht hatte, immer die richtigen Dinge gesagt hatte ... Es war die reinste Folter gewesen, den beiden zuzuhören.

Cal war so *gut* gewesen. So höflich und freundlich. Er hasste Small Talk doch eigentlich, oder nicht? Warum war er dann so äußerst begabt darin gewesen, ihn zu führen? Und immer, wenn er gelacht hatte, ehrlich und laut, war Laras Herz gestolpert. Weil es sie verunsicherte, redete sie sich ein. Weil sie keine Ahnung hatte, was Cal für ein Mensch war. Und das störte sie!

Fast noch mehr als die Tatsache, dass Cal recht gehabt hatte. Shawn hatte sie nur ins Bett bekommen wollen. Alles, was er in sein Profil geschrieben hatte, war eine Masche gewesen. Sie hasste es, falschzuliegen, und innerlich stöhnte sie auf. So ein Mist.

Auch Cal seufzte schwer, und aus den Augenwinkeln sah sie, wie er den Kopf schüttelte. „Okay, spuck es aus", sagte er schließlich.

Mhm. Sie hatte wohl doch nicht *innerlich* gestöhnt.

„Was?", fragte sie dennoch verwirrt.

„Du willst etwas loswerden."

„Nein, will ich nicht."

„Doch. Und deinem Gesichtsausdruck nach zu urteilen, ist es sogar eine Menge!"

„Nein", wiederholte sie.

„Ich habe keine Lust mehr auf diesen Blödsinn, Lara", sagte Cal erschöpft. „Ich hab es dir schon einmal gesagt: Wenn du keine Aufmerksamkeit auf dich ziehen willst, musst du aufhören zu stöhnen! Aber du *hast* gestöhnt und somit meine Aufmerksamkeit. Also: Was geht in deinem Kopf vor?"

Lara hielt an einer Ampel und atmete tief durch. Schön.

Einige Sekunden lang schloss sie die Augen, schließlich murmelte sie: „Es war ein Spruch."

„Was?"

„Dass ich eine beeindruckende Persönlichkeit hätte. Es war nichts weiter als ein Anmachspruch. Du hattest recht", ergänzte sie widerwillig.

„Ach, das." Einige Sekunden lang schwieg er, schließlich murmelte er: „Keine Ahnung. Selbst wenn es nur ein Spruch war, bedeutet es nicht, dass Shawn sich nicht doch noch in deine *beeindruckende Persönlichkeit* hätte verlieben können. Er war schon sehr enttäuscht, dich gehen zu lassen."

„Ja, weil er sich auf Sex gefreut hat."

„Auf Sex *mit dir*. Es ist also eigentlich ein Kompliment."

Sie schnaubte, musste jedoch lächeln, denn dieser Kommentar war irgendwie ganz süß gewesen ... was sie wiederum irritierte und daran erinnerte, dass sie wütend auf Cal war! Dass sie ihn nicht *verstand*.

Er hatte doch wissen wollen, was bei ihr im Kopf vorging, oder? Er sollte das nächste Mal lieber vorsichtiger mit dem sein, was er sich wünschte.

„Cal, darf ich dir eine Frage stellen?", sagte sie sachlich und gab sich Mühe, ihre Stimme ruhig und gelassen klingen zu lassen.

„Ich werde dich nicht davon abhalten können."

Sie lächelte gezwungen. „Nein, aber es ist höflich, zu fragen."

Er hob einen Mundwinkel. „Na dann. Stell mir eine Frage.“

„Wie stehst du zu Small Talk?“

„Ich hasse ihn. Das weißt du doch.“

„Okay. Dann verrate mir was anderes: Bist du eigentlich ein netter Typ, gibst dir aber seit acht Monaten Mühe, diese Charaktereigenschaft vor mir geheim zu halten?“

Es war fast schade, dass Lara fahren musste, denn sie hätte sehr gerne Cals Gesichtsausdruck gesehen.

Doch sie würde sich mit seinem ungeduldigen und leicht angespannten Seufzen zufriedengeben müssen.

Eine halbe Ewigkeit verging, bis Cal endlich sprach, doch Lara hatte nicht vor, ihm die Situation leichter zu machen.

„Ich bin nicht nett.“

„Nein, aber du *kannst* es sein.“

Wieder seufzte er schwer. „Was genau ist dein Problem, Lara?“

„Nun, offenbar bist du nicht grundsätzlich ein Arschloch – sondern nur ein Arschloch zu *mir*. Und das regt mich möglicherweise auf!“

Cal schwieg, und das nahm sie als Anlass, weiterzureden.

„Weißt du, alle haben mir immer und immer wieder versichert, was für ein herzensguter Mensch du bist. Stets ruhig und besonnen. Hochsensibel. Und ich dachte mir die ganze Zeit: Was für ein Schwachsinn! Was lassen all diese Leute dir durchgehen, nur weil du ein Genie und ein Mensch von höchster Wichtigkeit bist. Wieso bin ich die Einzige, die weiß, dass du eigentlich ein Blödmann bist! Aber heute Abend habe ich es auf einmal verstanden. Du *bist* ein verdammter Heiliger. Nur eben nicht in meiner Gegenwart!"

„Ich bin *kein* Heiliger!", fuhr Cal sie an und sie zuckte überrascht zusammen. „Gott, wie ich dieses Wort hasse. Direkt danach kommt *sensibel*, dicht gefolgt von *herzensgut.*"

Sie presste die Lippen aufeinander und drückte etwas fester als nötig aufs Gas. „Was bist du dann, Cal? Weder sensibel noch herzensgut noch nett oder freundlich? Aber ein Arschloch auch nicht wirklich? Also bist du einfach nur ein furchtbar guter Schauspieler?"

„Wieso kann ich nicht alles sein?", wollte er wissen. Seine Stimme merkwürdig hohl. „Wieso müssen andere über mich entscheiden, dass ich nur eine Handvoll prägende Eigenschaft besitzen darf? Wieso muss ich das herzensgute, sensible Genie sein, das Spinnen rettet und weint, wenn sein Lieblingscharakter in einer Serie stirbt? Wieso kann ich nicht manchmal nett und manchmal ein Arschloch sein? Wieso kann ich nicht ab und zu sensibel und freundlich, aber am nächsten Tag kühl und aufbrausend sein?"

„Du *kannst*, Cal! Aber deinen Geschwistern und der Rest der Welt nach zu urteilen, *bist* du es nicht!"

„Es ist … Es ist kompliziert, okay?", sagte er fahrig.

„Nein. Es ist sogar sehr simpel", erwiderte sie kühl. „Für mich hört es sich so an, als würdest du deiner Familie was vormachen."

Sie hörte seinen Kiefer knacken, doch das war ihr egal. Es war die Wahrheit.

„Ich mache ihnen nichts vor, ich halte mich nur zurück", erwiderte er leise.

„Aha. Und bei mir machst du das nicht? Ich kriege die volle Breitseite Callum Panther zu spüren?"

„So ungefähr."

„Das ist ja *großartig*", erwiderte sie trocken. „Welch eine Ehre! Dann habe ich nur noch eine letzte Frage: *Warum?* Warum *ich?* Warum fährst du nur in meiner Gegenwart aus der Haut? Warum bist du nur wortkarg und wütend, wenn ich da bin?"

„Das waren vier Fragen."

„Callum!"

Er seufzte und rieb sich übers Gesicht. „Du kannst damit umgehen, Lara", wisperte er schließlich, sodass sie ihn kaum verstand. „Mit meiner Wut."

„Und deine Familie nicht, oder was?", fragte sie perplex.

„Nein, nicht wirklich", murmelte er. „Sie wären ... verstört, wenn ich plötzlich anfangen würde, so aus der Haut zu fahren, wie ich es bei dir tue."

„Warum?" Das ergab keinen Sinn. „Ich verstehe es nicht."

Cal lachte trocken. „Nein, wie solltest du auch?"

„Ist das alles, was du dazu zu sagen hast?", fragte sie scharf. „Denn, Spoiler Alert, ich bin nicht zufrieden damit! Ich will eine Erklärung."

Endlose Sekunden lang blieb Cal still.

Lara fing gerade an, sich damit zu arrangieren, dass sie wohl keine Antwort bekommen würde, als er zu sprechen anfing: „Du weißt, dass wir alle eine schreckliche Kindheit hatten, oder? Du hast unsere Familiengeschichte recherchiert, bevor du das erste Mal zu mir gekommen bist. Du weißt, dass Callie eine Essstörung und ein Drogenproblem hatte. Dass Coop ein sehr aggressiver Teenager war und ständig in einer Gewahrsamszelle saß. Dass meine Eltern sich so oft und laut gestritten haben, dass kein Hausmädchen, bis auf Maria, unsere Kinderfrau, länger als zwei Monate geblieben ist?"

„Das Letzte wusste ich nicht", murmelte sie und zog die Schultern höher, den Blick auf die Straße gerichtet.

„Ah, richtig." Cal nickte. „Das haben sie erfolgreich vor den Klatschzeitungen geheim gehalten. Na ja, jetzt weißt du es. Unterm Strich war unser Familienleben ... sagen wir unruhig. Die Wörter *katastrophal* und *schrecklich* klingen immer so dramatisch." Er seufzte freudlos. „Aber ist auch nicht so wichtig. Alles, was du wissen musst, ist, dass wir eine Horde Problemkinder waren. Cole nicht so sehr, aber er hat viel eingesteckt, um uns zu schützen. Doch dann kam der Tag, an dem meine Eltern herausgefunden haben, dass ich ... nun, ein Genie bin. Und es war die perfekte Ausrede für alles. Plötzlich habe ich keine Aufmerksamkeit mehr erregt, wenn ich mich merkwürdig verhielt. Ich wurde nicht mehr zum Schulleiter geschickt, wenn ich im Unterricht eingeschlafen bin. Ich wurde nicht mehr bestraft, wenn ich die Geschäftspartner meines Vaters unterbrochen und sie gefragt habe, ob sie sich nicht dafür schämen würden, in Fracking zu investieren, weil es unseren Planeten zerstören würde. Denn es musste ja an meinem zu hohen IQ liegen, dass ich mich so verhielt, nicht etwa an meiner schlechten Erziehung. Aber mir sollte es recht sein, ich habe es schamlos ausgenutzt. Aufmerksamkeit zu bekommen, hat im Hause Panther bedeutet, angeschrien oder auf sein Zimmer geschickt zu werden. Also blieb ich lieber der Schatten an der Wand oder die leise Stimme im Kopf meiner Geschwister, während ich gemacht habe, was ich wollte, wann ich es wollte. Ich war eine Spur zu verwöhnt, das ist mir mittlerweile klar, aber man hat mir einfach zu viel durchgehen lassen. Gott, wenn Cole keinen Abschluss gemacht und sein Studium als Zeitverschwendung bezeichnet hätte, wäre Dad ausgerastet. Aber bei mir? Dem Wunderkind? Er hat es lediglich abgenickt."

„Also hast du absichtlich den Ball flach gehalten? Deine Wut runtergeschluckt, weil sie zu viel Aufmerksamkeit erregt hätte? Weil deine Eltern dir dann doch nicht alles hätten durchgehen lassen?"

„Ja, einerseits das, aber andererseits ..." Er atmete tief durch. „Na ja, das Absurde war, dass Coop, Callie und Cole aufgrund meiner Diagnose ebenfalls erleichtert waren. Denn ich war hyperintelligent und Dads strenge und Moms leichtsinnige Lebensart schienen mich nicht zu tangieren. Um mich brauchten sie sich also keine Sorgen machen. Also habe ich ihnen den Gefallen getan und blieb weiterhin ... problemlos. Still, pflegeleicht. Ruhig und besonnen. Sie wussten, dass ich meine Probleme allein lösen konnte, also haben sie mich nicht nach ihnen gefragt. Eine Aufgabe weniger. Es war das Mindeste, was ich für sie tun konnte, wenn ich ihnen schon sonst nicht mit ihrem Mist helfen konnte, weil ich zu sehr mit meinen Maschinen und meiner Arbeit beschäftigt und zu feige war, um zwischen die Fronten zu geraten und meinen entspannten *Kein-Problemkind*-Status aufzugeben. Es war ziemlich selbstsüchtig von mir, all die Verantwortung auf Cole abzuwälzen, der neben seinem Jura-Studium jede freie

Sekunde damit verbracht hat, den Mist geradezubiegen, den Callie, Coop und Dad verzapft haben, aber was soll ich sagen? Ich hatte eine Vision. Ich wollte Drohnen bauen, die Welt besser machen. Es ist, wie es ist."

Lara schluckte.

Sie war überfordert damit, dass Cal so ehrlich war. Aber gleichzeitig hing sie bei jedem Wort an seinen Lippen.

„Das Problem ist nur, dass sie sich sehr schnell daran gewöhnt haben, dass ich so ... nett bin. Dass ich kein Temperament habe. Dass ich mich zwar ärgere, aber niemals *richtig* wütend werde. Sie verlassen sich darauf, dass sie sich darum sorgen müssen, dass ich zu viel arbeite, dass ich mich nicht vernünftig ernähre und dass ich vereinsame ... aber nie darüber, dass ich austicken könnte. Wenn sie zu mir kommen, dann weil sie Ruhe und Rationalität und meine *sensible*", er zermalmte das Wort mit den Zähnen, „Ader brauchen. Es ist okay, dass ich etwas vergesslich und manchmal unaufmerksam bin. Es verletzt ihre Gefühle nicht, wenn ich sie versetze oder eine ihrer Fragen nicht beantworte. Aber wenn ich sie auf einmal anschreien würde, weil sie mich so sehr aufregen ..." Er zuckte die Achseln.

Lara war froh, dass sie an einer weiteren Ampel halten konnte, denn so hatte sie Zeit, ihn verblüfft anzustarren. „Aber du bist nicht vergesslich. Und erst recht nicht unaufmerksam."

Wieder lachte er, doch diesmal war es weder trocken noch freudlos. Es war das Lachen, das ihr Herz stolpern ließ. „Nein, natürlich nicht. Ich habe einen IQ von 161. Der lässt mich nichts vergessen, egal wie sehr ich es wollte."

„Das ist bescheuert, Cal", sagte sie schlicht. „Du hast das Recht, wütend zu sein. So wie jeder andere. Du hast das Recht, sie anzuschreien, wenn sie dich dazu zwingen, auf Dates zu gehen. Du darfst schlecht drauf sein, wann immer du möchtest. Du darfst deine Fassung verlieren. Du darfst traurig sein. Du darfst austicken."

Cal rieb sich mit Daumen und Mittelfinger über die Augen. „Ich würde sie verletzen, wenn ich plötzlich richtig wütend auf sie werden würde, Lara", murmelte er. „Ich würde sie tief verletzen, weil sie es nicht von mir gewohnt sind. Weil sie denken, dass ich *nie* ernsthaft wütend werde. Wenn es also doch passiert, muss es sehr ernst sein. Sie werden denken, dass es mir entweder sehr schlecht geht oder sie etwas Furchtbares getan haben. Es ist meine eigene Schuld, ich war zu lang zu sanftmütig. Wie sollte ich ihnen also erklären, dass sie sich keine Gedanken machen müssen, weil ich eigentlich schon immer ein recht zorniger Zeitgenosse war, es jedoch vor ihnen geheim gehalten habe, um ihr Leben zu erleichtern und die Familie nicht noch weiter auseinanderzutreiben?"

„Ja, das klingt tatsächlich dämlich", stellte sie perplex fest.

„Eben. Vielen Dank."

Kopfschüttelnd blickte Lara wieder auf die Straße und drückte aufs Gas, sobald die Ampel umsprang.

„Aber was machst du, wenn deine Geschwister dich wütend machen?"

„Ich ignoriere meine Wut."

„Du ... Was? Das ist das Dümmste, was ich heute Abend gehört habe, und der Kellner hat mir erzählt, dass sie keine Pommes haben, weil niemand sie in einem so teuren Restaurant bestellen würde."

„So schlimm ist es nicht. Ich bleibe eben meinem gelassenen Gemüt treu."

„Aber du hast kein gelassenes Gemüt!", erinnerte sie ihn ungläubig.

„Nicht immer, nein. Dafür kann ich meine Emotionen außergewöhnlich gut kontrollieren."

„Bis du platzt, bis du ..." Sie stockte und ihre Fingerknöchel traten weiß hervor, als sie die Finger noch fester um das Lenkrad zog. „Oh mein Gott. Du platzt bei mir", sagte sie tonlos.

Sie warf ihm einen raschen Seitenblick zu und seine schuldbewusste Miene sagte mehr als tausend Worte.

„Ich fasse es nicht! Ist das dein Ernst? Deswegen bin ich die Einzige, die dich für ein Arschloch hält? Weil du deine angestaute Wut an mir auslässt?"

„Nein, nein. Die Wut, die ich rauslasse, wird schon von dir hervorgerufen. Aber vielleicht würde ich nicht so extrem reagieren, wenn ich nicht schon aus anderen Gründen gereizt wäre."

„Na, fantastisch! Wenn es weiter nichts ist!"

„Es war nicht meine Absicht, okay?", verteidigte er sich. „Ich hab dich nicht gesehen und gedacht: ‚Wunderbar: eine Person, bei der ich endlich so ungeniert laut werden kann, wie ich es möchte'. Es ist einfach passiert. Du hast mich ohnehin nicht gemocht und teilst genauso gut aus, wie du einstecken kannst ... Und du bist nicht zusammengezuckt, als ich unhöflich und gemein war. Du hast nur diesen trotzigen Blick bekommen und dein Kinn gereckt und ... keine Ahnung! Was

weiß ich, wie sich unsere merkwürdige Dynamik entwickelt hat. Du warst dabei."

„Aber du hast dir nicht einmal Mühe gegeben, nett zu
sein! Ich dachte, du wärst einfach nicht dazu in der
Lage, aber ..."

„Na ja, zu Anfang hab ich es schon ein wenig versucht,
aber du treibst einen wirklich zur Weißglut, Lara. Du
provozierst mich jedes Mal, wenn du den Mund aufmachst."

„Ja, weil das Teil meiner charmanten Persönlichkeit
ist", erwiderte sie verärgert. „Aber ich bin doch nicht
dein persönlicher Punchingball!"

„Natürlich nicht, aber ..."

„Nein. Kein Aber." Sie schnaubte und schüttelte den
Kopf. „Das ist furchtbar, Cal. So wie es sich anhört, bin
ich die einzige Person, mit der du dich streiten kannst,
weswegen du es andauernd tust. Das ist *nicht* okay.
Dass ich alles abbekomme, nur weil du dich bei niemand anderem sicher genug fühlst. Weil ich dich ohnehin schon für keinen Engel halte! Ich weiß, ich provo-
ziere dich, ich weiß, ich habe einen Dickkopf, ich weiß,
ich nerve ... aber wenigstens *plane* ich nicht, meine Wut
an dir auszulassen! Abgesehen davon bist du genauso
schlimm wie ich. Denn du provozierst mich auch! Mit
deinem Kopf könnte man Backsteinmauern einschla-
gen. Und darüber, ob du nervig bist oder nicht, brauchen wir gar nicht erst zu reden."

Die Stille, die auf ihre Worte hin den Innenraum des
Wagens vereinnahmte, prickelte auf ihrer Haut und sie
fürchtete, dass Cal sich aufregen würde. Dass er sagen
würde, sie solle sich nicht so anstellen. Dass sie schlimmer als er wäre.

Doch er tat nichts dergleichen.

Er seufzte lediglich und murmelte: „Du hast recht.“

Perplex wandte sie sich zu ihm um, während sie vor seinem Haus parkte. „Was?“

„Du hast recht. Es ist nicht fair. Es ist keine gute Lösung. Es tut mir leid, Lara. Aber ...“ Er schluckte und schloss die Augen. „Es klingt bescheuert, aber es war so *erleichternd*. Dich kennenzulernen. Jemanden zu haben, der mich so offenkundig hasst. Mit dir zu streiten, ist wie Urlaub von meinem Leben – es macht ehrlich gesagt ein wenig Spaß. Versteh mich nicht falsch, du machst mich unfassbar wütend und treibst mich in den Wahnsinn, du besitzt da echt ein Talent. Aber gleichzeitig ... hab ich mich immer ein wenig darauf gefreut, wenn du kamst. Du bist eine würdige Gegnerin und die meisten deiner Beleidigungen sind beneidenswert kreativ und lustig.“ Ein Lächeln zog an seinen Lippen und auch wenn es seine Augen nicht erreichte, spürte Lara es in ihrem Bauch.

Sie schluckte. Es war das seltsamste Kompliment, das sie je bekommen hatte. Aber womöglich auch eins der schönsten. Sie war sich noch nicht sicher.

„Ich *hasse* dich nicht, Callum“, murmelte sie und schaltete den Motor aus. „Ich habe dich nie *gehasst*. Mir ist mein Job nur sehr wichtig und ... du machst ihn mir unmöglich.“

„Ja, ich bin wohl nicht mehr so pflegeleicht, wie ich einst war“, überlegte er nachdenklich.

Lara lachte laut und betrachtete ihn kopfschüttelnd. „Nein!“

Sein Lächeln wurde breiter. „Es ist übrigens schön, zu wissen, dass du mich nicht hasst, und ich werde versuchen, mich nicht mehr ganz so oft mit dir anzulegen."

Sie seufzte. „Cal, ich finde es okay, mit dir zu streiten", wisperte sie und zog den Schlüssel aus dem Zündschloss. „Du hast recht, manchmal macht es Spaß. Aber manchmal ist es auch unglaublich erschöpfend. Weil wir mit den Streitereien nicht weit kommen. Weil du mir jedes Mal, wenn du mir absolut nichts Wertvolles über deine Arbeit erzählst, den Job zur Hölle machst."

Sie beobachtete, wie Cal mit verengten Augen auf seine Fingerspitzen sah.

Schließlich kratzte er sich im Nacken, holte tief Luft und stieß sie in einem Schwall durch seinen Mund wieder aus. „Okay. Komm", sagte er knapp und öffnete die Autotür. „Ich erklär dir meine Drohne."

Mit offenem Mund sah sie ihn an. „Was?"

„Ich zeig dir, woran ich gerade arbeite, und gebe dir einen ungefähren Zeitrahmen, wann die Drohne fertig sein wird. Das ist es doch, was du willst, oder nicht?"

„Ja", antwortete sie verblüfft. „Aber ... bisher bist du mir nie entgegengekommen."

„Na ja, innerhalb der letzten halben Stunde ist mir klar geworden, dass ich dir offenbar etwas schulde – also hol dein Notizbuch heraus. Noch einmal mache ich dir das Angebot nicht." Im nächsten Moment stieg er aus dem Wagen und warf die Tür hinter sich zu.

Hastig folgte Lara seinem Beispiel und schloss das Auto ab, während ihr Herz euphorisch in der Brust flatterte. Sie glaubte erst, dass Cal es ernst meinte, wenn er etwas Nützliches von sich gab, aber sie wollte ihm vertrauen.

Schließlich hatten sie sich gerade ... angefreundet,
oder nicht?

Sie hatte also keinen Grund, nervös zu sein.

# Kapitel 10

Cal war nervös.

Ihm war klar gewesen, dass er Lara irgendwann nähere Infos zu seiner Drohne geben musste. Dass er ihr *irgendetwas* bieten musste, das sie den Investoren Ende des Monats erzählen konnte. Doch er hatte geglaubt, mehr Zeit zu haben. Sich die Worte zurechtlegen zu können.

Aber Lara hatte so erschöpft und unzufrieden ausgesehen. Er wusste, dass er Ursprung dieser beiden Emotionen war ... und seine Brust war unerträglich eng geworden.

Sie hatte vollkommen recht. Er war ihr gegenüber unhöflicher und gemeiner als zu allen anderen und das war nicht fair. Nur, weil sie damit umgehen konnte, sollte sie nicht damit umgehen *müssen*.

Er hatte, seit Lara bei ihm wohnte, das Gefühl, mit ihr die stumme Vereinbarung getroffen zu haben, dass sie versuchen wollten, weniger schrecklich zueinander zu sein. Und es wurde Zeit, dass er das Vorhaben in die Tat umsetzte. Sie würden womöglich nie richtige Freunde werden, aber zumindest respektierten sie sich mittlerweile, oder nicht?

Nein, eigentlich war das Schwachsinn. Er hatte sie schon immer respektiert. Trotzdem hatte sich irgendetwas an diesem Abend geändert.

Er hätte ja näher darüber nachgedacht, was das war, doch ihm blieb keine Zeit dafür.

Stattdessen ratterten seine Gedanken, während er in seiner Werkstatt auf den langen, metallenen Tisch zuschlenderte, auf dem seine Hauptcomputer und der halbfertige Prototyp seiner Drohne standen.

Wie viele Informationen konnte er Lara preisgeben, ohne sie ahnen zu lassen, dass seine Forschung nur halb so schnell voranging, wie er vor einem Jahr vorhergesagt hatte?

Er wollte sie nicht anlügen – aber ganz sicher würde er ihr auch nicht die Wahrheit erzählen.

Er konnte unmöglich vor ihr zugeben, dass er mit einigen Justierungen und Programmierungen so große Schwierigkeiten hatte, dass unklar war, ob die Drohne überhaupt jemals funktionieren würde.

Diese Drohne war seine Lebensaufgabe. Sie war der Grund dafür, warum er sich so viele Jahre aus Familienangelegenheiten herausgehalten hatte. Warum er so viele Treffen sausen lassen, so viele Konflikte nicht ausgefochten hatte. Er konnte nicht versagen. Doch wenn er zugab, dass er keine Ahnung hatte, ob seine Vision überhaupt umsetzbar war ...

Nein.

Unmöglich.

Die Luft im Raum wurde auf einmal stickig und er zog sich die Krawatte vom Hals. Das Ding versuchte ohnehin schon seit Stunden, ihn zu erwürgen. Er warf sie achtlos auf den Tisch, bevor sein Blick zu Lara wanderte, die tatsächlich einen Block gezückt hatte und ihn erwartungsvoll ansah.

Shit. Sie wirkte wie ein eifriges Schulmädchen, das ihre Eins zwar schon hatte, aber unbedingt noch ein Sternchen neben ihre Arbeit geklebt bekommen haben wollte.

Es hätte süß sein können, wie sie die Augen aufriss – hätte Cal nicht zu große Angst davor gehabt, dass Lara ein wenig zu intelligent und aufmerksam dafür war, um sie hinters Licht zu führen.

Also würde er versuchen, so ehrlich wie möglich zu sein ... ohne zugeben zu müssen, dass er womöglich nur halb so brillant war, wie alle Welt vermutete.

„Gut", sagte er gedehnt. „Stell deine Fragen bitte erst zum Schluss, okay? Ich erkläre dir die Funktionen, das Prinzip, nach dem sie agiert, warum die Batterie länger halten wird als andere ... und wenn du nachher noch irgendetwas nicht verstehst, kann ich näher ins Detail gehen."

Lara nickte und klickte mit ihrem Kugelschreiber. „Dann beeindrucke mich mal, du Genie."

Und das tat er. Denn Lara war sehr schlecht darin, ihre Gesichtskirmes unter Kontrolle zu halten. Man sah ihr die Begeisterung förmlich an. Abgesehen davon ließ sie immer mal wieder Sätze wie „Das ist ja fantastisch!" oder „Wie zur Hölle bist du darauf gekommen?" fallen.

Cal hätte es nicht für möglich gehalten, doch es gefiel ihm sogar, ihr von seiner Arbeit zu erzählen. Er war nicht der Typ Mann, der sich gern sein Ego streicheln ließ, um sich besser zu fühlen ... aber es hatte etwas für sich, Laras Augen zum Leuchten zu bringen und ihr die Ehrfurcht aufs Gesicht zu treiben.

„Das ist wirklich toll, Cal!", sagte sie, als er geendet hatte. „Wirklich. Die Drohne ist ..." Sie seufzte. „Deine ganze Arbeit ist ... wunderschön!"

Seine Mundwinkel zuckten. „Ich bin ‚nicht hässlich‘, aber die Arbeit ist ‚wunderschön‘?"

Unschuldig sah Lara ihn an. „Sobald du deine Haut verchromst, können wir noch einmal miteinander darüber reden. Und was genau sind jetzt noch deine Schwierigkeiten?"

Mist. Er hatte gehofft, dass sie ihn nicht danach fragen würde. „Es sind nur Kleinigkeiten", log er. „Das Gewicht ist noch zu schwer, es macht sie zu träge und saugt die Batterie zu schnell aus. Die Infrarotstrahlung fällt oft aus. Solche Sachen."

Nachdenklich nickte Lara ... bevor sie zum Todesstoß überging. „Und wie lange, denkst du, brauchst du noch, bis das erste funktionsfähige Modell für einen Testversuch bereitsteht?"

Fuck. Er hatte sich die größte Lüge bis zum Schluss aufgehoben. „Ich denke, ich werde den Prototyp Ende des Monats fertig haben."

Die Worte schmeckten staubig und bitter in seinem Mund. Aber was blieb ihm für eine Wahl? Wenn er Lara erzählte, dass er in seinem derzeitigen Tempo erst Ende des Jahres – wenn überhaupt – einen ersten Testlauf machen konnte, würde sie wissen wollen, warum. Sie würde ihm andere Ingenieure als Unterstützung schicken wollen. Sie würde das Verteidigungsministerium darüber informieren müssen ...

Nein. Es war besser, zu lügen und sich den Stress zu ersparen. Womöglich motivierte ihn seine selbstauferlegte Deadline ja auch so sehr, dass ein Wunder geschah und er gleich morgen mit einer brandneuen Idee aufwachen würde.

Wenn er es nicht packte, konnte er ihr immer noch erzählen, dass er sich verkalkuliert hatte.

Beschissen fühlte er sich trotzdem.

„Danke, Cal", sagte Lara lächelnd und packte das Notizheft weg. „Mir ist klar, wie schwer dir das gefallen ist, und ich weiß es wirklich zu schätzen. Dann kann ich morgen früh endlich die erste zufriedenstellende Mail ans Ministerium schicken."

Er nickte nur, sagte jedoch nichts weiter dazu.

„Gut." Zögerlich rang sie die Hände, offenbar unschlüssig, was sie noch sagen sollte.

„Ja, gut", wiederholte Cal mechanisch. „Dann hätten wir das ja hinter uns gebracht ... Ich denke, ich werde dann noch etwas arbeiten."

Ungläubig sah sie ihn an. „Was? Es ist mitten in der Nacht!"

„Und?"

„Du willst *jetzt* noch arbeiten? Bist du verrückt?"

„Darüber wird noch debattiert."

„Nein."

„Nein, darüber wird nicht mehr debattiert? Warum wurde mir dann nie erzählt, welche Entscheidung getroffen wurde?"

Sie verdrehte die Augen. „Nein, du arbeitest jetzt nicht mehr."

Er lachte. „Tue ich nicht?"

„Nein", wiederholte sie steif.

„Und was mache ich sonst?“

„Du legst eine Pause ein.“

„Ich habe die letzten drei Stunden lang Pause gemacht.“

„Ein Date zählt nicht als Pause. Ein Date ist harte Arbeit!“

Ja, da hatte sie recht. Dennoch: „Lara, ich werde jet–“

„Du wirst einen Wein mit mir trinken“, schnitt sie ihm bestimmt das Wort ab.

Perplex blinzelte er sie an. „Wie bitte?“

„Du trinkst ein Glas Wein mit mir und wirst dann ins Bett gehen“, erklärte sie, packte ihn am Arm und zog ihn zum Kühlschrank. „Ich habe heute Mittag Weißwein gekauft und im Restaurant konnte ich nur einen kleinen Lillet trinken, weil ich fahren musste, also ...“

Seufzend rieb sich Cal mit der Hand übers Gesicht. „Ich habe dir gegeben, was du willst“, sagte er schließlich langsam. „Eigentlich besteht nicht einmal mehr ein Grund dafür, dass du hier wohnen bleibst.“

„Natürlich besteht der“, sagte sie verärgert. „Noch ist der Prototyp ja nicht fertig, oder? Und es ist äußerst unhöflich, eine Lady allein trinken zu lassen.“ Sie ließ ihn los, bückte sich und zauberte die erwähnte Flasche Weißwein hervor. „Besitzt du Weingläser?“

„Ähm ...“

„Vergiss es, du hast keine Ahnung, oder? Ich gucke in der Küche nach.“

Perplex sah er ihr nach, als sie mit langen Schritten im Flur verschwand.

Was passierte hier gerade? Er fühlte sich, als würde er von einer Dampfwalze überrollt werden.

Wie konnte eine Person nur so viel Energie haben?

Keine Sekunde später kehrte Lara mit zwei Weingläsern in der Hand zurück. „Du stehst ja immer noch blöd rum. Komm schon, Cal", sagte sie mit Nachdruck. „Du hast dir einen freien Abend verdient. Also stell dich nicht so an und setz dich auf deine heiß geliebte Couch – auf der du wirklich aufhören solltest, zu schlafen! Du bist doch keine Katze."

Sie ließ sich in das Polster sinken und winkte ihn zu sich heran.

Was sollte er tun? Sie aus der Werkstatt schmeißen? Sich wie ein trotziges Kind gegen sie wehren?

Es hätte ohnehin keinen Zweck gehabt. Denn da war das unheilvolle Glitzern in ihren Augen, ihr gerecktes Kinn … sie bereitete sich auf einen Krieg vor, auch wenn sie hoffte, ihn nicht führen zu müssen.

„Schön. Ein Glas", murmelte er, durchquerte die Halle und ließ sich am anderen Ende der Couch nieder.

Lara nickte zufrieden, schenkte ihnen ein und reichte ihm sein Glas.

„Und jetzt?", fragte er und nahm einen Schluck.

„Was, und jetzt?" Sie runzelte die Stirn. „Jetzt reden wir."

„Über was?"

„Keine Ahnung, worüber möchtest du denn gern reden?"

Sein Blick glitt zu seiner Drohne.

„Hör auf, an die Arbeit zu denken!", beschwerte sie sich und gab seinem Bein mit ihrem Fuß einen kleinen Schubs. Dabei fiel ihr Stiletto zu Boden und das schwarze Kleid rutschte höher ihren Oberschenkel hinauf.

Es fiel Cal wirklich schwer, nicht offensichtlich hinzustarren. Konnte sie sich nicht umziehen? Vielleicht einen Kartoffelsack überwerfen? Ach, der würde ja doch nicht helfen. Er würde ja trotzdem wissen wollen, was sie darunter trug.

Gott, das war ein Desaster.

Lara schien nichts von seinem inneren Kampf mitzubekommen und sprach fröhlich weiter. „Weißt du, ich dachte immer, *ich* wäre ein Workaholic. Aber du spielst in einer völlig anderen Liga. Jetzt ernsthaft mal: Wie kann es sein, dass du noch nicht umgefallen bist?"

„Ich bin es gewohnt", sagte er achselzuckend und hielt den Blick gewaltsam auf ihrem Gesicht. „Ich brauche nicht viel Schlaf."

„Das ist mir aufgefallen. Aber bist du nicht trotzdem erschöpft? Wünschst du dir nicht manchmal, alles hinzuschmeißen und zwei Wochen in die Karibik zu fliegen?"

Nachdenklich neigte er den Kopf und schwenkte den Wein in seinem Glas. „Doch", antwortete er schlicht.

„Aber?"

„Aber ich kann es mir nicht leisten, dem Wunsch nachzugeben."

Lara lächelte. „Wenn ein Millionär es sich nicht leisten kann, wer dann?"

„Es geht nicht ums Geld. Es geht bei mir nie ums Geld. Aber ich habe eine Verpflichtung, die ich sehr ernst nehme." So einfach war es.

„Verstehe." Sie nickte und zupfte ein paar Flusen von ihren Brüsten, ähm, von ihrem Kleid. „Aber ..." Sie kaute nervös auf ihrer Unterlippe herum, blickte jedoch immer noch nicht auf ... und Cal ging durch den Kopf, dass es vielleicht doch sicherer wäre, auf ihre Beine zu schauen als in ihr Gesicht. „Na ja, bist du damit glücklich? Wie du dein Leben führst?"

Er blinzelte und runzelte die Stirn, während er den obersten Knopf seines Hemds löste. Es war innerhalb der letzten Minuten unfassbar heiß geworden. „Das ist eine sehr allgemeine Frage."

„Und du darfst mir eine sehr allgemeine Antwort geben."

Er seufzte schwer. „Ich habe Ziele in meinem Leben, auf die ich hinarbeite. Und manchmal ist nicht der Weg das Ziel. Manchmal ist nur das Ziel das Ziel."

„Und das Ziel ist ... die Drohne?" Sie nickte zu seiner Werkbank.

„Ja."

„Die Drohne und ... sonst nichts?

„Nein."

„Und was machst du, wenn du mit ihr fertig bist?"

„Keine Ahnung. Mir ein neues Projekt suchen."

„Okay, aber was ist mit ... na ja, der Liebe. Einer Familie. Ein paar Hobbys."

„Was soll damit sein?"

Lara seufzte schwer. „Willst du nichts von alledem? Ich meine: Das Leben hat so viele Facetten ... Bist du glücklich damit, nur eine auszuleben?"

Ungeduldig schnalzte er mit der Zunge. „Du redest, als wäre *Glücklichsein* das ultimative Ziel. Aber manche Dinge sind wichtiger, als glücklich zu sein."

Ungläubig weitete sie die Augen. „Was kann wichtiger im Leben sein, als dass man glücklich ist?"

„Dass andere glücklich sind", antwortete er schlicht.

Perplex öffnete sie den Mund. „Nun, okay, klar ... aber ..." Sie schüttelte den Kopf. „Was?"

Cal seufzte. „Lara, hast du mir vorhin zugehört? Ich bin in einem Haushalt aufgewachsen, in dem *niemand* glücklich war. Mir jedoch ging es ganz gut. Ich hatte es vergleichsweise leicht im Leben – Callie und Coop hatten weniger Glück. Milliarden andere Menschen auf der Welt hatten weniger Glück. Selbst wenn ich also niemals ein glückseliges Bilderbuchleben führen, dafür aber mithilfe der Drohne Tausende von Leben retten kann, ist es da nicht meine Pflicht, mein Bestes zu geben, um das zu ermöglichen?"

„Ich finde das Wort *Pflicht* etwas hart", antwortete sie langsam. „Natürlich ist es toll, wenn du das erreichen kannst. Aber du solltest darunter nicht selbst leiden."

„Wieso nicht? Es ist doch eine klassische Dilemma-Situation: Wer opfert sich? Ein einzelner Mensch, in dem Fall ich, oder tausend Fremde? Ich habe mich für die einzig logische Variante entschieden."

Kopfschüttelnd sah sie ihn an. „Aber damit stellst du das Wohlergehen von, nun, *allen* über dein eigenes!"

Er schnaubte. „Mach mal halblang, so altruistisch bin ich nun auch wieder nicht. Mir macht die Arbeit auch Spaß. Ich habe meine Leidenschaft gefunden, also ..."

„Na und? Du hast doch trotzdem das Recht, Urlaub zu machen. Zu leben. Zu heiraten, Kinder zu kriegen ... Warum solltest du nicht beides haben können? Die superintelligenten Drohnen *und* dein eigenes Glück?"

„Weil ich es versucht habe", erwiderte er leise. „Und es hat nicht funktioniert."

„Was hat nicht funktioniert?"

„Meine Arbeit und eine Beziehung unter einen Hut zu bekommen."

„Aber ..."

„Ich bin beziehungsunfähig, Lara", unterbrach er sie. „Das ist keine Vermutung, das ist eine Tatsache. Ich habe meine Freundin unglücklich gemacht, ich habe mich selbst unglücklich gemacht. Ohneeinander waren wir besser dran. Ende der Geschichte. Ich werde niemals ein *normales* Vorstadtleben führen. Damit habe ich mich abgefunden."

Er sah in ihrem Blick, dass sie gern noch weiter nachgehakt hätte, rechnete es ihr jedoch hoch an, dass sie die Klappe hielt.

Stattdessen nickte sie nur und betrachtete etwas betreten ihre Fingernägel.

„Weißt du, du hast die Frage, ob du glücklich bist, immer noch nicht wirklich beantwortet", stellte sie nach ein paar Minuten leise fest.

Nein, hatte er nicht. Würde er nicht.

Er gab sich nicht die Mühe, allzu genau darüber nachzudenken. Er war nicht *unglücklich* und das war doch immerhin etwas, oder nicht?

„Ich finde, ich bin dran bei dem Fragespiel", sagte er zufrieden, streckte die Beine auf der Couch aus und sank mit dem Rücken gegen die Armlehne. „Von wem ist das pinke Quarzherz auf deinem Nachttisch?"

Misstrauisch verengte Lara die Augen und kickte auch den zweiten Schuh zu Boden, bevor sie die Beine unter sich zog. Ihre Knie berührten seine Füße und instinktiv wollte er sie zurückziehen. Doch er ließ sie, wo sie waren. Es war eine unschuldige Berührung, seine Couch war nun einmal keine drei Meter lang. Die Hitze, die seinen Körper plötzlich an interessanten Stellen erfüllte, hatte dort absolut nichts zu suchen, also ignorierte er sie.

„Woher weißt du davon?", wollte Lara wissen.

„Ich hab es gesehen, als ich dich ins Bett getragen habe."

„Oh."

„Also?"

Sie kratzte sich den Nacken. „Ähm, mein Bruder hat es mir geschenkt, als ... als es mir mal nicht gutging."

Ihr Bruder! Erleichtert ließ er die Schultern sinken. Ja, das war sehr viel besser als ein Ex-Lover. „Warum ging es dir nicht gut?"

Sie lächelte freundlich. „Das geht dich nichts an."

Hm. Das war eine sehr unzufriedenstellende Antwort. „Okay, dann meine zweite Frage: Warum hast du deinen Job noch nicht gekündigt?"

„Warum sollte ich?", fragte sie verblüfft.

„Weil er dir offensichtlich keinen Spaß macht."

Anscheinend hatte er Lara sprachlos gemacht – und Cal fragte sich, ob es unhöflich wäre, von ihrem Gesicht ein Foto zu machen, um diesen Moment für die Ewigkeit festzuhalten.

Mit leicht geöffneten Lippen und geweiteten Augen sah sie ihn an. „Wie kommst du darauf?", wollte sie schließlich mehrfach blinzelnd wissen. „Mein Job ist ... Ich mag ihn! Er ..."

„Lara", meinte er mit gesenkter Stimme und beugte sich vor. „Deinen jetzigen Job kannst du von meiner Couch aus erledigen. Du rührst praktisch keinen Finger. Du besuchst keine einzige Baustelle. Dabei besitzt du so viel Energie, dass du dein eigenes Atomkraftwerk antreiben könntest. Du bist Bauingenieurin. Du magst Action. Willst du mir ernsthaft erzählen, dass du mit einem Schreibtischjob zufrieden bist?"

„Es ist kein … Na ja, zurzeit schon, aber das wird sich bald ändern. Wenn das Bankett gut läuft, wird mir danach mehr Verantwortung übertragen. Ich bekomme mein eigenes Bauprojekt."

„Bist du sicher?", fragte er zweifelnd. „Dein Boss hört sich nämlich nach einem ganz schönen Sexisten an."

Ihre Wangen liefen dunkelrot an. „Nein, nicht wirklich, er ist nur … etwas überfürsorglich."

„Überfürsorglich bezüglich seiner Mitarbeiterinnen?" Er verzog das Gesicht. „Muss ich mir um ganz andere Dinge Gedanken machen?"

„Oh Gott, nein!", sagte sie hastig und sah ihn entsetzt an. „Er … er ist schon in Ordnung."

„Der Typ, der dich dafür feuern wollte, dass ich ein Arschloch bin?"

Sie zuckte die Achseln. „Na ja, er hat eben schlechte Tage. Aber das heißt nicht, dass ich meinen Job nicht mag."

Doch die Worte wackelten auf ihrer Zunge. Als wäre sie sich nicht sicher. Stattdessen wirkte sie etwas verstört. So als hätte sie gerade etwas über sich herausgefunden, das sie niemals hatte wissen wollen.

Nachdenklich neigte er den Kopf und leerte sein Weinglas.

Bildete sie sich ernsthaft ein, dass sie ihre Arbeit mochte? Er hatte sie die letzten drei Tage beobachtet – so oft wollte er Frauen nur in seinem Bett seufzen hören.

„Ich habe die falsche Frage gestellt“, bemerkte er schließlich. „Bist du *zufrieden*, Lara?“

Ihre Schultern versteiften sich. „Zufrieden womit?“

„Mit deinem Job – und wenn wir gerade dabei sind: mit deinem Leben.“

„Das ist eine sehr allgemeine Frage.“

Er lächelte breit. „Du darfst mir eine sehr allgemeine Antwort geben.“

Missmutig nahm sie ebenfalls noch einen Schluck aus ihrem Glas. „Kleiner Klugscheißer.“

„*Großer* Klugscheißer, bitte.“

Sie verdrehte die Augen, lächelte jedoch wacklig. „Ich bin zufrieden“, sagte sie schließlich bestimmt.

Cal schnalzte mit der Zunge. „Kleine Lügnerin. Oder ist dir große Lügnerin lieber?“

„Es ist keine Lüge!“

„Lara, du bist unzufrieden mit deinem Job und da dein Job zurzeit dein Leben ist, auch mit deinem Leben“, stellte er sachlich fest. „Es lohnt sich nicht, es abzustreiten. Ich weiß, dass es so ist.“

Leise fluchend stellte sie ihr Glas weg. „Das Schlimme ist: Ich glaube dir“, sagte sie schließlich. „Die Frage ist … wieso bist du dir so sicher?“

„Ich sehe es.“

„*Wie?*“

„An deinem Gesicht. Wenn du über deinen Job redest, kriegst du einen verkniffenen Zug um den Mund und das Lächeln erreicht deine Augen nicht mehr. Und wenn du lügst oder dich unwohl fühlst, fängst du an, dir Haarsträhnen um den Finger zu wickeln.“

Abrupt ließ sie ihre Haare los, die in einer Spirale um ihren Zeigefinger lagen. „Du bist gruselig. Du liest Menschen wie Straßenschilder, oder?“

Er nickte und sein Magen sank ein Stockwerk tiefer. „Es ist … ein Talent.“

„Hört sich für mich eher nach einem Fluch an“, bemerkte sie kopfschüttelnd.

Überrascht hob er die Augenbrauen. „Wirklich?“ Das hatte er auch immer gedacht, doch sie war die Erste, die seine Meinung teilte.

„Ja. Wer will schon *immer* wissen, wie es den anderen geht? Wenn man die ganze Zeit die Gefühle der anderen um die Ohren gehauen bekommt, hat man ja gar keine Zeit, sich auf seine eigenen zu konzentrieren!“

Er lächelte, sagte jedoch nichts.

„Weißt du, viele Menschen sind sehr schlecht darin, zu erraten, wie es anderen geht. Wenn sie die Gefühle anderer verletzen, ist das nicht schlimm, denn sie wussten es nicht besser. Aber wenn du weißt, dass es jemandem schlecht geht und trotzdem etwas Unpassendes sagst, dann bist du ein unsensibler Mistkerl. Dabei kann man doch gar nicht immer Rücksicht auf die Gefühle von allen nehmen. Das ist unmöglich.“

„Nicht unmöglich“, murmelte Cal und schenkte sich nach. „Aber sehr anstrengend.“

„Du solltest dir nicht die Mühe machen“, erwiderte Lara knapp. „Bei deinen Geschwistern. Du unterschätzt sie womöglich.“

„Ja, vielleicht“, sagte er vage, auch wenn er es nicht so meinte. Ihre Familie befand sich in einem fragilen

Gleichgewicht, das Cole seit Jahren versuchte, aufrecht-zuerhalten ... und Cal würde ihm keinen Strich durch die Rechnung machen.

Lara lächelte ihn müde an, so als wisse sie genau, dass es leere Worte aus seinem Mund waren. „Dich unter-schätzt du möglicherweise auch, Cal", flüsterte sie ein paar Minuten später.

„Wie sollte ich?", fragte er gespielt verblüfft. „Meintest du nicht vor ein paar Monaten noch, dass ich das arro-ganteste Arschloch der Geschichte der Menschheit wäre?"

„Ach, vielleicht hab ich da übertrieben." Sie winkte ab. „Du bist vermutlich nur das arroganteste Arschloch in der Geschichte Philadelphias."

Er lachte. „Na, dann ist es ja halb so wild."

„Ist es", bestätigte sie. „Aber auch arrogante Men-schen können sich unterschätzen und denken, dass sie kein normales Leben führen können – obwohl sie es nicht einmal versuchen."

Er seufzte schwer. „Ich *habe* es versucht, ich ..."

„Du hast versucht, eine Beziehung zu führen", unter-brach sie ihn. „Aber ein normales Leben fängt doch nicht mit einer Freundin an. Es startet zum Beispiel da-mit, dass du morgen etwas zu Mittag kochst. Denn *ich* habe das die letzten drei Tage getan."

Er warf ihr einen ironischen Blick zu. „Du hast Pizza in den Ofen geschoben und Spiegelei gemacht."

„Nichtsdestotrotz finde ich, dass du morgen mit Ko-chen dran bist", unterrichtete sie ihn selbstzufrieden. „Eingekauft habe ich schon."

„Ich koche nicht."

„Na irgendetwas Essbares wirst du ja wohl zustande bekommen.“

Er hob einen Mundwinkel. „Ich bin mir da nicht sicher.“

„Versuch es einfach, okay? Das ist nicht zu viel verlangt.“

Schwer seufzend verschränkte er die Hände im Nacken. Er war klug, er suchte sich seine Schlachten sorgfältig aus und diese hier war es nicht wert. „Schön. Aber wenn es eklig ist, darfst du dich nicht beschweren.“

„Würde mir nicht im Traum einfallen“, erwiderte sie ernst.

Cals zweiter Mundwinkel folgte. „Ich glaube, ich kenne keine Frau, die sich so oft beschwert wie du, Lara.“

„Weißt du, was das Witzige daran ist?“, meinte sie stirnrunzelnd und erhob sich. „Ich mache es nur bei dir.“

„Ich fühle mich geehrt.“

„Das solltest du. Du bist wohl etwas Besonderes.“ „Besonders und dazu in der Lage, ein normales Leben zu führen. Du schmeichelst mir wirklich.“

Sie nickte, bevor sie klarstellte: „Verhältnismäßig normal! Dein Nachname ist schließlich immer noch *Panther*.“

„Ja, das habe ich nicht vergessen.“

„Gut.“ Zögerlich strich sie sich über die Arme. Schließlich murmelte sie: „Danke für das Glas Wein und das Gespräch – ich gehe jetzt ins Bett.“ Sie bückte sich nach ihren Schuhen und nickte ihm zu. „Du kannst natürlich machen, was du willst, Cal, aber mehr als vier Stunden Schlaf würden dir vielleicht guttun“, sagte sie überraschend weich und klopfte ihm etwas unbeholfen auf die Schulter. Dann verschwand sie im Flur.

Unschlüssig blieb er auf der Couch zurück und starrte zu seiner Werkbank.

Klebrige Sekunden verstrichen zu zähen Minuten, während Cal einfach nur bewegungslos dasaß. Schließlich rieb er sich über die müden Augen und schnaubte laut.

Er würde schlafen gehen.

Es war absurd, doch Lara hatte ihn mit einem halbwegs entspannten Gefühl zurückgelassen, das er nicht loslassen wollte. Noch nicht.

Also stand er auf, griff nach der angebrochenen Flasche Wein und brachte sie, zusammen mit seinem dreckigen Glas, in die Küche. Stirnrunzelnd besah er sich die kargen Oberflächen und das noch völlig unbenutzte Ceranfeld. Er würde morgen etwas kochen. Vielleicht machte er etwas Einfaches. Wie Nudeln mit Pesto. Das konnte er.

Oder aber Sandwiches. Dabei konnte nichts schiefgehen, oder?

# Kapitel 11

„Cal! Was zum Teufel ist hier los? Mach die Fenster auf, damit sich der Rauch verzieht!"

„Ich sehe nichts! Meine Brille ist beschlagen."

Fluchend zog Lara den Kragen ihrer Bluse über den Mund und stürzte in die Küche, um zum gegenüberliegenden Fenster zu gelangen. Hustend schob sie es auf, während der schwarze Rauch langsam zur Decke stieg. Callum war nichts weiter als ein Schemen im dunklen Dunst.

„Was zur Hölle ist passiert?", wollte sie wissen und versuchte mit den Händen den Rauch aus dem Fenster zu wedeln.

„Es ist nicht meine Schuld, das Brot hat sich im Toaster verfangen und ist von ganz allein in Flammen aufgegangen", kam die Antwort.

Lara wusste nicht, ob sie lachen oder mitleidig seufzen sollte. „Ich fasse nicht, dass ich das sage: Aber vielleicht solltest du besser bei Nudeln mit Pesto bleiben. Die hast du Donnerstag wunderbar hinbekommen."

„Blödsinn. Das hier hätte jedem passieren können!", erwiderte Cal verärgert und wedelte mit einem Küchentuch durch die Luft, um den restlichen Rauch aus dem Fenster zu scheuchen. Das funktionierte um einiges besser als Laras Technik.

„Jedem?“, hakte sie zweifelnd nach.

„Der Toaster ist schuld, nicht ich!“

„Du kannst eine Drohne bauen, aber keinen Toaster bedienen?“

„Ich hab ihn richtig bedient! Das blöde Brot hat nur ...“ Frustriert atmete er durch. „Geh einfach raus, okay?“, sagte er ungeduldig. „Ich starte einen zweiten Versuch und röste die Brote in der Pfanne.“

„Aber es wäre eine solche Schande, wenn du an einem Sonntag stirbst! Das würde deinen Geschwistern das Wochenende versauen ...“

Düster sah Cal sie an. „Du bist ein richtiger Spaßvogel, was?“

„Wir können nicht alle Feuerteufel sein“, erwiderte sie bescheiden.

Cal schnaubte. „Du wolltest, dass ich koche. Du kannst jetzt keinen Rückzieher mehr machen! Also raus hier.“

„Schon gut, schon gut.“ Mit erhobenen Händen kapitulierte sie und verschwand in den Flur, in dem es nach verbranntem Gummi roch.

Wie zur Hölle hatte Cal dieses Chaos allein mithilfe eines Toasters hinbekommen? Das war beeindruckend.

Lara war sich sicher, dass Cal mit „*raus*“ nur raus aus der Küche gemeint hatte, doch durch die Fenster schien die Sonne und sie hatte ohnehin genug von der stickigen Werkstatt, also trat sie in den Innenhof, zog einen ramponierten und verrosteten Campingstuhl aus der Ecke und ließ sich darauf nieder. Mit geschlossenen

Augen hielt sie das Gesicht in die Sonne ... während ein Lächeln auf ihre Züge trat.

Irgendwie war es schön, dass es einen Bereich gab, in dem Cal so phänomenal versagte. Sie hoffte nur, dass er sich von dem Vorfall nicht entmutigen ließ. Er hatte Donnerstag das erste Mal gekocht, und auch, wenn sie ihn nicht davon hatte abhalten können, am Wochenende zu arbeiten, so hatte er zumindest zugestimmt, sich noch einmal um das Mittagessen zu kümmern.

Sandwiches schienen eine sichere Wahl gewesen zu sein ... aber offenbar hatte sie sich geirrt.

Dennoch es war es ein gutes Zeichen, dass er das Essen zu Ende zubereiten wollte, obwohl er beinahe seine Küche abgefackelt hatte.

Ihr Lächeln wurde zu einem breiten Grinsen. Die letzten Tage waren verblüffend entspannt gewesen.

Jetzt, da sie Cal um einiges besser verstand, war er nur noch halb so erzürnend. Sie würde sogar so weit gehen, zu behaupten, dass es angenehm war, mit ihm zusammen in einem Raum zu arbeiten. Die Stille, die meistens herrschte, störte sie nicht. Denn wenn sie ihn ausnahmsweise mal danach fragte, was er gerade tat, antwortete er ihr. Freundlich und in ganzen Sätzen. Manchmal initiierte sogar Cal das Gespräch, indem er wissen wollte, warum sie so entschlossen auf ihre Tastatur einhackte und ob sie gerade eine wütende E-Mail schrieb.

Sie hatte damit gerechnet, dass es sie nerven würde, doch das Gegenteil war der Fall. Tatsächlich sprach sie überraschend gern über ihre Arbeit. Wobei ... nein. Sie sprach überraschend gern mit Cal. Über ihren Job zu sprechen, fühlte sich hingegen unsinnig an. Weil das, was sie für ihren Vater zu tun bekam, lächerlich war.

Mist. War sie womöglich wirklich unzufrieden mit ihrem Job? Das konnte doch gar nicht sein.

Sie liebte es, mit ihrer Familie zusammenzuarbeiten. Es war das, was sie immer gewollt hatte. Worauf sie sich jahrelang vorbereitet hatte ... Doch die Aufgaben, die sie zugeteilt bekam, waren frustrierend.

Dabei war es völlig unnötig, sie zu verhätscheln. Sie hatte die ganze letzte Woche kein einziges Mal Probleme mit ihrem Bein gehabt. Ihr war klar, warum ihr Vater sie ungern auf einer Baustelle sah – aber sie war Bauingenieurin, verdammt! Ihre Arbeit *waren* Baustellen!

Wie auf Kommando klingelte ihr Handy, und als sie die Augen öffnete, sah sie, dass *Easy Engineering* aufblinkte. Zweifelsohne ihr Vater, der versuchte, sie zu erreichen. Sie ignorierte ihn getrost und legte das Handy auf die Armlehne ihres Stuhls, bevor sie damit fortfuhr, die Sonne anzubeten.

Es war Sonntag. Sie hatte frei.

Am Freitag hatte sie mit ihrer Mutter telefoniert und von ihrem schrecklichen Date erzählt, ihre Eltern wussten also, dass sie noch lebte.

Zufrieden mit ihrer Entscheidung reckte sie das Kinn und streckte die Beine aus ... als ein Schatten über sie fiel.

Erschrocken zuckte sie zusammen und blinzelte.

Ein hochgewachsener, dunkelhaariger Mann mit grau melierten Schläfen sah durchdringend auf sie herab.

Seine Augen waren eisblau, die Furchen auf seiner Stirn ein wenig zu tief für einen Mann seines Alters. Es war offensichtlich, dass er sie viel zu oft runzelte – ebenso offensichtlich, wie dass er Cals Vater war.

Gleichwohl sie Clint Panthers Gesicht auch aus diversen Zeitschriften kannte. Meistens mit dem Wort *Medienmogul* oder *Bastard* in Großbuchstaben daneben.

Ihr erster Impuls war es, aufzustehen und sich vor ihm zu verbeugen. Denn Clint Panther strahlte eine derartige Autorität aus, dass sich die Härchen auf ihren Armen aufstellten.

Da ihr zweiter Impuls jedoch meistens war, niemals ihrem feigen ersten zu folgen, blieb sie einfach sitzen.

Was machte es für einen Unterschied, ob er Milliardär war, oder nicht? Sie würde sich nicht von ihm einschüchtern lassen. Wenn er ihr ein freundliches Lächeln geschenkt hätte, wäre sie sicherlich aufgestanden, um ihm die Hand zu reichen. Doch seine skeptische Miene und die finsteren Augen sprachen ihre höfliche Seite einfach nicht an.

„Wer sind Sie?", fragte Mr Panther prompt und zog die dunklen Brauen zusammen.

„Lara Evans", sagte sie schlicht. „Und Sie?"

„Clint Panther", erwiderte er irritiert. Wahrscheinlich, weil er es gewohnt war, dass alle ihn kannten.

„Ah, Sie sind Callums Vater", meinte sie vage – denn wenn *sie* sich vorstellen musste, sollte ihm dieselbe Freude zuteilwerden – und lächelte, bevor sie sich seelenruhig aus dem Stuhl faltete. „Nett, Sie kennenzulernen." Sie reichte ihm höflich die Hand und er ergriff sie mit unangenehm festem Druck.

„Was genau tun Sie hier, Ms Evans?“, fragte er grob. „Und wo ist mein Sohn?“

„Oh, der ist in der Küche. Er ist mit Kochen dran“, erklärte sie.

Clint Panthers Augen wurden groß. „Ich weiß zu wenig über meine Kinder, aber selbst mir ist klar, dass Cal nicht kocht.“

Sie zuckte die Achseln. „Er versucht es. Auch wenn er gerade beinahe die Küche in Brand gesetzt hat. Und eine gewisse Angst, dass er uns aus Versehen vergiftet, habe ich auch immer noch. Ich werde ihn zuerst probieren lassen.“

„Ich habe die Küche *nicht* in Brand gesetzt!“, erklang eine verärgerte Stimme und die Tür der Werkstatt schwang auf

„Wenn überhaupt habe ich Ungeziefer ausgeräuchert. Und wenn ich dich hätte vergiften wollen, wärst du längst tot, also ...“ Er verstummte abrupt und starrte mit geöffnetem Mund den Medienmogul an. „Dad“, sagte er überrascht. „Was machst du hier?“

„Was macht *sie* hier?“, wollte sein Vater im Gegenzug wissen und nickte brüsk in ihre Richtung.

„Sie wohnt hier“, meinte Cal abwesend.

„Du hast mir nicht erzählt, dass du eine Freundin hast“, entgegnete Mr Panther perplex und warf ihr einen weiteren misstrauischen Blick zu. „Dabei dachte ich, du wärst das einzige Kind, das keine Geheimnisse vor mir hat.“

Cal seufzte schwer. „Sie ist nicht meine Freundin. Viel eher ist sie der Putzerfisch auf meinem Rücken, den ich einfach nicht loswerde. Also ...“

Lara verdrehte die Augen. „Möglicherweise seife ich dich in deinen Träumen unter der Dusche ein, Cal, aber du musst lernen, Fiktion von Realität zu unterscheiden. So wie jedes andere Kind deines Alters."

„Bist du sicher, dass sie nicht deine Freundin ist?", wollte Clint Panther wissen, seine Miene immer verwirrter.

„Sehr sicher", sagte Cal knapp, bevor er sich ungeduldig zu ihr umwandte. „Würde es dir etwas ausmachen, uns kurz allein zu lassen?"

Sie rieb sich die Unterarme und sah zwischen Vater und Sohn hin und her. Was hatten sie Wichtiges zu besprechen?

Sie besann sich. Das hier war nicht ihre Baustelle und Cal hatte ein Recht auf Privatsphäre, also …

„Na schön", murmelte sie und roch an ihrem Blusenärmel. „Ich springe mal schnell unter die Dusche. Aus irgendeinem Grund riechen meine Klamotten und Haare, als wäre ich die ganze Nacht ums Lagerfeuer getanzt, während ich davon gesungen habe, der Königin ihr Kind zu stehlen."

Cal schnaubte, doch sie lächelte nur breit.

„Du solltest das nächste Mal ein Barbecue veranstalten", wisperte sie ihm zu, als sie sich an ihm vorbeidrängte. „Dafür scheinst du ein Händchen zu haben."

„Du hast Ruß an deinen Wangen", flüsterte er zurück. „Es wundert mich, dass mein Dad dich nicht für meinen Schornsteinfeger gehalten hat."

Automatisch fuhren ihre Finger zu ihrem Gesicht – und kamen dreckverschmiert wieder zurück. Sie stöhnte innerlich, zuckte jedoch nur die Achseln. „Erstens: Du hast keinen Kamin, Cal. Zweitens: Das ist deine Schuld, dafür muss ich mich nicht schämen.“

„Es war *nicht* meine Schuld. Jeder Richter würde nicht mich, sondern den Toaster verurteilen.“

Das brachte sie zum Lächeln. „Ich werde sofort deine Anwälte darauf ansetzen“, versprach sie, bevor sie sich in die Werkstatt zurückzog ... und die Tür nur anlehnte.

Sie hatte nicht vor, sie zu belauschen, aber wirklich davon abhalten konnte sie sich auch nicht. Und Clint Panthers Stimme war nun einmal sehr durchdringend.

„Ich will mit dir über Cooper reden.“

„Du meinst, du willst mich fragen, wie es mir geht, und dann über Cooper reden“, sagte Cal mit übermäßiger Geduld in seiner Stimme.“

„Ach ja. Vergessen.“ Sein Vater klang sehr unzufrieden, ein wenig wie ein bockiges Kind, dennoch fragte er: „Wie geht es dir, Callum?“

„Klasse, Dad. Ich hätte dir fast abgekauft, dass es dich wirklich interessiert.“

„Es interessiert mich!“, erwiderte Mr Panther ungehalten. „Aber noch mehr interessiert mich, dass Cooper noch immer kurzangebunden und kühl auf meine Nachrichten reagiert!“

„Immerhin reagiert er auf deine Nachrichten. Das ist ein Fortschritt.“

„Ja, vielleicht.“ Clint Panthers Stimme war so ungeduldig wie ein Hamster, dem sein Rad weggenommen worden war. „Aber das dauert mir zu lang. Du hast mir gesagt, ich müsse mich mehr anstrengen, müsse mehr Interesse zeigen, ihnen ihren Freiraum geben und selbst Cooper würde zur Vernunft kommen und zu uns zurückkehren. Aber ich strenge mich seit Wochen an und komme keinen Schritt weiter."

Cal seufzte leise. „Coop braucht Zeit. Das weißt du. Er ist von uns allen am wütendsten auf dich."

„Wie *viel* Zeit?" Mr Panther sprach leiser, sodass Lara einen kleinen Schritt auf die Tür zumachte, um nichts zu verpassen.

„*Mehr* Zeit", beharrte Cal angespannt. „Dad, du hast innerhalb der letzten dreißig Jahre eine Menge Schaden angerichtet."

„Ja, ich weiß. Denn du erinnerst mich immer wieder daran!"

„Irgendwer musste es dir sagen, oder?", meinte Cal, seine Stimme so kühl, dass Lara die Schultern höher zog, weil sie auf einmal fröstelte.

Clint Panther grunzte nur, bevor er murmelte: „Ich habe alles gemacht, was du mir gesagt hast ..."

„Und Callie und Cole reden wieder wie vernünftige Menschen mit dir, oder nicht?", hakte Cal freundlich nach.

„Ja, aber Coop ..."

„Dad", unterbrach er ihn ungeduldig. „Wenn Callie und Coop wüssten, dass ich dir hinter ihrem Rücken Verhaltenstipps gebe, um ihre Gunst zurückzugewinnen, würden sie wochenlang nicht mehr mit mir reden. Mir ist nicht viel in meinem Leben wichtig, aber sie sind es. Also hör auf, zu jammern, nur weil du deinen Willen nicht so schnell durchsetzen kannst, wie du es gewohnt bist. Dreißig Jahre Wut und Frust lassen sich nun einmal nicht innerhalb weniger Tage beseitigen. Also atme durch und nutze Coles Hochzeit, um weiter

Buße zu tun. Du hast doch ein Geschenk für Cole und Savannah, oder?"

„Natürlich habe ich ein Geschenk!"

„Was für eins? Und bitte sag mir nicht, dass es Geld ist."

„Was ist falsch an Geld? Es ist kulturell anerkannt, zur Hochzeit Geld zu schenken."

„Aber Cole hat mehr Geld, als er je ausgeben kann." Cal seufzte schwer. „Okay, erzähl mir, was du für sie vorbereitet hast, dann kann ich dir erklären, was falsch daran ist."

Lara rechnete damit, dass Clint Panther etwas Zorniges erwidern würde – sicherlich musste der Medienmogul wütend darüber sein, dass sein Sohn so mit ihm redete! –, aber nein. Er murmelte nur etwas Unverständliches, bevor er seinem Sohn haarklein erzählte, was er sich überlegt hatte.

Lara zog die Arme um ihren Oberkörper und trat zurück.

Mit offenem Mund starrte sie die Tür an. Sie wusste, dass keines der Panther-Geschwister ein besonders gutes Verhältnis zu seinem Vater hatte. Die Medien hatten davon berichtet, Hannah hatte es ihr erzählt. Doch anscheinend hatte Clint Panther innerhalb des letzten Jahres einen Sinneswandel durchlebt. Hannah hatte berichtet, dass er wieder mehr mit Coop in Kontakt getreten war und sich Coops Worten nach *gruselig viel Mühe gab.*

Laras Herz zuckte und Wärme breitete sich in ihrer Brust aus, bevor sie auf Zehenspitzen in Richtung Flur tapste. Nun, jetzt wusste sie auch, warum.

Cal schien sehr viel mehr für seine Geschwister zu
tun, als nur die Ruhe zu bewahren ...

# Kapitel 12

Es dauerte zehn Minuten, um seinem Vater auszureden, eine Eisskulptur von Cole und Savannah anfertigen und sie in ihr Hotelzimmer bringen zu lassen. Zehn weitere gingen dafür drauf, ihm zu erklären, dass ein Scheck, auf dem er *persönlich* unterschrieb, nicht dasselbe wie ein *persönliches* Geschenk war. Als sein Vater schließlich halbwegs zufrieden den Innenhof verließ, war Cal erschöpft. Das hier war anstrengender als Kochen gewesen – und sein Kampf mit dem Toaster hatte bereits einige seiner Energiereserven geschluckt.

Clint Panther war kein schlechter Mensch. Er vergaß nur manchmal, dass seine Kinder nicht seine Angestellten waren. Dass es okay war, vor ihnen Schwäche zu zeigen. Doch sein Vater war gerade deshalb so erfolgreich, weil er Letzteres vollkommen abgelegt hatte. Es war also verständlicherweise schwierig, seinen Charakter einer Generalüberholung zu unterziehen. Aber er gab sich Mühe und war kritikfähiger, als Cal lange Zeit angenommen hatte. Und auch, wenn er Probleme hatte, es zu zeigen: Seine Kinder waren ihm wichtig. Das war letztendlich, was zählte.

Seufzend fuhr Cal sich durch die Haare und wollte schon zurück in die Werkstatt gehen, als ein Klingeln die Stille durchschnitt. Stirnrunzelnd sah er sich um und entdeckte ein Handy auf der Armlehne des Stuhls, den Lara hervorgezerrt haben musste. *Easy Engineering* leuchtete auf.

Hm. Interessant. Sie erzählte ihm, dass arbeiten am Sonntag den Heiligen Sankt Wochenend erzürnen würde, dessen Hass man unter keinen Umständen auf sich ziehen wollte, doch für sie selbst galt nicht dasselbe?

Oder belästigte ihre Arbeit sie am Sonntag, obwohl sie das gar nicht wollte?

Cal klaubte das Handy auf. Wenn er Glück hatte, war Laras sexistischer Boss dran. Mit dem würde er tatsächlich gerne ein paar Worte wechseln, also hob er ab.

„Hallo?", meldete er sich.

„Hallo", kam eine verwirrte männliche Stimme zurück. „Wer ist da? Hab ich mich verwählt?"

„Nein, ich glaube, Sie sind genau richtig. Ich bin Callum Panther. Und Sie sind?"

„Callum Panther?", antwortete der Mann verblüfft. „Was macht Lara bei Ihnen? Es ist Sonntag!"

„Wer sind Sie?", hakte Cal erneut nach.

„Oje, sie setzt sich doch nicht so sehr unter Druck, dass sie es für notwendig hält, das Wochenende über zu arbeiten, oder?"

„Ich …" Cal blinzelte verwirrt. „Nein, ich denke nicht. Sie hat die letzten zwei Tage keinen Finger gerührt."

„Aber was macht sie dann bei Ihnen?" Die Stimme des Mannes wurde mit jedem Wort misstrauischer.

„Sie … sie wohnt derzeit hier", antwortete er perplex. Wenn der Typ mit ihr zusammenarbeitete, musste er das doch wissen, oder nicht? Hatte ihre Firma sie nicht darauf angesetzt, jeden seiner Schritte zu überwachen?

„Sie tut *was*?", fragte der Mann schockiert. „Nein!"

„Doch."

„Aber sie hasst Sie."

„Darüber sind wir hinweg." Hoffte her.

„Sie wohnt also wirklich bei Ihnen? So ein Mist, Angie hat mich davor gewarnt, dass das passieren würde. Lara nimmt diesen Job bei Ihnen wirklich viel zu ernst ... Dafür gebe ich Ihnen übrigens die Schuld!"

„Sie geben *mir* die Schuld dafür, dass Lara mein Gästezimmer belagert?", fragte er ungläubig. „Ich wollte sie nicht hierhaben, ich ... nein, ich *will* sie nicht hierhaben." Dumm von ihm, in der Vergangenheitsform zu reden. „Wer zur Hölle sind Sie überhaupt?"

„Ich bin ihr Vater und Sie sollten sich wirklich Mühe geben, Lara besser zu behandeln. Es tut ihr überhaupt nicht gut, wenn sie sich allzu oft aufregt. Sie wird Ihnen erzählen, dass es ihr gutgeht und Sie sich keine Sorgen machen müssen, aber sie ist fragiler, als sie wirkt."

„Lara? *Fragil?* Das war lächerlicher als seine Unfähigkeit, mit einem Toaster umzugehen. „Ich behandele sie ja wohl nicht schlechter, als es ihr Boss tut."

Einen kühlen Augenblick lang herrschte absolute Stille am anderen Ende der Leitung. Dann fragte der Mann aufgebracht: „Was soll das denn heißen? Ich behandele meine Tochter mit dem größten Respekt!"

Cal öffnete den Mund, doch seine Worte blieben ihm im Halse stecken. Moment ... *was?*

„Sie sind nicht nur ihr Vater, Sie sind auch ihr Boss?", fragte er perplex.

„Ja!", kam die sofortige Antwort. „Also, könnte ich sie bitte sprechen? Sie ist seit einer Woche nicht mehr im Büro gewesen und wollte sich eigentlich bei mir melden. Dass sie jetzt bei Ihnen eingezogen zu sein scheint, spricht nicht gerade für ihre geistige Gesundheit. Ich mache mir langsam wirklich Sorgen."

Blut floss in Cals Gesicht und er spannte den Kiefer an.

Dieser Mann hörte sich nicht an wie ein Arschloch. Keineswegs wie ein Typ, der seiner eigenen Tochter damit drohen würde, sie zu feuern, wenn sie nicht endlich Ergebnisse lieferte.

Cals Fingerknöchel knackten, als er die Hand enger um das Telefon zog. Er sollte sichergehen, oder nicht? Bevor er Lara als größte Lügnerin in der Geschichte Philadelphias, nein, in der Geschichte der Menschheit bezichtigte. „Sagen Sie mir, Mr Evans, haben Sie vor, Lara zu feuern, sollte sie Ihre Firma auf dem Bankett in drei Wochen blamieren?", wollte er wissen, seine Stimme Schmirgelpapier.

„Feuern? Lara?" Mr Evans hörte sich an, als habe Cal ihm soeben vorgeworfen, in seiner Freizeit mit Steinen nach Kindern zu werfen. „Um Gottes willen. Warum sollte ich das tun? Sie sind ein anstrengender Kunde, das wissen hier alle. Es ist uns unverständlich, wie Lara so lange durchhalten konnte. Eigentlich wollte ich ihr den Auftrag wegnehmen, doch sie hat darauf bestanden, weiter mit Ihnen zusammenarbeiten zu dürfen. Sie ist so überzeugt davon, die Einzige zu sein, die mit Ihnen umgehen kann, dass ich ihr ihr eigenes Bauprojekt versprechen musste, sollte das Bankett gut laufen."

Es war ein Wunder, dass Cal das Handy nicht zwischen den Fingern zerquetschte. Ein Wunder, dass sein Kopf nicht platzte und die plötzliche Wut, die ihn durchströmte, sein Inneres nicht verätzte.

Diese miese ...

Lara benutzte ihn, um ...

Wie zur Hölle konnte sie ...!?

„Hallo? Mr Panther? Sind Sie noch dran? Könnte ich Lara bitte sprechen?"

„Tut mir leid", knurrte er. „Ihre Tochter wird Sie gleich zurückrufen müssen." Falls sie noch lebte. Dafür konnte er gerade nämlich nicht garantieren.

Er legte auf, warf das Handy achtlos zurück auf den Stuhl und stieß mit geschlossener Faust und zusammengebissenen Zähnen die Metalltür auf.

Was zur Hölle hatte Lara sich dabei gedacht, ihn so dreist anzulügen? Ihn mit ihrer Lüge praktisch zu erpressen, um ihren Willen durchzusetzen.

Und wie hatte er es nicht merken können? Er las Menschen wie Straßenschilder, das hatte Lara doch selbst gesagt! Aber offenbar hatte er sich von ihrem mitleidigen Blick und ihrer gespielten Verzweiflung blenden lassen.

Was für ein Vollidiot war er, bitte? Ihm hätte klar sein müssen, dass sie sich nie derartig rumschubsen lassen würde.

Sie war *fragil* – dass er nicht lachte!

Sie war ... ein Arschloch. Ja, exakt das.

Er verdiente den Titel nicht länger und würde ihn somit an sie abgeben.

Die Metalltür schlug mit einem lauten blechernen Knall ins Schloss und als er Lara nirgendwo in der

Werkstatt entdecken konnte, lief er langen Schrittes in den Flur. Hatte sie nicht irgendetwas von einer Dusche gesagt?

„Lara", bellte er wütend und grub die Nägel in seinen Handballen. „*Lara*, wo zur Hölle bist du?"

Die Tür zum Badezimmer stand offen, die Tür zu ihrem Zimmer nicht.

Cal trat sie so heftig mit dem Fuß auf, dass sie gegen die dahinterliegende Wand krachte.

„Cal!", quietschte Lara erschrocken und wirbelte herum. Die Hände fest um den Knoten des Handtuchs geschlungen, das um ihren Körper gewickelt war. „Was tust du? Raus hier!"

Er dachte nicht einmal daran. „Du wirst also gefeuert, wenn du mich nicht dazu bringst, dir meinen Zeitplan zu verraten, ja?", rief er zornig. „Dein Vater würde dir kündigen, was? Am Telefon hat er gar nicht so schrecklich gewirkt."

Sie wurde bleich. „Du bist an mein Telefon gegangen?"

„Ich wollte deinem Chef sagen, dass er aufhören soll, sich wie ein Arschloch aufzuführen – aber anscheinend war ich falsch informiert. Er ist nicht das Arschloch – du bist es!"

„Ich ... Also ..."

„Ist das dein Ernst?", rief er ungläubig und trat wütend auf sie zu. „*Jetzt* fehlen dir die Worte? Du bist so eine verdammte Lügnerin, Lara! Du hast mich *benutzt*! Du bist bei mir eingezogen und hast auf Jungfrau in Nöten gemacht, um auf der Karriereleiter weiter nach oben zu steigen!"

Er war so wütend, dass er kaum darauf achtete, dass ihr Handtuch bei jedem seiner Worte tiefer zu rutschen schien. Auch wenn er es ebenso wenig ignorieren konnte. Denn, scheiße, warum trug sie nur dieses alberne weiße Tuch? Versuchte sie ihn abzulenken, damit er sie doch nicht erwürgte?

„Es tut mir leid, okay?“, bemerkte Lara schließlich seufzend und zerrte nervös an dem Handtuch herum. „Das solltest du eigentlich erst Ende des Monats erfahren. Am besten beruhigst du dich erst mal und dann ...“

Er explodierte. „*Beruhigen?* Du hast mich emotional erpresst, damit du befördert wirst!“

„Nein, nein. Es ist keine Beförderung. Es wäre nur mein erstes eigenes Projekt, das mir ehrlich gesagt schon seit Monaten zusteht.“

„Das macht es nicht im Geringsten besser“, fuhr er sie an und machte einen weiteren Schritt auf sie zu. „Was soll dieser Mist? Ich dachte, wir wären zu dem stummen Einverständnis gekommen, dass wir uns respektvoller behandeln!“ Er zumindest hatte es getan.

„Das sind wir!“, sagte sie bestürzt. „Wirklich. Aber doch erst, nachdem ich dich bereits belogen hatte.“ „Na und? Du hättest mir immer noch sagen können, dass dein Chef kein schrecklicher Mensch, sondern dein *Vater* ist!“

„Dafür war es irgendwie zu spät“, meinte sie betreten und hob abwehrend die Hände. „Aber jetzt würde ich das nicht noch einmal tun, wirklich. Wir sind doch fast ... Freunde geworden.“

„*Freunde?*“ Er spuckte ihr das Wort vor die Füße. „Freunde machen so einen Mist nicht!“

Er konnte sie schlucken sehen, doch das Blut zirkulierte viel zu heiß und schnell durch seinen Körper, um ihr Mitgefühl entgegenbringen zu können.

„Dann sind wir ... *besondere* Freunde?", schlug sie vor.

„Verlogene Freunde trifft es wohl eher!" Fassungslos fuhr er sich in die Haare. „Gott, in meinem ganzen Leben wurde ich noch nicht so dreist hinters Licht geführt! Gratuliere, Lara. Ich bin beeindruckt. Du gewinnst. Du bist das größere Arschloch von uns beiden – selbst dann noch, wenn ich die Drohne absichtlich auf dich gehetzt hätte!" Er wollte sich umdrehen und aus dem Zimmer stürmen, doch Lara war flink.

Hastig griff sie nach seinem Arm und hielt ihn zurück. Ihre Hand warm und bestimmt um seinen Bizeps. „Jetzt mach mal halblang, Cal", sagte sie ruhig, auch wenn er hören konnte, dass sie ihre Stimme gewaltsam davon abhalten musste, lauter zu werden. „Ich bin nicht stolz darauf, dass ich es getan habe, aber ich habe keine andere Lösung gesehen. Du hast mich in eine Ecke gedrängt!"

„Ich habe überhaupt nichts getan! Ich habe dir nur nicht gegeben, was du wolltest!"

„Du hast dem Verteidigungsministerium und mir diese Infos doch ohnehin geschuldet!", rief sie aufgebracht. „Ja, ich habe gelogen! Sorry. Das war dumm von mir. Aber findest du es nicht bedenklich, dass ich dir erst erzählen musste, dass ich womöglich meinen Job verliere, bevor du das erste Mal kooperierst?"

„Findest du es nicht bedenklich, dass *du* es gerade bist, die *mir* Vorwürfe macht?", feuerte er zurück.

Frustriert stöhnte sie auf, während sie die Finger enger um seinen Arm schraubte. „Du regst dich viel zu sehr darüber auf! Es war nur eine kleine Lüge.“

„Nein!“, rief er aufgebracht. „Eine kleine Lüge wäre es, zu sagen, dass ich nur wütend und nicht fuchsteufelswild bin. Ich will, dass du gehst, Lara! Deine Sachen packst und gehst.“

„Nein, das werde ich nicht!“, fuhr sie ihn an und ließ ihn so abrupt los, dass er beinahe nach hinten taumelte. Ihre feuchten Haare flogen um ihren Kopf, während sie ihn schüttelte.

Einzelne Wassertropfen rannen ihren Hals hinab, sickerten in das Handtuch, das so bedenklich tief hing, dass Cals Mund trocken wurde. Hitze zuckte durch seinen Körper – und einen kurzen Augenblick lang wusste er nicht mehr, ob der Grund dafür Wut oder ein völlig anderer war.

„Du bist nicht wütend, weil ich gelogen habe. Du bist wütend, weil du es nicht bemerkt hast. Weil du der Überzeugung bist, dass dir nichts entgeht, und ich dich eines Besseren belehrt habe“, rief sie schließlich erbost und drückte ihren Zeigefinger fest auf seine Brust.

Er knirschte mit den Zähnen und zog ruckartig ihre Hand von seinem Körper, die eigenen Finger fest um ihr Handgelenk gezurrt. „Lass das.“

„Was denn? Dich aufzuregen?“, wollte sie unschuldig wissen und bohrte auch den anderen Zeigefinger in seine Haut. „Dazu bin ich offenbar nicht in der Lage.“

„Hör auf, mich zu provozieren, Lara!“ Ungeduldig griff er auch nach ihrer anderen Hand und funkelte sie wütend an.

„Dann hör du auf, rumzuschreien!“, schrie sie.

„Ich schreie nur, weil du mich sonst nicht zu hören
scheinst!"

„Ich höre *dich*, Cal. Klipp und klar. Du bist wütend.
Kapiert", antwortete sie laut und versuchte ihre Hände
aus seinem Griff zu winden. „Das ist aber noch lange
kein Grund, hier so hereinzuplatzen und rumzubrül-
len!"

„Was hätte ich sonst tun sollen?"

„Keine Ahnung, *du* bist doch das Genie!"

„Halt die Luft an, Lara! Du weißt, dass du Mist gebaut
hast und ich jedes Recht hatte, hier hereinzuplatzen. Es
ist meine Wohnung! Und hör auf, herumzuzappeln, bevor das beschissene Handtuch zu Boden fällt."

Lara hielt abrupt inne, ihre Augen die Tore zur Hölle.

Schwer atmend standen sie sich gegenüber. Der Knoten von Laras Handtuch hob und senkte sich unregel-
mäßig und ihre Lippen waren einen Spalt breit geöffnet.

„Wundervoll", knurrte er, während die Wärme ihrer
Haut auf seine Finger überging, durch seine Adern pul-
sierte. Gott, er war so *wütend*. Sie machte ihn *wahnsinnig!* Mit ihrer Haut und ihrem Mund und wenn sie nur
noch ein einziges Wort verlor ...

Lara reckte das Kinn. „Weißt du, wir –"

„Sei still, Lara."

„Warum sollte ich, ich –"

„Lara, ich warne dich."

„Wovor?", fragte sie ungläubig. „Was willst du tun,
wenn ich nicht –"

Er küsste sie.

Es war die einzige Lösung. Denn sie musste verdammt
noch mal aufhören, zu reden. Er würde sie küssen oder

umbringen – und Letzteres hätte seinem Ruf geschadet. Also presste er seine Lippen einfach auf ihre.

Er wusste nicht, was sein Plan gewesen war. Ob er sie nur überraschen und somit endlich zum Schweigen bringen wollte. Oder ob er keinen gehabt und das tief sitzende Handtuch schlichtweg seinen Geist vernebelt und ihn unzurechnungsfähig gemacht hatte.

Es war auch egal, denn er hätte es ohnehin vergessen.

Sobald er Lara schmeckte, sobald er die weichen Lippen unter seinen spürte, kam die Welt zum Stillstand.

Es war albern. Der Kuss war unschuldig. Lara stand still und erschrocken da. Sie berührten sich nur an den Händen und an dieser einen Stelle.

Doch das reichte, um sein Herz in dreifacher Geschwindigkeit schlagen zu lassen. Genug, um jede Wut, jeden zornigen Gedanken aus seinem Kopf zu wischen.

Ihr Geruch nach Orange und Sonnenschein stieg ihm in die Nase und benebelte seine Sinne ... und dann erwiderte Lara den Kuss. Langsam, vorsichtig, als sei sie selbst nicht sicher, was sie da tat.

Sie legte eine Hand sacht auf seine Brust, öffnete die Lippen einen Spalt breit und strich mit ihnen über seine.

Callum ging in Flammen auf.

Die Hitze stieg in seinem Körper auf wie heiße Luft. Sie fing in seinen Füßen an, schoss durch seine Adern und traf ihn mit voller Wucht in der Leistengegend.

Seine Hände verselbstständigten sich. Wanderten in ihren Nacken, zu ihren Schultern, in ihre Taille. Laras Lippen wurden drängender, ihr Atem flacher. Sie schlang die Arme um seinen Hals, ließ sich gegen ihn fallen, bis ihre Wärme auf ihn überging. Bis ihre Haut seine Haut war, ihr Verlangen sein Verlangen.

Die Sekunden verlangsamten sich und flogen doch rasend an ihnen vorbei.

Alles trat in den Hintergrund. Das Zimmer, in dem sie standen. Die Geräusche um sie herum. Die Welt, auf der sie lebten. Es war alles wertlos.

Da waren nur Verlangen und Hitze und Sehnsucht und Begierde.

Er hatte keinen Raum zu denken. Keine Zeit zu zweifeln. Keine Energie, sich dagegen zu wehren.

Er wollte auch gar nicht. Denn er konnte nicht aufhören.

Er war süchtig nach ihr. Nach ihren Lippen, ihren Berührungen, ihrer Nähe. Den süßen Geräuschen, die sie von sich gab.

Cal vertiefte den Kuss, fuhr in ihre feuchten Haare, zog sie auf die Zehenspitzen und näher an seinen Körper.

Er durfte nicht innehalten. Dieser Moment durfte nie verstreichen. Denn sie verstanden sich. Ohne Worte. Es war stumme Perfektion. Reine Körpersprache, die so viel mehr preisgab, als es ihre Worte je gekonnt hätten. Die eine so zufriedene, ruhige Wärme in ihm hervorrief, dass sein Herz zu platzen drohte.

Cal zog die Arme enger um sie, konnte sie nicht loslassen. Ihre Zungen trafen aufeinander und elektrische Impulse flackerten durch seinen Körper. Brannten in ihm. Es war, als würden sie all den Strom, den sie gegenseitig in sich lostraten, mit einem Mal entladen – und es war fantastisch.

Er zog feuchte Schlieren ihren Hals hinab, fuhr mit den Fingern über ihre Arme, berührte sacht ihr Knie.

Lara erschauerte in seinen Armen, neigte den Kopf zur Seite und stöhnte. Es machte ihn wahnsinnig. So wie es der Ton immer tat. Doch diesmal auf eine süße, schwere, schöne Art und Weise.

Gott, er wollte mehr. Er *brauchte* mehr.

Er wollte sie schmecken. Fühlen. Riechen. Hören. Sich in ihr vergraben, bis nichts auf der Welt mehr wichtig war außer ihre Hände auf seinem Körper.

Lara schlang das Bein um seine Hüfte, kletterte an seinem Körper hinauf, bis er überrascht zurückstolperte. Mit dem Rücken krachte er gegen die hinter ihm stehende Kommode.

Ihre Hände waren überall. An seinem Gesicht, auf seinen Schultern, in seinem Nacken.

Er fuhr unter das Handtuch, strich seitlich über ihre nackten Beine, bis zu ihrer Hüfte ...

Lara zuckte so heftig zusammen, dass Cal seinen Kopf an dem Regal hinter ihm stieß. Abrupt ließ sie ihn los und stieß ihn von sich.

Verwirrt blinzelte er. War alles okay? Hatte er ihr wehgetan?

Sie starrte ihn mit offenem Mund an.

Ihre Wangen waren gerötet, ihre Lippen geschwollen, ihre Pupillen riesig. Sie umklammerte den Knoten des Handtuchs, der sich gelockert hatte, und ihr Blick flog immer wieder von seinen Augen zu seinem Mund und zurück, während ihre Brust sich schwer hob und senkte.

„Nein", keuchte sie. „Ich sollte ... Ich muss ..." Doch sie beendete ihren Satz nicht. Stattdessen griff sie nach einem Haufen Kleidung auf dem Bett, ihrer danebenliegenden Handtasche und stürmte im nächsten Moment an ihm vorbei.

Die Tür flog hinter ihr ins Schloss und Cal wandte sich um.

Was zum ...

Was war passiert?

„Fuck", wisperte er und rieb sich mit zusammengekniffenen Augen den Nacken. Das war nicht geplant gewesen, aber er konnte es ebenso wenig bereuen.

Wie zur Hölle hatte es so gut sein können?

# Kapitel 13

Oh Gott.

Oh. Gott!

Was hatte sie …

Was hatte *er*…

Und warum …

Lara rieb mit der Hand über ihr schmerzendes Bein und konnte die Worte nicht einmal zu Ende denken. Ihre Knie zitterten und drohten, unter ihrem Gewicht nachzugeben – und das lag nur zu zwanzig Prozent daran, dass sie so schnell gerannt war und ihr rechter Oberschenkel krampfte.

Scheiße.

Cals Finger waren so nah an der Narbe gewesen. Er war so kurz davor gewesen, ihr das Handtuch vom Körper zu reißen … und was dann?

Dann hätte er sie mitleidig angesehen. Hätte sie sanft und mitfühlend gefragt, was passiert war. Warum ihr Oberkörper aussah wie eine verdammte Landkarte der Alpen.

Nein.

Sie konnte Mitleid von jedem tolerieren – aber nicht von Cal! Nicht von dem einzigen Mann, der sie seit sechs Jahren wieder wie ein normaler Mensch fühlen ließ. Der sie nicht mit Samthandschuhen anfasste. Der sie für stark hielt.

Mit zitternden Fingern zerrte sie den Kapuzenpullover über den Kopf und schlüpfte erst draußen im Hof in die Jeans.

Unterwäsche wurde überbewertet.

Das Handtuch warf sie auf den Stuhl, den sie vorhin noch besetzt hatte, bevor sie ihr Handy aufklaubte und im nächsten Moment auf dem Bürgersteig neben der Straße stand.

Gott, wenn ihr nicht plötzlich schrecklich bewusst geworden wäre, wo genau seine Finger entlanggefahren waren, dann hätte sie … dann wären sie und Cal …

Shit. Sie wusste nicht, ob sie ihren Narben dankbar sein oder sie verfluchen sollte!

Denn sie hatte es *gewollt.* Es hatte ihr *gefallen.* Alles, was Cal getan hatte. Mit seinem Mund und seinen Händen … Sie hätte weitergemacht, bis sie nackt, verschwitzt, aber sehr zufrieden in ihrem Bett gelegen hätten.

Wie auf Knopfdruck verkrampfte sich erneut ihr Oberschenkel. Wütend rieb sie mit den Fingerknöcheln darüber, dann öffnete sie hastig den Wagen, um sich auf den Fahrersitz sinken zu lassen.

Ihre Haut kribbelte, als stände sie noch immer unter Strom, und mit zitternden Fingern berührte sie ihre Unterlippe.

Was war überhaupt passiert?

In einem Moment hatten sie einander noch angeschrien und im nächsten hatte Cal sie geküsst und … Nun, ihr Gehirn hatte einen Totalausfall erlitten.

Mit geschlossenen Augen ließ sie die Stirn aufs Lenkrad sinken. Das war eine Katastrophe!

Er war praktisch ihr Klient. Das hätte nie passieren dürfen. Und es hätte sich nicht so schrecklich *fantastisch* anfühlen dürfen!

Cal und sie waren furchtbar darin, miteinander zu kommunizieren. Mit Worten. Auf anderer Ebene jedoch schienen sie sich ausnahmslos gut zu verstehen.

„Mist, Mist, Mist", wisperte sie und schluckte. Wie sollte sie ihm je wieder unter die Augen treten?

Es war nicht normal, dass ihr Körper so auf einen Mann reagierte. Lara hatte schon Sex gehabt. Nicht übermäßig viel, aber sie war wahrlich keine Jungfrau mehr. Doch niemand von den Kerlen, die sie seit dem Unfall getroffen hatte, hatte sie wünschen lassen, ihre Unsicherheit zu vergessen und ihrer Mutter zu glauben, die ständig behauptete, wie wunderschön sie sei.

Doch Cal war anders. Kein bisschen oberflächlich. Er war rational und pragmatisch und vielleicht ... vielleicht würde er sie noch immer „nicht hässlich "finden, wenn er sie nackt sah. Vielleicht würde er ... über ihre Mängel hinwegsehen können. Er reduzierte Frauen nicht auf ihr Aussehen. Und er hatte sie gewollt. Sie hatte es deutlich gespürt.

Aber er hatte ihr Gesicht und ihre Kontur gewollt. Nicht *alles* an ihr.

Ihre Augen brannten und sie schüttelte den albernen Gedanken aus ihrem Kopf. Es spielte keine Rolle.

Das Risiko konnte sie nicht eingehen. Nicht, wenn es bedeutete, dass er sich nie wieder mit ihr stritt oder ihr seine Meinung sagte, weil er ihre Gefühle nicht verletzen wollte. So wie er es bei allen anderen tat.

Shit. Was zur Hölle tat sie jetzt?

Sie wusste nicht, was sie denken sollte. Was sie fühlen sollte. Es war alles zu verwirrend. Sie brauchte Hilfe.

Also fuhr sie zu der einzigen Freundin, die verstehen konnte, warum man sich wegen eines Typen mit Nachnamen Panther zum Deppen machte. Hannah würde wissen, was zu tun war. Hannah würde angemessen reagieren.

„Was?!", rief Hannah ungläubig und die Augen quollen aus ihrem Kopf hervor. „Du hast Cal *geküsst*? Was soll denn das jetzt? Ich dachte, ihr mögt euch nicht! Was zum Teufel habe ich verpasst?"

„Nicht so laut!", zischte Lara und sah nervös über ihre Schulter. Seit sie Cals Apartment verlassen hatte, rechnete sie damit, dass ein Paparazzo hinter einer Mülltonne hervorspringen könnte. „Außerdem hab nicht ich ihn geküsst – *er* hat *mich* geküsst." Und sie hatte freudig am Kuss mitgewirkt. „Aber das muss ja nicht jeder wissen."

„Zu spät, ich hab alles gehört", ertönte eine männliche Stimme hinter Hannah, und zu Laras Entsetzen tauchte Cooper hinter ihrer Freundin auf. „Und ich muss Hannah zustimmen: *Was?!*"

„Oh Gott", stöhnte Lara und vergrub das leuchtend rote Gesicht in den Händen. „Du hättest ruhig mal erwähnen können, dass er hier ist."

„Ich bin nicht dazu gekommen. Ich war zu schockiert", stellte Hannah fest, bevor sie Lara am Arm packte und in ihre Wohnung zog. „Hat Cal eine Wette verloren oder was war da los?"

„Hey!“, sagte sie entrüstet. „Wieso muss er dazu *gezwungen* werden, mich zu küssen? Ich bin küssenswert.“

Coop und Hannah wechselten einen ominösen Blick.

Schließlich sagte ihre Freundin hastig: „Natürlich bist du das. Aber Cal hat bisher nicht den Anschein gemacht, sonderlich interessiert an deinen Lippen zu sein.“

„Sie bestehen schließlich nicht aus Metall“, murmelte Coop.

Lara sah ihn böse an. „Könntest du vielleicht einfach gehen? Ich hab gerade genug von Männern mit dem Nachnamen Panther.“

„Keine Chance“, bemerkte Coop grinsend und machte es sich mit verschränkten Händen im Nacken auf der Couch gemütlich. „Ich will wissen, was passiert ist. Es kommt nicht alle Tage vor, dass Cal Blödsinn macht. Und dich zu küssen, erscheint mir wie Blödsinn.“

Aber das war es nicht gewesen. Es war heiß und drängend und süß und … wundervoll gewesen.

*Wundervoll?*

Lara wandte den Blick ab, denn auf einmal hatte sie Angst, dass man ihr die Gedanken am Gesicht ablesen konnte. Cal hätte es wahrscheinlich gekonnt.

„Benimm dich, Coop“, warnte Hannah ihn. „Sonst schmeiß ich dich raus.“

„Was hab ich getan?“, fragte er perplex. „Ich habe mein Interesse an Laras Geschichte bekundet. Das war sehr nett von mir.“

Hannah verdrehte die Augen. „Keine Frau möchte als ‚Blödsinn‘ bezeichnet werden.“

„Ich habe nicht Lara, sondern den Kuss als Blödsinn bezeichnet!"

„Das ist ein und dasselbe. Wenn Cal Lara geküsst hat, wird er einen guten Grund dazu gehabt haben …" Doch der Blick, mit dem sie Lara bedachte, war sehr zweifelnd.

Lara konnte es ihrer Freundin nicht einmal verübeln. Sie verstand selbst nicht, warum er es getan hatte. Um sie zum Schweigen zu bringen, wahrscheinlich. Aber da hätte es gereicht, seine Lippen nur kurz und bestimmt auf ihre zu pressen. Sie wäre zu überrumpelt gewesen, um etwas Kluges darauf zu erwidern.

Doch der Kuss, den sie geteilt hatten, war nicht kurz gewesen und er schien nach wenigen Sekunden nur noch dem Zweck gedient zu haben, ihrem Verlangen Ausdruck zu verleihen.

Lara schluckte. „Er hatte bestimmt einen Grund. Cal hat immer einen", murmelte sie und strich sich die Haare aus der Stirn.

„Was hast du überhaupt bei ihm gemacht?", wollte Coop wissen. „Es ist Wochenende."

„Ähm, ich wohne zurzeit bei ihm", erklärte Lara und spürte, wie ihre Wangen noch eine Spur heißer wurden.

Coop fielen fast die Augen aus dem Kopf. „Du tust *was?* Nein. Nie im Leben. Für keine Energydrinks der Welt würde Cal irgendwen bei sich wohnen lassen. Er lässt uns ja kaum durch die Tür."

„Doch. Ich wohne da", beharrte Lara. „Hat Hannah dir das nicht erzählt?"

Coop wandte sich ungläubig an seine Freundin. „Nein. Das muss ihr entfallen sein."

Hannah zuckte lediglich mit den Achseln. „Ich hielt es nicht für erwähnenswert."

„Was?"

„Du hättest dich nur reingesteigert, Coop."

„*Was?*"

„Ja, genau so", bestätigte sie und tätschelte seine Schulter. „Du musst nicht alles wissen, was in Callums Leben passiert."

„Das sehe ich anders! Was zur Hölle ist da los?" Er sah aus, als habe er soeben erfahren, dass die Delphies, die örtliche Baseballmannschaft, diese Saison nicht spielen würden. „Du wohnst bei ihm, du küsst ihn ... Womöglich ist schon euer erstes Kind auf dem Weg?"

„Um Gottes willen, nein!", rief Lara bestürzt und hob abwehrend die Hände. „So ist es nicht. Ich wohne bei ihm, weil es meine Arbeit verlangt, und der Kuss ... Wir haben uns gestritten. Ziemlich heftig und ... na ja, Cal hat geschrien, ich habe geschrien ... und womöglich hat er mich nur geküsst, um mich zum Schweigen zu bringen. Was weiß ich schon. Wahrscheinlich ist es gar keine große Sache und ich bin völlig grundlos durcheinander."

Aber das war es nicht. Es war eine *riesige* Sache. Denn sie würde nicht vergessen können, wie es sich anfühlte, Callum Panther zu küssen. Nie mehr. Und sie hatte die Befürchtung, dass das ihre Arbeit noch viel schwerer machen könnte, als sie ohnehin schon war.

„Cal hat dich *angeschrien*?", fragte Coop verwirrt, der von Laras innerer Unruhe nichts mitzubekommen schien. „Unser Cal?"

„Ja“, erwiderte sie gereizt. Liebe Güte, Callum hatte wirklich ganze Arbeit geleistet, seine Geschwister all die Jahre hinters Licht zu führen.

„Hm. Das ist merkwürdig.“

Sie schnaubte. „So merkwürdig ist das nicht. Es war nicht das erste Mal.“

„Verstehe.“ Nachdenklich sah er auf seine Fingerspitzen, schließlich murmelte er stirnrunzelnd: „Kann es sein, dass mein geliebter Bruder nicht ganz so besonnen und ruhig ist, wie ich immer dachte?“

Lara verzichtete darauf, zu antworten. Es war nicht ihre Aufgabe, Coop zu erzählen, was los war. Es war Cals.

„Es ist doch egal“, sagte Lara fest. „Ich bin nicht hier, um über Cal zu reden.“

„Weshalb bist du dann hier?“, wollte Hannah verwundert wissen.

„Keine Ahnung. Ich brauche nur etwas Abstand, das ist alles. Wir haben die letzte Woche einfach zu eng aufeinander gehockt und ich brauche etwas Luft, also ... kann ich heute Nacht vielleicht hier schlafen?“

Sie sah zu Coop, der nachdenklich den Boden betrachtete, und dann zu Hannah, die sofort nickte. „Klar, kein Problem. Aber hältst du es für klug, vor Cal, nun, wegzulaufen? Je länger du wartest, ihm wieder vor die Augen zu treten, desto merkwürdiger wird es werden.“

Noch merkwürdiger als es bereits war? Unmöglich.

„Ich will nur etwas Zeit haben“, sagte sie deswegen fahrig. „Zum Nachdenken.“

„Verstehe ...“, sagte Hannah langsam. „Und worüber genau musst du nachdenken?“

Sie hatte keine Ahnung. Im Moment fiel es ihr ja bereits schwer, nicht zu hyperventilieren.

„Lara, darf ich dir eine Frage stellen", wollte Coop auf einmal wissen und sah sie mit verengten Augen an.

Oh, klasse. „Wenn es sein muss", seufzte sie und sank neben ihm auf die Couch.

„Hat Callum dir schon mal eine persönliche und absolut unangenehme Frage gestellt?"

Perplex blinzelte sie ihn an. „Natürlich. Ist das nicht irgendwie sein Ding?"

Coop nickte. „Und er lässt dich bei ihm wohnen? Du siehst ihm bei seiner Arbeit zu?"

„Widerwillig, aber ja."

„Und ihr streitet euch?"

„Ab und zu."

„Und er erhebt seine Stimme vor dir?"

„Ja", erwiderte sie perplex. „Warum?"

„Nur so", sagte Coop leichthin und stand auf. „Okay. Alles klar, ich gehe. Ich habe alles, was ich brauche."

„Und was wäre das?", wollte Lara misstrauisch wissen.

„Liebe, Luft und die Zutaten für ein Sandwich in meinem Kühlschrank", erwiderte er ungerührt und klopfte ihr auf die Schulter, bevor er Hannah sanft küsste. „Ihr braucht mich hier nicht, oder?" Er wartete nicht auf eine Antwort, sondern spazierte schon in Richtung Tür.

„Coop, wohin gehst du?", fragte Hannah verwirrt.

„Ich bin ein mysteriöser Mann und habe mysteriöse Dinge zu erledigen", war seine Antwort, dann zwinkerte er ihnen noch einmal zu und war verschwunden.

„Großer Gott, sind denn *alle* Panther-Männer so entnervend?", fragte Lara ungläubig, sobald die Tür hinter Coop ins Schloss gefallen war.

„Mhm." Hannah neigte nachdenklich den Kopf. „Ich habe da noch nicht drüber nachgedacht, aber jetzt, da du fragst: Ja, ich glaube schon."

„Das ist ja großartig! Was für eine charmante Familie."

Ihre Freundin grinste. „Das ist ja das Problem. Das sind sie. Charmant und süß. Allesamt."

„Nein", antwortete sie stur.

Hannah schnaubte. „Du hast Cals Kuss also erwidert, weil du ihn so abstoßend findest?"

„Wer sagt, dass ich seinen Kuss erwidert habe?"

Seufzend setzte Hannah sich neben sie und schlang einen Arm um ihre Schultern. „Weil ich, als Coop mich das erste Mal geküsst hat, exakt denselben Gesichtsausdruck hatte", flüsterte sie. „Und Küsse machen einfach so viel mehr Spaß, wenn man sie erwidert."

Lara schluckte und kniff die Augen zusammen. „Die Welt hat für einen Moment aufgehört, sich zu drehen, Hannah", wisperte sie. „Es hört sich kitschig und falsch an – aber genau das ist passiert."

Hannah lachte. „So gut?"

„Besser."

„Wow. Go, Cal!"

„Hannah!"

„Na ja", erwiderte sie unschuldig. „Ist doch schön für ihn, dass er so gut küssen kann."

„Oh Gott." Stöhnend ließ Lara den Kopf zurückfallen und warf den Arm über die Augen. „Wie konnte das passieren? Wir sind doch gerade erst an einem relativ friedlichen, freundschaftlichen Punkt angelangt. Warum musste er unseren Waffenstillstand so gewaltsam brechen?" Obwohl sie zugeben musste, dass sie es womöglich gewesen war, die den Frieden mit ihrer dämlichen Lüge zerstört hatte.

„Du dramatisierst. Mit einem Kuss tritt man normalerweise keinen Krieg los, Lara."

Abrupt ließ sie den Arm fallen. „Wirklich nicht? Die Geschichte von Helena, Paris und Troja sagt dir gar nichts, oder?"

Hannah lachte. „Wenn man es genau nimmt, hat ihre Entführung zum Krieg geführt, von einem Kuss war nie die –"

„Hannah! Konzentrier dich. Das hier soll keine Geschichtsstunde werden."

Hannahs Lachen wurde lauter. „Liebe Güte, Lara. Du bist ja vollkommen durch den Wind!"

„Ich weiß!", antwortete sie verzweifelt. „Und ich kann nichts dagegen machen, denn Cal hat … er hat meinen Geist infiltriert, Hannah. Er ist in meinem Kopf und weigert sich, zu gehen."

„Nun, die Frage ist, *womit* er deinen Geist infiltriert hat", sagte Hannah vorsichtig. „Mit Mordlustgedanken, mit einem trommelnden Affen … mit dreckigen Bildern?"

Lara biss auf ihre Unterlippe. „Ja, zu allem."

„Oje."

Sie nickte. „Ich *verstehe* ihn einfach nicht, Hannah. Ich weiß nie, was er denkt oder was er will. In einem Moment ist er ein Arschloch und im nächsten ist er süß und witzig und einfühlsam und … Es ist alles so kompliziert geworden."

„Es war schon immer kompliziert zwischen euch beiden", erinnerte ihre Freundin sie leise.

„Ja, ich weiß", erwiderte sie erschöpft. „Aber es war
früher leichter, ihn einfach als Blödmann abzustem-
peln. Jetzt kenne ich ihn und ... Er ist kein Blödmann."

„Was ist er dann?"

*Lächerlich heiß.*

„Alles. Nichts. Eine Menge dazwischen."

„Mhm." Hannah drückte ihre Schulter, bevor sie zögerlich murmelte: „Lara ... *magst* du Cal?"

„Nein!", sagte sie sofort, setzte jedoch keine Sekunde
später hinzu: „Also schon, aber nicht auf diese Art und
Weise. Denke ich. Ich meine, wir sind eine Katastrophe
und verstehen uns nicht ... Na ja, die letzten Tage sind
wir schon ganz gut miteinander ausgekommen, aber es
ist jedes Mal nur die Ruhe vor dem Sturm und ..." Sie
schüttelte den Kopf. „Nein. Denke ich. Ich meine, es
wäre sowieso egal, ich arbeite mit ihm und er ist beziehungsunfähig und ... nein. Das will ich auch gar nicht.
Ziemlich sicher."

Hannah zog eine Grimasse. „Du hörst dich etwas verwirrt an."

„Ich bin verwirrt", gab sie zu – und hoffte sehr, dass
sie mit diesem Gefühl nicht allein war.

# Kapitel 14

Cal würde nicht sagen, dass er verwirrt war.

Eher wütend.

Nicht wirklich auf Lara, obwohl es ihn immer noch aufregte, dass sie gelogen hatte und dann einfach abgehauen war. Vielmehr war er wütend auf sich selbst.

Fuck. Was hatte er getan?

Er hatte die Büchse der Pandora geöffnet.

Wieso hatte er sie *küssen* müssen?

Denn jetzt wusste er, wie es sich anfühlte, und konnte an nichts anderes mehr denken. Er hätte es ahnen müssen. Alles an Lara war explosiv und verwirrend, wunderbar und schrecklich zugleich.

Mit ihr zu streiten und zu diskutieren. Ihr Lachen. Ihr zuzuhören, ihr bei der Arbeit zuzusehen.

Alles, was mit Lara zu tun hatte, war zu viel für ihn.

Er hätte damit rechnen müssen, dass ihre Küsse ihn in einem ähnlichen Zustand zurücklassen würden.

Und jetzt saß er seit zwei Stunden auf der Couch, unfähig, sich auf etwas anderes zu konzentrieren als auf die Frage, was zur Hölle er jetzt tun sollte.

Er konnte den Kuss nicht zurücknehmen. Ach, er wollte es auch gar nicht! Aber ebenso wenig konnte er ihn wiederholen. Denn er wusste, wie wichtig Lara ihr

Job war, und er machte ihn ihr bereits schwer genug. Da musste er sie nicht noch zu einer Affäre überreden, die zweifelsohne in einem Debakel katastrophalen Ausmaßes enden würde. Denn eines hatten sie beide gemeinsam: Sie machten keine halben Sachen.

Vielleicht war der Kuss deshalb so gut gewesen. Weil sie sich nicht zurückgehalten hatten, weil sie …

Die Tür knarzte und sofort sprang Cal nervös von der Couch auf. Doch es war nicht Lara, die in die Werkstatt spazierte. Es war Coop.

Großer Gott, der fehlte ihm gerade noch.

Seufzend ließ Cal die Schultern fallen und sank zurück auf die Couch. „Was machst du hier?", wollte er wissen.

„Was denn? Jemand anderen erwartet?", fragte er mit einem wissenden Lächeln, das Cal überhaupt nicht gefiel. „Und wärst du für die- oder denjenigen stehen geblieben?"

„Sicher. Aber immer, wenn ich dich sehe, werden meine Knie weich, also dachte ich, ich setze mich besser."

Coop schnaubte, grinste jedoch. „So hübsch bin ich nun auch wieder nicht."

„Aber dein Lächeln, Cooper, dein Lächeln", bemerkte Cal seufzend und legte die Hand auf seine Brust.

Sein Bruder ignorierte ihn und ließ sich neben ihn fallen. „Wie kommt es, dass du nicht arbeitest?"

„Es ist Sonntag."

„Und? Das hält dich doch sonst nie davon ab."

Nein, natürlich nicht. Aber an anderen Sonntagen küsste er ja auch Lara nicht.

Coop verengte die Augen. „Wenn ich es mir recht überlege, kann ich mich nicht daran erinnern, jemals hier hereingekommen zu sein und dich nicht an der Werkbank vorgefunden zu haben."

„Doch. Manchmal lag ich auch schlafend auf der Couch."

„Ja, aber jetzt gerade schläfst du nicht."

„Du bist wirklich beeindruckend aufmerksam. Ich verstehe, warum du Polizist geworden bist."

Coop grinste. „Danke. Also, was ist los?"

„Überhaupt nichts."

„Lügner."

Cal seufzte und drehte den Kopf. „Coop?"

„Ja?"

„Du hast mir immer noch nicht gesagt, warum du hier bist."

„Ach so. Ich dachte, dass du mich brauchen könntest."

„Tatsächlich?"

„Ja."

„Wofür?"

„Zum … Reden?" Unschuldig hob Coop die Augenbrauen. „Vielleicht ist ja irgendetwas passiert, das dich durcheinandergebracht hat, und ich kann dir dabei helfen, deine Gedanken zu ordnen."

Blinzelnd sah Cal seinen Bruder an. Eine Minute. Zwei Minuten. Dann stöhnte er laut und schloss die Augen. „Shit", fluchte er und rieb sich über die Stirn. „Lara ist zu Hannah gegangen. Natürlich."

„Mann, du bist ja wirklich ein Genie", sagte Coop zufrieden.

Nein, war er nicht. Ein Genie hätte Lara nicht geküsst. Ein Genie hätte Coop bereits rausgeschmissen.

„Was genau hat sie erzählt?", wollte Cal wissen, doch er hielt die Augen lieber geschlossen. Coops selbstgefälligen Blick wollte er sich ersparen.

„Dass ihr euch gestritten habt, dass du sie angeschrien und dann geküsst hast." Coop klopfte ihm auf die Schulter.

„Chapeau, Cal. Du hast Lara, die wohl mental stärkste Frau der Vereinigten Staaten, ernsthaft durcheinandergebracht. Was ich nicht verstehe: warum? Ist das so ein Zuckerbrot-und-Peitsche-Ding? Führst du ein Sozialexperiment durch und wolltest sehen, wie dein Testobjekt reagiert, wenn du sie erst schlecht behandelst und dann mit deinen süßen und, wie ich vermute, viel zu feuchten Küssen wieder besänftigst?"

„Halt die Klappe, Coop", sagte Cal scharf und riss die Augen auf. „Hör auf, es zu etwas Dreckigem und Verwerflichem zu machen! Das haben weder Lara noch ich verdient."

„Ah, also hast du sie geküsst, weil du es wirklich wolltest. Das ändert die Sache natürlich noch einmal", bemerkte Coop selbstzufrieden. „Wie lange ist es her, dass du eine Frau wirklich küssen wolltest, Cal?"

Er hatte keinen Schimmer. Er erinnerte sich nicht mehr daran. Und es war nicht, dass er sie hatte küssen *wollen*. Viel eher hatte er sie küssen ... müssen? Er hatte der Anziehungskraft nicht länger standhalten können. Er hatte seine Wut und all die anderen Gefühle, die Lara in ihm lostrat, rauslassen müssen.

„Weißt du", fuhr Coop fort, als Cal nicht antwortete. „Ich habe immer gedacht, ihr würdet euch hassen, aber womöglich stammt die negative Energie, die euch beide immer umgibt, nur von der sexuellen Anziehung und der daraus resultierenden Frustration, dass ihr dieser nicht nachgebt.“

Konnte Coop bitte aufhören, zu reden? „Wer hat dich zum *Chief Master of Love and Sex* ernannt?“, fragte Cal ungläubig.

„Fantastischer Titel, so solltest du mich ab jetzt ansprechen“, sagte Coop begeistert. „Also? Möchtest du deinen Senf dazugeben?“

„Nein.“

„Komm schon, Cal. Ich konnte mich die letzten Monate immer bei dir auskotzen, mir Ratschläge holen – und den Gefallen will ich dir erwidern.“

Cal biss die Zähne aufeinander. „Das ist sehr heldenhaft von dir, aber ich will nicht reden.“

„Okay, dann rede ich einfach weiter: Cal, du stehst nicht in Kontakt mit deinen Gefühlen.“

Cal verbarg das Gesicht in den Händen. „Oh großer Gott, lass einen Blitz auf mich herabfahren.“

„Stell dich nicht so an, da musst du jetzt durch. Du stehst in Kontakt mit den Gefühlen von allen anderen, aber deine schaltest du immer ab. Das ist nicht gesund, und ich werde dir helfen, dieses Problem aus dem Weg zu schaffen.“

„Nicht, bevor ich *dich* aus dem Weg schaffe“, knurrte er.

„Das ist wirklich unnötig gewalttätig von dir“, bemerkte Coop fröhlich. „Also: Ich habe mit Cole gesprochen und ich ziehe mein Recht, dich auf ein Date zu schicken, vor. Ich denke, ich habe mittlerweile eine bessere Vorstellung davon, was du suchst.“

Cal runzelte die Stirn und sah seinen Bruder misstrauisch an. „Hast du?“

„Ja. Ich habe bereits eine Kandidatin gefunden.“

„Wen?“

„Lara, natürlich, du Schwachkopf.“

Sein Magen zog sich abrupt zusammen. „*Was?*“

„Ich will, dass du mit Lara auf ein Date gehst. Und zwar dieses Wochenende.“

„Aber dieses Wochenende ist Coles Hochzeit!“

„Richtig. Ich will, dass du sie mit dorthin nimmst. Sie wird dein Plus eins.“

Mit offenem Mund starrte Cal ihn an. Das konnte nicht sein Ernst sein. „Ich wollte allein hingehen.“

„Und jetzt tust du es nicht mehr“, erwiderte Coop zufrieden.

„Aber Cole –“

„Weiß Bescheid, eine Person mehr sei kein Problem. Er hat sowieso die gesamten Delphies eingeladen, es wird also kaum auffallen.“

„Coop, das halte ich für …“

„… eine brillante Idee?“, half sein Bruder ihm auf die Sprünge.

„Coop“, wiederholte Cal, diesmal jedoch schärfer. „Was soll das? Willst du mich absichtlich unglücklich machen?“

„Nein, das Gegenteil ist der Fall“, murmelte er. „Ich glaube, ihr passt gut zusammen. Ihr schreit nur zu laut, um es zu bemerken.“

„Das ist lächerlich.“

„Lächerlich ist, dass sie die einzige Person zu sein scheint, die dazu in der Lage ist, dich derart wütend zu machen.“

„Sie ist nicht …“ Er brach ab, doch natürlich hatte Coop ihn gehört.

Interessiert neigte sein Bruder den Kopf. „Sie ist nicht … *was?*"

Cal konnte es nicht sagen, denn Lara war *alles.*

Charmant und entnervend. Witzig und nachdenklich. Sie redete zu viel und sagte doch nicht genug. Sie war Feind und Freund.

Und Cal wusste nicht, was er damit anfangen sollte! Sie war ein Problem, für das er keine Lösung hatte. Für das er womöglich gar keine Lösung wollte. Sie sollte aufhören, sich in sein Leben einzumischen, aber sie nie wiederzusehen, war auch keine Option.

Scheiße.

Konnte Coop recht haben? Stand er womöglich wirklich nicht in Kontakt zu seinen eigenen Gefühlen? Denn alles, was er wusste, war, dass sein Herz panisch zuckte, wenn er an Lara dachte … und sich eine Sekunde später warm und lächelnd zusammenzog.

„Sie ist anders, okay?", würgte er schließlich hervor, weil Coop ihn noch immer auffordernd ansah.

„Anders ist gut."

„Nein." Er schluckte. „Sie macht mich wahnsinnig, Coop."

Coop seufzte und ein müdes Lächeln zog an seinen Mundwinkeln. „Du fühlst dich wohl bei ihr, Cal. Ich weiß nicht, warum, aber du scheinst dich ihr öffnen zu können. Und wenn ein wenig Wahnsinn das ist, was du brauchst, um aus deinem Muster auszubrechen, dann ist das ebenfalls etwas Gutes."

„Muster?" Irritiert zog er die Augenbrauen zusammen.

„Na, dein niedliches Ich zwinge meine Familie dazu, zu ihren Gefühlen zu stehen, vergrabe aber meine eigenen Muster."

„Ich stehe zu meinen Gefühlen!"

„Okay, dann gib zu, dass du Lara magst."

Cal öffnete den Mund und blinzelte. *Mögen* war nicht korrekt. Er *wollte* sie mit jeder Faser seines Körpers, aber das bedeutete nicht unbedingt, dass er sie *mochte*. „Ich ... Lara ist ... Wir sind nicht ..."

Coop schnaubte. „Hab dich nie für einen Feigling gehalten, Cal. Also, dann ist es abgemacht. Ich sehe dich und Lara am Samstag. Wenn du sie nicht mitbringst, platzt unser Deal. Schönen Tag dir doch, Cal." Sein Bruder nickte ihm noch ein letztes Mal zu, dann verschwand er aus der Tür.

Mit offenem Mund starrte Cal ihm nach.

Was zur Hölle dachte sich Coop?!

Er konnte Lara nicht daten. Das wäre ... Wahnsinn!

Ein Streichholz sollte einfach nicht mit einem Feuerzeug ausgehen, das war ein Naturgesetz. Abgesehen davon ... wollte er Lara nicht mögen. Denn das würde die Situation nur weiter verkomplizieren und kompliziert endete immer in einem Desaster.

„Fuck", wisperte Cal und sank tiefer ins Polster.

Warum hatte er nur das Gefühl, dass er die Katastrophe ohnehin nicht mehr verhindern konnte?

# Kapitel 15

Lara konnte nicht schlafen.

Wann immer sie die Augen schloss, spürte sie Cals Hände auf ihrem Körper und seine Lippen an ihrem Hals. Doch wenn sie die Augen geöffnet hatte, drehten sich ihre Gedanken darum, wie sie Cal je wieder entgegentreten sollte, ohne dass ihr der Kopf platzte, und das war noch viel schlimmer.

Als die Sonne sich über den Horizont kämpfte, gab sie schließlich auf, mühte sich aus dem Bett und fuhr zu Cals Apartment. Hannah hatte recht. Es würde nicht leichter werden, und ihn nie wiederzusehen, war keine Option.

Also schritt sie mit klopfendem Herzen und feuchten Händen um halb sieben Uhr morgens durch Cals Innenhof.

Mann, wenn das Leben ein Computerspiel wäre, dann wäre Callum Panther ihr Endgegner.

Doch sie hatte keine Lust mehr, zu kämpfen. Zu streiten. Es war zu anstrengend. Es raubte ihr zu viel Energie und zu viele Nerven. Sie musste endlich aufhören, sich so von ihm verunsichern zu lassen. Sie war eine erwachsene Frau. Dann hatten sie sich eben geküsst. Was war schon dabei?

Sie war seit Ewigkeiten allein, er war seit Ewigkeiten allein. Sie waren ausgehungert und zwischen ihnen gab es eine gewisse Chemie. Das war alles. Chemie, die sie beide ignorieren konnten. Bisher hatten sie es doch auch geschafft.

Sie straffte die Schultern und stieß die Tür zur Werkstatt auf, die wie immer unverschlossen war. Großzügig ignorierte sie ihr flatterndes Herz, während sie sich nach Cal umsah. Sie rechnete fest damit, ihn an seiner Werkbank stehen zu sehen, doch stattdessen lag er auf der Ledercouch. Den Kopf auf die Lehne gebettet, die Arme vor der Brust verschränkt, die langen Beine überschlagen ... und tief schlafend.

Ein warmes Lächeln zog an Laras Mundwinkeln.

Cal war wirklich unverbesserlich. Eigentlich brauchte er den Rest der Wohnung überhaupt nicht. Solange er das Ledersofa, den kleinen Kühlschrank und seine Drohnen hatte, würde er glücklich sein.

Vorsichtig ließ sie die Tür hinter sich ins Schloss sinken, unschlüssig darüber, was sie tun sollte. Ihn wecken? Ihn schlafen lassen und in zwei Stunden noch einmal nach ihm sehen?

Langsam schlenderte sie auf die Couch zu, während ihr Blick Cals Gesicht abtastete. Er sah friedlich aus. Automatisch fragte sie sich, ob sein Kopf zumindest im Schlaf Ruhe fand – oder ob er unermüdlich weiter an den Problemen arbeitete, die seine Arbeit ihm vor die Füße warf. Vermutlich war es Letzteres.

Lara biss sich auf die Unterlippe und streckte die Hand nach ihm aus. Sie konnte nicht warten. Ihr Magen war gefüllt mit Bienen und dieses unruhige Gefühl würde sich nur verschlimmern, je länger sie ihn schlafen ließ.

Sie berührte ihn sacht an der Schulter … doch Cal bewegte sich nicht.

Sein Atem war gleichmäßig und tief, seine Stirn glatt, die Augen geschlossen und seine Mundwinkel einen Millimeter nach oben verzogen. Als würde er lächeln.

Laras Herz schwoll an und ein Kloß bildete sich in ihrem Hals.

Mist. Sie mochte ihn.

Was für ein Debakel. Wie hatte das passieren können?

Irgendwann innerhalb der letzten Woche hatte sie angefangen, Cal zu verstehen, und aufgehört, ihn schrecklich zu finden. Stattdessen fürchtete sie, zu wissen, dass er ein guter Kerl war. Ein guter Kerl mit dummen Problemen, den sie *mochte*.

Sie mochte, wie sehr er seine Familie liebte. Dass er seinem Vater erklärte, wie er liebevoller mit seinen Kindern umging. Sie mochte, dass er die Welt besser machen wollte. Dass er sensibel und dennoch sarkastisch und unnachgiebig war.

Sie mochte sogar, dass er besessen von seiner Arbeit war. Dass er sich darin verlieren und die Zeit vergessen konnte.

Doch am allermeisten mochte sie, dass er ihr nicht länger das Gefühl gab, schwach zu sein. Im Gegenteil. In seiner Gegenwart fühlte sie sich stark. Denn sie konnte sich gegen ihn behaupten, und das wusste er zu schätzen. Callum würde nie im Leben auf die Idee kommen, vorsichtig in ihrer Gegenwart zu sein.

Sie genoss es, mit ihm zu diskutieren und nicht mit Samthandschuhen angefasst zu werden. Fast so sehr, wie von ihm geküsst zu werden.

„So ein verdammter Kackmist", murmelte sie und stöhnte leise.

Wohl nicht leise genug.

Cal zuckte zusammen und saß im nächsten Moment senkrecht auf der Couch. Seine Schultern angespannt, der Blick wachsam. Als rechne er mit einem Einbrecher – was er zugegebenermaßen auch tun sollte, wenn er nicht lernte, seine Türen abzuschließen.

Als er Lara erblickte, sackte er sichtbar in sich zusammen, wandte jedoch das Gesicht ab. „Jesus, Maria", murmelte er und rieb sich über die Augen, bevor er die Beine über die Sitzkante schwang. „Schleich dich doch nicht so an."

„Tut mir leid. War nicht meine Absicht", murmelte sie und rang die Hände. „Du hast nur geschlafen und ich wusste nicht, ob ich dich wecken soll oder nicht ... na ja. Die Frage ist nun wohl überflüssig."

Er nickte und fuhr sich durch die Haare. Doch sein Blick war noch immer zu Boden gerichtet, und das irritierte Lara. Cal war doch sonst immer König des unangenehmen Augenkontakts.

„Du ... warst bei Hannah", stellte er zögerlich fest und ließ den Kopf kreisen.

„Ja, ich hielt etwas Abstand für gut."

„Verstehe. Und, war er das?"

Sie blinzelte. „Was?"

„Gut. Der Abstand. War der Abstand gut?"

„Ähm. Ich weiß es nicht", gab sie ehrlich zu.

Cals Blick flackerte für den Bruchteil einer Sekunde zu ihr ... dann nickte er. Als würde er verstehen. Obwohl sie bisher nur desinformativen Unsinn von sich gegeben hatte.

Cal räusperte sich und rutschte auf der Couch etwas nach rechts. „Willst du dich ... setzen?", fragte er dann.

Als Antwort ließ sie sich neben ihn fallen, die Hände im Schoß verschränkt.

Sie schwiegen.

Lara tippte mit ihrem Fuß nervös auf den Boden, während Cal sich nicht rührte. Doch die Anspannung, die von seinem Körper ausging, war so greifbar wie das Kissen, das neben ihr lag.

Oh Gott, war das unangenehm!

Keiner von ihnen beiden war schüchtern. Doch offenbar wusste auch keiner von ihnen, was er sagen sollte.

Zitternd atmete Lara ein, dann stellte sie die Frage, die sie seit zwölf Stunden quälte. „Cal. Was genau ist passiert?"

„Ich hab dich geküsst", war seine nüchterne Antwort.

Okay, offenbar würden sie den Vorfall nicht ignorieren. Das war ... gut. Fantastisch. Ein unangenehmes Gespräch, passend zur unangenehmen Situation. Was wollte man mehr?

„Ja, das habe ich mitbekommen", meinte sie möglichst sachlich und räusperte sich. „Aber warum?"

„Weil ..." Er runzelte die Stirn, als habe er sich noch gar keine Gedanken darüber gemacht. Schließlich murmelte er jedoch langsam: „Weil ich wütend war und der Kuss mich davon abgehalten hat, dich umzubringen."

„Oh", erwiderte sie überrascht. Mit dieser Antwort hatte sie nicht gerechnet.

Blieb nur noch eine Frage offen: Was erwiderte man auf eine nachträgliche Todesdrohung?

Cal hob einen Mundwinkel und rieb sich übers Gesicht. „Es hat funktioniert, oder?"

Ihre Wangen fingen Feuer. „Ähm, ja. Ich lebe noch."

„Gut." Er räusperte sich. „Das ist … gut."

„Aha. Schön, dass du dich darüber freust", sagte sie steif. „Und fürs Protokoll … Es tut mir leid, dass du so wütend warst. Dass ich dich angelogen habe. Das ging zu weit."

„Ja, ich weiß. Dass es dir leidtut. Ich … hätte nicht rumschreien sollen."

„Nein."

„Aber ich habe es getan."

„Ich weiß."

„Und dann hab ich dich geküsst."

„Jap."

Cal seufzte schwer und kniff die Augen zusammen. „Shit. Das Gespräch ist superseltsam, oder?", murmelte er leise und kratzte sich über die Beine.

Erleichtert atmete sie auf und sank gegen die Rückenlehne. „Gott sei Dank, ich dachte, nur ich würde es merken."

„Nein, du steckst nicht allein in der Misere." Er lächelte, auch wenn es etwas gezwungen wirkte, und sah sie endlich an. Seine eisblauen Augen amüsiert und verzweifelt zugleich. „Weißt du, ich erzähle immer allen, dass meine Sozialkompetenz ausgezeichnet ist und mein riesiger IQ mich nicht merkwürdig macht – aber jetzt gerade habe ich das Gefühl, alle angelogen zu haben."

Lara lachte und der ungelenke Ton, der über ihre Lippen stolperte, war befreiend und nahm der Situation ein wenig die Anspannung. „Nein, das stimmt nicht. Sonst stellst du dich nur halb so dämlich an. Das hier gerade sind besondere Umstände.“

Er lächelte matt und nickte. „Scheint so.“ Eine Weile sahen sie einander einfach nur an.

Bis die Stille zwischen ihnen zu drückend wurde.

Bis das Prickeln auf ihrer Haut ihren Herzschlag beschleunigte.

Bis die Hitze zu groß wurde.

Hastig wandte Lara den Blick ab.

Schwachsinn. Es gab keine Hitze. Kein Prickeln.

„Ich habe es nicht geplant, Lara. Dich zu küssen“, murmelte Cal nach ein paar endlosen Minuten. „Es ist einfach passiert und ... dann konnte ich nicht mehr damit aufhören.“

Sie nickte, denn sie verstand ihn. Ihr war es genauso gegangen. Wären seine Hände nicht ihr Bein hochgewandert ... „Das ist alles so verkorkst“, unterbrach sie ihre eigenen Gedanken. „Mit uns.“

„Ja. Das sind die Panther-Gene“, erwiderte er leise.

„Nein. Es liegt nicht an dir“, widersprach sie. „Wir kommunizieren nur furchtbar schlecht miteinander und ... du machst mich nervös.“

Überrascht hob er die Augenbrauen. „Tue ich?“

„Ja. Das hast du schon immer getan. Schon bevor ich überhaupt wusste, wer du bist.“

„Oh.“ Er blinzelte perplex. „Warum?“

Sie schluckte und zuckte die Achseln. „Ich weiß es nicht. Weil du ... du bist, schätze ich.“

„Das ist keine vernünftige Erklärung, Lara.“

„Ich weiß. Aber eine bessere habe ich nicht. Und Vernunft hat nie wirklich eine große Rolle zwischen uns gespielt, oder?"

Cal lachte und ließ sich zurück in die Couch sinken. „Nein. Hat sie nicht."

Einen Moment lang schloss Lara die Augen. Sie atmete tief durch und versuchte zu ignorieren, dass sie die Wärme, die Cal ausstrahlte, durch ihre Kleidung spüren konnte. Doch sie war sich seines Körpers neben dem ihren so sehr bewusst wie der Tatsache, dass ihr Kopf eine Karriere als Feuerwehrauto anstrebte.

Sie schluckte.

Sich zusammenreißen. Das war ihr Plan gewesen. „Was machen wir jetzt, Cal?" Vorsichtig hob sie den Blick, um ihm in die Augen zu sehen. „Wir arbeiten zusammen. Die Gala in drei Wochen ist mir unglaublich wichtig. Mein Job ist mir wichtig. Wir können nicht streiten und ... nun, rummachen, wie wir wollen."

Cal lächelte und sein Blick huschte zu ihren Lippen. „Können wir nicht?"

Laras Herz flatterte und sie zog die Arme enger um ihren Oberkörper. „Nein. Das wäre äußerst unprofessionell."

Cal rieb sich mit Daumen und Mittelfinger über die Nasenwurzel. „Objektiv betrachtet weiß ich das, aber subjektiv betrachtet ... Der Streit war spektakulär, Lara."

„Ja. Ich weiß. Ich war dabei."

Das Lächeln glitt von Cals Gesicht und sein Blick war auf einmal so intensiv, dass Lara eine Gänsehaut bekam.

„Der Kuss war ebenso spektakulär", murmelte er.

Ihr Magen überschlug sich und noch mehr Blut schoss in ihre Wangen, dennoch nickte sie gefasst. „Ja. War er. Bei dem war ich auch dabei." Sie schluckte fest. „Aber das ändert nichts daran, dass es so nicht weitergehen kann. Das, was wir tun, ist toxisch. Wir streiten uns und hassen uns und wollen uns und verstehen uns. Wir tun alles auf einmal und das erschöpft mich. Du bist manchmal herablassend, andere Male charmant, und manchmal ..." Ihr Mund wurde trocken. „Und manchmal siehst du mich genauso an, wie du es jetzt gerade tust."

„Wie sehe ich dich an?", wollte er wissen und die Fingerspitzen seiner rechten Hand berührten ihr Bein.

Absichtlich? Unabsichtlich?

„Als ... als ob ich das faszinierendste Wesen bin, dem du jemals begegnet bist", flüsterte sie und ein Kribbeln setzte in ihrem Bauch ein. „Als ob du gleich etwas Dummes tun willst."

„Aber so ist es. Du bist die faszinierendste Frau, die ich jemals getroffen habe. Und immer, wenn ich in deiner Gegenwart bin, tue ich dumme Dinge. Wie zu schreien oder dich zu küssen. Aber ich weiß nicht, was ich dagegen tun soll, Lara", wisperte er und lachte trocken auf. „Ich bin hilflos. Niemand geht mir so unter die Haut wie du. Du bist wie ein Magnet, der mich gleichzeitig anzieht und abstößt. Wir dürften nicht miteinander harmonieren. Nicht diese Reaktionen ineinander hervorrufen. Aber jetzt, da ich weiß, dass wir es tun, kann ich an nichts anderes mehr denken." Fahrig strich er sich durch die Haare, bevor er ein paar Zentimeter näher an sie heranrückte. „Und dass nur aufgrund eines einzigen Kusses. Es ist *lächerlich*!" Wieder fuhr er sich über den Kopf, sodass seine schwarzen Strähnen zu allen Seiten abstanden.

„Cal", murmelte sie und ihr Herzschlag beschleunigte sich. „Du siehst gerade etwas wahnsinnig aus."

Ein Lächeln brach auf seinem Gesicht hervor, das Lara wie einen Faustschlag in den Magen traf. „Und vermutlich bin ich es", bemerkte er, seine Stimme dunkler als sonst. „Dabei bin ich nicht einmal besonders originell. Ein Genie, das dem Wahnsinn verfällt, ist doch gar nicht der Rede wert! Aber es macht mir Angst, Lara. *Du* machst mir Angst."

„Wieso?", wollte sie leise wissen.

„Weil ich dich nicht einschätzen kann. Weil ich *uns* nicht einschätzen kann. Ich habe Angst vor dem, was zwischen uns steht. Was zwischen uns sein könnte. Was zwischen uns kaputtgehen könnte. Du wütest wie ein Wirbelsturm, und ich weiß nicht, ob ich ein Opfer bin, das du mitzerrst, oder der Wind, der dich antreibt."

Lara biss sich auf ihre Unterlippe. „Ich glaub, du bist beides. Ich bin beides."

„Ja. Vielleicht. Aber das ist ein Problem."

„Nein." Sie schüttelte seicht den Kopf, den Blick noch immer auf seine eisblauen Augen gerichtet. „Unser Problem ist, dass wir nicht ehrlich zueinander sind. Es nie waren. Aber weiter zu lügen und uns etwas vorzumachen, funktioniert nicht länger, oder?", wisperte sie. „Dafür ist es ... zu spät. Vielleicht wäre es also besser, wenn wir ab jetzt einfach absolut ehrlich sind."

Cal schüttelte den Kopf. „Du willst die Wahrheit nicht hören, Lara. Denn sie ist äußerst unprofessionell."

Sie schluckte und verschränkte die Hände im Schoß. „Sag sie mir trotzdem."

„Ich will dich, Lara", sagte er schlicht. „So sehr, dass es wehtut. Und ich will dich nicht erst seit gestern. Ich glaube, ich habe dich immer gewollt. Deshalb habe ich mir so viel Mühe gegeben, dich wegzustoßen. Weil du mich wahnsinnig gemacht hast und ich dich trotzdem mit jeder Faser meines Körpers wollte. Und langsam glaube ich, dass Sex womöglich die Anspannung zwischen uns lösen könnte."

Lara öffnete die Lippen ... und wusste nicht, was sie sagen sollte. Ihr Mund war trocken und ihr Herz übersprang mehrere Schläge.

Sie wollte lachen, ihn als albern bezeichnen, doch insgeheim hatte sie dasselbe gedacht. Sie hatten so viel Wut und Energie und Lust in sich aufgestaut, dass sie nicht mehr funktionieren konnten. Was, wenn Lara ihrem Verlangen einfach nachgab? Nur ein einziges Mal? Wenn sie die sexuelle Energie zwischen ihnen einfach aus dem Weg schaffte und dann weitermachte?

„Aber was ich will, ist irrelevant", sprach Cal weiter und schüttelte den Kopf. „Ich werde dir niemals geben können, was du willst. In keinem Bereich deines Lebens. Es wäre dumm, eine Katastrophe loszutreten, nur weil ich mich ... nun, nicht beherrschen kann."

Moment ... was? Irritiert zog sie den Kopf zurück. „Woher willst du wissen, was ich will?"

„Ich kann es dir am Gesicht ablesen."

„Gesichter verraten nicht alles, Cal."

„Mir schon. Du willst eine Beziehung, du willst eine Bilderbuchfamilie, du willst *Shawn, 32*, der dich liebt und ehrt und auf Händen trägt."

Laras Kiefer knackte und sie rückte von ihm ab. Damit seine Fingerspitzen sie nicht mehr berührten. Damit sie nicht auf dumme Ideen kam.

Denn er hatte absolut recht. Das war es, was sie eigentlich wollte. Sie hatte es sich die letzten Jahre nur nicht eingestehen wollen, aus Angst, es niemals zu bekommen.

Sie war professionell, er ihr Klient. Und sie war ohnehin nicht bereit, sich nackt vor ihm auszuziehen. Warum sich also überhaupt Gedanken darüber machen, was sein könnte, wenn es niemals sein würde?

„Lara, da wir gerade ehrlich zueinander sind …", murmelte Callum zögerlich und sah sie unsicher an. „Gestern bist du vor mir zurückgezuckt. Habe ich dir wehgetan?"

Ihre Wangen wurden heiß, und hastig schüttelte sie den Kopf. Sie hatte gehofft, dass ihm das nicht aufgefallen war. „Oh, nein. Es war nichts. Mach dir keine Gedanken."

Callum schnaubte. „Aber das ist es, was ich tue, Lara. Mir Gedanken machen. Über alles und jeden. Also: Wenn ich dir nicht wehgetan habe, weshalb hast du mich dann weggestoßen?"

Sie rang die Hände ineinander und sah auf ihre dreckigen Fingernägel. Doch sie schwieg.

„Ehrlichkeit", sagte er dunkel. „Du erinnerst dich?"

Sie schluckte und rieb sich unangenehm berührt mit der Hand über die Stirn. Schließlich nickte sie. Er hatte recht. Er sollte nicht denken, dass es an ihm lag. Dass er irgendetwas Falsches getan hatte. Außerdem vertraute sie ihm. Vertraute darauf, dass er sie nicht anders behandeln würde, wenn er die Wahrheit wusste.

Tief holte sie Luft, bevor sie sich zwang, ihm in die Augen zu sehen. Auf einmal war sie froh, dass die Sonnenstrahlen nur dürftig durch die Oberlichter fielen und sein Gesicht kaum mehr als ein Schemen war.

„Ich hatte einen Unfall, Cal", murmelte sie. „Vor sieben Jahren. Ich habe meinen Vater auf einer seiner Baustellen besucht, und eines der Baugerüste war brüchig und ist über mir zusammengebrochen. Ich wurde unter Holz begraben und eine der Metallstangen hat mich durchbohrt." Sie berührte sacht die Stelle über ihrer rechten Hüfte, während sie aufmerksam Cals Gesicht betrachtete.

Doch seine Miene hatte sich nicht verändert. Er sah sie lediglich weiter eindringlich an. Wartete ab. Als wolle er sie nicht unterbrechen. Weder mit Worten noch mit Gesichtsentgleisungen.

Sie räusperte sich. „Sie hat mich nicht vollständig durchdrungen, was mein Glück war, weil das Rückenmark nicht durchtrennt oder verletzt wurde. Aber sie hat trotzdem ... Egal, ich muss hier nicht auf Einzelheiten eingehen." Sie räusperte sich. „Ich musste mehrfach am Rücken operiert werden und kann von Glück reden, dass ich nicht querschnittsgelähmt bin. Die Ärzte waren nicht sicher, ob ich es überhaupt überlebe, aber ich war wohl zu dickköpfig, um zu gehen. Mittlerweile geht es mir wieder gut. Das verhärtete Gewebe an meiner rechten Hüfte macht mir zwar manchmal zu schaffen und strahlt in mein rechtes Bein aus, aber ... ich bin mit ein paar Kratzern davongekommen." Zögerlich rieb sie sich den Nacken, bevor sie laut seufzte. „Okay, es sind mehr als ein paar Kratzer. Es sind ziemlich dicke Narben, die meinen Rücken und meinen Bauch und meine Hüfte zieren." Sie fuhr mit ihrer Hand ihre Seite hinab. „Und gestern, als wir uns geküsst haben, sind deine Finger ... nun, sie sind sehr nah an die Narben herangekommen." Die letzten Worte sagte sie hastig und eng aneinandergedrängt. Vielleicht, weil sie hoffte, dass sie dann an Bedeutung verloren. Oder dass Cal sie überhörte.

Doch natürlich war das eine Wunschvorstellung. Cal war viel zu aufmerksam, um irgendetwas zu verpassen.

Er nickte langsam, und der intensive Blick, mit dem er sie noch immer betrachtete, brannte sich unter ihre Haut. Trieb weiteres Blut in ihre Wangen.

„Du schämst dich für deine Narben?", fragte er schließlich.

Oje. Cal und seine unangenehmen Fragen!

Sie wandte das Gesicht ab und zuckte mit den Schultern. „Sie sind wirklich sehr hässlich, Cal."

„Du solltest stolz auf sie sein, Lara", sagte er leise, die Augenbrauen tief in sein Gesicht gezogen „Sie zeugen davon, was du überstanden hast. Sie gehören zu deinem Leben, du solltest dich nicht dazu gezwungen fühlen, sie zu verstecken."

„Und trotzdem sind schockierte Blicke und Mitleid das, was darauf folgt, wenn ich sie *nicht* verstecke", murmelte sie tonlos. „Glaub mir, ich weiß, wovon ich rede. Und ehrlich gesagt ... ehrlich gesagt hätte ich das gestern nicht ertragen. Nicht von dir."

„Verstehe", antwortete er nachdenklich. „Ja, jetzt ergibt tatsächlich einiges Sinn. Du hattest einen schrecklichen Unfall, und deswegen denkt dein Vater, dass du zerbrechlich bist. Deswegen macht er sich Sorgen um dich. Weil er dich schon einmal fast verloren hätte."

Das hatte er schön zusammengefasst. „Jap."

„Und der Stein, den dein Bruder dir geschenkt hat ..."

„... er lag neben mir auf dem Tisch, als ich aus meiner Narkose aufgewacht bin", erklärte sie und strich sich nervös die Haare hinter die Ohren. „Seitdem nehme ich ihn überall mit hin. Er ist so etwas wie mein Glücksbringer."

„Mhm", machte Cal und einige Momente lang war er still.

Lara hörte nichts bis auf das leise Rauschen der Luft und ihr eigenes wild klopfendes Herz.

Schließlich wisperte er: „Lara? Kannst du mich kurz ansehen?"

Sie schluckte, hob jedoch das Kinn. „Was?"

Langsam hob er seine Hand, bevor er die Fingerkuppen sacht auf ihre Wange legte. Die Berührung war so federleicht, dass sie sie sich ebenso hätte einbilden können, und trotzdem spürte sie sie bis tief in ihren Bauch.

„Sie wären mir egal gewesen", flüsterte er eindringlich. „Deine Narben. Sie hätten mich nicht davon abgehalten, dich trotzdem für die attraktivste Frau zu halten, die derzeit auf der Erde lebt."

Sie lächelte müde, auch wenn seine Worte wie warme Finger ihr Herz umschlossen und sie sich bewusst davon abhalten musste, mit dem Gesicht nicht in seine Berührung zu sinken. „Das sagst du nur, weil du sie nicht gesehen hast."

Er schüttelte den Kopf, seine Miene so ernst, dass ihr Anblick einen Kloß in Laras Hals trieb. „Das sage ich, weil es die Wahrheit ist."

Sie schloss die Augen und erwiderte nichts. Sie wollte ihm glauben. Wollte glauben, dass es da draußen Männer gab, die nicht zusammenzuckten, wenn sie die hässlichen roten Geschwülste von Narbengewebe sahen, die sich über ihren Rücken, ihre Hüfte und ihren Bauch zogen.

Doch sie wusste es besser.

„Gut", sagte sie zögerlich und griff vorsichtig nach seiner Hand, um sie von ihrem Gesicht zu ziehen. Seine Berührung war zu intim. Sie machte sie zu nervös. „Da wir jetzt alles geklärt haben ... machen wir einfach weiter wie zuvor? Vergessen wir, dass es den Kuss je gegeben hat?"

Cal rieb seine Handfläche über die Jeans, und Lara fragte sich unwillkürlich, ob er so versuchte, das Kribbeln loszuwerden, dass auch sie noch immer auf ihrer Wange spürte. „Ich könnte den Kuss nicht vergessen, wenn mir jemand mit einem Baseballschläger den Schädel demolieren würde, aber ... ich kann gerne so tun, als ob", bot er an.

Lara musste lachen. „Das wäre sehr freundlich."

„Ach, und noch etwas", meinte er zögerlich. „Nächste Woche Samstag ist Coles Hochzeit ... Du hast nicht zufällig Lust, mit mir hinzugehen?"

Perplex riss sie die Augen auf, während ihr Magen drei Etagen tiefer fiel. „Was? Gerade erzählst du mir, dass wir den Kuss auf keinen Fall wiederholen sollten, weil es uns nur unglücklich machen würde, und jetzt willst du mit mir auf ein Date gehen?"

Er zog eine Grimasse. „Es war nicht meine Idee.“

„Wessen dann?“

„Coops.“ Er seufzte schwer und wandte den Blick ab. „Es ist absolut albern, aber du bist seine Kuppelkandidatin für mich.“

Schockiert öffnete sie den Mund.

*Deswegen* hatte Coop Hannahs Wohnung verlassen? Um zu Cal zu gehen und ihn dazu zu zwingen, mit ihr auszugehen?

Was zur Hölle?

„Dein Bruder hat sie doch nicht mehr alle“, stieß sie aus.

Cal lächelte. „Das stand ja wohl nie außer Frage. Trotzdem ... Er hat dich für mich auserwählt.“

Sie schnaubte kopfschüttelnd. „Und wenn ich Nein sage?“

„Dann ist der Deal mit meinen Geschwistern geplatzt und sie dürfen mich wieder so oft belästigen, wie sie wollen.“

„Klasse“, murmelte sie und presste die Lippen aufeinander.

Der Mistkerl Coop hatte genau gewusst, was er da tat! Ihm war wahrscheinlich klargewesen, dass sie unter diesen Umständen nicht Nein sagen würde.

Cal wünschte sich seit Monaten, dass seine Geschwister ihn endlich in Ruhe ließen. Dessen war sie sich schon bewusst gewesen, bevor sie ihn gemocht hatte!

Cal seufzte schwer. Offenbar hatte er ihren Gesichtsausdruck gedeutet. „Es ist nicht so wichtig, Lara.“ Er winkte ab. „Wenn du nicht mitgehen willst, dann ist das okay. Du musst nicht –“

„Ich komm mit“, unterbrach sie ihn.

Überrascht hob er die Augenbrauen. „Tust du?"

Sie hob die Schultern, auch wenn sie sich innerlich schwor, Coop gleich einen Mittelfinger per WhatsApp zu schicken. „Ja, warum nicht. Kostenloser Alkohol, gutes Essen ... Du, der jede Sekunde davon hassen wird. Kann mir ein schlimmeres Wochenende vorstellen."

Ein ehrliches Lächeln breitete sich auf Cals Gesicht aus. „Ich werde es wirklich hassen."

„Oh, ich baue darauf, dich leiden zu sehen."

Er lachte leise ... und Laras Wangen fingen Feuer.

„Alles klar. Und du meinst das wirklich ernst?"

„Ja", sagte sie fest. Denn wenn er vermutete, dass sie es nur aus Mitleid tat, würde er sie nicht mitnehmen. Das wusste sie. „Außerdem schulde ich es dir. Als Entschuldigung dafür, dass ich dich belogen habe."

„Du schuldest mir überhaupt nichts, Lara", erwiderte er ernst. „Aber ehrlich gesagt ..." Er räusperte sich. „Ehrlich gesagt würde ich mich freuen, dich dabei zu haben."

Die warmen Finger um ihr Herz fingen an, Watte in ihrer Brust zu streuen. „Tust du?", fragte sie leise und zog die Schultern höher.

„Ja. Schreckliche Dinge machen mit dir zusammen mehr Spaß. Abgesehen davon brauche ich eine Pause. Das ist es doch, was du mir die ganze Zeit sagst. Und du brauchst sie auch. Also komm mit zur Hochzeit. Es ist nur ein Abend ... und die Nacht im Hotel."

Oje. Eine Nacht im Hotel. Ihr Magen wurde flau und sie schluckte. „In zwei Einzelzimmern, richtig?"

Sie wollte sichergehen.

„Richtig."

Sie seufzte erleichtert und nickte. „In Ordnung."

Dann war es wohl offiziell: Sie besuchte zusammen mit Callum Panther eine Hochzeit.

Hätte ihr das vor zwei Wochen jemand erzählt, hätte sie ihn einweisen lassen. Doch jetzt schien es auf einmal gar nicht mehr so abwegig.

Sie waren doch fast so etwas wie … Freunde.

# Kapitel 16

Lara konnte behaupten, was sie wollte, aber sie waren keine Freunde.

Callums Gefühle gegenüber Lara waren in etwa so freundschaftlich wie Pornos kinderfreundlich.

Egal, wie höflich und freundlich sie zueinander waren. Egal, wie distanziert und sachlich ihre Gespräche waren. Egal, wie sehr sie darauf achteten, sich nicht zu berühren ... Es war die reinste Folter.

Zu wissen, dass sie nur eine Wand von ihm entfernt schlief. Zu wissen, dass er sie nicht haben konnte. Dass es nicht fair von ihm wäre, sie zu mehr zu überreden.

Aber bei Gott, sie machte es ihm wirklich nicht einfach!

Denn *alles*, was Lara tat, war erotisch.

Wie sie Brot in den Toaster schmiss. Wie sie ihren Kopf kreisen ließ, wenn sie zu lange am Schreibtisch saß. Wie sie das Telefon zwischen Schulter und Ohr klemmte, wenn sie mit Hannah sprach und gleichzeitig weiterarbeitete. Wie sie sich beim Autofahren nach vorn beugte, um eine Ampel besser zu erkennen.

Das Einzige, was ihn beruhigte, war, dass sie zwei Zimmer haben würden, auf die sie sich zurückziehen konnten. Um Abstand zu gewinnen.

Solange das der Fall war, war die Sache halb so wild.

„Es tut mir leid, Mr Panther, ich kann in ihrem Namen nur eine Reservierung für ein Doppelzimmer finden."

„Das kann nicht sein." Er presste die Zähne aufeinander und beugte sich über die Hoteltheke. „Ich habe zwei Einzelzimmer gebucht."

Er konnte deutlich erkennen, wie die rothaarige Rezeptionistin unangenehm berührt schluckte, doch das war ihm egal.

Er *brauchte* zwei Zimmer.

„Ja, zuerst hatten Sie das", bemerkte die Mitarbeiterin langsam, während sie sich immer fester an dem Holz der Theke festklammerte. „Aber dann hatten Sie angerufen, um das zweite Zimmer zu stornieren."

Wovon zur Hölle redete sie?

Kopfschüttelnd sah er sie an und konnte nicht verhindern, dass sein Kiefer knackte. „Das ist Schwachsinn", stellte er klar.

Die Concierge lief rot an. „Nein, ist es nicht", stammelte sie betreten. „Ich habe vor zwei Tagen mit Ihnen telefoniert. Sie sagten, Sie hätten es sich anders überlegt, und ein", sie räusperte sich, während weiteres Blut in ihre Wangen floss, „vernünftiges Date würde nun einmal auf einem gemeinsamen Zimmer enden."

Irritiert zog er die Augenbrauen zusammen. War sie high? „Ich habe nicht die geringste Ahnung, wovon Sie reden. Ich habe nicht –" Mitten im Satz brach er ab.

Oh, dieser Penner!

Wütend kniff er die Lippen zusammen. Gott, er würde Coop umbringen. Langsam und qualvoll. Ihm tat es leid, Hannah den Freund zu nehmen, aber für das, was er getan hatte, würde sein Bruder leiden!

Für wen hielt sich Coop, bitte? Für einen süßen kleinen Engel mit weißen Flügeln und einem Köcher voller Liebespfeile?

Das Blut in Cals Adern fing an zu kochen, sodass er mehrfach tief durchatmen musste, um sich wieder zu beruhigen.

Die unschuldige Rezeptionistin konnte schließlich nichts dafür, dass sein Bruder ein Arschloch war.

Er setzte ein freundliches Lächeln auf und stemmte die Hände bestimmt auf die Theke. „Nun, offensichtlich liegt hier ein Missverständnis vor. Es spielt keine Rolle, wer was gesagt hat: Ich brauche ein zweites Zimmer. Wären Sie also so freundlich ..." Er nickte zum Computer.

Die Rothaarige wurde blass. „Nun, ähm ... Ich fürchte, das ist nicht möglich. Aufgrund der Hochzeit sind wir vollkommen ausgebucht. Es ist kein anderes Zimmer mehr frei."

Er krallte die Fingernägel in das Holz der Theke. „Das kann nicht Ihr Ernst sein."

Sie räusperte sich vernehmlich. „Ich fürchte, doch. Mir ist es sogar von der Chefetage untersagt, während der Arbeitszeiten Witze zu machen."

Fantastische Firmenpolitik.

Die arme Frau sah so unangenehm berührt aus, dass er keine Sekunde lang anzweifelte, dass sie die Wahrheit sagte.

Angespannt stieß Cal sich von der Theke ab. „Schön", bemerkte er knapp. „Dann bringen Sie eben das ganze Gepäck auf das eine Zimmer."

Bevor die verschüchterte Rezeptionistin noch etwas antworten konnte, drehte er sich bereits um und durchschritt die Lobby.

Das war nicht gut. Die hochprofessionelle Lara würde nicht begeistert sein.

Aber er hatte keine Zeit, sich länger darüber aufzuregen. Es war bereits zehn vor zwölf und dank eines Staus auf der Interstate waren sie spät dran. Cole würde ihm den Kopf abschlagen, wenn er die Zeremonie verpasste. Also hastete er nach draußen und fuhr mit dem Blick über das Meer an Köpfen, das begann, sich in Richtung der anliegenden Kirche zu bewegen, in der in zehn Minuten sein ältester Bruder geloben würde, für immer monogam zu leben.

Wer hätte damit gerechnet, dass der eiskalte Anwalt – der Liebe für eine schreckliche chemische Reaktion gehalten hatte, die Menschen dumm machte – tatsächlich noch vor den Traualtar trat?

Er mit Sicherheit nicht. Tatsächlich hätte er sogar darauf gewettet, dass selbst Coop noch vor Cole eine Frau finden würde. Und der hätte eigentlich schon vor langer Zeit an Syphilis verrecken müssen.

Aber Callum war froh darum, dass Cole Savannah kennengelernt hatte. Es hatte ihm absurderweise eine Last von den Schultern genommen. Denn es bedeutete, dass die Panther-Geschwister nur halb so verkorkst waren, wie sie hätten enden können. Es erleichterte die Schuldgefühle, die er sich dafür machte, ihnen in ihrer Jugend nicht mehr geholfen zu haben.

Im Moment wünschte er sich allerdings, dass die beiden nicht ganz so viele Freunde hätten. Das hätte es um einiges einfacher gemacht, Lara unter all den Menschen auszumachen. Cole schien ganz Philadelphia zu seiner Hochzeit eingeladen zu haben. Dabei handelte es sich wahrscheinlich nur um die gesamte Mannschaft sowie das Organisationsteam der Philadelphia Delphies, der Baseballmannschaft, die Cole gehörte.

Cal wurde von etlichen Spielern, Managern und anderen Delphie-Mitgliedern begrüßt, während er sich einen Weg durch die Masse bahnte, doch er nickte ihnen nur zu.

Er wollte Lara nicht allzu lang allein lassen. Denn sie trug ein dunkelblaues Kleid, das zwar weder besonders eng anlag noch weit ausgeschnitten war, aber nichtsdestotrotz viel zu viel Aufmerksamkeit erregen würde. Irgendein Idiot würde sie ansehen, bemerken, wie scheiße schön sie war, und es sich in den Kopf setzen, sie zur Eroberung seines Abends zu machen. Doch das würde ganz sicher nicht passieren. Wenn *er* Lara nicht haben konnte, dann ganz gewiss auch kein blöder Baseballheini.

Erleichtert ließ er die Schultern sinken, als er die Blondine keine zehn Meter von sich entfernt entdeckte. Sie stand neben Jake Braker, Third Baseman und seit Jahrzehnten enger Familienfreund der Panthers, und lachte über irgendetwas.

Das war in Ordnung. Der Spieler war zwar lange Zeit für seine Bettgeschichten bekannt gewesen, doch Jake war mittlerweile glücklich vergeben. Cal braucht sich also keine Sorgen um sie zu machen.

„Na, Cal?", begrüßte ihn Jake grinsend, sobald er ihn erblickte. „Wirst du von deinen bösen Geschwistern dazu gezwungen, mit hübschen Frauen auszugehen?"

Er stöhnte innerlich. Klasse. Lara hatte es offensichtlich nicht für nötig befunden, diese Information für sich zu behalten. Jake, die Tratschtante, würde es bis zum Mittag dem ganzen Team erzählt haben.

Er warf Lara einen düsteren Blick zu. Sie lächelte lediglich breit. „Ich habe nur Small Talk geführt", verteidigte sie sich unschuldig.

„Hättest du für diesen Zweck nicht einfach über das letzte Spiel mit ihm reden können?", wollte er seufzend wissen. „So wie es jeder andere Normalsterbliche getan hätte?"

Sie zuckte die Achseln. „Ich finde Baseball langweilig", gab sie leise zu. „Über dich zu reden, erschien mir da wie die bessere Option. Du bist einfach fürchterlich interessant."

Er schnaubte laut, kam jedoch nicht dazu, ihr zu antworten, denn Jake fuhr ihm dazwischen.

„Du bist ganz schön unhöflich", meinte er gespielt entrüstet und schnalzte mit der Zunge. „Du hast mich nicht einmal richtig begrüßt. Das verletzt meine Gefühle."

Mit verengten Augen wandte er sich dem Spieler zu. „Hi, Jake. Es freut mich sehr, dich zu sehen", sagte er schroff.

„Das hat sich nicht aufrichtig angehört, oder? Und irgendwie sieht er auch gar nicht so glücklich aus", flüsterte er laut hörbar in Laras Richtung. „Ich persönlich wäre entzückt darüber, dazu gezwungen zu werden, Zeit mit dir zu verbringen, Lara", ergänzte er und legte sich eine Hand auf die Brust. „Nicht ganz so entzückt wie über Callums grimmigen Gesichtsausdruck gerade, aber dennoch ..."

Lara, die kleine Verräterin, lachte.

Cal seufzte schwer. „Bist du nur hier, um mich zu nerven, Jake, oder hat es noch einen anderen Grund, dass du uns noch immer belästigst?"

„Und da sagen sie immer, du wärst der höfliche Bruder", bemerkte Jake missbilligend. „Tatsächlich habe ich dich gesucht. Cole schickt mich. Er möchte wissen, warum du noch nicht in der ersten Reihe der Kirche sitzt, und lässt ausrichten, dass er dich eigenhändig umbringt, falls du seine Hochzeit vergessen haben solltest."

Callum verdrehte die Augen. Cole war eine solche Dramaqueen. „Ich bin gerade auf dem Weg dorthin. Könnte bereits dort sitzen, hättest du mich nicht aufgehalten."

„Aber dann hätte ich nicht die reizende Bekanntschaft mit deinem Zwangsdate hier gemacht. Es hat sich also gelohnt", meinte Jake leichthin. „War sehr nett, dich kennenzulernen, Lara." Er verbeugte sich albern vor ihr und gab ihr einen Handkuss. „Wir sehen uns bestimmt noch. Du bist zu gut für ihn. Ich hoffe, das weißt du." Er zwinkerte ihr zu, grinste Cal selbstgefällig an, dann verschwand er in der Menge.

„Ein sehr netter Kerl", sagte Lara zufrieden, sobald er verschwunden war.

„Er ist ein Idiot."

„Dann eben ein sehr netter Idiot", korrigierte sie sich mit Unschuldsmiene. „Er hat mir erzählt, dass ich erst die zweite Frau wäre, mit der er dich in der Öffentlichkeit gesehen hat. Wer war die erste?"

„Ex-Freundin", antwortete er knapp.

Verdutzt sah sie ihn an. „Du hattest eine Freundin?"

Ja und sie war wirklich das Letzte, über das er jemals mit Lara reden wollte. Also speiste er Lara lediglich mit einem „Jap. Hat nicht funktioniert" ab.

Ihm hätte jedoch klar sein müssen, dass sie das Thema nicht so einfach fallen lassen würde. Stattdessen öffnete sie verblüfft den Mund und betrachtete ihn eingängig. „Aber … du warst in sie verliebt und alles?"

Für seinen Geschmack klang sie eine Spur zu fassungslos. „Ja", antwortete er mit verengten Augen. „Was ist daran so schwer zu glauben?"

„Nichts." Das Wort drang viel zu hastig über ihre Lippen. „Nur … na ja …" Sie brach ab und schüttelte den Kopf. „Egal. Hast du uns eingecheckt?"

Ah, schade. Er hatte gehofft, dass sie das Thema einfach nicht ansprechen würde. „Ja", sagte er gedehnt und rieb sich unangenehm berührt den Nacken. „Es gab nur ein kleines Problem mit der Reservierung und –" Er brach ab, denn sein Blick war an ihrem Kopf hängengeblieben. Genauer gesagt an der Kappe, die sie trug. Die war ihm bis gerade gar nicht aufgefallen, da er immer wieder von ihrem Kleid abgelenkt worden war. Sie schirmte ihr Gesicht mit der Kopfbedeckung vor der Sonne ab … und Ms Pac-Man war deutlich vorne drauf abgebildet.

„Das ist meine Kappe", sagte er ungläubig und streckte die Hand danach aus. Er suchte seit fast einem Jahr nach ihr!

Lara duckte sich elegant unter seinem Arm weg. „Nein. Es *war* deine Kappe", korrigierte sie ihn freundlich. „Du bist sehr unachtsam mit ihr umgegangen und hast sie nicht verdient. Außerdem brauche ich sie. Die

Sonne brennt und ich will keinen Sonnenstich bekommen. Auch wenn sie zugegebenermaßen mein Ensemble stört", gab sie zu und deutete mit verdrießlicher Miene an ihrem blauen Abendkleid herab. „Ich seh wahrscheinlich albern aus."

Unweigerlich blickte Callum an ihr hinab.

Das dunkelblaue Kleid war ärmellos und gab den Blick auf ihre schmalen Schultern frei. Sie trug ihre blonden Haare offen, sodass sie ihre Schultern kitzelten, und ihre Lippen waren rot angemalt, weshalb es ihm bereits während der Autofahrt schwergefallen war, den Blick davon loszureißen.

„Nein", murmelte er. „Du siehst ..." Er räusperte sich und rückte seine Krawatte zurecht. „Du siehst wunderschön aus." Irgendwer musste es ihr sagen und es war nun einmal niemand anderes anwesend.

„Oh", erwiderte sie steif und wandte hastig das Gesicht ab. Nicht schnell genug, um die Röte, die ihren Hals hinaufkroch, vor ihm zu verbergen.

„Ähm, danke", setzte sie nach ein paar Sekunden hinzu.

Cal blickte auf seine Hände, denn auch seine Wangen waren verdächtig warm geworden. „Jap", murmelte er nur, denn es war albern. Er durfte ihr ein Kompliment machen. Das überschritt keine Grenze. Oder doch? Unschlüssig standen sie da, tauschten einen Blick, sahen wieder weg ...

„Cal", flüsterte sie. „Kannst du mir einen Gefallen tun?"

Erleichtert darüber, dass sie das Schweigen gebrochen hatte, hob er das Kinn. „Was denn?"

„Kannst du irgendetwas Sarkastisches oder Ätzendes sagen?"

Seine Mundwinkel zuckten. Ja, er war nicht der Einzige, dem die Situation merkwürdig vorkam. „Du siehst wunderschön aus ... aber wo ist der farblich passende Maulkorb für das Kleid?", bot er an.

„Danke, viel besser." Erleichtert ließ sie die Schultern sinken. „Ständig höflich und freundlich zu sein, macht mich nervös. Komm. Wir haben eine Hochzeit zu besuchen."

Sie packte ihn am Arm und zog ihn in Richtung Kirche.

Er konnte nur mühsam ein Lächeln unterdrücken, bevor er auf die Kappe hinabsah, die sie nun von ihren offenen Haaren zog.

Sollte Lara sie doch behalten. Sie stand ihr ohnehin viel besser als ihm.

# Kapitel 17

Das Innere der Kirche war wunderschön.

Weiße Rosen waren an den hölzernen Sitzreihen angebracht worden und helles Sonnenlicht fiel in bunten Mosaiken durch die großen Fenster auf den Steinboden, malte bereits jetzt eine schillernde Zukunft.

Es dauerte eine Weile, bis sie es zu ihren Plätzen in der ersten Reihe geschafft hatten. Denn jeder Zweite, an dem sie vorbeiliefen, zog Callum beiseite, schüttelte seine Hand, fragte, wie es ihm ging, woran er gerade arbeitete, ob er sich für Cole freute ... Die Liste an Fragen nahm kein Ende.

Callum blieb höflich und reserviert, lächelte freundlich – zuckte jedoch bei jeder Nennung seines Namens zusammen. Als würde jemand auf ihn schießen.

Lara gab sich Mühe, ihn möglichst elegant in Richtung Altar zu zerren, doch das war wirklich nicht einfach. Sie war seit Ewigkeiten nicht mehr auf einer Hochzeit gewesen, konnte sich aber nicht daran erinnern, dass eine Kirche jemals so voll gewesen war.

Ihr war bewusst, dass ein Baseballteam groß war, aber wer hätte damit rechnen können, dass jeder einzelne Spieler auftauchen würde?

Alle Reihen bis auf die vorderste waren bis auf den letzten Platz besetzt, dabei standen gefühlt noch immer fünfzig Leute im Gang herum. Das konnte unmöglich den Feuerschutzrichtlinien entsprechen. Aber vielleicht war das bei *heiligen* Feuerschutzrichtlinien im Hause Gottes ja was anderes.

Als sie es endlich auf ihre Plätze neben Cooper und Hannah geschafft hatten, ging bereits der Brautmarsch los.

Hastig wuselten die Leute zu den Seiten des Gangs, um Platz zu machen. Cole, der so offensichtlich Callums Bruder wie nervös war, stand vor dem Altar. Keinen Meter von ihnen entfernt. Er zupfte nervös an seiner Krawatte und starrte zur Eingangstür ... die sich zusammen mit einem Schwall Flüche öffnete.

„Großer Gott, das kann nicht euer verdammter Ernst sein, lasst mich los!"

Die Musik verstummte und das gesamte Publikum drehte sich mit einem ohrenbetäubenden Rascheln auf ihren Sitzen um.

Lara beugte sich nach vorn und erhaschte einen Blick auf eine sehr hübsche Frau in Weiß, die versuchte, zwei Männer abzuschütteln, die beide jeweils eine Hand von ihr hielten.

Den einen erkannte sie als Jake. Der andere war, seinen breiten Schultern nach zu urteilen, wahrscheinlich ebenfalls Baseballspieler.

„Ich darf sie nach vorne geleiten, Dexter", zischte Jake und seine Stimme hallte laut von der hohen Decke wider. „Wir haben das besprochen."

„Einen Scheiß haben wir, du gottloser –"

Der Pastor hinter dem Altar räusperte sich vernehmlich.

„Äh. Einen Mist haben wir, du blöder ... Blödmann!“, fing sich Dexter. „Wir haben Strohhalme gezogen, ich hatte den kürzesten.“

„Und ich den längsten!“, regte sich Jake auf. „Jeder weiß, dass der Längste gewinnt.“

„In Pornos oder Weitspuckwettbewerben vielleicht! Aber doch nicht bei Strohhalmen“, erwiderte Dexter ungläubig.

Lara biss sich auf die Unterlippe, um nicht in Gelächter auszubrechen.

„Fünfzig Dollar auf Dex“, murmelte Coop zu ihrer Rechten. „Er hat den größeren Bizeps.“

„Nee“, meinte Cole und warf seinem Bruder einen mitleidigen Blick zu. „Jake ist flinker, er –“

„Es werden keine Wetten abgeschlossen!“, verkündete Savannah feindselig.

Oh, wow. Die Akustik hier drin war gut.

Cole lief scharlachrot an. „Ich will mir nur die Zeit vertreiben, bis du es endlich nach hier vorn geschafft hast“, rief er zurück.

Sie verdrehte die Augen, bevor sie warnend Dexter und Jake fixierte. „Lasst mich los“, sagte sie ruhig. „Niemand begleitet mich nach vorn. Ich bin doch keine Ware, die von einem Mann zum nächsten gereicht wird. Oder wollt ihr beide das etwa behaupten?“

Die Baseballer ließen Savannah so abrupt los, dass sie beinahe über ihre Füße gestolpert wäre.

„Das dachte ich mir“, sagte sie zufrieden und gab der Organistin ein kurzes Handzeichen. „Okay, wir können.“

Die Musik setzte ein, das Publikum drehte sich wieder nach vorn ... und Laras Herz zog sich süß zusammen, als ihr Blick an Coles Gesichtsausdruck hängen blieb.

Ein Lächeln lag auf seinen Lippen. Ein kleines, intimes Lächeln, das nur Savannah galt.

Er sah so unfassbar ... glücklich aus.

Seine blauen Augen glänzten, und sobald Savannah neben ihn trat, umfasste er ihr Gesicht mit den Händen und küsste sie. So innig und zärtlich, dass Lara spürte, wie ihre eigenen Augen anfingen zu brennen.

„Kommt der Kuss nicht erst am Ende?", wollte Jake laut wissen.

„Jake, du kannst deinen Saisonbonus vergessen", sagte Cole schlicht und wandte sich dem Pastor zu.

„Und das, obwohl *ich* sie zusammengebracht habe", murmelte der Spieler miesepetrig, verstummte dann jedoch, was dem Pastor ein erleichtertes Seufzen über die Lippen brachte.

Lara presste eine Hand auf ihren Mund, um nicht laut loszulachen, und wich Cals amüsiertem Blick aus. Er würde sie nur über die Klippe stoßen und einen ernstzunehmenden Kicheranfall begünstigen.

Der Pastor fing mit dem üblichen Gerede über Respekt und Menschen, die Cole und Savannah nahestanden, an. Ringe wurden getauscht, „Ja, ich will" gesagt, doch wirklich hellhörig wurde Lara erst, als er das Brautpaar bat, ihre persönlichen Ehegelübde vorzutragen.

Savannah, der bereits die ersten Tränen über die Wangen liefen, räusperte sich vernehmlich und holte tief Luft, bevor sie sprach.

„Ich weiß, man sagt, man kann sich die Familie nicht aussuchen", fing sie mit belegter Stimme an, „aber das stimmt nicht. Ich habe mir die Delphies ausgesucht. Ich habe mir dich ausgesucht – und ich muss schon sagen: Mein Geschmack ist einwandfrei. Ich –"

Ein Handy klingelte.

Savannah brach ab, seufzte und sah zielsicher in die zweite Reihe zu ihrer Rechten. „Sam, das kann nicht dein Ernst sein! Ich kann dich nicht auch noch an meinem Hochzeitstag davon abhalten, zu viel zu arbeiten. Das ist unhöflich!"

Sam war wohl ein Arbeitskollege, der schuldbewusst sein Handy ausschaltete, bevor er ein lautes „Autsch" von sich gab. Die hübsche Brünette, die neben ihm saß, hatte offenbar mit ihrer Faust fest in seine Rippen geboxt.

Doch Savannah wirkte nicht wütend. Cole nicht genervt. Denn sobald sich ihre Blicke auf ein Neues ineinander verhakten, trat wieder dieses glückselige, verliebte Lächeln auf ihre Züge, das Lara immer für eine Erfindung der Liebesfilmindustrie gehalten hatte.

„Was ich eigentlich sagen wollte", fuhr Savannah unbeirrt fort. „Cole: Danke, dass du nicht über meine Q-Tips-Häuser lachst. Danke, dass du für mich versuchst, ab und zu eine Jeans anzuziehen. Danke, dass du ..." Sie schluckte und wischte sich eine Träne von der Wange. „Danke, dass du mir das Gefühl gibst, nie allein zu sein und es auch nie wieder sein zu müssen."

Lara schluckte ebenfalls und spürte, wie Cal sacht ihr Bein drückte. Als wolle er ihr mitteilen, dass es vollkommen okay sei, wenn sie jetzt in laute ergriffene Schluchzer ausbrach.

Doch der Erste, der wohl gleich anfing zu weinen, war Cole, dessen Lippen verdächtig zitterten, bevor er leise sagte: „Savannah, ich habe ehrlich gesagt nie geglaubt, dass ich mal eine Frau finden würde, die mich wahrhaftig lieben kann. Cal hat mal ausgerechnet, wie wahrscheinlich es ist, seine Traumfrau zu finden, und das Ergebnis lag bei 8 Prozent."

„8,3", murmelte Cal wie automatisch.

„Und seien wir ehrlich, bei einem so komplizierten Menschen wie mir müsste die Prozentzahl noch viel niedriger sein. Also vielen Dank, dass du mich entgegen allen Prognosen liebst. Und vielen Dank, dass du es mir so unfassbar leicht machst, glücklich zu sein."

Lara seufzte schwer, und endlich verkündete der Pastor: „Sie dürfen die Braut jetzt küssen."

Das ließen die beiden sich nicht zweimal sagen.

Coop pfiff durch die Zähne, während ein so tosender Beifall ausbrach, dass das Kirchtor in seinen Angeln wackelte.

„Das war sehr schön", murmelte Lara und blickte zu Cal hoch.

Er lächelte, rutschte jedoch unwohl auf seinem Platz hin und her. „Wunderschön", bestätigte er gequält.

Sie verbarg ihr Grinsen hinter ihrer Hand. „Du hasst jede Sekunde, oder?"

„Mehr als Fußpilz."

Jetzt lachte sie doch. „Sind es die Menschenmassen? Die Leute, die starren? Oder all die Fragen, die die Anwesenden dir noch stellen werden?"

„Ja", war seine schlichte Antwort.

Ihr Lachen wurde lauter, doch die Meute klatschte noch immer so laut, dass niemand es hörte.

Sie griff nach Cals Hand und drückte sie. „Ist es wirklich so schlimm?"

Callum verzog das Gesicht. „Es fühlt sich ein wenig so an, als würde jemand einen viel zu grellen Scheinwerfer auf mein Gesicht richten, während tausend Finger jeden Zentimeter meiner Haut im ungleichmäßigen Rhythmus antippen."

„Oh. Wow." Verblüfft sah sie zu ihm auf. „Das ist ja schrecklich."

Er lächelte gequält. „Weshalb, glaubst du, will ich nicht auf das Bankett, das ihr für mich ausrichtet?"

Sie nickte abwesend, ging jedoch nicht weiter auf seine Frage ein. Sie wollte gerade nicht über die Arbeit nachdenken, das würde nur die gelöste Stimmung zerstören.

Innerhalb der letzten zwanzig Minuten war Lara nämlich zu einem Schluss gekommen: Es war seltsam entspannt, mit Cal Zeit zu verbringen. Trotz der angespannten Woche, trotz allem, was zwischen ihnen stand, fühlte sie sich in seiner Gegenwart wohl. Es war die Ruhe, die er ausstrahlte, auch wenn sie wusste, dass sie oftmals gespielt war. Er hatte die Fähigkeit, ihr das Gefühl zu geben, dass alles gut werden würde. Dass er zu jedem Problem eine Lösung finden und jede unangenehme Situation mit einem charmanten Lächeln bezwingen würde.

Es fiel Lara erschreckend leicht, sich vorzustellen, dass sich jemand in all diese Eigenschaften verliebt hatte.

Jemand wie Callums Ex-Freundin zum Beispiel.

In die er ebenfalls verliebt gewesen war.

Shit, dieser Gedanke stieß ihr überraschend sauer auf.

Welche Art von Frau war sie wohl gewesen? Welcher Art von Mensch hatte Cal, der keine tiefen Bindungen eingehen wollte, sein Herz geschenkt?

Lara wusste, dass ihr das egal sein sollte. Dass es sie nicht zu interessieren hatte. Dennoch war es der Gedanke, der sie auch noch zwei Stunden später verfolgte, als sie in einem überfüllten Ballsaal saß, ein Stück Hochzeitstorte vor sich auf dem Tisch.

Wieso hatte sie nirgendwo etwas über diese ominöse Ex-Freundin gehört oder gelesen? Und wie lange war das Ganze her? Bereute Callum, dass die Beziehung zu Bruch gegangen war? Hatte er sie beendet oder war sie es gewesen? Und wie merkwürdig wäre es wohl, wenn sie ihn genau das fragen würde?

„Alles okay?“

Lara zuckte zusammen und wandte den Blick. Hannah sah sie mit gehobenen Augenbrauen an, eine überfüllte Kuchengabel auf halbem Weg zum Mund.

„Du hast geseufzt“, informierte ihre Freundin sie.

Mist. Das sollte sie sich wirklich langsam abgewöhnen.

„Es ist nichts“, sagte sie und winkte ab, suchte mit ihrem Blick jedoch automatisch den Raum nach Cal ab, der zusammen mit seinen Geschwistern an der Bar stand und über irgendetwas lachte, das Callie wild mit ihren Armen gestikulierend verdeutlichte.

Komisch, dass er im Anzug und mit einem zwölf Dollar Martini in der Hand genauso wenig fehl am Platz wirkte wie hinter einer Werkbank mit ölverschmierten Fingern.

Lara fand es faszinierend. Dass er so viel Zeit allein verbrachte, obwohl es doch offensichtlich war, wie sehr er die Gesellschaft seiner Familie genoss.

Seiner Meinung nach trug er die Verantwortung für Abermillionen Menschen. Es war nicht fair. Dass er glaubte, dass er nicht glücklich sein und gleichzeitig seine Arbeit vernünftig erledigen konnte. Callum hatte es verdient, *alles* zu haben. Es musste nicht entweder oder sein. Aber wie erklärte man das einem Genie, das es sich in den Kopf gesetzt hatte, die Welt retten zu müssen?

„Oje, du magst ihn", riss Hannah sie erneut aus den Gedanken.

Verwirrt wandte sie sich um. „Was?"

Ihre Freundin verzog das Gesicht. „Lara, nur so eine Frage: Weiß Callum, dass du dabei bist, dich in ihn zu verlieben?"

Schockiert sah Lara sie an, während in ihrem Magen ein Fallgefühl einsetzte. „Wovon redest du?"

Hannah legte einen Arm um ihre Schultern und drückte ihr die beladene Kuchengabel in die Hand. „Du hast ihn gerade mit einer derartigen Sehnsucht angesehen, mit der du sonst nur eine chaotische Baustelle betrachtest", stellte ihre Freundin trocken fest. „Wie ist das denn passiert? Ich dachte immer, du findest ihn schrecklich. Aber ich lag vollkommen daneben. Du findest lediglich schrecklich, dass du ihn so sehr magst und nicht damit klarkommst."

Verärgert stieß Lara den Arm weg und stopfte sich den Kuchen in den Mund. Damit sie Hannah nicht direkt antworten musste. Und damit ihre Freundin nicht bemerkte, dass ihre Aussage sie schlucken ließ. Das

Problem war, dass sie Hannah nicht widersprechen konnte, ohne ihre beste Freundin womöglich anzulügen. Lara wusste nämlich leider nicht, ob sie nicht recht hatte.

Schließlich war sie gerade eifersüchtig auf eine Frau, die Callum möglicherweise seit Jahren nicht mehr wichtig war.

Auch wenn sie fand, dass *verlieben* ein etwas zu starkes Wort für ihren Zustand war. *Hoffnungslos verknallen* traf es wohl eher.

Sie stopfte direkt noch ein wenig mehr Kuchen in ihren Mund. Sie konnte sich nicht erklären, wie das passiert war. Die Gefühle hatten sich klammheimlich angeschlichen. Leise und vorsichtig, darauf bedacht, keinen Lärm zu machen und sie zu erschrecken. Jetzt waren sie da und hatten sich in ihrem Herz eingenistet – und sie wusste absolut nichts mit ihnen anzufangen.

Sie stöhnte leise.

„So schlimm?", fragte Hannah mitfühlend.

„Er hat mich wunderschön genannt und sah so aus, als würde er es meinen", wisperte sie und kniff die Augen zusammen. „Wie kann jemand aufrichtig so wundervolle Dinge sagen und gleichzeitig ein solcher Trottel sein? Kannst du mir das mal erklären? Und ich steh offensichtlich auch noch darauf. Was stimmt nicht mit mir?"

Hannah seufzte schwer und warf ebenfalls einen Blick in die Richtung der Panther-Geschwister. „Mit dir ist alles in Ordnung. Sie sind das Problem. Sie haben alle diese anziehende Ausstrahlung, die einen ganz kirre im Kopf macht. Aber selbst wenn ... Was ist so schlimm daran, dass du ihn magst?"

Lara schluckte und strich ein paar Krümel von ihrem Kleid. „Er ist nicht der Richtige für mich", wisperte sie.

„Aber vielleicht auch nicht der Falsche", bot Hannah leise an und drückte ihre Schulter.

„Na, alles klar, Ladys?", wollte Coop in diesem Moment fröhlich wissen und ließ sich auf den Stuhl neben seiner Freundin sinken. „Worüber redet ihr?"

„Über dich natürlich, Cooper. Nur über dich", bemerkte Hannah und griff sich dramatisch an die Brust.

„Hört sich nach einem anregenden Thema an", erwiderte er zufrieden, bevor er sich grinsend an Lara wandte. „Und? Wie läuft dein Date?"

„Fühlt sich sehr natürlich und ungezwungen an", kommentierte sie trocken – auch wenn es die volle Wahrheit war.

„Ist unser kleiner, süßer Roboter etwa immer noch nicht aufgetaut?", meinte er gespielt missbilligend und wackelte mit dem Zeigefinger zu Callum, der einen Martini vor Lara abstellte und den Stuhl neben ihr zurückzog.

Im Hintergrund fing die Liveband an, ein paar Jazzstücke zu spielen, während Cal sich mit verschränkten Armen im Nacken zurücklehnte und Cooper mit einer gehobenen Augenbraue bedachte. „Wie hat ein Volltrottel wie du eine Frau wie Hannah abbekommen?", fragte er nachdenklich. „Es ist mir ein Rätsel."

Coop hob die Schultern. „Mir ehrlich gesagt auch, deswegen frage ich sie nicht allzu oft danach, damit ihr nicht plötzlich auffällt, dass sie mich verwechselt hat."

„Moment", meinte Hannah und blinzelte verwirrt. „Du bist nicht Chris Hemsworth?"

Cooper grinste. „Doch, doch. Genau der bin ich. Cooper Panther ist nur eine Rolle, die ich spiele.“

Gespielt erleichtert sank sie in ihren Stuhl zurück. „Dann ist ja alles gut.“

„Mann, wer hätte gedacht, dass irgendwann eine vernünftige Frau die Wörter *alles* und *gut* in den Mund nimmt, während zwei Panther-Männer anwesend sind?“, mischte sich eine neue Stimme ein.

Calliope Panther, Coopers Zwillingsschwester, setzte sich zu ihnen und streckte Lara lächelnd die Hand entgegen. „Ich glaube, wir wurden uns nie vorgestellt. Ich bin Callums Lieblingsschwester. Callie.“

„Lieblingsschwester?“, sinnierte Cal. „Ich bin mir nicht sicher. Coop im Kleid mag ich vielleicht noch lieber als dich.“

Callie grinste. „Aber ich füttere dich mit Salat. Du bist mein persönliches Meerschweinchen.“

Lara lachte und ergriff Callies Hand.

Cooper bemerkte unterdessen verärgert: „Solche Sätze sind es, die die ganze Welt glauben lassen, wir hätten alle einen Knacks.“

„Aber den haben wir“, warf Cal leichthin ein.

„Ja, womöglich“, stimmte Callie fröhlich zu. „Aber es besteht noch Hoffnung für uns. Cole ist der lebende Beweis dafür. Er führt schließlich trotz Knacks und unserer Familiengeschichte ein scheinbar fantastisches Leben.“ Sie nickte zur Tanzfläche, die eigentlich noch nicht eröffnet worden war, auf der sich das frischvermählte Paar jedoch trotzdem eng ineinander verschlungen drehte.

„Er sieht glücklich aus, oder?“, bemerkte sie lächelnd.

„Sehr", stimmte Callum ihr zu und sah die beiden nachdenklich an.

„Wisst ihr, wer auch glücklich aussieht?", meldete sich Cooper zu Wort. „Dad. Und das, obwohl Mom hier ist. Er hat mich vorhin dennoch angelächelt und ernsthaft gefragt, wie es bei mir im neuen Job läuft. Als würde es ihn tatsächlich interessieren. Demnächst fragt er mich noch, ob wir nicht mal zu zweit Eis essen gehen sollten."

„Das ist doch nett von ihm", meinte Hannah und drückte sein Knie.

„Aber untypisch." Misstrauisch reckte Coop den Hals, um seinen Vater anzusehen, der sich gerade mit einer Gruppe von Anzugträgern unterhielt. „Ich mache mir langsam wirklich Sorgen um ihn. Es ist, als hätte es neue Persönlichkeiten im Ausverkauf gegeben."

„Er gibt sich eben Mühe", sagte Callie mit Nachdruck. „Das habe ich dir bereits letztes Jahr gesagt."

„Ja. Aber *warum*? Und warum jetzt?"

Lara merkte, wie Cal sich neben ihr versteifte, den Blick konzentriert auf sein Glas gerichtet.

„Ich meine, läuft ihm auf einmal die Zeit weg, für all seine schrecklichen Taten Buße zu tun?", überlegte Coop laut.

„Was meinst du? Dass er krank ist?", fragte Callie besorgt. „Dass er deswegen plötzlich versucht, ein besserer Vater zu sein?"

Coop zuckte die Achseln. „Keine Ahnung, aber es würde einiges erklären. Was denkst du, Cal? Du weißt doch immer, was gerade bei uns los ist."

Lara bemerkte aus den Augenwinkeln, wie Cal auf seinem Knie die Hände zu Fäusten ballte, doch als er sprach, war seine Stimme vollkommen ruhig und entspannt. „Ich glaube, dass man in einem gewissen Alter anders über bestimmte Dinge denkt."

Lara biss sich auf die Unterlippe und sah auf ihre Hände. Sie wusste genau, warum Mr Panther die Kurve gekriegt hatte. Sie verstand nur nicht, warum Cal es seinen Geschwistern nicht einfach verriet.

Ihrer Meinung nach hatte er zu große Angst vor ihren Reaktionen. Er nahm wirklich zu viel Rücksicht auf sie.

„Mhm, vielleicht", murmelte Callie und sah nachdenklich durch den Raum. „Vielleicht sollten wir ihn einfach fragen."

Callum verschluckte sich an seinem Drink und schüttelte hustend den Kopf. „Nein. Wir sollten aufhören, ihn und seine Hintergründe zu hinterfragen, und uns stattdessen darüber freuen, dass er eine weichere Seite an sich entdeckt hat."

Stirnrunzelnd blickte Coop ihn an. „Aber ..."

„Willst du tanzen, Lara?", unterbrach Cal ihn und sah mit gehobenen Augenbrauen zu ihr.

„Ähm ..."

„Wunderbar", sagte er knapp, nahm ihre Hand und zog sie vom Stuhl.

Seufzend folgte Lara seiner höflichen Aufforderung. Wenn auch nur, weil seine warmen Finger um ihre kurzzeitig ihr Gehirn aussetzen ließen.

Callum zog sie auf die Tanzfläche und legte eine Hand an ihre Taille. Die Jazzmusik im Hintergrund plätscherte gemütlich dahin und Lara war froh darum. Sie hatte nicht das Bedürfnis, wild das Tanzbein zu schwingen.

Abgesehen davon fiel es ihr ohnehin schwer, sich auf die Musik zu konzentrieren. Die Hitze von Cals Fingern brannte sich durch den dünnen Stoff ihres Kleides. Sein Geruch nach Metall und Regen, der eigentlich Rost ergeben müsste, ließ sie wohlig aufseufzen ... und als sie ihm ins Gesicht sah, seine tiefen Stirnfalten und den verkniffenen Mund bemerkte, wünschte sie sich nichts sehnlicher, als ihm seine Sorgen nehmen zu können, als ihm zu verstehen geben zu können, dass er aufhören musste, sich derart unter Druck zu setzen.

Er konnte nicht die Welt und gleichzeitig die Beziehung seiner Geschwister zu seinem Vater retten. Vor allem nicht, wenn er vorhatte, diese Aufgaben ganz allein zu bewältigen.

Sie drückte sacht seine Finger, bis Cal erwartungsvoll zu ihr hinabsah.

„Ich weiß, dass du es warst", murmelte sie und wiegte sich im Takt der Musik von der einen zur anderen Seite.

„Was?"

„Ich weiß, dass du es warst, der deinem Vater Vernunft eingebläut hat."

Er verengte die Augen, dann schnaubte er, während seine Fingerkuppen sich fester in ihre Haut gruben. „Du hast uns belauscht."

„Ihr habt sehr laut geredet."

„Du hast uns belauscht, Lara."

Sie seufzte. „Ja. Ich habe euch belauscht. Tut mir leid. Aber ... ich denke, du hast das Richtige getan. Ehrlich zu ihm zu sein und ihm zu sagen, dass er sich mehr Mühe geben muss, wenn er die Beziehung zu euch noch retten will."

„Ich weiß, dass ich das Richtige getan hab“, murmelte er und sein Blick glitt über ihre Schulter, wahrscheinlich zu seinen Geschwistern. „Aber das bedeutet nicht, dass alle so denken werden.“

Sie wanderte mit ihrer Hand über seine Brust bis zu seiner Schulter. „Vielleicht überraschen deine Geschwister dich ja. Wäre es die Sache nicht wert, es zu riskieren? Wenn es bedeutet, dass du eine Last weniger mit dir herumtragen musst?“

„Es macht mir nichts aus“, murmelte er und sein Blick fand erneut den ihren.

Sie lächelte. „Ich glaube dir nicht, Cal“, flüsterte sie, während die Musik langsamer wurde und sie sich ihr anpassten. Sich eigentlich kaum bewegten. Sich mehr in den Armen des anderen wiegten. „Egal, wie viele Leute es dir auch eingeredet haben: Du bist nichts Besonderes. Du zerbrichst unter zu viel Druck und Verantwortung genauso wie wir anderen.“
Seine Mundwinkel zuckten und ihr Herz gleich mit. „Ich bin nichts Besonderes? Du verletzt mich zutiefst.“

„Irgendwer musste es dir sagen“, meinte sie entschuldigend, lächelte jedoch. „Cal ... es war mutig von dir, mit deinem Vater zu reden. Und es ist sicher nicht einfach, mit Clint Panther zu diskutieren. Aber noch schwieriger muss es sein, es im Geheimen zu tun. Du hältst zu viel vor deinen Geschwistern zurück. Deine Emotionen. Den Druck, den du dir machst. Du müsstest nicht so einsam sein. Mit deiner Arbeit und all den Aufgaben, die du dir auferlegst.“

„Ich bin im Moment nicht einsam“, murmelte er zögerlich. „Du bist hier.“

Die Wärme breitete sich von ihrer Brust bis in ihre Zehenspitzen aus, die immer wieder gegen Callums stießen. „Aber das werde ich nicht für immer sein."

Er runzelte erneut die Stirn. Als hätte er darüber noch gar nicht nachgedacht. Schließlich schüttelte er jedoch nur den Kopf.

„Können wir das Thema wechseln?"

Sie seufzte. Wenn er darauf bestand. „In Ordnung: Du tanzt sehr schlecht, Cal", wisperte sie und ließ ihre Stirn gegen seine Schulter sinken.

Seine Brust vibrierte von seinem leisen Lachen. „Ich weiß. Aber ich sehe toll aus, bin hyperintelligent und ein fantastischer Zuhörer. Es wäre unfair, wenn ich auch noch tanzen könnte, deswegen habe ich es nie gelernt."

Sie musste lächeln. Sie gab sich in seiner Gegenwart nicht einmal Mühe, es zurückzuhalten. Denn es war hoffnungslos. „Es macht trotzdem Spaß", flüsterte sie.

„Das freut mich", gab er zurück, während er sie näher zu sich heranzog.

Bewusst? Unbewusst?

Lara hatte keine Ahnung. Es war ihr auch egal.

Sie würde sich heute nicht gegen seine Nähe wehren.

Heute würde sie vergessen, dass es eine absolute Katastrophe war, dass sie dabei war, sich in den Mann zu verlieben, der keinen Platz für eine Beziehung in seinem Leben hatte. In den Mann, der sie wahnsinnig machte, noch während er sie zum Lachen brachte.

Sie waren auf einem Date. Einem erzwungenen Date, aber nichtsdestotrotz: War es so verwerflich, den Abend genießen zu wollen?

Sich vorzustellen, dass sie sich vor dieser Hochzeit nicht gekannt hatten? Dass sie nie hässliche Worte ausgetauscht, sich nie angeschrien oder verflucht hatten?

„Cal", murmelte sie und strich mit ihren Fingern über seinen Nacken. „Meinst du, wenn ich damals nicht … Wenn ich mich damals, als wir uns kennengelernt haben, nicht so dumm und unsensibel angestellt hätte … Meinst du, dann wäre alles anders gelaufen?"

„Nein", antwortete er, ohne nachzudenken, während seine Hand höher ihre Seite hinaufwanderte. „Du warst nicht das Problem. Der Grund, warum du da warst, war es. Ich habe mich die ersten zwanzig Minuten ehrlich gesagt köstlich amüsiert. Bis du dich geschnitten hast und klar war, dass ich dir jetzt sagen musste, wer ich bin."

Sie atmete seinen Geruch ein, schloss die Augen und nickte. „Verstehe."

„Ich … fand dich zu hübsch, Lara", setzte er nach ein paar Momenten zögerlich hinzu. „Zu anziehend. Und ich wollte nicht, dass deine Firma recht behielt. Dass es wirklich klüger war, dich und keinen untersetzten fünfzigjährigen Mann zu schicken. Ich wollte nicht diese Art von Sexist sein. Also habe ich dich so behandelt, wie ich jeden Kerl vor dir behandelt habe … Vielleicht etwas schlimmer sogar."

„Ich fühle mich geehrt."

Sie spürte sein Lächeln an ihrer Schläfe. „Das solltest du. Mit keinem meiner Babysitter habe ich bisher rumgeknutscht."

Sie zwickte ihm in die Schulter. Fest.

Doch Cal lachte nur und drückte sie kurz an sich.

Sie verdrehte die Augen, hob dennoch ihre Mundwinkel. Sie war gerade dabei, vollends in seine Arme zu schmelzen ... als Cals Körper sich plötzlich versteifte.

„Oh nein", murmelte er alarmiert. „Oh nein, nein, nein." Abrupt ließ er sie los, und verwirrt folgte Lara seinem Blick. Er sah zu seinen Geschwistern ... die nicht mehr allein an ihrem Tisch waren. Clint Panther saß bei ihnen, während Coop eindringlich auf ihn einredete.

„Shit", fluchte Cal und durchquerte im nächsten Moment langen Schrittes den Bankettsaal.

Lara raffte ihr Kleid um die Knöchel und folgte ihm, auch wenn sie nicht ganz verstand, warum er sich so ...

„Natürlich liege ich *nicht* im Sterben!", dröhnte Clint Panther verärgert und sah seinen Sohn mit einer Mischung aus Irritation und Zorn an. „Ich bin stark und gesund wie ein Pferd."

„Dann erkläre uns, warum du plötzlich so freundlich bist und dich für unsere Leben interessierst", beharrte Coop mit geduldiger Stimme, auch wenn sie recht laut war.

„Warum ist das wichtig?", bellte Mr Panther.

„Dad", sagte Callie beschwichtigend. „Wir wollen dich nicht angreifen. Es interessiert uns einfach."

„Ich habe verstanden, dass ich nicht immer der beste Vater war, und wollte das ändern", sagte Mr Panther und presste die Lippen zusammen.

„Jaja, aber *warum*? Du warst noch nie der beste Vater, warum ist es dir ausgerechnet im letzten Jahr aufgefallen?"

Panther Senior stieß einen markerschütternden Seufzer aus. „Nun, wenn ihr es unbedingt wissen wollt:

Cal meinte, dass ich jetzt zu Sinnen kommen müsste oder euch endgültig verlieren würde", sagte Mr Panther in genau dem Moment, in dem Callum den Tisch erreichte.

„Cal meinte?", echote Coop dumpf und wandte ungläubig den Blick. „*Cal* meinte?"

„Oh, Dad", murmelte Callum und rieb sich mit Daumen und Mittelfinger über die Augen.

„Was denn?", echauffierte sich sein Vater. „*Darüber* ist es mir auch verboten zu reden? Ich verliere langsam den Überblick über deine Regeln. Ich soll Callie immer erst fragen, wie es ihr geht, Coop das Gefühl geben, dass er die richtigen Entscheidungen trifft, Cole nicht länger vorschreiben, wie er seinen Job zu erledigen hat … Callum, das wird langsam lächerlich!"

„Regeln?" Verwirrt und mit offenem Mund sah Callie auf. „Wovon redet er?"

„Von nichts", sagte Cal tonlos. „Richtig, Dad?"

„Nein", sagte Clint Panther fest. „Wenn meine Kinder denken, dass ich todkrank sei, ist der Spaß vorbei, Callum. Ich weiß, du hast mir gesagt, ich müsse vorsichtig und geduldig sein, aber meine Geduld ist erschöpft. Ich werde ihr Vertrauen ab jetzt auf meine Art und Weise zurückgewinnen."

Lara wunderte sich darüber, dass Cals Schultern nicht auseinandersprangen, so angespannt waren sie, während Callie und Coop ihn mit Blicken durchbohrten.

„Du bist hinter unserem Rücken zu Dad gegangen, um ihm zu erklären, wie er uns manipulieren kann, damit wir ihm verzeihen?", fuhr sein Bruder ihn an, und Lara zuckte zusammen. Automatisch sah sie sich nach

Hannah um, die ihren Freund sicherlich beruhigen könnte. Doch ihre Freundin war nicht aufzufinden.

„Cal?“, fragte Callie verblüfft. „Ist das wahr?“

Lara hörte Cals Kiefer knacken, doch seine Stimme war noch immer erschreckend ruhig, als er sprach. „Irgendwer musste es tun. Und Cole hatte genug Scheiß an der Backe, um mal wieder unseren Helden zu spielen.“

„Irgendwer musste es tun? Was für ein Schwachsinn!“ Coop hörte sich so zornig an, dass sich ein Kloß Laras Hals hinaufarbeitete. Er sollte nicht so mit Cal reden. Cal hatte es für *sie* getan.

„Du hast ihm gesagt, was er tun muss, damit ich ihm verzeihe?“, wollte Callie mit schwacher Stimme wissen. „Du hast ihm geholfen –“

„Ich habe ihm geholfen, ein besserer Mensch zu sein“, sagte er leise, doch mit fester Stimme.

„Du hast ihm geholfen, uns zu verarschen, Cal!“, korrigierte Coop ihn zornig. „Du hast uns angelogen. Du hast Gott gespielt und über unsere Köpfe hinweg entschieden, dass es Zeit wird, Dad zu verzeihen. Du hast uns einen hübschen Weg zum Glück aufgemalt und uns dann ungefragt draufgeschubst! Nur, weil es dir so am besten passte.“

Lara biss die Zähne zusammen und sah zu Cal hoch, der beharrlich schwieg.

Doch an seinem Hals pochte deutlich eine Ader. Er war wütend. Er hatte eine Menge zu sagen. Doch er hielt sich zurück. Seinen Geschwistern zuliebe. Und machte sich unterdessen selbst damit kaputt.

Sie drückte seine Hand, um ihn dazu zu animieren, sich zu verteidigen. Seinem Bruder zu sagen, dass er aufhören sollte, so viel Schwachsinn zu reden.

Doch er tat nichts dergleichen.

„Callum, ich weiß, dir ist Familie nicht so wichtig wie uns", sagte Callie seufzend. „Ich weiß, dass du uns manchmal gern vergessen würdest – und es wahrscheinlich auch tätest, wenn wir nicht alle naslang bei dir auftauchen würden. Aber du kannst nicht –"

„Was für ein Blödsinn!", entfuhr es Lara, denn es war ihr unmöglich, noch länger still zu sein.

Überrascht wandte Cals Schwester sich zu ihr um. „Wie bitte?"

„Ihm ist Familie wichtig", sagte sie laut. Wut brodelte unter ihrer Haut. „Ihr seid ihm wichtiger als alles andere!"

„Lara ...", sagte Cal warnend.

„Na, es ist doch so! Warum solltest du vor ihnen geheim halten, dass du sie über alles liebst? Dass du dich in deiner Arbeit verlierst, bedeutet doch nicht, dass du auch dein Herz verlierst. Und *unüberlegt* in euer Leben eingreifen?" Wütend sah sie Callie an. „Kennst du deinen Bruder überhaupt? Es gibt *nichts* in seinem Leben, was er unüberlegt tut. Er hat eurem Vater dabei geholfen, sich euch wieder anzunähern, weil er die Hilfe verdammt noch mal nötig hatte! Und weil keiner von euch sich die Mühe gemacht hat, an der Beziehung zu arbeiten. Obwohl ihr beide kreuzunglücklich mit der Situation wart!"

„Hör auf, Lara", sagte Cal hart.

„Nein, hör *du* auf, Callum!", fuhr sie ihn an. „Hör auf, ihre Wut einfach hinzunehmen. Du hast sie nicht verdient. Also zur Hölle: Zeig ihnen, dass du ebenfalls wütend bist!"

„Lara, es ist okay", erwiderte er angespannt.

Ihr Kopf explodierte. „Nein, ist es nicht!" Möglicherweise schrie sie mittlerweile ein bisschen. „Denn mit einer Sache hat Coop recht: Du belügst deine Geschwister, Cal. Andauernd. Indem du so tust, als wärst du vergesslich oder würdest ihnen nicht zuhören oder würdest dich nicht für die Probleme deiner Familie interessieren. Oder indem du vorgibst, nicht den Wunsch zu haben, endlich mal nicht der leise, verständnisvolle Bruder sein zu müssen, sondern laut werden zu dürfen. Gott, habt ihr überhaupt eine Ahnung davon, wie anstrengend es ist, ständig besonnen und ruhig zu sein?", rief sie zornig und fixierte erst Coop, dann Callie. „Ihr solltet ihm dankbar sein! Dass er euren Mist über sich ergehen lässt. Dass er Verantwortung für eure Gefühle übernimmt, obwohl er das überhaupt nicht müsste! Dass er für euch eure Probleme löst. Ohne ihn wäre eure Familie schon vor Jahren wie eine Sandburg bei Flut auseinandergebröckelt! Und Sie, Mr Panther." Mit glühenden Augen wandte sie sich an Cals Vater. „Wie können Sie hier einfach so tatenlos rumstehen? Sie verdanken Callum *alles*. Ohne ihn würden ihre Kinder längst nicht mehr mit Ihnen reden. Also verteidigen Sie Ihren Sohn, verdammt! Denn er braucht Sie. Er braucht euch." Sie deutete mit dem Zeigefinger auf Callie und Coop. „Nicht euer Geschwätz darüber, dass er jemanden daten muss, um glücklich zu sein. Sondern eure Bestätigung, dass ihr ihn auch lieben werdet, wenn er ab und zu mal ausrastet oder wütend auf euch oder ausnahmsweise *er* mal derjenige mit den Problemen ist! Ihr benutzt ihn seit Jahrzehnten nur als euren beschissenen Ruhepol, dabei ist er sehr viel mehr als das!" Schweratmend rang sie nach Luft. „Wenn ihr mich jetzt entschuldigt: Ich gehe schlafen. Bevor ich noch irgendwen tätlich angreife." Zornig drehte sie sich auf dem Absatz um und lief geradewegs auf den Ausgang zu.

Sie hatte genug für heute.

# Kapitel 18

„Was zur Hölle?" Mit ungläubig geöffnetem Mund starrte Coop Lara nach – und Callum konnte es ihm nicht verdenken.

Sie hatte einen ziemlich beeindruckenden Auftritt hingelegt. Einen Auftritt, der ihr verdammt noch mal nicht zugestanden hatte!

„Du hast mir gesagt, sie wäre nicht deine Freundin", bemerkte Clint Panther ungehalten.

„Das ist sie nicht", erwiderte Cal angespannt und sah, wie Laras Kleidersaum um die nächstbeste Ecke wischte. Als wäre *sie* es, die das Recht hatte, wütend auf *ihn* zu sein. Nicht andersherum.

Oh, nein. So einfach kam sie ihm nicht davon.

Er machte Anstalten, ihr nachzusetzen, doch Callie hielt ihn am Arm zurück.

„Cal? Wovon redet sie? Lügst du uns ernsthaft so oft an?"

„Ich habe keine Lust, das jetzt mit euch zu besprechen", sagte er harsch.

„Aber das, was du getan hast, war extrem übergriffig und mir ist wichtig, das jetzt ..."

„Mir ist gerade egal, was für *dich* wichtig ist!", fuhr er Callie an. Ihm platzte endgültig der Kragen. „Es geht nicht immer nur um *euch* und das, was *ihr* wollt! Oder darum, was *ihr* für *mich* wollt! Denn ihr helft mir nicht damit, mir zu sagen, was ich alles falsch in meinem Leben mache. Ihr helft *euch* nicht damit, mich als den Bösen hinzustellen, nur weil ich mutig genug war, Dad endlich zu sagen, was er hören musste, um aufzuwachen. Ich habe getan, was ich für richtig hielt, und es hat doch funktioniert, oder nicht? Dad ist ein wenig menschlicher geworden. Coop ein wenig ruhiger. Und erzähl du mir nicht, dass du unglücklich bist, seit du nach Philadelphia zurückgekehrt bist, Callie! Wenn ich nicht mit Dad geredet hätte, wärst du vermutlich gar nicht hier! Glücklich mit James und im Reinen mit deiner verdammten Vergangenheit. Ich weiß, ich hätte es nicht hinter eurem Rücken tun sollen – aber es war die einzige Möglichkeit. Und erzähl du mir nichts von übergriffig! Ihr erpresst mich dazu, mit Frauen auszugehen, die ich nicht treffen will, nur weil ihr glaubt, zu wissen, was das Beste für mich ist. Was unterscheidet das, was ich getan habe, von dem, was ihr tut? Es ist *mein* Leben. Und *ich* will jetzt gehen und das mit Lara klären. *Ich* will, dass ihr mich in Ruhe lasst! Mich mein Leben führen lasst, wie *ich* es möchte. Nur dieses *einzige* Mal!"

Und dann tat er das einzig Richtige. Er ging.

Ließ sie den Streit ausfechten, den er nie hatte beginnen wollen. Denn Lara hatte recht. Er trug nicht die Verantwortung für die Gefühle seiner Geschwister.

Er trug nur die Verantwortung für seine eigenen:

Und er war wütend und Lara war schuld und er hatte eine Entschuldigung von ihr verdient!

Sie war vermutlich bereits auf ihrem Zimmer. Mit dem Schlüssel, den er ihr nach der Trauung gegeben hatte. Nun, sie war nicht die Einzige, die einen hatte. Wie gut, dass sie noch nicht wusste, dass sie sich das Zimmer teilten.

Als er fünf Minuten später die Tür aufstieß, war es Laras erschrockener Gesichtsausdruck allemal wert.

Sie saß im Schneidersitz auf dem Bett. Die High Heels lagen auf dem Boden davor. Ihr Mund erschrocken geöffnet.

„Callum! Was zum ...?"

„... Teufel?", beendete er ihren Satz und warf die Tür hinter sich zu. „Witzig, das wollte ich dich gerade fragen."

„Was tust du hier?", wollte sie entgeistert wissen. „Wie bist du hier reingekommen?"

„Mit dem Schlüssel", erklärte er knapp. „Und *ich* bin es, der das Recht hat, wütend zu sein, nicht du!"

Sie presste die Lippen zusammen, holte tief Luft und stand auf. „Es tut mir leid, okay?", sagte sie fahrig, und zu seiner Genugtuung erkannte er einen Hauch Schuldbewusstsein auf ihrem Gesicht. „Es ist etwas mit mir durchgegangen."

„Scheiße, ja. Das ist es." Seine Stimme war lauter, als er gehofft hatte, doch er konnte sich nicht davon abhalten. „Es war weder dein Recht noch deine Aufgabe, ihnen all das zu sagen!" Lara reckte das Kinn. „Nein, du hast recht. Es war *deine*", entgegnete sie zornig und deutete mit dem Finger auf ihn. „Sie ist es seit Jahren, aber du bist jedes Mal zu feige, für dich einzustehen."

„Na und?", fuhr er sie an, während er an seinem Krawattenknoten zerrte, der drohte, ihn zu ersticken. „Und wenn es so wäre? Es ist *meine* Entscheidung." „Ich weiß", rief sie und ihre Stimme klang verzweifelt. „Aber ich konnte es nicht mehr mitansehen, Cal. Wie du dich kaputtmachst. Wie du dich kaputtmachen *lässt*." Sie schloss einen Moment lang die Augen und schüttelte den Kopf. „Du nimmst zu viel Schuld und Verantwortung auf dich. Es ist okay, dass du dich in deiner Jugend auf deine Ziele und deine Arbeit konzentriert hast. Es ist okay, dass du Callie und Coop nicht so viel geholfen hast, wie du es hättest tun können. Es ist okay, wütend auf sie und einmal nicht ihr verdammter Anker zu sein. Es ist okay, *du* zu sein, Cal!"

Ihr Zeigefinger traf ihn auf der Brust und perplex sah er sie an. Meinte sie das ernst? Sie hatte ihn *verteidigen* wollen?

Seine Eingeweide zogen sich zusammen und sein Herz stolperte.

„Mehr als okay", fuhr sie fort und ließ den Finger sinken. „Denn du bist fantastisch. Der echte Cal. Nicht der Cal, der seine Wut an mir auslässt oder darauf bedacht ist, niemals die Gefühle anderer zu verletzen. Aber der Cal, der witzig und gleichzeitig nachdenklich ist. Der aufbrausend, aber unendlich schwer aus der Fassung zu kriegen ist. Also hör auf, für deine Arbeit und deine Familie zu leben, und tu doch ein einziges Mal nur das, was *du* willst! Ohne Rücksicht zu nehmen. Ohne alles doppelt und dreifach zu überdenken, ohne –"

Sie kam nicht dazu, den Satz zu beenden. Denn er küsste sie bereits. Tat das, was er seit Wochen wollte, sich aber nie erlaubt hatte. Weil er nicht anders konnte.

Weil sie all die richtigen Dinge gesagt hatte. Weil er keine Lust mehr hatte zu streiten. Weil sie vermutlich recht hatte, er es aber nicht hören wollte.

Denn er war feige. Sie so viel mutiger als er.

Doch jetzt gerade wollte *er* der Mutige sein. Er wollte etwas riskieren. Eine schlechte Entscheidung treffen. Einfach, weil er es *wollte*.

Sie konnten morgen wieder distanziert und kühl zueinander sein. Sich morgen Gedanken um die Konsequenzen machen.

Heute wollte er einfach nur der einzigen Frau nah sein, die wusste, wer er wirklich war.

War das zu viel verlangt?

Seine Lippen trafen hart auf ihre, während er die Arme fest um sie schloss. Er spürte, wie sie zusammenzuckte, hörte, wie sie überrascht „Oh" hauchte ... und nutzte den Ton schamlos aus, um den Kuss spektakulär zu vertiefen.

Mit der Zunge strich er sanft über ihre Unterlippe, bevor er leicht dort hineinbiss. Seine eine Hand glitt den fließenden Stoff ihres Kleides hoch, während er die andere in ihren Haaren vergrub.

Er presste ihren schmalen, weichen Körper gegen seinen, nahm alles, was er innerhalb weniger Sekunden kriegen konnte ... und löste sich von ihr.

Abrupt und plötzlich.

Denn wenn er jetzt weitermachte, würde er nicht mehr aufhören können, und er musste wissen, dass Lara das hier ebenso sehr wollte wie er. Dass sie ebenso bereit war, zu vergessen, dass sie sich Regeln auferlegt hatten und sie ihren Job sehr ernst nahm und es eine dumme Idee war, mit ihrem Klienten zu schlafen.

Also stand er schwer atmend vor ihr und wartete.

Wartete darauf, dass sie den nächsten Schritt machte.

Es war die Hölle. Die längsten zehn Sekunden, die er je hatte durchleben müssen.

Sein Blick auf Laras Gesicht, während sein ganzer Körper unter einer solchen Anspannung stand, dass er fürchtete, im nächsten Moment zu zerspringen.

Sie war so verdammt schön.

Ihre Augen waren glasig, ihre Lippen feucht, ihre Wangen gerötet.

Ein gefallener Racheengel.

Sie starrte ihn an, ihr Atem ebenso hastig und stockend wie seiner. Sie schluckte. Ihr Blick wanderte zu seinen Lippen ... dann griff sie nach seiner Krawatte und zog daran, sodass er überrascht nach vorn stolperte.

„Gott, ich werde es bereuen – aber das ist mir so egal", wisperte sie, bevor sie seinen Kopf zu sich hinabzog und ihn küsste.

Tief und lang. Feucht und heiß.

Bis Callum seinen eigenen Namen vergaß. Bis sein Körper nur noch eine kribbelnde Masse aus Verlangen und Hitze war.

Sie zerrte die Krawatte über seinen Kopf, bevor sie mit den weichen Händen unter seinen Hemdkragen in seinen Nacken wanderte.

Ihre Fingernägel kratzten über seine Haut, während sie sich näher an ihn drängte. Ihre Hüfte an seiner rieb, als hinge ihr Leben davon ab.

Ihre Zungen trafen aufeinander und Hitze schoss in Blitzen durch Cals Körper. Die süße Schwere in seiner Leistengegend ließ ihn von innen zergehen und er stöhnte auf. Er zog Laras Bein hoch und legte es um seine Hüfte. Damit er sich noch tiefer in der weichen Kuhle zwischen ihren Schenkeln vergraben konnte.

Gott, sie trugen zu viel Kleidung. Er wollte sie spüren. Überall.

Denn sie kämpften nicht mehr. Sie stritten nicht mehr. Sie hatten beide aufgegeben. Sich dem Unvermeidlichen gebeugt.

Und es war fantastisch.

Er fuhr ihre Seite hinauf und raffte den blauen Stoff höher, bevor er mit der Hand ihre Brust umschloss und leicht zudrückte.

Lara erschauderte, biss ihm ebenfalls in die Unterlippe. Jesus, Maria … sie machte ihn fertig.

Sie schmeckte nach Schokoladentorte und Lara. Sie zog ihr Bein enger um seine Hüfte und stöhnte an seinem Mund. Zu allem Überfluss trug sie keinen BH. Er konnte ihre weiche Brust fühlen. Spüren, wie sich ihre Spitzen unter seiner Berührung versteiften. Wie zur Hölle sollte er da nicht seinen Verstand verlieren?

Er war so verdammt hart, dass er kein Blut mehr im Kopf haben konnte.

Er wanderte mit den Händen zu ihrem Rücken und öffnete den Reißverschluss ihres Kleides.

Er wollte sie sehen. Alles von ihr.

Sie spüren. Alles von ihr.

Er wollte wissen, was für süße Töne sie von sich gab, wenn er sich zwischen ihren Schenkeln vergrub. Wie sich ihre Haut unter seiner anfühlte. Ob sie überall nach Orange und Sonnenschein roch.

Mit der einen Hand zog er das Metall nach unten, während er mit der anderen sacht jede Stelle Haut berührte, die er freilegte. Tiefer wanderte …

„Warte!" Lara ließ ihr Bein um seine Hüften sinken. „Warte, warte …" Sie griff nach seinen Händen und zog sie von ihrem Körper, behielt sie jedoch in ihren.

„Was?", fragte er atemlos, ließ jedoch von ihr ab.

Laras Wangen verfärbten sich rosa, bevor sie nervös zu ihm auf und dann zurück auf seine Finger sah.

Natürlich. Er war ein Idiot. Das hatte er fast vergessen.

„Du machst dir wieder Gedanken wegen der Narben, richtig?", stellte er leise fest. „Das musst du nicht."

Sie schnaubte und ließ abrupt seine Hände fallen. „Du hörst dich an wie meine Mutter", murmelte sie und machte einen Schritt zurück, während sie den Stoff ihres Kleides gegen ihren Körper presste, damit er nicht zu Boden fiel.

„Ich fühle mich gerade wirklich nicht wie deine Mutter", gab er zurück und seufzte leise, bevor er sich mit beiden Händen durch die Haare fuhr. „Lara, wir können gerne aufhören", sagte er langsam, auch wenn die Worte ihm körperlich wehtaten. „Aber ich muss dich warnen: Wenn wir das tun, fang ich womöglich an zu weinen."

Lara lachte und warf ihm einen amüsierten Blick zu, bevor sie die Arme um ihren Körper schlang und auf ihrer Unterlippe herumkaute.

„Was genau ist das Problem?", fragte er sanft und trat auf sie zu.

Er konnte sie schlucken sehen. „Es ist schwer, Cal, okay?", sagte sie gereizt. „Jemandem etwas zu zeigen, das man selbst kaum ertragen kann, im Spiegel anzusehen."

Langsam nickte er, während er mit den Augen ihren Blick suchte. Ihn festhielt.

Er verstand es. Mehr, als sie wissen konnte.

Sie betrachtete die Narben als ihre größte Schwäche. Die eine Schwäche, die sie niemandem zeigen wollte. Weil sie Angst hatte, dafür verurteilt zu werden. Denn wenn sie ihre Narben so hässlich fand, wie konnte nicht jeder andere genauso denken?

Ja, er verstand es. Er hielt seine größte Schwäche auch noch immer vor ihr verborgen.

Aber seine war so viel hässlicher, als es ihre Narben je sein könnten. Und kein roter Striemen, keine harte Wulst könnte Laras Schönheit zerstören. Es war unmöglich.

Aber wie erklärte man das einer Frau, die sich seit Jahren versteckte?

Callum sah sie an, während seine Gedanken wanderten. Sah sie einfach nur an. Betrachtete all die Unsicherheit, die in ihrem hübschen Gesicht nichts verloren hatte.

Wusste sie denn nicht, dass er ihr längst verfallen war?

Ihrem Charme, ihrem Humor, ihrem scharfen Verstand?

War ihr denn nicht klar, dass er sie komplett sehen *musste*? Fühlen *musste*? Mit all den Narben, die sie auf ihrer Haut und in ihrem Herzen trug? Konnte sie es ihm nicht am Gesicht ablesen?

Er trat vor und umfasste ihre Wangen sanft mit den Händen. Zwang Lara dazu, ihn anzusehen. Ihn *wirklich* anzusehen.

Damit sie keine Regung seiner Miene verpasste. Damit sie wusste, dass er die Wahrheit sprach.

„Äußerliche Narben sind bedeutungslos, Lara", wisperte er und fuhr mit den Daumen über ihre weiche Haut. „Sie sagen nichts über dich oder deine Schönheit aus. Wenn ich mit meinen Berührungen innere Narben aufreiße, dann musst du mir das sagen. Wenn es nur die äußerlichen sind, die dich aufhalten ..." Er schüttelte den Kopf und lächelte. „Dann ist mir das vollkommen egal. Die äußerlichen Narben sind nur oberflächliche Makel, die den Weg beschreiben, den du gemeistert hast. Aber wenn du innerlich ganz und vollkommen bist ... wen interessieren da ein paar rote Striemen, von denen die Welt dir erzählt, dass sie hässlich wären?"

Mit leicht geöffneten Lippen sah sie ihn an. Ihre Augen glänzten, ihre Finger krallten sich in den Saum seines Hemdes ... Doch kein Ton kam über ihre Lippen.

Aber er musste einen hören. Er musste es wissen. Ob er ihr wehtun würde, wenn er weitermachte. Ob ihr Schatten zu groß war, um darüber zu springen.

„Lara?", fragt er heiser. „Wenn ich dich jetzt küsse und dann langsam ausziehe ... reiße ich damit innere Narben auf?"

Sie schüttelte den Kopf.

„Du hast nur Angst, dass mir nicht gefällt, was ich sehe?"

Sie nickte.

Gott sei Dank", murmelte er erleichtert – bevor er sie küsste und weitermachte, wo er aufgehört hatte.

Er nahm ihre Lippen in Besitz, zog heiße Schlieren ihren Hals hinab. Schmeckte und fühlte sie. Lenkte sie ab, während er den Reißverschluss weiter öffnete und schließlich den dünnen Stoff ihren Körper hinabstreifte.

Er spürte, wie sie sich versteifte. Wie sie dagegen ankämpfte, den Stoff wieder hochzuziehen.

Doch dann rieb er mit den Daumen über ihre entblößten Brustwarzen ... und mit dem Seufzen, dass er ihr damit entlockte, glitt der blaue Chiffon vollständig zu Boden.

Er sammelte sich zu ihren Füßen, sodass sie nur noch im Slip bekleidet vor ihm stand.

Ihr Anblick war wie ein Schlag in seinen Magen. Ein einziger Schlag, der sich in Hitze und Verlangen auflöste und sein Becken zucken ließ.

Sie bestand aus lauter weichen, seichten Kurven.

Sie war schmal. Sah zerbrechlich aus. Ihre Haut war milchig weiß ... bis auf die Narben, die sich wie die Klauen eines Raubtiers um ihre rechte Hüfte schlangen. Ihre Seite hoch zu ihrem Rücken krochen. Ihren Oberschenkel streiften.

Lara sah ihn an.

Sie hatte die Schultern hochgezogen, als würde sie sich vor seinem Blick fürchten. Die Hände hatte sie vor ihrem Körper verschränkt. Ihre Finger wanden sich unruhig ineinander.

Cal küsste sie, bis ihre Schultern sich entspannten. Er küsste sie, bis er ihren heftigen Herzschlag an seiner eigenen Brust spüren konnte.

Erst dann trat er wieder zurück und fuhr mit einem einzelnen Zeigefinger über die Narben. Über die unebene, raue Haut. Zeichnete die wütenden Linien nach, die ihren Körper wie dicke Spinnenweben umsponnen.

Und dann ging er auf die Knie und küsste sie. Jede einzelne. Denn sonst würde Lara nicht verstehen, dass sie ihn nicht störten. Dass sie ihn nur daran erinnerten, wie stark sie war.

„Was tust du?", fragte Lara und ihre Stimme zitterte.

„Dir in allen Einzelheiten verdeutlichen, wie schön du bist", erwiderte er sachlich.

Sie lachte nervös auf, doch es schwang ein Hauch Bitterkeit mit.

„Sag das nicht", meinte sie, und als er aufblickte, sah er, wie sie die Lippen aufeinanderpresste und den Kopf schüttelte. „Erzähl mir nicht, dass die Narben schön sind, Cal."

Er stand wieder auf, ließ seine Hände weiterwandern, während er Lara unentwegt anblickte. „Natürlich sind sie nicht schön", murmelte er. „Aber *du* bist es. Wie kannst du das nicht wissen?"

Laras Augen glänzten, während sie ihn unsicher ansah. Während sie seine Miene absuchte, als rechne sie damit, das Wort *Lügner* auf seiner Stirn zu finden ... doch sie suchte vergebens.

Denn er log nicht.

Und Callum erkannte den Moment, in dem Lara das verstand.

In dem sie beschloss, ihm zu glauben.

Denn es war der Moment, in dem sie ihm das Jackett über die Schultern zerrte. In dem sie seinen Gürtel öffnete und seine Hose seine Beine hinabstreifte.

Callum lachte leise … doch Lara küsste ihm die Töne von den Lippen und als ihre Hände über seine bloße Haut strichen, jeden Zentimeter seines Körpers erkundeten, fand er das Ganze überhaupt nicht mehr witzig.

Es war, als hätte Lara plötzlich ihre Hemmungen aus dem Fenster geworfen. Als hätte sie vergessen, worüber sie gerade noch geredet hatten.

Und großer Gott, gab es etwas Heißeres als eine schöne Frau, die einem die Kleider vom Leib zerrte, während sie einen mit offenem Mund küsste?

Sein Hemd fiel zu Boden, Laras Blick glitt gierig über seinen Oberkörper, bevor sie ihre Hände folgen ließ.

Callum ging in Flammen auf.

Er hob Lara in seine Arme und stöhnte auf, als sie ihre weichen Brüste gegen seine harte Brust presste. Sie schlang ihre Beine um seine Hüften. Ihre Lippen lagen an seinem Hals. Ihre Finger krallten sich in seine Schultern. Seine Erektion presste gegen ihre weiche Mitte und er wäre beinahe direkt in diesem Moment gekommen. Ihren feuchten Mund auf seiner Haut und sein Schwanz zwischen ihren Schenkeln.

Keuchend lief er durch den Raum und sank mit ihr zusammen aufs Bett.

Sie wollte ihn mit sich, auf sich ziehen, doch er hatte andere Pläne. Er fuhr mit beiden Händen ihre Oberschenkel hinauf, zog mit dem Daumen Kreise. Mit den Knöcheln rieb er über ihre Mitte, bevor er mit zwei Fingern unter den Stoff schlüpfte und in sie sank.

Lara wimmerte auf und hob ihm die Hüfte entgegen.

Cals Inneres zog sich zusammen. Sie war feucht und heiß und es war unerträglich. Er kreiste mit dem Daumen um ihren Kitzler und mit jedem süßen Ton, der über Laras Lippen kam, wurde er noch ein wenig härter.

Laras Kopf fiel zurück, ihre Nägel krallten sich in das Laken. Sie wollte ihre Schenkel zusammenpressen, doch er versperrte ihr mit seiner Hüfte den Weg. Sie wand sich unter ihm, keuchte in immer kürzeren Abständen …

Shit. Er konnte nicht warten.

Er *konnte* nicht.

Er wartete seit Wochen, nein, Monaten auf diesen Moment – und wenn er ihn noch eine einzige Minute länger hinauszögerte, würde er wahrscheinlich ohnmächtig werden.

Er entzog ihr seine Finger und schob den Slip ihre Beine hinab, bevor er sich seiner eigenen Boxershorts entledigte.

„Verhütest du?", fragte er und beugte sich über sie.

„Ja", keuchte sie und zog seinen Kopf zu einem tiefen Kuss heran. „Und ich vertraue dir."

„Und ich dir", wisperte er und senkte seinen Körper auf ihren, während er sie weiter küsste. Betrunken von ihren Lippen und ihrem Geschmack.

Sie öffnete die Beine weiter für ihn, sodass seine Erektion nun an ihrem Eingang saß. Er spürte ihre Feuchtigkeit an seiner Spitze. Sein Atem verfing sich in seinem Hals.

„Lara", sagte er rau und zog sich kurz zurück, um ihr in die Augen sehen zu können. „Das hier ist eine einmalige Sache, richtig? Nur für diese Hochzeit. Morgen fahren wir zurück und vergessen das Ganze."

Sie nickte – und mehr brauchte er nicht.

Mit einer einzigen fließenden Bewegung vergrub er sich in ihr.

Es war der Himmel.

Es war die Hölle.

Es war wundervoll und unerträglich zugleich.

Lara war eng und nass und ihre Zungen trafen aufeinander, während er sich aus ihr zurückzog, nur um direkt wieder in sie zu sinken.

Ihre Hände umklammerten seine Schultern und sie zog die Beine eng um seine Hüfte, während er anfing, sich in ihr zu bewegen.

Er küsste ihren Hals, biss ihr sacht in das Schlüsselbein, während er die Finger in ihre Hüften krallte, sie so anwinkelte, dass er unbeschreiblich tief kam.

Ihre Becken trafen aufeinander, passten sich dem schneller werdenden Rhythmus an, während ihre harten Brustwarzen über seine Haut rieben.

Blitze zuckten durch seinen Körper. Schweiß bildete sich auf seiner Stirn.

Es war zu viel für ihn. Alles.

Er war so nah ... so verdammt nah ...

Mit der Hand suchte er den Weg zwischen ihre Körper. Presste den Daumen auf ihre intimste Stelle ... Lara löste sich unter ihm auf.

Sie zog sich um ihn zusammen und er spürte jede einzelne heiße Welle um seine Erektion.

Seine Lenden zogen sich zusammen und mit Laras nächstem Stöhnen folgte er ihr über den Abgrund.

Der Orgasmus hielt an. Wütete in seinem Körper wie ein ekstatischer Wirbelsturm aus Farben und Lust, während er sich noch ein weiteres Mal in ihr vergrub ... und schließlich atemlos über ihr zusammensackte.

„Shit“, entfuhr es ihm, während Laras Beine noch immer um seine Mitte lagen, ihn an Ort und Stelle hielten, ihr Mund auf den heftig schlagenden Puls an seinem Hals gepresst.

Er strich mit den Fingern um ihr Gesicht und hob den Kopf, um in ihre Augen sehen zu können. „Das war … schnell“, stellte er atemlos fest. „Sorry … Ich … Du …“ Er schüttelte den Kopf. Denn er fand die richtigen Worte nicht. „Gott, ich hatte seit drei Jahren keinen Sex mehr und hab vergessen, wie verdammt fantastisch er ist“, stieß er schließlich hervor.

Lara lachte. Laut und frei, sodass er ebenfalls lächeln musste.

„Ich erhöhe um zwei auf fünf!“, erwiderte sie grinsend und ihre Hände verschwanden in seinen Haaren, bevor sie leise an seinen Lippen hinzufügte: „Und es war perfekt, Callum. Alles. Außerdem …“ Unschuldig blickte sie zu ihm auf. „Noch ist die Hochzeit in vollem Gange. Du hast also noch einige Stunden Zeit, mir dein Durchhaltevermögen zu beweisen.“

Er lachte leise und küsste ihre Schläfe.

Sie hatte vollkommen recht – und genau das würde er tun.

# Kapitel 19

Sie waren still auf der Rückfahrt.

Doch es war keine angespannte Stille, die zwischen ihnen stand. Es war eine zufriedene Stille. Sie war angenehm und warm und zauberte ein Lächeln auf ihr Gesicht.

Lara hatte das Gefühl, dass gestern Abend etwas in ihrem Inneren ... zusammengewachsen war. Geheilt worden war. Durch Cals Worte. Durch seine Blicke. Durch seine Berührungen. Durch alles, was er gestern getan hatte.

Denn Cal hatte sie begehrt. Er hatte sie gewollt. Er hatte sie nackt gesehen und schön genannt. Und er hatte es nicht mit falschen Komplimenten oder scheinheiligen Worten getan. Er hatte anerkannt, dass ihre Narben hässlich waren – und sie trotzdem schön gefunden. Mit ihnen.

Und niemand auf dieser Erde schaffte es, so aufrichtig und ehrlich und geduldig zu sein wie Callum Panther.

Laras Herz wurde bei dem Gedanken daran leichter und sie schüttelte über sich selbst den Kopf.

Sie hatte die letzten sieben Jahre damit verbracht, Tränen hinunterzuschlucken, wenn sie sich nackt im

Spiegel betrachtet hatte. Sie hatte Stunden verschwendet, um ihren Körper fachgerecht zu verhüllen. Hatte Männer, die sie mochte, ignoriert, aus Scham davor, sich irgendwann vor ihnen ausziehen zu müssen.

Sie hatte ihr Leben pausiert und gehofft, dass sich ihr Problem mit der Zeit in Luft auflösen würde.

Doch das war naiv von ihr gewesen. Die Narben würden nicht verschwinden. Nicht weiter verblassen. Sie waren ein Teil von ihr. Cal hatten sie nicht gestört – und vielleicht war es an der Zeit, ihnen nicht mehr ganz so viel Bedeutung beizumessen.

Vor allem, wenn das hieß, dass sie von jetzt an wieder spektakulären Sex genießen konnte.

Liebe Güte, sie hatte ihrem Unfall viel zu viel Macht gegeben. Nur wegen ein paar Narben sechs Jahre lang auf körperliche Nähe zu verzichten, war zu extrem gewesen!

„An was denkst du gerade?", wollte Cal wissen, als sie in seine Straße bogen.

„An Sex. Mit dir", sagte sie knapp und parkte ein.

Cal lachte leise. „Mir gefällt diese neue Ehrlichkeitsschiene, die wir beide fahren", bemerkte er anerkennend.

Sie grinste. „Ja, oder? Mir auch. Sag mal, hast du vielleicht Lust, die Woche zusammen mit mir an der Rede zu schreiben, die ich in deinem Namen auf dem Bankett halten werde?" Sie schaltete den Motor aus und löste ihren Sicherheitsgurt.

Callum seufzte schwer und fuhr sich mit der Hand übers Gesicht, murmelte jedoch: „Schön. Ja. Können wir machen. Aber wenn du mich würdig vertreten willst, halten wir sie lieber kurz."

„Kein Problem. Ich bin nicht scharf darauf, länger als nötig auf der Bühne zu stehen.“

„Verständlich“, stimmte er ihr zu und stieg aus dem Auto.

Als Lara dazu kam, ihm zu folgen, hatte er bereits ihre Taschen aus dem Kofferraum auf den Bürgersteig verfrachtet.

Ihr Blick flog von den Koffern zu Cal und zurück. Ihre Hände fingen an zu kribbeln und unwohl trat sie auf der Stelle. Es hatte fast etwas zu Intimes an sich. Als würden sie zusammen aus dem Urlaub wiederkommen, bevor sie ihren gemeinsamen Alltag wiederaufnahmen.

Doch als Cal: „Kommst du?“, fragte und zum Hintereingang des Hofs nickte, verwarf sie den Gedanken schleunigst wieder. Es war nichts dabei. Dann hatten sie eben miteinander geschlafen. Dinge passierten. Kein Grund zur Sorge.

Als Cal ihr die Tür aufhielt und ihr wie nebenbei über den Nacken strich – und Lara innerlich aufstöhnte und versuchte, ihr wild schlagendes Herz im Zaum zu halten –, fürchtete sie jedoch, dass diese körperliche Reaktion auf ihn schon Grund zur Sorge war.

Es war überhaupt nicht ratsam, mit dem Kerl zu schlafen, der unter keinen Umständen eine Beziehung wollte, während man dabei war, sich Hals über Kopf in ihn zu verlieben.

Aber ging es im Leben nicht darum, Risiken einzugehen?

Das war es doch, was sie getan hatte, oder? Sie war ein kalkuliertes Risiko eingegangen. Es war mutig von ihr gewesen, mit Cal ins Bett zu hüpfen. Nicht dämlich.

Das redete sie sich zumindest ein, während sie in die Werkstatt trat und ihre Handtasche auf die Couch fallen ließ.

„Das hat ... Spaß gemacht", sagte sie zögerlich und wandte sich um. Vielleicht war sie ja weniger nervös, wenn sie ein wenig Small Talk hielten. „Das Wochenende jetzt. Danke, dass ich mit dir Pause machen durfte."

Cal hob einen Mundwinkel und nickte, während er ihr Gepäck einfach mitten im Raum abstellte. „Gern. Also, dann ..." Er kratzte sich im Nacken und sah zu der Drohne, dann zurück zu ihr. „Ich sollte jetzt wohl arbeiten, was?"

„Ja. Vermutlich", murmelte Lara und rang die Hände.

Ihre Blicke trafen sich und verhakten sich ineinander.

„Oder", sagte Callum gedehnt, und Lara hob sofort den Kopf höher.

„Ja?"

Er rieb sich den Nacken, bevor er unschuldig meinte: „Oder, wir machen da weiter, wo wir gestern Abend aufgehört haben."

„Klingt gut", sagte sie hastig, und bevor ihr Gewissen oder ihr ängstliches Herz ihr reinreden konnten, überwand sie die Distanz zwischen ihnen und zog seinen Kopf zu sich heran.

Sie spürte ihn an ihren Lippen lächeln, bevor er den Kuss erwiderte. Er schlang die Arme um sie und hob sie dabei fast von den Füßen, während seine Lippen besitzergreifend ihre vereinnahmten.

Laras Hände liefen Amok. Sie fuhren in seine Haare, unter sein Shirt, über seine Brust und seine Schultern.

Ihre Zungen trafen aufeinander, schickten Blitze durch Laras Körper und erschwerten ihr das Denken ... Oh Gott, das hier war Wahnsinn!

Sie brachen all ihre Regeln. Schon wieder!

„Was ist aus der einmaligen Sache geworden, Cal? Was ist aus: ‚Nur für diese Hochzeit und morgen vergessen wir das Ganze‘ geworden?“, fragte sie atemlos und zerrte an seinem T-Shirt.

Er zog es sich über den Kopf und ließ ihres folgen. „Es ist immer noch Sonntag. Die Hochzeit also noch nicht vorbei.“

Sie nickte. Gegen seine Logik konnte und wollte sie nicht ankommen. „Du hast recht.“

Er stöhnte. „Gott, diesen Satz aus deinem Mund würde ich mir gerne einrahmen lassen.“

„Gib dir gleich besonders viel Mühe und ich überlege es mir.“

Er lachte leise. „Geht klar.“

Er hielt Wort.


Die Hochzeit war auch am Montag noch im vollen Gange.

Und am Dienstag.

Und am Donnerstag.

Eigentlich ging die Hochzeit die ganze Woche lang, und als die Uhr am Freitagabend sechs schlug, ließ Callum seinen Schraubenzieher fallen und meinte, dass er seine Arbeitszeiten noch einmal überdenken und Sankt Wochenend nicht unnötig erzürnen wolle, weshalb er die nächsten Tage nur seine Freizeit genießen würde.

Lara war noch nie *Freizeit* genannt worden, aber sie stellte fest, dass es sie nicht störte.

Ebenso wenig wie sie die Dinge störten, die Callum am Wochenende mit ihr anstellte.

Es war, als wären sie einer Sucht verfallen. Als wären sie ausgehungert und füreinander das lang ersehnte Sandwich.

Lara wäre sehr gern mit einem besseren Vergleich aufgefahren, aber sie war schlichtweg nicht dazu in der Lage. Denn ja, man konnte sich das Gehirn rausvögeln lassen. Das war kein Mythos.

Erst am Sonntagmittag stellten sie beide fest, dass sie womöglich Callums Schlafzimmer mal verlassen sollten. Aber auch nur, weil Hannah anrief und fragte, ob Lara am Nachmittag mit ihr Teetrinken und quatschen wolle, und sie ihrer besten Freundin schlecht hatte sagen können: „Ich kann nicht, Cal und ich haben für den Rest des Tages noch zwei Dutzend wichtige Sex-Meetings geplant, die wir unmöglich absagen können."

Also ließ Cal sie widerwillig gehen und meinte, dass er ohnehin mit der Drohne in Verzug sei.

Die leuchtende Sonne zierte Philadelphias Himmel und der Tag wartete mit sommerlichen Temperaturen auf. Lara summte auf der ganzen Fahrt zu Hannahs Apartment. Es würde heute sehr schwer werden, ihre Stimmung zu dämpfen, damit Hannah ihr den Grund für ihre gute Laune nicht an der Nasenspitze ansah.

„Oh Gott, ihr habt miteinander geschlafen", begrüßte ihre Freundin sie zehn Minuten später seufzend und trat beiseite, um sie einzulassen.

Ungläubig sah Lara sie an. „Woher weißt du das?"

„Dein Lächeln. Weißt du, wie alle immer behaupten, dass schwangere Frauen von innen leuchten würden? Bei Frauen, die guten Sex hatten, verhält es sich genauso.“

Sie verdrehte die Augen und lief an ihr vorbei ins Wohnzimmer. „Und wenn es so wäre?“

„Na ja, hältst du das für eine gute Idee?“, fragte Hannah zweifelnd und schloss die Tür. „Ich dachte, Cal wäre nicht der Richtige.“

„Du warst es, die meinte, dass er vielleicht auch nicht der Falsche ist!“, erwiderte sie fassungslos.

Hannah verzog das Gesicht und wiegte den Kopf von der einen auf die andere Seite. „Ja, aber was ich denke, ist irrelevant. Was er und du denken, ist das, was zählt. Er denkt, dass er keine Beziehung will – und du glaubst ihm.“

Laras Herz sank ein Stockwerk tiefer.

Klasse. Ihre Laune war dahin.

„Es ist halb so wild“, versicherte sie Hannah – und nicht zuletzt sich selbst, während sie sich auf die Couch fallen ließ. „Wir haben ein stummes Einverständnis.“ Zumindest ging sie davon aus. „Wir haben ein Ablaufdatum. Wir sind zu dem Schluss gekommen, dass wir ohnehin nicht die Hände voneinander lassen können, während ich noch bei ihm wohne. Also schlafen wir miteinander, bis ich ausziehe.“

Der Gedanke daran war zwar deprimierend, aber zurzeit nahm sie, was sie kriegen konnte. Denn Cal war es wert.

Hannah schnaubte und verschränkte die Arme vor der Brust. „Ja, klasse Idee. Denn wann sind solch stumme Vereinbarungen jemals schiefgelaufen? Diesen Dingen kommen *niemals* Gefühle in den Weg. Es wird *nie* jemand verletzt. Alle bleiben bis zum letzten Moment glücklich und bereuen nichts."

Lara kaute auf ihrer Unterlippe herum. „Sarkasmus steht dir nicht."

„Und dir eine lose Affäre nicht", erwiderte ihre Freundin angespannt.

Mit verengten Augen lehnte Lara sich in die Kissen zurück. „Soweit ich mich erinnere, hattest du mit Coop auch nur *Spaß*, bis ihr plötzlich zusammen wart."

Einige Momente neigte Hannah nachdenklich den Kopf. Dann nickte sie. „Du hast recht. Ich bin eine Heuchlerin und habe keine Ahnung, wovon ich rede." Sie winkte ab und sank neben ihr ins Polster. „Mach also, was du willst."

Stöhnend ließ Lara den Nacken über die Lehne fallen. „Hannah!"

Ihre Freundin zog eine Grimasse und zuckte hilflos mit den Achseln. „Tut mir leid. Ich mache mir nur Sorgen. Es läuft leider nicht immer so, dass aus einem lockeren Verhältnis mehr wird. Das mit Coop und mir war eine katastrophale Idee. Es ist ein Wunder, dass es funktioniert hat – und es das noch immer tut. Alles, was ich möchte, ist, dass du vorsichtig bist. Oder ist es dafür schon zu spät?" Besorgt suchte sie mit ihrem Blick Laras Gesicht ab. „Malst du schon Herzchen in dein Notizbuch und überlegst dir Namen für euer erstes Kind?"

„Blödsinn", sagte sie verärgert und zuckte zurück. Hannahs Nase war ihrer wirklich viel zu nahe gekommen.

Denn das hatte und tat sie nicht.

Oder doch?

Nein. Sie malte Kringel. Wenn manche davon aussahen wie Herzchen, konnte sie wahrlich nichts dafür. Und den Namen Fiona hatte sie schon immer schön für ein Mädchen gefunden. Da dachte sie nicht erst dran, seitdem sie mit Cal schlief.

„Nein. Blödsinn", wiederholte sie fest und lächelte Hannah beschwichtigend an. „Cal ist immer noch ein Idiot. Ich will gar nicht mit ihm zusammen sein."

Und sie hoffte wirklich, dass sie nicht log.

Einen erleichternden Themenwechsel und zwei Stunden später saß sie wieder im Auto und gab sich Mühe, ihre Gefühle für Callum nicht näher zu ergründen. Klar, sie war verknallt, das passierte, wenn man phänomenalen Sex hatte. Aber das bedeutete nicht, dass sie diese Emotion nicht abstellen konnte, sobald es nötig war. Sie war schließlich schon immer ein recht pragmatischer Mensch gewesen.

Sie machte noch einen kleinen Zwischenstopp und fuhr dann nach Hause.

Ähm.

Zu Cals Apartment. Nicht nach Hause.


„Cal?", rief sie, als sie die Tür zur Werkstatt aufstieß. „Ich habe keine Lust, heute zu kochen oder ein Feuer zu bekämpfen, deswegen habe ich Essen –" Sie brach ab, denn jemand saß auf der Couch. „Oh, hey Cole", sagte sie verblüfft.

Der älteste Panther-Bruder fläzte mit einem Bier in der Hand auf dem Polster und nickte ihr lächelnd zu.

„Hey, Lara. Schön, dich wiederzusehen."

Lara hatte auf der Hochzeit feststellen müssen, dass Cole ein ziemlich sympathischer Typ war. Egal, was alle Klatschzeitschriften behaupteten. Insgeheim verfluchte sie sich selbst dafür, dass auch sie vor fast einem Jahr noch geglaubt hatte, was sie über die Panthers gelesen hatte.

Die Familie mochte etwas verkorkst sein, aber niemand von den Geschwistern war abgehoben oder arrogant.

Okay, Coop ein bisschen. Aber er war charmant-arrogant. Das war gesellschaftlich nicht so verpönt.

„Ebenso. Wie waren die Flitterwochen?", wollte sie wissen, während sie die Plastiktüte mit dem chinesischen Essen, das sie mitgebracht hatte, neben Cals Drohne auf die Werkbank stellte.

„Fantastisch – leider zu schnell vorbei." Cole runzelte die Stirn. „Und scheinbar habe ich einiges in meiner Abwesenheit verpasst."

Ihre Wangen fingen Feuer.

Er konnte nicht wissen, dass sie mit Cal schlief, oder? Nein! Woher auch? Dennoch fragte sie vorsichtig: „Hast du?"

„Ja. Offenbar haben meine Geschwister noch auf meiner Hochzeit den Streit des Jahrhunderts losgetreten, und jetzt ignoriert Cal Coop und Callie."

Ungläubig weitete sie die Augen. „Er tut *was*?"

„Ich ignoriere sie nicht", erklang Cals verärgerte Stimme. Er stand mit verschränkten Armen in der Tür zum Flur. „Ich habe ihnen lediglich gesagt, dass ich zwei Wochen Pause brauche, um … nun, mich auf meine privaten Angelegenheiten zu konzentrieren."

Sein Blick flog den Bruchteil einer Sekunde zu Lara, bevor er hastig wieder Cole anblickte.

Oh. Sie war seine private Angelegenheit? Wie viele sexy Spitznamen bekam sie wohl noch?

„Du solltest sie nicht so hängenlassen, Cal. Mit ihnen reden", sagte Lara und schnalzte mit der Zunge. „Vielleicht fühlen sie sich schlecht und wollen sich bei dir entschuldigen."

„Für was entschuldigen?", hakte Cole verwirrt nach. „Was zur Hölle ist denn überhaupt passiert? Niemand wollte mir was sagen, um meine Flitterwochen nicht kaputtzumachen. Jetzt bin ich wieder zurück und noch immer redet niemand mit mir."

„Deswegen bist du hier?", fragte Callum und verengte die Augen. „Um Informationen aus mir herauszupressen? Und dabei dachte ich schon, du hättest mich vermisst."

Cole seufzte schwer. „Nein. Ich bin hier, weil noch ein Date für dich aussteht und ich großzügig genug bin, dich mitentscheiden zu lassen, mit welcher Angebeteten du dich diese Woche triffst."

Laras Herz machte einen Hüpfer, bevor es drei Stockwerke tiefer fiel.

Date? Ein Date stand noch aus?

Mit trockenem Mund blickte sie zu Cal.

Sie war irgendwie davon ausgegangen, dass ... Ja, dass was?

Nun. Dass diese alberne Vereinbarung der Geschwister an Wert verloren hatte.

„Oh, ich habe keinerlei Interesse, dir dabei zu helfen, mich zu quälen", meinte Cal nur, und Lara rechnete fest damit, dass er ihr zulächelte. Dass er ihr zu verstehen gab, dass er auf keinen Fall auf ein weiteres albernes Date gehen würde, während er mit ihr schlief.

Doch er tat nichts dergleichen. Stattdessen fügte er hinzu: „Stell mich lieber vor vollendete Tatsachen. Donnerstag passt mir gut."

Ein Stein rumorte in Laras Magen, doch sie behielt ihr Lächeln auf dem Gesicht.

Natürlich. Warum war sie überhaupt überrascht? Sie hatten nichts Verbindliches miteinander. Sie befanden sich nicht in einer Beziehung. Sie schuldeten einander nichts.

Na dann … dann konnte sie zumindest ihre Ehre retten.

„Ich such mit aus", sagte sie, bevor sie die Worte aufhalten konnte.

„Was?", fragten Cole und Cal gleichzeitig. Coles Miene verblüfft, Cals irritiert.

„Ja, hört sich lustig an", sagte sie und zwang ihre Stimme dazu, locker und fröhlich zu klingen. „Gibt es Steckbriefe und all das?"

„Ähm, ja", meinte Cole und zog einen Schwung Papier aus einem Jutebeutel, der neben ihm lag. „Ich freu mich über die Hilfe. Wenn es dir also nichts ausmacht …"

„Nein, gar nicht", sagte sie, während sie sich gleichzeitig auf die Zunge beißen wollte.

Was in Luzifers Namen tat sie hier?

Sie wollte sich nicht all die schönen Frauen angucken, die mit Cal ausgehen wollten! Sie wollte, dass Cal sagte, dass der alberne Deal mit seinen Geschwistern geplatzt war. Weil er *sie* wollte.

Dass er überhaupt nicht an andere Frauen dachte, weil sie die Einzige für ihn war!

Ihr Mund wurde trocken und sie konnte sich nur schwer von einem Stöhnen abhalten.

Kacke.

Sie liebte ihn ja doch.

# Kapitel 20

Callum fand es überhaupt nicht witzig, seinem ältesten Bruder und der Frau, mit der er schlief, dabei zuzusehen, wie sie eine Frau für ihn aussuchten.

Erstens: Wie sollte er sich auf die Arbeit konzentrieren, wenn Lara bei allem lachte, was Cole sagte?

Der gute Kerl war verheiratet, sie musste ihm nicht das Gefühl geben, ein toller Hecht zu sein.

Zweitens: Sie taten so, als wäre er gar nicht da.

Klar, er hatte ihnen gesagt, sie sollten ihn mit dem Blödsinn in Ruhe lassen, aber ... was zur Hölle?!

Wieso hatte Lara sich überhaupt auf diesen Schrott eingelassen?

Wieso zum Teufel lächelte sie so breit?

Warum wirkte es so, als würde es ihr gefallen, darüber nachzudenken, dass er mit einer anderen Frau ausging? Als könne sie es kaum erwarten, ihn an jemand anderen zu verschachern.

Er hatte nicht direkt auf Coles Frage geantwortet, weil er ehrlich gesagt darauf gewartet hatte, dass Lara ihm dazwischenkommen würde. Dass sie seinen Bruder darüber unterrichtete, dass Callum überhaupt niemanden treffen würde, solange sie hier wohnte.

Er zumindest hätte es nicht lustig gefunden, wenn sie plötzlich wieder anfing mit einem *Shawn, 32,* auszugehen.

Klar, ihre Affäre hatte ein Ablaufdatum, aber das war noch nicht erreicht. Sie hatten noch eine Woche, und er hatte überhaupt keine Lust, einen der Abende mit einem albernen Date zu verschwenden. Nicht, wenn er ihn mit Lara vorm Fernseher oder beim Kochen oder im Bett verbringen konnte.

Er würde sogar mit Lara zusammen Müll aufsammeln oder eine Darmspiegelung machen lassen, wenn es bedeutete, kein weiteres Blind Date haben zu müssen.

Jede noch so lästige Aktivität mit ihr war besser, als in einem stickigen Restaurant zu sitzen und charmant zu einer Frau sein zu müssen, für die er sich überhaupt nicht interessierte.

Aber Lara hatte nichts gesagt, sie hatte ihn nur gleichgültig angesehen ... Was hätte er also tun sollen?

Seinem Bruder erzählen, dass er derzeit mit Lara schlief und kein Interesse daran hatte, mit jemand anderem auszugehen?

Scheiße, nein. Denn das ging Cole nichts an! Er wollte das, was er mit Lara hatte, bis zum Schluss genießen. Weshalb, glaubte Lara, ignorierte er seine Geschwister?

Sie hatten nur noch eine Woche, und er würde einen Teufel tun, sich von Callie oder Coop reinreden und seine fantastische Stimmung zerstören zu lassen. Die letzte Woche gehörte ihm. Denn er tat endlich einmal nur das, was *er* wirklich wollte.

Es hatte offenbar nur eine kleine Blondine gebraucht, um ihn daran zu erinnern, dass ihm das erlaubt war.

Nicht auf die Gefühle von anderen zu achten, sondern nur auf seine eigenen.

„... nein, die sieht zu nett für Callum aus", riss ihn Laras Stimme aus den Gedanken. Er musste sich zwanghaft davon abhalten, zur Couch zu sehen, vor der Cole und Lara im Schneidersitz saßen. Eine Horde an Steckbriefen von verschiedenen Frauen vor ihnen auf dem Boden ausgebreitet.

„Zu nett?", fragte Cole irritiert. „Aber Callum ist nett." Sie schnaubte, und er konnte ihren abfälligen Blick praktisch im Nacken spüren. „Nein, er *kann* nett sein, aber im Inneren ist er eigentlich ein Unruhestifter. Die süße Penelope würde nicht damit klarkommen, dass er sie auch mal anschreit."

„Anschreit?", echote Cole fassungslos. „Cal?"

„Jap. Er braucht jemanden, der es mit ihm aufnehmen kann. Seine Freundin darf nicht zu weich sein, nicht zu sensibel."

„Scheiße", meinte Cole trocken. „Ich weiß nicht, ob mir gefällt, wie tief du in die Psyche meines Bruders eingedrungen zu sein scheinst."

Ja, Cal hatte soeben exakt dasselbe gedacht.

„Es war notwendig. Für mein Überleben", stellte sie klar.

Nun war es an Cal, zu schnauben.

Doch sie ignorierte ihn, und Cal gab sich redlich Mühe, es ihr gleichzutun. Auch wenn er zugleich jedem Wort lauschte, das aus ihrem Mund kam.

In der kommenden Stunde stellte sie fest, dass Frauen zu süß, zu bedürftig, zu unausgelastet, zu wenig beschäftigt oder zu ungebildet waren, um ihn glücklich zu machen. Dabei sagte sie Sachen wie: „Wenn du Cal eine Frau aufdrängst, die ständig nach seiner Aufmerksamkeit heischt, dreht er durch" oder „Wenn sie überhaupt nicht verstehen, was er den ganzen Tag macht, und er sie mit seinem ständigen Gerede über seine Drohnen langweilt, ist die Sache zum Scheitern verurteilt".

Als wäre sie seine verdammte Therapeutin. Als würde es ihr am Herzen liegen, dass er glücklich wurde – mit jemand anderem. Als hätten sie nicht noch vor vier Stunden nackt im Bett gelegen und darüber gelacht, was für alberne Dinge bereits im Internet über Cal verbreitet worden waren.

Mit jeder verstreichenden Minute spannte sich sein Kiefer weiter an, während seine Hände unbrauchbar waren, weil er sie dauerhaft zu Fäusten geballt hatte.

Er entspannte sich erst ein wenig, als Cole die Papiere zusammenschob und vom Boden aufstand.

„Das war witziger, als ich dachte", bemerkte er grinsend.

Ja. Haha. Cal kriegte sich kaum ein vor Lachen.

„Ja, fand ich auch", sagte Lara fröhlich. „Aber jetzt habe ich einen Bärenhunger. Brautschau ist erschöpfend. Selbst wenn sie nicht für einen selbst ist. Du schuldest mir was, Cal. Ich habe dafür gesorgt, dass dein Date nur halb so schrecklich wird, wie es hätte werden können."

Er blickte sie steinern an. Sollte er sich darüber jetzt auch noch freuen, oder was?

Cole lachte nur leise. „Gott, ich mag dich, Lara. Du lässt dir keinen Scheiß gefallen. Das ist eine gute Eigenschaft."

Sie machte einen albernen Knicks vor ihm, der Callum unter anderen Umständen zum Lachen gebracht hätte, doch gerade konnte er sich nicht einmal dazu durchringen, einen Mundwinkel zu heben.

Er wollte nicht, dass Lara es okay fand, dass er mit anderen Frauen ausging, während sie miteinander schliefen!

Er wollte nicht, dass sie lächelte, als hätte sie soeben einen lustigen Cartoon und nicht die Frauen angesehen, mit denen er verkuppelt werden sollte.

Er wollte nicht, dass sie Ende der Woche auszog und ihn innerhalb weniger Stunden vergaß. Dass ihre gemeinsame Zeit ihr nichts bedeutete.

Es war albern. Sie schuldete ihm nichts. Sie waren nicht zusammen. Sie hatten sich nichts versprochen.

Doch *ihm* bedeutete sie etwas, und sie sollte gefälligst zumindest ein bisschen traurig sein, wenn ihre Nicht-Beziehung zu Ende ging.

„Wie läuft es mit der Drohne?", wollte Cole wissen und riss ihn dankbarerweise aus seinen deprimierenden Gedanken.

„Gut", antwortete er mechanisch. Darin, dieses Wort halbwegs überzeugend rüberzubringen, war er mittlerweile geübt. Denn Lara stellte ihm jeden Tag dieselbe Frage.

Problematisch wurde es erst, wenn sie ihn darum bat, mal mit ihr fliegen zu dürfen, damit sie beim Bankett eine Demonstration vorführen konnte.

Callum wusste, dass er sie würde täuschen können.

In seinem Hinterhof lagen keine Landminen herum. Lara und auch das Verteidigungsministerium würden keine Ahnung haben, dass die Drohne noch nicht konnte, wofür er sie designt hatte.

Aber wenn Lara die Drohne auf dem Bankett demonstrierte, vor versammelter Menge verkündete, dass sie so gut wie fertig war ... Wie würde sie dann ein paar Wochen später dastehen, wenn sich herausstellte, dass sie völligen Blödsinn erzählt hatte?

Sie würde an Glaubwürdigkeit einbüßen. Das Ministerium würde wütend auf sie sein, obwohl sie eigentlich wütend auf ihn sein sollten.

Und das konnte er ihr nicht antun. Also schob er dieses Problem vor sich her, hoffte, dass ihm doch noch der Durchbruch gelang, auf den er seit Monaten wartete.

Doch die letzten Tests waren allesamt fehlgeschlagen.

Wenn das Bankett nicht angestanden hätte, wäre es im Grunde halb so wild gewesen. Er hatte trotzdem Fortschritte gemacht. Nur nicht so schnell, wie er wollte.

Aber seit sich sein Gehirn und seine Hände des Öfteren mit anderen Dingen als Drohnen beschäftigten – Lara, Lara und Lara –, war er entspannter bei der Sache.

Er konnte sich besser konzentrieren. Er hatte keine Panik mehr, wenn er an das Projekt dachte. Es brauchte eben länger, das war alles.

Aber wie erklärte er Lara, dass er sie die letzten Wochen belogen hatte?

Am besten erst, wenn sie auszog. Es war selbstsüchtig von ihm, aber er wollte die letzten Tage mit ihr genießen. Und das konnte er nicht, wenn sie ihn anschrie und verfluchte.

„Alles klar", meinte Cole und nickte ihm zu. „Ich melde mich wegen des Dates." Er klopfte auf den Jutebeutel, den er über seine Schulter geschlungen hatte.

„Kann es kaum erwarten."

„Weiß ich doch", bemerkte sein Bruder zufrieden. „Ach ja: Rede mit Coop und Callie. Sie haben aufgebracht gewirkt. Sie machen sich Sorgen um dich."

„Na, das ist ja mal was ganz Neues."

„Sei kein Arsch und ruf sie an", bemerkte Cole knapp und deutete mit dem Finger auf ihn. „Du weißt, dass ich es nicht haben kann, wenn ihr euch streitet. Und Savannah kann es nicht haben, wenn ich schlecht gelaunt bin, denn dann sinkt ihre Stimmung ebenfalls in den Keller, die Delphies bekommen Angst vor ihr und fangen an, scheiße zu spielen, sodass die ganze Saison den Bach runtergeht. Willst du daran schuld sein, dass wir es nicht in die World Series schaffen?"

„Hau ab, Cole", erwiderte Callum schroff. „Bevor ich deine Frau anrufe und ihr erzähle, dass du sie benutzt, um deinen Willen durchzusetzen."

„Ah, das weiß sie schon", bemerkte er lediglich und winkte ab. „Aber schön. Nett, dich wiederzusehen, Lara. Wir sehen uns bestimmt noch mal." Er lächelte ihr zu, bevor er die Tür zum Innenhof aufstieß.

„Du hast wirklich eine tolle Familie, Cal", bemerkte Lara nachdenklich, sobald das Metall wieder einrastete.

„Jaja, sind allesamt selbstlose Helden", meinte er hastig, bevor er sich räusperte.

Er hatte soeben beschlossen, dass es nicht lohnte, sich den Kopf darüber zu zerbrechen, was Lara wegen des Dates dachte, wenn er sie einfach fragen konnte.

„Lara ... ist das okay für dich? Dass ich auf ein Date gehe? Diese Woche?“

Er bemerkte, wie ein Muskel in ihrer Wange zuckte, und für den Bruchteil einer Sekunde sah es so aus, als würde sie die Zähne unangenehm fest aufeinanderpressen. Doch dann war der Ausdruck auch schon wieder aus ihrem Gesicht verschwunden und wurde von einem spöttischen Lächeln ersetzt. „Ach so. *Jetzt* fragst du mich danach. Wie höflich von dir“, bemerkte sie, bevor sie hinzufügte: „Aber klar. Kein Ding.“

„Bist du sicher? Ich kann mit dem Date auch warten, bis ...“

Er beendete den Satz nicht, doch das musste er auch gar nicht. Sie wusste vermutlich ohnehin, was er hatte sagen wollen. Bis sie ausgezogen war. Bis sie aufhörten, jeden Abend nebeneinander einzuschlafen. Bis das Bankett vorbei war.

„Nein, nicht nötig“, meinte sie und winkte ab. „Willst du essen? Ich hab Chinesisch mitgebracht ... Ah, Mist, die Stäbchen liegen noch im Auto. Ich komme gleich wieder.“

Sie wandte sich um und hastete nach draußen.

Mit gerunzelter Stirn sah Cal ihr nach.

Sie hatte nicht ganz aufrichtig gewirkt, oder?

Sie hatte ein wenig aufgebracht gewirkt.

Und aus irgendeinem Grund löste sich der schwarze Knoten in seiner Brust etwas.

Nein, sie fand es nicht okay, dass er auf ein Date mit einer anderen Frau ging.

Das war gut.

Weil ..., weil ...

Ach, es war eben einfach gut!

Cal rieb sich über das Gesicht und legte sein Werkzeug beiseite, bevor er sich die Hände wusch. Lara hielt nicht viel davon, wenn er mit dreckigen Fingern in ihrem Essen herumwühlte.

Er holte zwei Teller aus der Küche und stellte sie zusammen mit der mit chinesischem Essen gefüllten Plastiktüte auf den Tisch, an dem sie die letzten Tage immer gegessen hatten.

Dabei fiel ihm auf, dass der Tisch nicht länger leer war. Eine Blumenvase stand darauf. Bestückt mit Sonnenblumen. Daneben stand ein Bild in einem schlichten hölzernen Rahmen.

Verwirrt hob er es hoch.

Wann war das denn hier gelandet?

Es zeigte ihn und seine Geschwister auf Coles Hochzeit. Lara musste es aufgenommen haben, als der Fotograf sie für gemeinsame Fotos in den Hotelgarten gebeten hatte.

Es war hübsch. Sie alle lachten. Niemand von ihnen wirkte angespannt oder unzufrieden. Eine seltene Momentaufnahme.

Er hörte, wie die Tür ins Schloss ging, und sah auf.

„Hast du das hier hingestellt?", wollte er wissen und winkte mit dem Bild. „Und die Blumen auch?"

Lara blinzelte ihn einige Sekunden lang perplex an … dann fing sie an zu lachen. „Die Blumen stehen seit fünf Tagen da, Cal! Und das Bild seit drei."

„Ernsthaft?", fragte er überrascht und fing an, das Essen aus der Tüte zu holen.

„Ja! Du guckst nur nicht hin. Ich habe dich sogar gefragt, ob es okay ist."

„Hm“, meinte er. „Habe ich währenddessen gearbeitet?“

„Nun, ja, aber ...“

„Dann habe ich es wahrscheinlich nicht mitbekommen.“

Lara seufzte und ließ sich auf einen Stuhl sinken, bevor sie sich eine der China-Boxen heranzog. „Stört es dich? Soll ich die beiden Sachen zu dem anderen Schrott in deinen Innenhof packen?“

„Nein, es gefällt mir“, meinte er leichthin und nahm ihr gegenüber Platz.

Ungläubig sah sie ihn an. „Warum machst du dann so einen Terror?“

Er konnte sich nur mühsam ein Lachen verkneifen. Aber Lara sah immer so unfassbar süß aus, wenn sich ihre Miene verfinsterte und sie ihm einen ihrer Todesblicke zuwarf.

„Ich hab mich nur gewundert, das ist alles“, sagte er unschuldig.

Sie verdrehte die Augen. „Ich könnte dein ganzes Apartment umdekorieren, du würdest es nicht merken.“

Vermutlich hatte sie recht. „Mir ist das Zeug nicht wichtig.“

„Ich weiß. Aber ich dachte, es wäre schön, wenn du zumindest ein Bild in deiner Wohnung hättest.“ Sie zuckte die Achseln und sah auf einmal konzentriert auf ihre Stäbchen. „Etwas, das zeigt, dass dir deine Geschwister wichtig sind. Wenn du deine Liebe für sie schon nicht auf andere Art und Weise ausdrücken kannst.“

Er lächelte, griff nach ihrer Hand auf dem Tisch und verschränkte seine Finger mit ihren. „Danke. Ich wäre nicht auf die Idee gekommen, ein Foto auszudrucken und dann auch noch einen Rahmen zu besorgen – aber mir gefällt es. Ist ganz nett, eine Version meiner Geschwister zu haben, die sich nicht in meinen Kram einmischt und einfach mal die Klappe hält."

Lara lachte und nickte. „Das dachte ich mir. Die Blumen waren ohnehin nur für mich."

„Sonnenblumen?", fragte er zweifelnd. „Wegen deines sonnigen Gemüts?"

Sie drückte warnend seine Finger. „Pass auf, was du sagst. Sonst schlaf ich heute Nacht in meinem Zimmer."

„Wow. Du fährst direkt die harten Geschütze auf, was?", murmelte er und zog eine Grimasse. „Okay. Ich hab nichts gesagt. Du bist das reinste Honigkuchenpferd."

„Ich weiß", sagte Lara zufrieden und reckte das Kinn. „Und jetzt hör auf zu nerven und iss."

Er lachte leise und atmete durch.

Seine Schultern verloren an Spannung, der Knoten in seiner Brust löste sich in Wohlgefallen auf.

Er sollte aufhören, alles zu überdenken; damit zu rechnen, dass sein Leben und ihre Beziehung kompliziert werden würden, sobald sie sich nicht mehr auf engstem Raum befanden. Sie beide wussten, woran sie waren. Sie hatten keine Erwartungen.

Kein Grund, sich Sorgen zu machen.

# Kapitel 21

Mit jedem verstreichenden Tag wurden Laras Sorgen größer.

Sie steckte in großen Schwierigkeiten.

Sie hatte sich immer für einen äußerst klugen Menschen gehalten, doch sich in Callum Panther zu verlieben, war womöglich das Dümmste, was sie jemals getan hatte.

Jeden Morgen, den sie neben ihm aufwachte, schlug ihr das Herz bis zum Hals.

Am Donnerstag, am vorletzten Tag, den sie in dieser Wohnung verbringen würde – der Tag, an dem Cal sein Date mit einer dummen anderen Frau haben würde –, lag sie bereits ab fünf Uhr morgens mit aufgerissenen Augen da.

Es ging alles zu schnell.

Sie hatte viel zu viel Zeit damit verschwendet, Cal Gemeinheiten an den Kopf zu werfen. Zu lange geglaubt, ihn nicht zu mögen.

Sie hatte am Montag versucht, weiter auf ihn wütend zu sein, weil er sich mit einer anderen Frau treffen wollte, doch es war ihr nicht recht gelungen.

Sie konnte ihm keinen Vorwurf dafür machen, dass er den Deal, den er mit seinen Geschwistern eingegangen war, erfüllen wollte. Denn es bedeutete, dass sie ihn in Ruhe lassen würden – und das war ihm sehr wichtig.

Sollte er doch mit dieser blöden Ziege was Essen gehen, nur um Cole, Callie und Cooper glücklich zu machen. Solange er am Abend zu ihr zurückkehrte und sie noch eine letzte Nacht miteinander verbringen konnten, bevor sie Freitagmittag ausziehen würde, um sich auf das Bankett am Samstag vorzubereiten, war das in Ordnung.

Okay, nein, war es nicht.

*Nichts* war in Ordnung.

Sie wollte keine *letzte* Nacht. Sie wollte die erste Nacht von vielen.

Vielleicht sollte sie es Callum einfach sagen. Wie sie sich fühlte. Sie hatten es die letzten Wochen überraschend gut geschafft, ehrlich zueinander zu sein, und vielleicht war das die Lösung.

Doch was, wenn er ihre Gefühle nicht erwiderte? Wenn er sie entsetzt ansah und erklärte, dass er es ernst gemeint hatte, als er behauptet hatte, zu keiner Beziehung fähig zu sein.

Wenn er glaubte, dass das die Wahrheit war, würde Lara nichts daran ändern können.

Selbst, wenn sie wusste, dass er falschlag. Dass er so viel mehr zu geben hatte, als er selbst glaubte. Das Endergebnis wäre trotzdem dasselbe: Sie würde sich schrecklich fühlen. Schrecklicher, als wenn sie ihre blöden Emotionen einfach für sich behielt und mit Cal befreundet blieb.

Shit.

Sie wünschte nur, dass das eine Lösung wäre.

Doch das war es nicht!

Denn ihr Auftrag würde mit dem Bankett am Samstag nicht enden. Sie würde jeden Donnerstag bei Callum vorbeischauen und mit ihm quatschen müssen, als wäre nie etwas zwischen ihnen passiert.

Es würde die reinste Qual werden, und so eine gute Schauspielerin war sie nicht, egal was ihre Grundschullehrerin ihr hatte weismachen wollen. Eine Blume zu spielen, die sich im Wind wog, war nur halb so herausfordernd, wie Gleichgültigkeit gegenüber dem Mann zu heucheln, den man nun einmal liebte.

Also nein. Sie würde es ihm sagen.

Entweder er erwiderte ihre Gefühle oder ... oder sie zog zurück nach New York und bat ihren Vater darum, ihr den Auftrag abzunehmen. Jemand anderen zu Callum zu schicken. Sie würde ihn wahrscheinlich nie wiedersehen, außer zu Hannahs Hochzeit mit Cooper, die sicherlich innerhalb der nächsten Jahre stattfinden würde. Sie würde versuchen, ihn zu ignorieren, er würde ihr einen mitfühlenden Blick schenken ... Und sie würde an all das denken, was sie hätten haben können, wenn Cal dazu fähig gewesen wäre, sie zu lieben.

Sie schluckte und schloss die Augen.

Scheiße. Das war alles ... scheiße.

„Lara?", murmelte Cal verschlafen und zog den Arm um ihre Mitte enger. „Alles in Ordnung?"

Sie kniff die Augen fester zusammen und legte ihren Kopf auf seine Schulter. Sog seinen Geruch ein. Versuchte sich das Gefühl einzuprägen, das ihre Brust eroberte, als Cal sie sacht auf die Schläfe küsste.

„Klar, warum?", antwortete sie. Ihre Stimme brach, doch sie hoffte, dass er das darauf schob, dass sie gerade erst aufgewacht war.

„Du hast mal wieder gestöhnt. Ich dachte, ich komme langsam dahinter, was die einzelnen Töne aus deinem Mund bedeuten, aber ... dieses besondere, langgezogene Stöhnen ist mir neu."

„Ich ... Ich hab nur an das Bankett am Samstag gedacht", log sie.

„Ah", machte er und strich ihr über den Kopf. „Mach dir nicht so viele Gedanken. Du hast die Rede und du hast deinen Charme. Mehr brauchst du nicht, um eine Horde Anzugträger zu bezaubern."

Sie lächelte, auch wenn seine liebevollen Worte an ihrem Herz rissen. Wie konnte ein Mann so sensibel und aufmerksam sein, immer wissen, was er zu sagen hatte ... und glauben, dass Liebe nichts für ihn war?

Callum war dazu geschaffen, zu lieben. Und vielleicht würde er das eines Tages verstehen.

Nur für sie wäre es dann zu spät.

„Ich glaube, meine Rede und mein Charme werden Ihnen egal sein, solange ich deine Drohne dabeihabe."

„Richtig", murmelte Cal, doch er schien nicht ganz bei der Sache.

Sie schlang ein Bein um seine Hüfte, einfach weil sie es konnte, und malte Kreise auf seine Brust. Unter ihrer Berührung spürte sie sein Herz schlagen. Dumpf und gleichmäßig. Beruhigend und beständig.

Cal wickelte eine Haarsträhne um seinen Finger, während er abwesend mit der anderen Hand ihren Rücken streichelte. Keine Kreise um ihre Narben machte, sondern einfach sacht darüberstrich, als würden sie gar nicht existieren.

Immer, wenn Lara in seinen Armen lag, fühlte es sich exakt so an. Als wären all ihre Unsicherheiten, all ihre Selbstzweifel bezüglich all ihrer albernen oberflächlichen Makel wie weggewischt. Nichts als eine vage Erinnerung.

Cal vergrub seine Nase in ihren Haaren, sodass sein Dreitagebart sie kitzelte und eine Gänsehaut ihren Hals hinabwanderte. Und in diesem Moment erfüllte eine derartig tiefe Zufriedenheit Lara, dass sie das plötzliche Bedürfnis hatte, zu weinen.

Sie hatte immer gedacht, sie wäre glücklich mit ihrem Leben. Doch das war gelogen. Denn erst jetzt war sie glücklich. Es lag nicht nur an dem Mann, der neben ihr lag. Auch wenn er seinen Teil dazu beitrug. Aber sie brauchte keinen Kerl, der ihr Bestätigung darin gab, dass sie toll war. Alles, was sie gebraucht hatte, war jemand, der sie daran erinnerte, dass alles, was in ihrem Inneren schlummerte, so viel wichtiger war als die Unebenheiten ihrer Haut.

Sie wusste, dass sie auch ohne Callum in ihrem Leben glücklich werden könnte. So wie jede Frau glücklich sein konnte ohne einen Mann oder eine Partnerin an ihrer Seite.

Aber sie wollte nicht.

Sie wollte ihn und sie wollte ihn ganz.

Was blieb ihr also anderes übrig, als ihm doch ihre Gefühle zu gestehen? War die kleine Möglichkeit, dass er sie erwiderte, das Risiko nicht wert? War es nicht besser, ehrlich zu sein, als sich den Rest ihres Lebens zu fragen, was hätte sein können, wenn sie nur etwas mutiger gewesen wäre?

Tief atmete sie ein, bevor sie den Mund öffnete: „Cal. Ich muss dir etwas sagen."

Callum seufzte schwer. „Ja. Ich auch."

„Oh", sagte sie überrascht und rückte etwas von ihm ab, um ihm ins Gesicht sehen zu können. „Dann du zuerst. Worum geht es?"

„Nun, es ist nicht so einfach. Es geht ums Bankett und ..." Bevor er seinen Satz beenden konnte, unterbrach ein penetrantes Klingeln sie. Laras Handy.

Seufzend schielte sie auf das Display. *Verteidigungsministerium* blinkte auf. Mist. Sie schrieben ihr seit fünf Tagen diverse Mails, in der sie sie baten, die Einzelheiten bezüglich des Banketts und der Drohnen-Demonstration mit ihnen zu besprechen.

„Geh ruhig ran", meinte Cal hastig. „Ich hab gehört, mit dem Ministerium ist nicht zu spaßen."

Das Klingeln hatte bereits wieder aufgehört, dennoch nickte Lara und schwang widerwillig die Beine aus dem Bett. Sie hatte sie bereits viel zu lange warten lassen. Sie konnte es nicht länger vor sich herschieben. „Wir müssen trotzdem reden", beharrte sie. „Es ist ... wichtig."

Cal nickte und verschränkte die Hände im Nacken, während er ihr dabei zusah, wie sie sich anzog. „Du weißt aber schon, wie ein Telefon funktioniert, oder?", fragte er beiläufig. „Sie können nicht sehen, ob du Kleidung anhast, nackt bist oder eine Clownsnase trägst."

Sie verdrehte die Augen, musste jedoch schmunzeln. „Ja, das ist mir bewusst. Es fühlt sich trotzdem falsch an, mit einem Vertreter der Vereinigten Staaten zu reden, während ich nicht einmal Unterwäsche trage.“

„Also, mir gefällt die Vorstellung“, bemerkte Callum anerkennend. „Du solltest immer nackt sein, wenn du telefonierst. Zumindest, wenn ich mich auf der anderen Seite des Gesprächs befinde.“

„Ich werde mir Mühe geben, dich ab jetzt jedes Mal zu belügen, wenn wir telefonieren“, versprach sie ernst und legte eine Hand auf ihre Brust.

„Mehr will ich gar nicht“, sagte Callum selbstzufrieden.

Sie lachte, warf sich auch noch einen Pulli über und verließ dann das Zimmer. Wenn das Verteidigungsministerium irgendwelche merkwürdigen Hintergrundgeräusche hörte, die daraufhin deuteten, dass sie mit Callum Panther schlief, würde es das vermutlich ihre Professionalität anzweifeln lassen.

Sie drückte auf Rückruf, schlenderte durch die Werkstatt nach draußen und nahm auf dem Stuhl Platz, der innerhalb der letzten Wochen zu ihrer persönlichen Sonnenliege geworden war. Es dauerte keine zwanzig Sekunden, da hob jemand ab.

„Ms Evans. Schön, dass Sie sich endlich dazu herablassen, mit uns zu sprechen“, erklang eine hochnäsige weibliche Stimme. Das war Mrs Fowl.

Sie war ihre zuständige Supervisorin.

Lara knibbelte an dem Rost, der die Armlehne überzog, und seufzte innerlich. Ihr war schon klar, warum sie keine Lust auf dieses Gespräch gehabt hatte. „Ja, es tut mir leid. Ich hatte eine Menge zu tun. Hinsichtlich der Vorbereitungen des Banketts.“

„Witzig, dass Sie das erwähnen – da Sie doch bis heute versäumt haben, uns zu erzählen, wann genau Mr Panther vorhat, zu erscheinen, und wie genau die Demonstration seiner Drohne aussehen wird."

Lara hob schuldbewusst die Schultern und zog eine Grimasse. „Nun, was das betrifft, gibt es ein paar neue Entwicklungen ..."

Die nächste halbe Stunde verbrachte sie damit, Mrs Fowl zu verklickern, dass Cal nicht vorhatte, das Bankett zu besuchen. Die Supervisorin war nicht begeistert und gab sich auch keine Mühe, diesen Umstand zu verstecken.

Lara ließ die wütende Schimpftirade über sich ergehen, betrachtete die Wolken und fragte sich, wie sie hier gelandet war. Nicht in Philadelphia oder in Callums Haus, sondern am Telefon mit einer Frau, die in ihrem Leben offensichtlich zu viele Zitronen gegessen hatte.

Das war doch nie ihr Plan gewesen, oder? Am Telefon zu hängen und E-Mails zu schreiben und keine einzige Baustelle zu Gesicht zu bekommen.

Sie hatte Bauingenieurin werden wollen, um etwas zu bauen. Um etwas auf der Welt zu hinterlassen. Ein Stück von sich selbst zu verwirklichen. Um Projekte zu beaufsichtigen, in direktem Kontakt mit anderen Menschen zu stehen und zusammen etwas Großes zu erschaffen. Etwas, das sie alle überdauern würde. Doch innerhalb des letzten Jahres hatte sie keinen einzigen Blueprint auf ihrem Schreibtisch liegen gehabt. Das Einzige, was sie berechnet hatte, waren die Kosten für die Donuts, die sie für das Büro mitgebracht hatte. Und das Einzige, was sie beaufsichtigt hatte, waren ihre Neffen und Nichten gewesen, als ihr Bruder sie mit zur Arbeit gebracht hatte.

Eigentlich hatte sie überhaupt gar keine Lust auf das, was sie gerade tat. Denn zurzeit war sie keine Bauingenieurin. Zurzeit war sie Sekretärin.

Callum hatte recht. Sie war nicht dafür geschaffen, hinter dem Computer zu sitzen. Sie hatte zu viel Energie, zu viel Tatendrang, zu viele Ideen. Und langsam bezweifelte sie, dass ihr Vater ihr je freie Hand lassen würde. Er hatte sie schon einmal fast verloren und seitdem unbändige Angst, es erneut zu tun. Solange sie für ihn arbeitete, würde sie nie ohne Stützräder fahren können. Nie wissen, ob sie wirklich gut war oder ihre Eltern nur ihre Gefühle nicht verletzen wollten. Selbst wenn ihr Dad ihr nach dem Bankett ein eigenes Bauprojekt zuteilte, so würde er Tony dazu anweisen, ihr unter die Arme zu greifen.

Und das war nicht, wie sie den Rest ihres Lebens verbringen wollte.

Sie wollte in ihrer Arbeit aufgehen. Sie wollte stolz auf das sein, was sie geschaffen hatte. Umsetzen, wofür sie die letzten Jahre so hart gebüffelt hatte.

Vielleicht, überlegte sie, während noch immer Mrs Fowls zornige Stimme in ihrem Ohr widerhallte, wurde es Zeit für etwas Neues. Zeit, mutig zu sein.

„Vielen Dank, Mrs Fowl, für Ihre kompetente Sicht der Dinge", sagte sie fröhlich, sobald ihre Vorgesetzte innehielt, um Luft zu holen. „Ich sehe Sie dann am Samstag. Schönen Tag noch." Und bevor die Frau auf der anderen Seite zu einem zweiten hysterischen Anfall ansetzen konnte, legte Lara einfach auf. Der Tag war zu schön, um ihn sich weiter versauen zu lassen. Sie steckte das Handy weg, erhob sich aus dem Stuhl und schlenderte zurück zur Werkstatt.

„Cal?", rief sie, sobald sie die Tür aufgedrückt hatte. „Cal, bist du hier? Ich habe gerade mit dem Verteidigungsministerium gesprochen. Sie finden es schade, dass du nicht kommst, aber solange ich die Drohne dabeihabe, geht das klar", übersetzte sie frei. „Cal?"

Niemand antwortete.

Vielleicht duschte er oder war draußen für einen morgendlichen Spaziergang. Das hatte er in der letzten Woche des Öfteren getan. Frischen Sauerstoff geatmet, der seinem Gehirn neue Starthilfe gab, so wie er es ausdrückte.

Lara lächelte bei dem Gedanken daran, dass Cal gestern Pause in Form eines weiteren Kochversuchs eingelegt und ihr zum Mittagessen Fischstäbchen mit schwarzen Kartoffeln serviert hatte. Er gab sich Mühe, das war, was zählte.

Ein rotes Blinklicht zog ihre Aufmerksamkeit auf sich und suchend sah sie sich um. Es stammte von Cals PC, den er wie immer nicht ausgeschaltet hatte. Wahrscheinlich war er die ganze Nacht an gewesen. Cal musste den Stromverbrauch einer fernsehsüchtigen Roboterfamilie haben.

Sie schlenderte zur Werkbank, um zumindest den Bildschirm des Computers auszustellen, als sie mit dem Blick an der Grafik darauf hängen blieb. Der Desktop zeigte eine Tabelle. Eine Test-Tabelle mit eingetragenen Daten und Fehlermeldungen.

Einer *Menge* Fehlermeldungen.

Stirnrunzelnd beugte sie sich vor und überflog die Liste.

*Infrarot Sensor – Test fehlgeschlagen.*
*Kamerakalibrierung – Test erfolgreich.*
*Minendetektor – Test erfolgreich.*
*Detonationswarnung – Test fehlgeschlagen.*
*Gewichtstest – Test fehlgeschlagen.*

Ihr Mund wurde trocken, während ihr Blick erneut über die Liste flog und immer wieder an den Wörtern *Test fehlgeschlagen* hängen blieb. Ihr Magen zog sich langsam zu einem schwarzen, unnachgiebigen Stein zusammen, doch das brachte den Text auch nicht zum Verschwinden.

Das konnte nicht sein. Das, was sie da las, konnte nicht stimmen. Die Daten mussten fehlerhaft sein. Die Zeitangaben ebenso … Das konnte nicht …

„Wusstest du, dass wir ein Eichhörnchen vor der Tür im Hof haben? Das kann unmöglich sicher für das Tier sein. Wenn *du* dich schon an dem Metallschrott schneidest, was passiert dann erst einem pelzigen Kleintier, wenn es …"

Lara antwortete nicht und sah auch nicht auf. Sie konnte nicht. Sie wollte ihm nicht ins Gesicht sehen. Denn immer, wenn sie es tat, übermannte sie eine Welle der Zuneigung und Liebe, die sie gerade nicht verspüren wollte.

Denn wenn das, was die Testergebnisse erahnen ließen, stimmte, dann würde es bedeuten …

„Lara? Was machst du da?"

Sie schluckte und zwang ihr Kinn nach oben. „Ich wollte den Bildschirm ausschalten. Aber ich bin noch nicht dazu gekommen.“ Sie nickte zu der Tabelle auf dem Desktop.

„Oh.“

„Ja, oh“, bemerkte sie tonlos. „Callum. Sind das wirklich die Testergebnisse der letzten acht Wochen?“

Cals Blick flackerte fahrig vom Bildschirm zu ihrem Gesicht und wieder zurück, doch schließlich nickte er.

„Sie sind schrecklich“, hauchte sie fassungslos.

Er rieb sich über die Stirn. „Jap.“

Laras Stimme zitterte. „Die Drohne ist nicht einmal ansatzweise fertig.“

„Nein, ist sie nicht.“

Mit geöffnetem Mund starrte Lara ihn an. „Cal. Du hast mir gesagt, dass ich am Samstag den funktionsfähigen Prototyp mit zur Gala nehmen kann.“

„Ich weiß.“

„Aber das kann ich nicht. Denn er ist nicht fertig! Und wenn ich ihnen die Drohne zeige und ihnen erzähle, dass sie funktioniert ... ist das eine *Lüge*.“

„Ja.“

Sie biss die Zähne aufeinander und ballte die Fäuste. Heißer Zorn schwappte in Wellen durch ihre Adern und brannte in ihren Augen. „Was soll das?“, zischte sie und grub die Nägel in ihr eigenes Fleisch. „Du hast mich *angelogen*. Du hast mich die letzten vier Wochen belogen und nimmst in Kauf, dass ich mich dieses Wochenende bis auf die Knochen blamiere, indem ich den Investoren absoluten Schwachsinn erzähle! Den Schwachsinn, den *du* mir eingetrichtert hast!“

Cal seufzte schwer und schloss kurz die Augen. „Ich hatte gehofft, mittlerweile etwas weiter vorangeschritten zu sein ...“

„Die Drohne hat nur fünfzig Prozent der Tests bestanden, Cal!“, sagte sie ungläubig. „*Verdammte fünfzig Prozent!*“

„Das weiß ich“, erwiderte er gezwungen ruhig. „Aber das sind immer noch zehn Prozent mehr als vor zwei Monaten.“

„*Was?*“ Sie spuckte ihm das Wort vor die Füße, während brodelnde Hitze ihren Kopf vereinnahmte und ihr das Atmen erschwerte. „Wie lange ist dir schon klar, dass du deine Abgabefrist nicht einhalten kannst?“

„Zu lang“, murmelte er und sein dummes Gesicht war noch immer fürchterlich regungslos.

„Oh Gott, ich fasse es nicht.“ Sie fuhr mit beiden Händen in ihre Haare, während ihr Herz schmerzhaft fest gegen ihre Brust schlug. Das konnte gerade nicht ernsthaft passieren! „Was hast du gedacht, würde geschehen?“, wollte sie feindselig wissen und funkelte ihn an. „Hast du geglaubt, es würde niemandem auffallen, dass sie nicht das tut, was sie soll?“

„Nein“, sagte er hart. „Ich dachte, ich bekomme es hin. Irgendwie. So wie ich es immer tue. Aber dann wurde dieses blöde Bankett für mich ins Leben gerufen und es war zu spät, etwas zu sagen!“

Sie versuchte den bitteren Geschmack in ihrem Mund hinunterzuschlucken, während sie die Arme fest vor ihrem Körper verschränkte. Als könne sie sich so vor den nächsten Minuten schützen. „Also hast du das Problem einfach ignoriert?“, stellte sie kühl fest.

„Ich habe es vertagt.“

„Nein, du hast *gelogen*. Immer und immer wieder." Ihre Stimme wurde mit jedem Wort lauter. „Gott, deshalb wolltest du mich nicht über deinen Arbeitsprozess auf dem Laufenden halten. Weil es nichts zu berichten gab!" Freudlos lachte sie auf. „Und jedes Mal, wenn ich gefragt habe, wie es mit der Drohne läuft, hast du mir wieder einen Bären aufgebunden. *Was zur Hölle sollte das, Cal?* Ich dachte, wir wollten ehrlich zueinander sein. Ich dachte ..."

„Ich hätte es dir noch gesagt, Lara", unterbrach er sie ungeduldig und hob die Hände.

„Wann?"

„Vor der Gala."

„Oh, du hättest mir also auf die Mailbox gesprochen, während ich im schicken Kleid auf dem Weg dorthin bin?", rief sie ungläubig.

„Nein, ich ..." Zitternd atmete er aus und machte einen Schritt auf sie zu. „Früher, okay?"

„Die Gala ist in zwei Tagen, Cal!", fuhr sie ihn fassungslos an. „Gott, wie kannst du –" Mit zusammengepressten Lippen schüttelte sie den Kopf. „Du *weißt*, wie wichtig mir der Job ist! Du *weißt*, dass ich es hasse, schwach zu wirken. Wie kannst du riskieren, dass ich meinen Job beschissen mache und mich vor einer Horde wichtiger Leute blamiere? Nur damit *du* dir nicht eingestehen musst, dass du versagt hast!"

Ihre Worte hallten von der hohen Decke wider, doch das war ihr egal. Sie konnte sich nicht daran erinnern, schon einmal so wütend gewesen zu sein. So *verletzt* gewesen zu sein. Und ihr hatte schon einmal ein verdammter Metallstab im Körper gesteckt!

Wie hatte er ihr das antun können? Er *kannte* sie. Er wusste, dass ihr Job ihr alles bedeutete. Er wusste, wie wichtig das Bankett am Samstag für sie war.

Er ..., er ...

„Ich konnte es dir nicht sagen, Lara", presste er zwischen den Zähnen hindurch.

„Warum nicht?", forderte sie kalt.

„Weil ich es ja nicht einmal mir selbst eingestehen konnte. Wie sollte ich da vor dir zugeben, dass ich versagt habe?" Er lachte trocken auf und versenkte beide Hände in den Haaren. Sein Gesicht eine Grimasse der Frustration. „Ich kann alles bauen und programmieren, was ich will, seit ich zwölf bin, aber die scheiß Drohne funktioniert nach zwei Jahren Arbeit immer noch nicht so, wie ich es will! Das ist ..., das ist ..."

„Normal!", vollendete sie seinen Satz zornig. „Manche Projekte sind schwieriger als andere. Manche brauchen mehr Zeit. Bei manchen benötigt man *Hilfe*."

„*Ich* nicht", knurrte er.

„Oh, bitte." Sie schlug mit einer Faust auf die Werkbank, sodass das Metall darauf schepperte. „So ein Schwachsinn. Genie hin oder her – jeder braucht Hilfe! Hast du mir das nicht selbst mal gesagt? Dass du nicht zugeben kannst, dass du allein nicht weiterkommst, ist nichts weiter als ein verdammtes Egoproblem, Cal", rief sie wütend. „Du denkst vielleicht, dass du dein Selbstwertgefühl nicht von deiner Intelligenz oder deinen Fähigkeiten abhängig machst – aber das ist lediglich brillante Einbildung deinerseits."

„Du verstehst es nicht", sagte er abgehackt. „Die Drohne hier ist meine Lebensaufgabe. Das, was ich kann. Ich baue und programmiere Sachen. Dafür benutze ich mein lästig großes Gehirn. Damit rechtfertige ich, dass ich meine Geschwister all die Jahre hab hängen lassen. Damit begründe ich, warum ich kein Privatleben habe. Warum ich nie heiraten oder Kinder kriegen werde. Alles, *mein ganzes Leben*, basiert auf dem Wissen, dass ich lächerlich klug bin und die Welt zu einem besseren Ort machen werde. Doch wenn ich darin versage, dann bleibt mir … *nichts.*" Er lachte bitter auf. „Weißt du, wenn man bereits mit sieben Jahren als Genie bezeichnet wird, ist da nicht mehr viel Platz nach oben. Nach unten hingegen … Scheiße, der Abgrund gähnt so dermaßen stark, dass er bereits seit drei Stunden im Bett sein sollte!"

Steif schüttelte Lara den Kopf. Sie verstand seine Worte. Sie ergaben Sinn. Doch sie rechtfertigten nicht, was er getan hatte. Und er lag falsch. Ohne seine Arbeit war er nicht *nichts.*

„Du definierst dich doch nicht nur allein durch deinen Intellekt, Cal", sagte sie leise.

Er lächelte freudlos. „Nein, natürlich nicht, da wären ja auch noch mein fantastisches Aussehen und die Millionen auf meinem Konto! Aber das ist oberflächlicher Scheiß! Die Drohnen –"

„Sind nicht alles, was du zu bieten hast, Cal!", fuhr sie ihn an. Denn es machte sie wütend, dass er so dachte. „Sie sind nur ein Bruchteil dessen!"

„Ach, wirklich?", fragte er kühl. „Was habe ich denn ohne die Drohne und meine Energydrink-Abhängigkeit noch zu bieten?"

„Alles", hauchte sie und ihre Augen brannten. „Deine Familie. Deinen Humor. Dein Mitgefühl. Du bist großherzig und witzig und weltoffen. Du bist mutig und schlagfertig –"

„Aber das ist nicht genug", unterbrach er sie. „Familie und Charme. Das ist nicht das, was mich glücklich macht!"

„Nun … du hast auch noch mich", wisperte sie und schluckte.

Er schnaubte. „Großartig. Eine Frau, die mit mir schläft, mir aber ansonsten nur widerspricht und versucht, mir einzureden, kochen zu lernen und spazieren zu gehen sei die Lösung für alles."

Laras Herz sank drei Etagen tiefer und die Luft wurde aus ihren Lungen gepresst. Das Atmen fiel ihr schwer und ihr Körper tat ihr auf einmal weh. Und es hatte nichts mit den Narben zu tun, die ihn zierten.

„Gut gemacht, Cal", wisperte sie und wandte den Blick ab, während das Brennen in ihrem Hals und ihren Augen unerträglich wurde. „Du hast gewonnen. Schön zu wissen, was ich dir bedeute."

„Shit." Cal kniff die Augen zusammen. „Lara, ich dachte nicht … Ich meinte nicht."

„Oh, ich weiß sehr gut, was du dachtest und meintest", erwiderte sie kühl und trat einen Schritt zurück. „Gut, ich denke, hier ist alles gesagt." Ihre Stimme war belegt und sie wusste, dass Cal ihr jede einzelne ihrer Emotionen am Gesicht ablesen konnte, doch das war ihr egal.

Er hatte sie verletzt. Absichtlich. Weil er wütend und frustriert war. Das war nicht fair und er sollte ruhig sehen, was er angerichtet hatte.

„Lara …“, murmelte er, trat auf sie zu und streckte die Hand nach ihr aus. Seine Züge waren auf einmal weich, doch das wollte sie nicht sehen. Sie wollte *ihn* nicht sehen.

„Nein“, sagte sie knapp und wich ihm aus. „Weißt du, Cal, du hast mich die vergangenen letzten Wochen wirklich davon überzeugt, dass ich falschliege. Dass du doch ein großes Herz hast. Aber ich glaube, das muss ich noch einmal überdenken. Einmal Arschloch, immer Arschloch. Und du bist ein ziemlich arrogantes noch dazu. Ein Arschloch, das nicht zugeben kann, wenn es Hilfe braucht.“ Ihre Zähne schabten übereinander und ihre Beine wollten rennen. Doch sie konnte nicht gehen, bevor sie ihm nicht gesagt hatte, was sie sagen musste. „Es ist okay, zu versagen, Cal“, stieß sie mit bebender Stimme aus. „Ich weiß, du hast darin keine Übung, aber ich habe sie. Ich versage und ich fange neu an. Und ich schäme mich nicht dafür, denn so läuft es nun mal im Leben. Du bist mehr als deine Drohnen. Wenn du mir einfach gesagt hättest, dass es nicht gut läuft, dass du mehr Zeit brauchst … Niemanden hätte es interessiert. Aber das hier …“ Sie schluckte und schüttelte erneut den Kopf, dann lief sie an ihm vorbei in Richtung Schlafzimmer.

Sie wollte nicht länger hierbleiben.

„Komm schon, Lara“, rief er und folgte ihr. „Das kann nicht dein Ernst sein. Ich weiß, dass ich Mist gebaut habe – aber du hast mich doch ebenso oft belogen.“

„Nicht mehr, seit wir gesagt haben, dass wir ehrlich zueinander sind“, erwiderte sie kalt und lief in sein Schlafzimmer, um ihre Handtasche zu holen.

Er schnaubte. „Oh, bitte. Du hast gesagt, dass es okay wäre, dass ich heute Abend auf dieses dämliche Date gehe. Dabei findest du es scheiße.“

Ihre Lungen zitterten, dennoch presste sie hervor: „Das ist etwas anderes.“

„Warum?“

„Du bist ein kluges Kerlchen, Cal. Du findest schon noch selbst heraus, warum.“ Sie bückte sich und barg den Autoschlüssel, der aus der Tasche gerutscht war.

„Hör auf damit“, fuhr er sie an und fischte im nächsten Moment ihre Hand aus der Luft, mit der sie die Schlüssel umklammert hielt.

„Lass mich los, Cal“, sagte sie steinern und blickte auf ihre Finger. „Ich gehe. Das sollte dich freuen. Du versuchst doch schon seit Wochen, mich loszuwerden.“

„Nicht mehr, okay?“, antwortete er fahrig. „Ich hab dich gerne hier. Das weißt du. Lara, komm schon, können wir nicht einfach darüber streiten und uns dann wieder vertragen? So, wie wir es sonst immer tun?“

Sie schüttelte den Kopf. „Ich glaube nicht“, antwortete sie schließlich leise.

„Warum? Was ist diesmal anders?“

Anders war, dass sie ihm viel zu leicht verzeihen würde – nur um sich dann von ihm das Herz brechen zu lassen.

„Alles ist anders, Cal“, murmelte sie.

„Warum?“, wiederholte er. „Kannst du mich wenigstens ansehen?“

„Nein“, sagte sie leise.

„Lara, bitte ...“

„Nein!“

„Warum, zur Hölle, nicht?“, fuhr er sie an.

„Weil ich zu viel fühle, wenn ich dich ansehe – und nicht noch eine Bestätigung dafür brauche, wie furchtbar dumm es war, mich in dich zu verlieben, Cal", platzte es aus ihr heraus und sie starrte wütend zu ihm hoch. „Weil ich dich jetzt gerade hasse und an diesem Gefühl festhalten muss, damit mein Herz nicht bricht!"

Sofort ließ er sie los. Als hätte sie ihn verbrannt.

Perplex machte er einen Schritt zurück. „Was? Wovon redest du?"

Zitternd atmete Lara aus. Sie wollte es nicht wiederholen. Denn wenn sie es noch einmal laut aussprach, würde es wahr werden. Nicht nur für sie, sondern auch für ihn.

Aber sie konnte nicht anders. Denn sie würde es bereuen, wenn sie es nicht tat. Wenn sie ihm ein Fenster offenstehen ließ.

„Ich weiß, ich habe dich sehr oft angelogen, Cal", wisperte sie. „Also sage ich jetzt ausnahmsweise mal die Wahrheit. Weil du sie verdient hast. Weil ich sie verdient habe. Ich liebe dich, okay?" Fahrig wischte sie eine Träne von der Wange. „Ich weiß nicht, wie das passieren konnte, und hätte mir jemand vor vier Wochen gesagt, dass ich jetzt weinend vor dir stehe, weil du mir das Herz brichst, hätte ich laut gelacht. Aber so ist es. Ich liebe dich. Ich liebe alles an dir. Selbst die schrecklichen, arroganten Seiten. Ich will nicht die erste Priorität in deinem Leben sein. Ich will nicht, dass sich deine Welt um mich dreht. Ich bin nicht von dir abhängig, ich muss nicht auf Händen getragen werden. Ich will nicht, dass du deine Arbeit aufgibst. Du musst für mich nicht einmal lernen zu kochen! Aber ich wäre sehr gerne die Person, die dich glücklich macht. Die

Person, die du gerne glücklich machen würdest. Ich würde dir sehr gerne mehr bedeuten als deine Angst davor, zu versagen."

Sie sah, wie er schluckte. Wie ihm das Blut aus dem Gesicht wich. Als hätte sie ihm gesagt, dass er ein furchtbarer Mensch sei – nicht, dass sie ihn liebte.

Ihr Herz gefror zu Eis, bevor es sank ... immer tiefer.

Und noch bevor Callum den Mund öffnete, wusste sie, dass es zwecklos war. Dass ihre Liebe zu ihm nicht genug war. Dass es einfach nicht reichte.

„Lara, was soll das?", flüsterte er verwirrt. „Ich habe dich doch gewarnt. Ich habe dir gesagt, dass ich beziehungsunfähig bin."

„Aber das ist Schwachsinn, Cal!"

„Ist es nicht", sagte er hart und presste die Lippen aufeinander. „Ich könnte dir niemals gerecht werden."

„Woher willst du das wissen?", fuhr sie ihn verzweifelt an. „Gott, du machst dir zu viel Druck, Cal! Du hast zu hohe Erwartungen an dich selbst. So wie alle zu hohe Erwartungen an dich haben. Aber wenn du deine Messlatte so schrecklich hoch hängst, wie willst du je glücklich werden? Denn es ist unmöglich, sie zu erreichen. Scheiße." Sie kniff die brennenden Augen zusammen. „Du wirst mich nicht jeden Tag auf Händen tragen können, und das erwarte ich auch gar nicht. Meine Füße funktionieren sehr gut. Ich kann allein laufen. Aber du bist es so gewohnt, einzuschätzen, was die Leute um dich herum empfinden, wie sie reagieren, dass du nicht mehr zulässt, dich überraschen zu lassen! Du kannst nicht vorhersagen, wie eine Beziehung zwischen uns laufen würde. Du bist ein Genie, kein Wahrsager! Aber du wirst es auch nie erfahren, wenn du es gar nicht erst versuchst."

„Tu mir das nicht an …"

„Ich tue dir überhaupt nichts an", rief sie zornig. „Wenn überhaupt tue ich *mir* etwas an. Du bist immer noch der Klügere von uns beiden. Denn ich bin es, die dumm genug ist, dich zu lieben. Und ich kann es nicht mal bereuen, weil ich dadurch erst gemerkt habe, wie unzufrieden ich vorher war. Denn natürlich hattest du recht, Cal. Wie immer. Ich bin nicht glücklich mit meinem Leben. Aber du bist es auch nicht", wisperte sie. „Doch weißt du was? *Ich* werde etwas dagegen unternehmen. Kannst du dasselbe von dir behaupten?"

Die Worte hingen kühl in der Luft, während sie sich mit ihrer Handtasche an ihm vorbeidrängte.

„Lara!", rief er ihr hinterher. „Dein Koffer, deine Sachen …"

„Behalt sie", murmelte sie, bevor sie das erste Mal in ihrem Leben Cals Vordertür nahm.

Was für ein denkwürdiger Moment.

Leider konnte sie ihn nicht genießen. Die Tränen in ihren Augen und das Brennen in ihrer Brust hinderten sie daran.

Dennoch zog sie ihr Handy aus der Tasche, konzentrierte sich weiter auf ihren Atem und wählte eine Nummer.

Da sie gerade ohnehin dabei war, Pflaster abzuziehen … warum jetzt aufhören?

„Lara, Schätzchen, wie schön, von dir zu hören. Geht es dir gut? Macht dieser Callum dir noch immer das Leben schwer? Wann kommst du nach Hause, wir –"

„Dad", unterbrach sie ihn. „Ich kündige. Das Bankett
mache ich noch, doch danach ... Danach suche ich mir
einen anderen Job. Ich sehe dich am Samstag. Hab dich
lieb. Bis dann."

# Kapitel 22

Cal konnte nicht sagen, wie lange er im Flur stand und auf seine Haustür starrte, als könne jeden Moment ein Kameramann dort hindurchlaufen und laut „Cut!" rufen.

Er fühlte sich wie in einem schlechten Film.

Das eben konnte einfach nicht wirklich passiert sein.

Der Tag hatte nicht innerhalb weniger Minuten dermaßen den Bach runtergehen können.

Lara konnte ihm nicht in einem Moment ihre Liebe gestanden haben und im nächsten aus dem Haus gestürmt sein.

Er war Callum Panther. Er las Gesichter wie Straßenschilder. Ihm entging keine Emotion.

Wie hatte er da nicht mitbekommen können, dass Lara sich in ihn verliebt hatte?

Und wie zur Hölle hatte sie so unvorsichtig sein können? Ihr war doch klar gewesen, dass er eine schlechte emotionale Investition war. Dass er es überhaupt nicht wert war, geliebt zu werden, da er Lara nie die Aufmerksamkeit und das Leben bieten könnte, das sie verdiente.

*Ich will nicht die erste Priorität in deinem Leben sein. Ich will nicht, dass sich deine Welt um mich dreht. Ich bin nicht von dir abhängig, ich muss nicht auf Händen getragen werden.*

Ihre Worte hallten in seinem leeren Kopf wider, doch er hatte Probleme damit, sie zu verstehen. Denn sie konnte sie nicht ernst meinen. Sie wusste es vielleicht nicht – aber sie log.

Zu Anfang würde sie sich vielleicht damit arrangieren können. Sich selbst vormachen können, dass es ihr egal war, dass er am Wochenende arbeitete und nicht jedes Jahr mit ihr in den Urlaub fuhr.

Aber irgendwann würde sie merken, dass es ihr nicht genug war. Dass er sie immer und immer wieder enttäuschte. Und sie würde ihn verlassen.

So wie Josie es getan hatte. Zu Recht.

Er könnte nicht damit leben, Lara für den Rest ihres Lebens unglücklich zu machen.

Sie hatte mehr verdient. Sie hatte *alles* verdient. Sie war der beste Mensch, den er kannte. Sie hatte eine filmreife romantische Liebesgeschichte mit Feuerwerk und endlosem Glück verdient.

Und wenn sie das nur bekommen konnte, wenn er sie nie wiedersah, dann war das ein Preis, den er zahlen musste.

Übelkeit schwappte wie eine Sturmflut in seinen Magen und toste in seiner Brust.

Der Gedanke, Lara nie wieder lachen zu hören, sie nie wieder dabei beobachten zu können, wie sie die Augen verdrehte, ihr nie wieder bei den Sicherheitsanweisungen zur Benutzung eines Toasters zu lauschen ... der Gedanke war so beschissen, dass Cal Probleme hatte, zu atmen.

Seine Lungen arbeiteten immer hektischer, sein Herz brannte, schwarze Punkte tanzten vor seinen Augen – wenn er es nicht besser gewusst hätte, hätte er gesagt, dass er soeben eine Panikattacke erlitt.

Er kniff die Augen zusammen, lehnte sich gegen die Wand hinter ihm und konzentrierte sich darauf, geordnet ein- und auszuatmen.

Ein. Aus.

Ein. Aus.

Fuck.

Was für ein erbärmlicher Hampelmann war er?

Er war vollkommen überfordert.

Er wusste nicht, was er tun sollte.

Er konnte nicht arbeiten. Nicht, während Lara so wütend auf ihn war. Er konnte sich nicht entspannen, nicht stillsitzen. Nicht, während er nicht wusste, was das, was in der letzten Stunde passiert war, für Konsequenzen haben würde.

Was war Laras Plan? Würde sie einfach nie wiederkommen? Nach dem Bankett nicht einmal mehr seinen Namen in den Mund nehmen? Ihn vergessen?

So tun, als wären die letzten vier Wochen nie passiert?

Denn er konnte es sicher nicht. Abgesehen davon war es nicht fair von ihr, ihm eine solche Emotions-Bombe an den Kopf zu werfen und dann einfach abzuhauen.

Sie hatte ihm nicht einmal die Chance gegeben, ihr zu erklären, warum sie ihn nicht lieben sollte. Andererseits wäre sie vermutlich nicht glücklich darüber gewesen, sich von ihm vorschreiben zu lassen, was sie fühlen sollte. Das hatte ihr komischerweise noch nie gefallen.

„Fuck", hauchte er und rieb sich übers Gesicht. „Fuck, fuck, fuck."

Er brauchte Hilfe. Vielleicht wurde es Zeit, dass er sich zum ersten Mal im Leben welche holte.

Fahrig zog er sein Handy aus der Tasche und wählte Callies Nummer. Nicht, weil sie eine Frau war und er von ihr Feingefühl erwartete – sondern einfach, weil sie alphabetisch als Erstes in seiner Liste kam.

Doch sie hob nicht ab und als er es zehn Sekunden später bei Cole und dann bei Coop probierte, ereilte ihn dasselbe Schicksal.

Fantastisch. Da nervten sie ihn seit Jahrzehnten damit, dass sie für ihn da wären und er nur Bescheid sagen müsste, wenn er etwas von ihnen bräuchte, und jetzt, da der Tag gekommen war, waren sie nicht zu erreichen!

Wahrscheinlich arbeiteten sie.

Klasse.

Hierzubleiben und nichts zu tun, war trotzdem keine Option. Also schnappte er sich seine Rollerschlüssel und trat aus der Tür.

Es interessierte ihn nicht, ob seine Geschwister beschäftigt waren. Er war auch immer beschäftigt, wenn sie ihn unangekündigt besuchten.

Zeit, den Spieß umzudrehen.


Callum konnte die Male, die er seinen Bruder Cole im Delphies Stadion besucht hatte, an einer Hand abzählen.

Dennoch grüßte ihn der Sicherheitsmann, der vor dem Eingang des Gebäudes stand, freundlich und ließ ihn, ohne zu zögern, durch.

Es hatte auch seine Vorteile, dass er seinen Geschwistern so ähnlich sah.

Er durchquerte die Eingangshalle und fuhr direkt mit dem Fahrstuhl in den obersten Stock, wo Cole sein Büro hatte. Cal wusste nicht, was er sich genau von diesem Besuch erhoffte – vielleicht einen heftigen Schlag auf den Kopf, der seine Gedanken wieder geraderücken würde. Was er jedoch wusste, war, dass alles besser war, als weiter in seiner staubigen Werkstatt herumzuhängen.

Er lief durch den sterilen Flur, auf das hinterste und größte Eckbüro zu, vor dem ein schlichtes Pult stand, an dem ein rothaariger junger Mann mit Headset auf dem Kopf saß.

„Haben Sie einen Termin?", fragte er sofort gehetzt, als er Cal auf sich zukommen sah, und sprang von seinem Arbeitsplatz auf.

„Nein, ich brauche keinen", stellte Cal klar, und bevor der Jüngling ihn aufhalten konnte, stieß er mit der Faust die Tür zu Coles Büro auf.

Doch sein Bruder hatte schon Besuch.

Ungläubig starrte er in die Runde.

Callie saß auf dem gläsernen Schreibtisch. Coop lehnte an der rechten Wand. Cole stand mit verschränkten Armen an der Glasfassade, die aufs Baseballfeld hinauszeigte.

„Was zum Teufel wird das hier?", fragte Cal laut. „Ein Familientreffen, zu dem ich nicht eingeladen bin?"

„Cal", erwiderte seine Schwester überrascht und sprang auf. „Was machst du denn hier?"

„Das ist die Frage, die ich *euch* stelle!“, entgegnete er kalt. „Macht ihr das öfter? Gemeinsam Kaffeekränzchen abhalten, bei denen ihr wahrscheinlich nur über mich und mein katastrophales und einsames Leben redet?“

Callie biss sich auf die Unterlippe und sah hilfesuchend zu Coop.

„Was sollen wir sonst tun, Cal?“, fragte der auf Kommando und seufzte. „Du hast unsere Anrufe ignoriert, Cole hat uns erzählt, dass du mit Lara schläfst ...“

„Was?“ Cal fuhr zu dem ältesten Bruder herum. „Woher ... was?“

Cole verdrehte die Augen. „Oh, komm schon, Callum. Für wie dumm hältst du mich? Lara war unglaublich angepisst, dass du auf dieses dumme dritte Date gehen wolltest, und du hast sie angesehen, als würdest du darauf warten, dass sie genau das endlich laut ausspricht. Die Blicke, die ihr ausgetauscht habt, eure Körpersprache ... ihr hattet so offensichtlich was miteinander am Laufen wie das Krümelmonster mit einer Packung Kekse.“

Er biss die Zähne aufeinander und stopfte seine geballten Fäuste in seine Hosentaschen. „Fantastisch. Also, was?“, fragte er feindselig. „Ihr trefft euch, um darüber herzuziehen, was für schreckliche Entscheidungen ich treffe?“

„Nein, Callum“, sagte Callie sanft. „Wir treffen uns, weil du innerhalb der letzten Monate ziemlich wütend und gereizt und unglücklich warst – und wir teilweise die Schuld daran tragen. Wir sind nicht ganz fair zu dir gewesen, und das tut uns sehr leid.“

Verblüfft öffnete er den Mund. Er hatte mit allem gerechnet, aber nicht damit. „Was?", stieß er perplex aus.

„Lara hatte recht, Cal. Mit dem, was sie auf Coles Hochzeit gesagt hat. Wir haben dich all die letzten Jahre benutzt."

„Wovon redest du?"

„Wir haben dich als unseren Ruhepol missbraucht. Sind immer zu dir gerannt, wenn wir Hilfe brauchten. Haben es ausgenutzt, dass du scheinbar entspannt und allwissend warst, und kein einziges Mal darüber nachgedacht, dass du vielleicht nicht nur der ruhige und sensible Bruder sein willst. Dass du auch mal der wütende, verantwortungslose Bruder sein musst. Wir ..." Sie holte lange Luft. „Wir haben dich unter Druck gesetzt. Weil wir dich mit unserem ständigen Gerede, dass du der Beste und Einfühlsamste von uns bist, auf ein Podest gehoben haben und nicht zulassen konnten, dass du dort herunterfällst. Du tust nur alles in deinem Leben mit einer solchen Leichtigkeit und Selbstverständlichkeit, dass wir überhaupt gar nicht darüber nachgedacht haben, dass du die ganze Zeit nur versuchen könntest, unseren Anforderungen gerecht zu werden und uns nicht zu enttäuschen. Also: Das tut uns wahnsinnig leid. Richtig?" Erwartungsvoll sah sie in die Runde.

Cole nickte und Coop murmelte: „Ja. Und ehrlich gesagt halte ich es für eine fantastische Idee, dass du mit Lara ... nun, dass ihr offenbar aufgehört habt, euch zu hassen. Eigentlich, wenn du darüber nachdenkst, war das Ganze ja sowieso meine Idee. Ihr zwei passt ziemlich gut –"

„Es ist scheißegal, ob du denkst, dass wir gut zusammenpassen, denn die Sache hat sich ohnehin erledigt“, unterbrach er sie hart.

Verblüfft hob Coop die Augenbrauen. „Was? Warum?“

„Weil ich ein Arschloch bin und Lara mehr verdient hat.“

„Oh nein. Er hat es vermasselt“, murmelte Cole und verbarg das Gesicht hinter seiner rechten Hand.

„Er ist ein Panther, natürlich hat er es vermasselt“, bemerkte Coop griesgrämig. „Also, was genau ist passiert, Cal? Hast du ihre Gefühle nicht ernstgenommen, so wie Cole damals bei Savannah? Hast du dir eingeredet, dass sie nicht in dein Leben passt, so wie Callie mit James? Oder hast du einen sinnlosen Streit vom Zaun gebrochen und sie von dir gestoßen, so wie ich noch vor ein paar Monaten?“

Cal kniff die Augen zusammen und schüttelte den Kopf. „Es ist nicht so einfach, ich …“

„Alles klar. Du hast alles drei gemacht“, unterbrach Coop ihn wehleidig.

„Nein!“, fuhr er seinen Bruder an. „Ich … Na ja, vielleicht, aber … Ich habe sie belogen, und sie hat mir trotzdem gesagt, dass sie mich liebt, aber …“ Er holte tief Luft und stieß sie zischend wieder aus. Er konnte keinen klaren Gedanken fassen. „Es ist irrelevant! Sie hat etwas Besseres verdient. Denn ich bin ein Arschloch. Ihr alle habt keine Ahnung, weil Lara die Einzige ist, die hinsieht, aber … ich bin ein Arschloch.“

Verwirrt sah Cole ihn an. „Wovon zum Teufel redest du?“

„Ich habe beschissene Dinge gesagt. Zu Lara. Und ich habe mich das letzte Jahr über grässlich verhalten. Ich tue so, als würde ich die Treffen mit euch vergessen, dabei gehe ich bewusst nicht hin. Ich habe eure Probleme zwanzig Jahre lang ignoriert, weil ich besessen von meiner Arbeit war – noch immer bin. Weil ich nicht zwischen die Fronten geraten wollte.“

„Cal, atme durch, okay? Was du sagst, ergibt keinen Sinn“, stellte Callie verdattert fest. „Du hast unsere Probleme nicht ignoriert. Du hast dich in deine Arbeit gestürzt, damit du weniger von zu Hause mitbekommst. Glaub mir, das verstehe ich. Ich hätte dasselbe getan, wenn ich die Wahl gehabt hätte.“

„Wir alle hätten dasselbe getan“, sagte Cole steinern. „Und wir wissen, dass du unsere Treffen nicht vergisst. Wir mögen nicht so klug sein wie du, aber wir sind auch keine Volldeppen.“

„Bist du deswegen zu Dad gerannt und hast ihm geholfen, seine Beziehung zu uns zu verbessern?“, fragte Coop nachdenklich. „Weil du dir Schuldgefühle einredest ... Weil du denkst, nicht genug für uns dagewesen zu sein?“

Cal rieb sich über den verspannten Kiefer und zuckte die Achseln. „Auch. Nicht nur. Ihr seid alle einfach so dickköpfig. Ihr wärt nicht von allein auf die Idee gekommen, euch mit ihm zu vertragen, und da Dad es mir irgendwie immer verzeiht, wenn ich ihm unangenehme Wahrheiten an den Kopf werfe ... Es war meine Aufgabe, mich darum zu kümmern.“

Callie trat auf ihn zu und nahm seine Hand zwischen die ihre. „Und genau deswegen bist du kein Arschloch,

Cal. Weil du dich die ganze Zeit nur um die Gefühle anderer kümmerst. Du versuchst, niemanden zu verletzen, und stellst deine eigenen Emotionen hinten an."

Er lachte trocken auf. „Das stimmt nicht. Habt ihr nicht zugehört? Ich habe Dads Gefühle absichtlich verletzt."

„Ja, aber nur, um ihn auf lange Sicht glücklich zu machen. Das zählt nicht", bemerkte Coop. „Cal, es wird Zeit, dass du auch mal an dich selbst denkst."
„Aber das ist es doch, was –"

„Nein, du denkst an deine Arbeit", korrigierte Cole ihn sofort. „An die Menschen, denen du damit helfen könntest. Nicht daran, was *du* willst. Was *du* brauchst."

„Aber ich will nichts und brauche nichts", sagte er mit den Zähnen knirschend. „Nichts, was ich haben könnte, zumindest."

„Also liebst du Lara nicht?", folgerte Coop langsam. „Du erwiderst ihre Gefühle ... nicht?"

Irritiert zog er die Augenbrauen zusammen. „Warum spielt das eine Rolle?"

Cole schnaubte. „IQ von 161 am Arsch."

„Er ist süß, wenn er so unwissend ist, oder?", bemerkte Coop grinsend. „Wie ein tollpatschiger Hundewelpe."

Callie lachte. „Aber ist doch schön, dass wir ihm auch noch etwas beibringen können, oder nicht? Wir –"

„Es reicht!", unterbrach Cal sie wütend. „Hört auf damit! Hört auf, über mich zu reden, als wäre ich nicht da!"

„Beruhig dich, Cal", sagte Cole gelassen.

„Ich will mich aber nicht beruhigen", entgegnete er scharf. „Ihr treibt es zu weit. Schon das ganze verdammte letzte Jahr über! Gott, habt ihr überhaupt eine Ahnung, wie *wütend* ihr mich damit macht, mich wie ein unmündiges Kind zu behandeln? Ich weiß, dass ich mein Leben anders führe als die meisten. Dass meine Prioritäten nicht identisch mit den euren sind. Aber das bedeutet nicht, dass ich *falschliege* und ihr *richtig*!"

„Das behauptet doch auch niemand", meinte Coop betont freundlich. „Es gibt hier kein Richtig oder Falsch. Aber gerade in deinem Fall scheint es ein Glücklich oder Unglücklich zu geben – und wir hätten gern, dass du dich für die glückliche Seite entscheidest. Aber dafür müssen wir wissen, ob du Lara liebst."

„Und du hast recht: Wir sind zu weit gegangen", bestätigte Callie. „Diese ganze Dating-Sache war eine blöde Idee."

Coop schnaubte. „Das sagst du nur, weil ich dabei bin, zu gewinnen."

Verärgert sah Callie ihren Bruder an. „Es war unfair, dass du Lara gewählt hast! Hätte ich gewusst, dass wir sie wählen dürfen, sähe die Sache jetzt völlig anders aus."

„Oh, bitte." Mitleidig sah Coop sie an. „Du ärgerst dich nur, weil du nicht an sie gedacht hast. Du –"

„Ihr seid keine Hilfe!", rief Cal laut, denn so langsam verlor er die Geduld. „Dabei behauptet ihr doch immer, dass das euer Ziel wäre! Also: Reißt euch zusammen und tut, was ihr mir seit Monaten versprecht. Ich kann jedem Menschen auf dieser Welt Verhaltenstipps geben, aber habe selbst keinen Schimmer, was ich tue! Ich bin ein Heuchler. Ich dachte immer, dass ich Gefühle verstehen würde. Dass ich sie sehe und sofort begreife. Aber das ist Schwachsinn! Ich habe nicht gecheckt, dass Lara in mich verliebt ist, bis sie es mir an den Kopf geworfen hat. Und meine Gefühle spielen überhaupt keine Rolle. Es ist vollkommen unbedeutend, ob ich sie liebe oder nicht – denn ich habe sie verletzt. Und wenn wir zusammenkommen, werde ich sie wieder verletzen."

„Ja, natürlich", sagte Cole trocken. „Und du wirst es wieder und wieder tun – und es immer aufs Neue wiedergutmachen. So wie der jämmerliche Rest von uns. Denn das passiert. Wir verletzen die Menschen, die wir lieben – und wir bitten um Verzeihung. Und es ist schrecklich und es ist wunderbar, und es gibt schlechte und es gibt gute Zeiten. Das einzig Wichtige ist: Wenn du Lara liebst und sie dich liebt, dann ist es die Sache wert."

Cal biss die Zähne aufeinander und schüttelte den Kopf, was Coop ein weiteres schweres Seufzen entlockte.

„Cal", sagte er harsch. „Ganz ehrlich: Wie oft hab ich mir irgendwelche Lebensweisheiten von dir aufdrängen lassen?"

„Keine Ahnung", antwortete er schroff. „Ich hab mit achtzehn aufgehört zu zählen."

„Eben. Also: Lass doch uns ausnahmsweise einmal die weiseren Geschwister sein. Denn wir wissen, wovon wir reden. Und ich habe nur einen einzigen Tipp für dich. Etwas, das ich in den letzten Monaten gelernt habe: Die Dinge im Leben, mit denen wir am wenigsten gerechnet haben, sind oft die besten. Und die Dinge, die uns sehr schwerfallen, sind meistens die, die am Ende am wertvollsten sind. Ich weiß, dass du Schiss hast. Ich weiß, dass du Lara nicht wehtun willst. Und ich weiß, dass du denkst, dass deine Arbeit eine Beziehung nicht zulässt. Aber du wirst erst Gewissheit haben, wenn du es ausprobierst."

„Ich habe es ausprobiert", fuhr er Coop an. „Schon vergessen? Meine Beziehung, die in Flammen aufgegangen ist? Deine Worte, du erinnerst dich?"

„Das ist Ewigkeiten her!", meinte Coop und winkte ab.

„Aber es hat sich nichts geändert!" Cals letzte Worte waren so laut, dass sie von den Wänden widerhallten.

Coop senkte den Blick, Cole seufzte schwer, und Callie drückte seine Hand.

„Du wirst nicht auf uns hören, oder?"

Cal antwortete nicht. Callie kannte die Antwort doch ohnehin.

„Schön", sagte sie knapp und ließ ihn los, bevor sie sich ruckartig zum Schreibtisch wandte. „Cole, das von dir arrangierte Date steht noch aus, richtig?"

„Jap, wieso?"

„Weil ich weiß, mit wem Cal sich heute Abend treffen sollte", erklärte sie sachlich.

„Wirklich?", fragte der Älteste interessiert.

„Ja." Süßlich lächelnd wandte seine Schwester sich wieder ihm zu. „Du wirst hingehen, Cal. Und danach … danach lassen wir dich in Ruhe. Wie versprochen. Wenn du dann immer noch Hilfe willst, helfen wir dir auf die Art und Weise, die du für richtig hältst. In Ordnung? Aber erst nach dem Treffen heute Abend. Haben wir einen Deal?"

Sie streckte die Hand aus und hob erwartungsvoll die Augenbrauen.

Cal starrte seiner Schwester in die Augen, blickte auf die Hand ... und ergriff sie.

Er hatte ohnehin nicht das Gefühl, heute noch mehr verlieren zu können.

# Kapitel 23

Natürlich reservierte Cole im *L'Amour*.

Als bräuchte Cal noch weitere Erinnerungen an Lara, die ihn noch beschissener fühlen ließen.

Er lehnte an derselben Bar, an der er vor zwei Wochen mit seiner vermeintlichen Erzfeindin gestanden und über den Idioten Shawn diskutiert hatte.

Der Speisesaal war noch immer derselbe. Rote Rosen so weit das Auge reichte, weiße Seidentücher, Mistelzweige, Herzkonfetti und wuchtige Kerzenleuchter. Nur sang heute nicht Edith Piaf, sondern Adele, die ihre große Liebe verloren hatte.

Alles war gleich und doch nichts mehr wie zuvor.

Lara war nicht mehr seine Erzfeindin. Cal war allein. Die kitschige Aufmachung der Tische amüsierte ihn nicht mehr, sondern nervte schlichtweg. Noch mehr als die Tatsache, dass er immer noch nicht wusste, auf wen er hier eigentlich wartete. Callie hatte sich geweigert, es ihm zu verraten, Coop hatte beteuert, es nicht zu wissen, und Cole meinte, er sei kein Vollidiot, er würde nicht den Zorn seiner Schwester auf sich ziehen.

Callum hatte das starke Verlangen, sich zu betrinken. Das hatte er nicht oft, aber alle paar Jahre passierte es.

Dennoch nippte er an einem Wasser anstelle eines Biers.

Er war schon ohne alkoholischen Einfluss durcheinander. Er wollte seine Sinne nicht noch weiter benebeln. Falls Lara doch noch anrief, um über die Sache zu reden. Um ihm zu beteuern, dass sie natürlich Freunde bleiben konnten. Dass sie trotzdem noch Teil vom Leben des anderen sein konnten.

Doch Cal wusste, dass das nicht passieren würde. Nicht, weil Lara dickköpfig und klug war – obwohl beides natürlich der Fall war –, sondern schlichtweg, weil sie dachte, alles getan zu haben, was sie tun konnte. Sie war ehrlich gewesen. Sie hatte ihm eine Chance gegeben. Sie hatte es versucht.

Und was hatte er getan? Nichts.

Weil er keine Lösung für das Problem sah. Ihm war es wichtiger, dass Lara glücklich wurde, als dass er selbst es war. Was genau also waren schon seine Möglichkeiten?

„Cal?", riss ihn eine sanfte Stimme aus den Gedanken.

Blinzelnd blickte er auf – und erstarrte. Er kannte die Stimme genauso wie das Gesicht der hochgewachsenen Schönheit, die nun vor ihm stand. Die langen schwarzen Haare aus der Stirn gekämmt, ihre dunkle Haut makellos. Große dunkle Augen, die sich mit Tränen gefüllt hatten, als er sie das letzte Mal gesehen hatte.

„Josie", stieß er perplex aus. „Was machst du denn hier?"

„Nun, offenbar lädst du mich auf ein Essen ein. Das ist zumindest, was mir erzählt wurde", antwortete seine Ex-Freundin überrascht.

„Du bist mein Date?", folgerte er tonlos und schüttelte den Kopf. Was zur Hölle hatte sich Callie denn dabei gedacht?

„Oh, nein, nein, nein", wehrte Josie sofort ab und hob die Hände. „Das hier ist ganz sicher kein Date."

Cal runzelte die Stirn. „Dann verstehe ich ehrlich gesagt nicht, was das hier soll."

„Callie hat mich angerufen und gemeint, dass du meine Hilfe gebrauchen könntest", antwortete sie verdutzt. „Ich dachte also, *du* wüsstest, was das hier soll."

„Hilfe?", fragte er perplex. „Wobei brauche ich von dir Hilfe?"

„Sag du es mir. Deine Schwester meinte, du hättest noch nicht mit mir abgeschlossen."

Cals Augen wurden noch eine Spur größer. „Meinte sie, ja?"

„Ja. Und das tut mir ehrlich leid, aber ich bin nicht hier, um wieder mit dir zusammenzukommen."

Callum lachte freudlos auf. „Nein, natürlich nicht", bemerkte er und rieb sich über das Gesicht. „Das würde ich auch gar nicht wollen. Das Debakel sollten wir nicht wiederholen."

Josie runzelte die Stirn. „Es war ein Debakel für dich? Unsere Beziehung? Also hängst du doch nicht mehr an mir?"

Verwirrt öffnete er den Mund. „Nun ... nein. Und ja. Also, ich hänge nicht mehr an dir. Ich weiß nicht, was Callie sich dabei gedacht hat, aber ..." Er räusperte sich und lockerte seinen Krawattenknoten. Nichts von dem, was er sagte, ergab einen Sinn. Aber Josies Worte taten es genauso wenig. Er blinzelte und neigte irritiert den

Kopf. „Moment: War sie für dich etwa kein Debakel? Unsere Beziehung?"

Überrascht hob Josie die Augenbrauen. „Warum sollte sie? Ich meine, das Ende war unschön, weil du mich absichtlich von dir weggeschoben hast und zu feige warst, das Ganze zu beenden, aber bis zu dem Punkt … bereue ich nichts. Du etwa?"

„Ich …" Cal rieb sich mit der Hand über den Nacken. „Nein. Reue ist es nicht, was ich empfinde. Eher Resignation? Weil ich wusste, dass das Ende kommen würde und ich es nicht ändern konnte."

Sie seufzte schwer. „Und genau das war das Problem, Cal. Du hast bereits angenommen, dass es nicht funktionieren wird. Dass du Arbeit und Beziehung nicht unter einen Hut bekommen kannst. Also hast du es nicht einmal versucht."

„Doch, das habe ich! Ich –"

„Nein." Sie lachte und schüttelte den Kopf. „Du hast mich zu Anfang der Beziehung bereits vorgewarnt, Cal. Du warst schon halb aus der Tür. Du hattest zu hohe Erwartungen an dich selbst und daran, wie du dich als fester Freund verhalten müsstest. Du hast dir so viel Druck gemacht, dass du nur unglücklich werden konntest."

Cal starrte sie an. Die Worte kannte er bereits – trotzdem brauchte er ein paar Sekunden, um zu ergründen, woher.

„Shit", wisperte er. „Das hat Lara auch gesagt."

„Lara?" Josies Augenbrauen flogen in die Höhe. „Wer ist Lara?"

„Sie ist … niemand, sie … Nein.“ Er seufzte. Das Wort *niemand* hatte Lara nicht verdient. „Sie ist jemand“, sagte er also stattdessen.

Ein wissender Ausdruck erschien auf Josies Gesicht. „Ah. Jemand. Jemand Besonderes.“

Cal fuhr sich fahrig durch die Haare. „Ja.“

„Ah.“ Sie nickte. „So langsam verstehe ich, warum Callie denkt, dass du meine Hilfe brauchst.“

Er schnaubte. „Ich brauche keine Beziehungshilfe von dir!“

„Warum nicht?“, erwiderte sie lächelnd. „Von wem solltest du bessere Hilfe bekommen als von deiner Ex? Die weiß nämlich, was deine Probleme sind.“

„Nichts für ungut, Josie, aber du kennst mich nicht mehr.“

Sie lachte. „Nein. Tue ich nicht … Aber ich kann die unangenehmen Fragen stellen, die du bei deinen Geschwistern nur abblocken würdest – obwohl du ein solcher Fan von ihnen bist. Also, Cal: Hattest du nach mir wieder eine Freundin?“

„Nein. Aber das ist mir nicht unangenehm“, antwortete er schlicht.

„Warum?“

„Warum es mir nicht unangenehm ist?“

„Nein. Warum du nach mir keine weitere Beziehung eingegangen bist?“

Er warf ihr einen ironischen Blick zu. „Du weißt, warum.“

„Nein“, antwortete sie ehrlich verblüfft.

„Ich war ein schrecklicher Freund, Josie!“

Irritiert rümpfte sie die Nase. „Warst du?“

„Ja!“, sagte er, diesmal lauter. „Ich habe ständig gearbeitet, habe dich dauernd versetzt, war zu ungeduldig,
habe deine Wünsche ignoriert …“

„Aber das hast du erst gemacht, nachdem du uns bereits aufgegeben hattest, Cal“, meinte sie langsam. „Und
das hast du doch absichtlich getan, oder nicht? Weil du
mich dazu bringen wolltest, mit dir Schluss zu machen.
Du warst also einfach nur feige, kein schlechter Freund
an sich.“

Er schnaubte. „Das macht doch keinen Unterschied.
Unterm Strich hast du deswegen mit mir Schluss gemacht.“

Josie lachte. Laut und befreit. „Großer Gott, Cal, ich
habe das Ganze nicht beendet, weil du zu wenig Zeit für
mich hattest und ich zweimal im Restaurant auf dich
warten musste. Ich habe es beendet, weil du mich nicht
geliebt hast.“

Sein Magen zog sich ruckartig zusammen. „Was?“

„Komm schon“, sagte sie ungeduldig. „Das muss dir
doch klargewesen sein.“

„Nein.“ Perplex sah er sie an. „Ich war verliebt, ich …“

„Zwischen Verliebtsein und Liebe liegen Welten, Cal“,
sagte sie seufzend. „Ich glaube dir, dass ich dir wichtig
war. Dass du verliebt warst. Aber es war nicht genug.
Ich habe mehr für dich empfunden als du für mich.
Deshalb habe ich Schluss gemacht. Weil du dich nicht
getraut hast, mir das zu sagen. Weil du mich nicht verletzen wolltest.“

Er schüttelte den Kopf. Immer und immer wieder.
„Aber ich dachte, du wärst unglücklich gewesen, weil
ich meine Arbeit dir vorgezogen habe …“

„Du hast mich vorgezogen, wenn es darauf ankam“, meinte sie und zuckte die Achseln. „Aber du warst nicht glücklich mit mir. Du hast mich nie angesehen wie … nun, eine deiner Drohnen.“ Sie lachte. „Letztendlich haben wir auch gar nicht zusammengepasst. Ich bin zu weich und emotional für dich. Du brauchst jemanden, der sich weniger gefallen lässt. Der dir sagt, wenn du dich wie ein Idiot aufführst. Kann diese Lara das?“

„Sie ist Weltmeisterin darin“, sagte er, seine Stimme noch immer tonlos. Er verstand nicht, was genau Josie ihm da gerade erzählte.

„Na, das klingt vielversprechend“, meinte Josie amüsiert und berührte ihn sacht am Arm. „Cal, deine Arbeit ist dir wichtig. Sie nimmt den Großteil deines Lebens ein. Das wusste ich, als ich mich auf dich eingelassen habe – und es wäre mir egal gewesen, wenn du mich ehrlich und wahrhaftig geliebt hättest. Aber du hast dich bei mir nie zu hundert Prozent wohlgefühlt. Konntest mir nie alle Facetten deines Charakters zeigen. Du hast mir super oft deine Meinung verschwiegen, weil du Angst hattest, mit mir zu streiten und mich zum Weinen zu bringen. Wenn du diese Lara nicht liebst, wenn du bei ihr nicht du selbst sein kannst und du lieber arbeiten möchtest, als mit ihr im Bett zu liegen – dann vergiss sie. Aber falls dem nicht so ist – dann sei doch kein Blödmann! Lass sie dir nicht durch die Lappen gehen, nur weil du Angst hast, sie zu verletzen. Du bist nicht für ihre Gefühle verantwortlich. Wenn sie mit dir zusammen sein will, dann bist du ihr das Risiko offensichtlich wert. Das ist ihre Entscheidung – und es wäre ziemlich scheiße von dir, sie ihr abzunehmen, weil du glaubst, dass sie nicht stark genug ist, um all die

Hürden zu nehmen, die ihr in den Weg geworfen werden, wenn sie mit dir zusammen ist."

„Das glaube ich nicht", sagte er verwirrt. „Sie ist der stärkste Mensch, den ich kenne."

„Na, was ist dann dein Problem?", hakte Josie ungeduldig nach und ließ ihn los. „Warum stehst du mit mir an der Bar, wenn die einzigen Dinge, die dir offensichtlich im Weg stehen, dein zu großes Ego und deine Angst, zu versagen, sind?"

Cal hatte keine gute Antwort auf diese Frage.

Also drehte er sich auf dem Absatz um und verließ das Restaurant.


Merkwürdig, dass es nur sieben Jahre gedauert hatte, um herauszufinden, dass er ein Genie war, aber er ganze dreiundzwanzig gebraucht hatte, um zu checken, dass er ein Idiot war.

Wenn Lara sich in den Kopf gesetzt hatte, dass er der Mann war, der sie glücklich machen konnte, dann sollte er verdammt noch mal herausfinden, ob sie recht hatte!

Sie musste schließlich ihre eigenen Fehler machen, und bei Gott, er hoffte sehr, dass er einer von ihnen sein konnte ... denn er liebte sie so sehr, dass er bei dem Gedanken daran beinahe einem Laster hintendrauf gefahren wäre.

Dass er in Lara verliebt war, war keine Neuigkeit für ihn. Das dämmerte ihm bereits seit einer Woche, schließlich war er ziemlich klug. Aber er hatte die Gefühle so gut es ging ignoriert. Warum sollte er sich auf etwas einlassen, was sowieso nicht möglich war?

Aber Shit, *alles* war möglich. Das sollte er doch am besten wissen! Er konnte nur hoffen, dass er es nicht zu sehr versaut hatte.

Mit seiner Lüge und seinem Ego und den dummen Worten, die seinen Mund verlassen hatten.

Leider fuhr sein Roller nur neunzig Kilometer pro Stunde – ihm blieb auf dem Weg nach New York also schrecklich viel Zeit, darüber nachzudenken, warum Lara ihre Meinung über ihn innerhalb des letzten Tages geändert haben könnte.

Als er endlich über die Brooklyn Bridge nach Manhattan fuhr, fiel ihm ein, dass er überhaupt keine Ahnung hatte, wo Lara wohnte.

Alles, was er über sie wusste, war, dass sie bei *Easy Engineering* arbeitete, also war das sein Ziel.

Es war nach neun, als er endlich ankam, und er rechnete gar nicht mehr damit, dort noch irgendwen anzutreffen ... doch wie am heutigen Tag so oft, irrte er sich.

Die Tür des Ingenieurbüros ließ sich einfach aufstoßen und im Flur brannte noch Licht.

„Hallo?", rief er und sah sich in dem langen Gang um, der von offenstehenden Türen gesäumt wurde.

Niemand antwortete und Callum trat tiefer in das Bürogebäude. Zu seiner Rechten erstreckte sich eine hölzerne Rezeption, zu seiner Linken befanden sich weitere Zimmer. „Hallo?", wiederholte er. „Lara? Irgendwer?"

„Wir haben seit Stunden geschlossen", ertönte endlich eine Stimme. Sie war männlich und tief und kam Cal vage bekannt vor. „Versuchen Sie es morgen noch einmal."

„Morgen reicht mir nicht", bemerkte Callum und trat vor, bis er in einen rechteckigen Raum lugte, in dem noch Licht brannte. Ein älterer Mann mit kahlem Kopf saß hinter seinem Schreibtisch und sah seufzend auf. Ein Schild auf seinem Tisch wies ihn als Richard Evans aus.

„Was für ein Problem kann denn nicht –" Mitten im Satz brach er ab. „Mr Panther", sagte er verblüfft und ließ die Hände von der Tastatur sinken. „Was tun Sie denn hier?"

Zögerlich trat Callum ein. „Ehrlich gesagt bin ich auf der Suche nach Ihrer Tochter. Ist sie hier?"

„Nein, natürlich nicht."

Cal seufzte. Damit hatte er gerechnet. „Klar. Es ist schon spät. Sie wird zu Hause sein."

„Nein, das meine ich nicht", sagte Mr Evans scharf. „Sie ist nicht hier, weil sie nicht mehr hier arbeitet. Kann *ich* Ihnen vielleicht stattdessen weiterhelfen?"

Callums Herz fühlte sich an wie mit Eiswasser übergossen. Fassungslos starrte er den älteren Mann an. Hatten denn heute alle ihren Verstand verloren? „Sie ... Sie haben sie gefeuert? Bei aller Höflichkeit: Wie dumm sind Sie eigentlich?"

Der Kahlkopf verengte die Augen und stand auf. „Ich habe sie nicht entlassen", sagte er hart. „Sie hat gekündigt."

„Aber warum?"

„Sagen *Sie* es mir, Mr Panther", bemerkte Laras Vater feindselig. „Bevor sie bei Ihnen eingezogen ist, hat sie ihren Job geliebt."

Cal verengte die Augen und ließ den Blick über Mr Evans' Gesicht huschen. Es war offensichtlich, dass der Ingenieur ihm für alles die Schuld gab.

Aber Callum war kein Märtyrer. Er wusste, dass er eine Menge Fehler gemacht hatte – aber dieser hier war keiner davon.

„Nein", sagte er knapp und beugte sich vor. „Das hat sie nicht. Sie hat sich gelangweilt. Das können Sie nicht auf mich abwälzen. Ich habe eine Menge dumme Dinge getan, die Lara schlecht beeinflusst haben, aber das hier ist ausschließlich Ihre Schuld." Er biss die Zähne aufeinander. „Sie nehmen Lara nicht ernst. Sie geben ihr nur lächerlich einfache Aufgaben, die sie in keiner Weise herausfordern. Haben Sie überhaupt eine Ahnung davon, wie unfassbar intelligent Ihre Tochter ist? Wie viel Energie sie besitzt? Sie auf der Ersatzbank sitzen zu lassen, ist einfach nur dämlich! Warum sollten Sie ihren Starspieler hinter einem Computer verstecken?"

„Das sagen *Sie* mir?", fragte der Mann schnaubend. „Sie waren es doch, der sich dauernd über sie beschwert hat."

„Na und? Es war doch wohl offensichtlich, dass *ich* das Problem war, nicht sie! Sie ist die kompetenteste Frau, mit der ich je zusammengearbeitet habe."

„Ich weiß, dass meine Tochter kompetent ist", knurrte ihr Vater. „Ich weiß, dass sie intelligent ist. Aber Sie wissen nicht, was ich weiß. Sie können nicht –"

„Der Unfall hat sie nicht schwach gemacht", unterbrach Cal ihn ungeduldig. „Das Gegenteil ist der Fall. Gerade weil sie ihn hatte, ist sie eine solche Kämpferin geworden."

Verblüfft öffnete Mr Evans den Mund. „Sie hat Ihnen davon erzählt." Es war eine Feststellung, keine Frage.

„Ja. Der Unfall sollte kein Hindernis sein. Er hat Laras Fähigkeiten nicht beeinflusst. Ich verstehe, dass sie Angst haben, sie zu verlieren, aber alles, was Sie mit Ihrem Verhalten erreichen, ist, sie zu verunsichern." Er holte tief Luft. „Könnten Sie mir jetzt bitte ihre Adresse geben?"

Laras Vater lachte trocken auf. „Nein. Ganz sicher nicht", sagte er steinern und sah nicht aus, als würde er seine Meinung ändern. Jetzt wusste Cal zumindest, woher Lara diese Eigenschaft hatte.

„Schön", sagte er abgehackt. „Machen Sie, was Sie wollen, aber entschuldigen Sie sich jedenfalls bei Ihrer Tochter dafür, dass Sie ihr das Gefühl gegeben haben, schwach zu sein. Das hat sie nämlich nicht verdient."

Mit diesen Worten drehte er sich um und verließ das Büro.

Er hatte gesagt, was er sagen musste, und hier nichts mehr verloren.

Warme Sommerluft empfing ihn auf der Straße, die er schwer in die Lungen sog. Er war keinen Schritt weiter als zuvor.

Vielleicht sollte er Hannah anrufen. Sie nach der Adresse fragen. Aber eigentlich ... eigentlich brauchte er sie gar nicht.

Callum wusste genau, was er tun musste.

Und er würde jede Sekunde davon hassen.

# Kapitel 24

Die Musik war zu laut. Der Raum zu überfüllt. Ihre Laune zu schlecht.

Lara hatte nicht oft darüber nachgedacht, sich absichtlich etwas zu brechen, um einer beruflichen Verpflichtung fernbleiben zu können – aber an diesem Tag hatte sie es gleich dreimal in Erwägung gezogen.

Das erste Mal, als Mrs Fowl vom Verteidigungsministerium ihr in voller Länge erklärt hatte, wie schlecht sie ihren Job gemacht hatte.

Es lohnte sich nicht, ihr zu erzählen, dass sie den Job noch immer besser als die neun Kandidaten vor ihr gemacht hatte, die bereits nach einer Woche mit Callum Panther aufgegeben hatten. Die Frau hatte sich bereits in Rage geredet, als Lara die Chance bekam, den Mund aufzumachen.

Das zweite Mal, als herauskam, dass die Getränke heute nicht kostenlos waren, sondern dass sie für jeden Weißwein elf Dollar zahlen musste.

Das dritte Mal war jetzt, als sie ihren Vater mit grimmiger Miene und bestimmtem Schritt auf sich zukommen sah.

Er trug eine pinke Krawatte, seine Augen waren zu Schlitzen verengt und er entschuldigte sich bei keinem der Leute, die er anrempelte.

Das war ein schlechtes Zeichen.

Sie hatte seit ihrer Kündigung alle seine Anrufe ignoriert. Ihr war klar, dass das nicht die höfliche Art war, aber sie hatte einfach keinen Nerv für noch mehr Drama und Herzschmerz gehabt.

Der gestrige Tag war schlimm genug gewesen.

Sie hatte mitten auf dem Weg von Philadelphia nach New York auf einem Rastplatz halten müssen, weil sie aufgrund der Tränen, die ihre Wangen hinabströmten, die Straße nicht mehr hatte sehen können. Sie hatte nicht zu Hannah gewollt, aus Angst, dort Cooper über den Weg zu laufen, der seinem blöden Bruder einfach viel zu ähnlich sah. Also war sie zurück in ihre Wohnung gekehrt, die sich partout nicht mehr wie ein Zuhause angefühlt hatte. Sie war zu leer gewesen, zu leise, zu klein. Ihr Bett war nicht mehr gemütlich gewesen, die Bilder an ihren Wänden hatten ihr keinen Trost spenden können, die Küche konnte sie nicht betreten, weil sie sie an jeden katastrophalen Versuch von Callum erinnerte, etwas Essbares zu zaubern.

Sie hatte Schokolade gegessen, halbherzig im Internet nach Jobangeboten gesucht und war letztendlich um neun Uhr vor Erschöpfung eingeschlafen. Traurig zu sein, war äußerst anstrengend. Vor allem, wenn man jedes Mal das Gesicht des Mannes sah, der einem das Herz gebrochen hatte, sobald man die Augen schloss.

Lara wünschte, sie könnte einfach nur wütend auf Cal sein. Könnte ihn dafür hassen, dass er sie belogen hatte. Doch sie brachte es nicht fertig. Denn sie verstand ihn. Sie kannte seine größten Schwächen, seine größten Stärken ... Sie kannte *ihn*. Er hatte sich zu lange ausschließlich über seine Arbeit und seinen Intellekt definiert. Er zog sämtliches Selbstvertrauen aus den Drohnen, die er bastelte. Natürlich konnte er nicht zugeben, dass er in dem einzigen Bereich versagte, der ihn nie im Stich gelassen hatte. Sie wünschte nur, er würde verstehen, dass es ihr egal gewesen wäre. Dass sich das Bild, das sie von ihm hatte, nicht geändert hätte. Denn Callum brauchte seine Drohnen nicht, um ein fantastischer Mensch zu sein.

Doch das musste er für sich selbst herausfinden. Sie konnte ihn nicht dazu zwingen, sich selbst so zu sehen, wie sie es tat. Sie konnte ihn nicht dazu bringen, sie zu lieben. Entweder seine Gefühle reichten aus, um über seine Unsicherheiten hinwegzusehen, oder nicht.

Bei dem Gedanken daran fingen ihre Augen prompt erneut an zu brennen. Hastig blinzelte sie die aufsteigenden Tränen weg und fixierte stattdessen ihren Vater, der sie nun fast erreicht hatte.

„Du gehst mir schon den ganzen Abend lang aus dem Weg", stellte er verärgert fest, sobald er in Hörweite war.

„Ja. Tue ich", gab sie zu. Denn sie hatte genug von Lügen. Die Wahrheit war manchmal schmerzhaft, aber Lügen zerstörten so viel mehr.

„Du kannst nicht einfach von einem Moment auf den nächsten kündigen und erwarten, dass ich es wortlos hinnehme", unterrichtete er sie und stemmte die Hände in die Seiten.

„Das wirst du müssen, Dad“, sagte sie entschuldigend und zog die Schultern hoch. „Denn ich habe die Entscheidung bereits getroffen und ich werde meine Meinung nicht ändern.“

„Aber warum? Ich dachte, du wärst glücklich bei uns.“

Sie schluckte. „Ja, das dachte ich auch, aber in den letzten Wochen …“ Schwer seufzte sie. „Ich bin nicht dafür geschaffen, nur hinterm Schreibtisch zu sitzen und E-Mails zu beantworten, Dad. Ich brauche Action, ich muss mit Leuten interagieren, Probleme lösen, Baustellen besuchen. Und solange ich bei euch arbeite, werde ich nie meine vollen Kapazitäten ausschöpfen können. Solange ich mit meinen Eltern und Geschwistern im gleichen Büro hocke, werde ich nie erfahren, zu was ich überhaupt in der Lage bin. Wer ich ohne euch bin. Ihr fasst mich immer mit Samthandschuhen an. Ich verstehe, warum ihr es tut, aber ich will mich nicht den Rest meines Lebens durch meinen Unfall definieren lassen. Ich bin gesund, ich lebe und das möchte ich ausnutzen. Also muss ich gehen. Um das herauszufinden. Vielleicht kehre ich ja irgendwann zurück.“ Sie versuchte sich an einem Lächeln, doch ihre Gesichtsmuskeln setzten sich nur müde in Gang.

Ihr Vater zog die Augenbrauen zusammen und sah auf seine Füße. „Mist. Der Kerl hatte tatsächlich recht“, murmelte er kaum hörbar, bevor er lauter hinzufügte: „Lara, es tut mir aufrichtig leid, dass du dich so fühlst. Wir wollten dir nie das Gefühl geben, na ja …“, er zögerte und räusperte sich, „schwach zu sein. Deine Mutter und ich halten dich für beeindruckend stark. Manchmal sogar etwas zu stark, wenn es um deinen Dickkopf geht.“

Lara musste lachen, auch wenn sich ein Kloß ihren Hals hinaufarbeitete. „Warum seid ihr dann immer so vorsichtig, wenn es um mich geht?"

„Ach, Liebling." Ihr Vater legte einen Arm um ihre Schultern und zog sie fest an sich. „Wir mussten mitansehen, wie du um dein Leben kämpfst. Die Ärzte waren nicht sicher, ob du wieder aufwachst. Ob du wirst laufen können. Ob du je wieder ein normales Leben führen kannst. Und wenn man das gesehen hat, dann tut man alles in seiner Macht Stehende, damit sich der Horror nicht wiederholt."

Sie nickte, denn sie verstand es. „Ich habe kein normales Leben geführt. Nicht in den letzten sieben Jahren. Egal, ob ich dazu in der Lage war oder nicht. Aber das war nicht richtig. Nur, weil man Angst vor dem Schlimmsten hat, darf man nicht aufhören, Risiken einzugehen. Der Unfall ist passiert und ich trage dessen Narben, die mich ihn nie vergessen lassen werden. Doch er hat viel zu viel Kontrolle über mein Leben eingenommen. Und ihr gebt sie ihm, wenn ihr mit mir umgeht, als wäre ich eine zerbrechliche Blume."

„Ich weiß", antwortete ihr Vater mit belegter Stimme. „Ich habe gestern mit deiner Mutter darüber geredet. Wir werden uns mehr Mühe geben, dich wieder häufiger im Matsch spielen zu lassen."

Jetzt lachte Lara doch. „Mehr verlange ich gar nicht."

Ihr Vater schmunzelte, bevor er nachdenklich den Kopf neigte. „Lara, willst du mir erzählen, was genau in den letzten Wochen passiert ist? Dieser Callum Panther –"

„Dad, ich würde ja gern noch ein wenig mit dir plaudern“, unterbrach sie ihn hastig. „Aber ich muss jetzt nach vorn.“

„Aber Callum Panther, er ist –“

„Es ist gleich Zeit für meine Rede“, kam sie ihm erneut dazwischen, denn sie wollte unter keinen Umständen mit ihrem Dad über Cal reden. Also ignorierte sie Richard Evans, der erneut den Mund öffnete, um Widerworte zu geben, und lief zur kleinen Bühne am anderen Ende des Raumes.

Ihr Herz wurde schwer, als sie die drei Stufen betrachtete, die hinaufführten.

Sie wollte die Rede in ihrer Handtasche überhaupt nicht halten. Denn darin würde sie verkünden müssen, dass sie keinen Prototyp mitgebracht hatte und die Drohne noch lange nicht fertig war. Und damit würde sie alle Menschen in diesem Raum verärgern.

Jap, so verbrachte sie doch gern ihren Freitagabend. Mit rüden Gesten und wütenden Blicken in ihre Richtung.

Sie warf einen Blick auf ihre Uhr, dessen Zeiger bereits viel zu nah an der Neun stand. Dann zog sie den Schwall Papier aus ihrer Handtasche, von dem sie gleich ablesen würde.

Sie hatte mit Callum eine Rede geschrieben, die fast vollkommen unbrauchbar geworden war, als sie herausgefunden hatte, dass die Drohne nicht funktionierte. Also hatte sie den ganzen Vormittag damit verbracht, eine neue zu schreiben. Das war gar nicht so einfach gewesen, da sie sich zwanghaft davon hatte abhalten müssen, Callum Panther als den größten Idioten des einundzwanzigsten Jahrhunderts zu beschreiben.

Doch das würden die Investoren nicht gerne hören, also hatte sie es gelassen.

Der Minutenzeiger rückte auf die Zwölf vor, und Lara atmete tief durch. Alle Leute in diesem Raum waren reicher und mächtiger als sie – und sie war die Dumme, die ihm erklären musste, dass ihr Geld noch keine Früchte getragen hatte. Ihr Job war noch nie so furchtbar gewesen. Selbst dann nicht, als eine Drohne in ihr Gesicht gekracht war. Dennoch streckte sie die Schultern durch, strich ihr dunkelgrünes Abendkleid glatt und stieg auf die Bühne hinauf. Sie nahm bereits die zweite Stufe, als jemand sie am Handgelenk zurückhielt.

Stirnrunzelnd wandte sie sich um ... und erstarrte.

„Es sollte nicht dein Job sein, diese Rede zu halten", murmelte Cal und zog sie die Stufen wieder hinunter.

Lara sah ihn mit offenem Mund an, während ihr Herz in ihrer Brust flatterte. Einige Sekunden lang war sie sich nicht sicher, ob sie sich ihn nur einbildete. Ob sie ihn so sehr hierhaben wollte, dass ihr Geist ihn heraufbeschworen hatte.

Doch seine Hand um ihr Gelenk war real. Sie konnte die Wärme seiner Berührung deutlich spüren.

Er trug wieder seinen Anzug. Hatte Kontaktlinsen eingesetzt, die Haare fachmännisch verstrubbelt. Er war so wunderschön, dass ihr das Atmen schwerfiel. „Was machst du hier?", würgte sie schließlich hervor.

„Ich tue das Richtige. Hoffe ich", meinte er und lockerte seinen Krawattenknoten. Im nächsten Moment lief er an ihr vorbei auf die Bühne. Lara starrte ihn an – so wie der Rest des Raumes. Köpfe drehten sich, Stoff raschelte, Gläser wurden auf Tischen abgestellt. Alle blickten entzückt zu Callum Panther hoch. Als wäre er Gott persönlich. Keiner von ihnen bekam mit, wie Callum nervös die Hände rang. Wie er sich den Schweiß aus dem Nacken strich. Wie sein Gesicht kalkweiß anlief.

Doch Lara bemerkte es. Sah jede noch so kleine Gefühlsregung, jedes nervöse Zucken. Denn Cal war nur halb so souverän und halb so unbeeindruckt von der Welt, wie sie zu Anfang gedacht hatte. Er verbarg seine Schwächen nur besser als die meisten anderen.

„Guten Abend", sagte er ins Mikrofon und seine Stimme hallte laut von Decke und Wänden wider. „Ich hatte eigentlich gar nicht vor, heute zu kommen. Ich hasse solche Events. Ich hasse Menschenmengen. Ich hasse es, Reden zu halten. Ich hasse es, Small Talk zu führen. Und am meisten hasse ich es, wenn Leute so tun, als würden sie mich mögen. Als wären sie beeindruckt von mir, nur weil sie in meiner Gunst stehen, etwas von meinem Geld abbekommen oder einfach nur erzählen wollen können, dass sie mit mir befreundet sind. Lara Evans ist keiner dieser Leute." Sein Blick huschte kurz zu ihr, bevor er sich räusperte. Ein kleines Lächeln zierte seine Züge. „Im Gegenteil. Sie hat mir nie das Gefühl gegeben, dass sie mich mag. Stattdessen hat sie mir zu verstehen gegeben, dass ich keinen Deut besser bin als all die anderen Idioten, die diese Welt bevölkern."

Die Zuschauer holten dramatisch Luft. Lara verdrehte die Augen und öffnete den Mund. Doch sie kam nicht dazu, sich zu verteidigen, denn Callum sprach bereits weiter.

„Und sie hatte recht", sagte er lauter. „Intelligenz schützt einen nicht davor, ein Idiot zu sein. Ich habe in den letzten Monaten ziemlich viel Zeit damit verbracht, sie anzulügen. Ihr den Job unmöglich zu machen. Mich zu weigern, ihr zu erzählen, wie weit ich mit meiner Arbeit war. Das tut mir aufrichtig leid. Aber ich war schlichtweg zu arrogant, um mir selbst einzugestehen, dass ich mich mit dem Zeitrahmen für meine Drohne grob verkalkuliert habe. Sie ist nicht mal ansatzweise fertig. Ich werde noch mindestens ein Jahr brauchen, um einen funktionsfähigen Prototyp zu bauen. Und ich werde", er seufzte schwer, „Hilfe brauchen. Mir die Meinung von anderen Ingenieuren einholen müssen. Es ist also nicht Laras Schuld, dass Sie in Sachen Drohne fehlinformiert waren. Es ist meine. Bitte entschuldigen Sie. Ich habe Ihre Zeit mit diesem Bankett verschwendet. Ich habe Personen, die ich liebe, verletzt. Und das alles nur, um vor mir selbst das Gesicht zu wahren und mir nicht eingestehen zu müssen, dass ich nur halb so klug bin, wie ich es gerne hätte." Er zog ernst die Augenbrauen zusammen. „Fassen wir noch einmal zusammen: Ich bin kein Genie. Ich bin ein Idiot. Vielen Dank für Ihre Aufmerksamkeit." Er nickte der Menge knapp zu, steckte das Mikrofon an seinen angestammten Platz und verließ die Bühne.

Eine gespenstische Stille legte sich über den Raum. Niemand sprach. Niemand lachte. Niemand wusste, wie er auf diese Ankündigung reagieren sollte.

Lara stand einfach nur da und sah mit wild klopfendem Herzen zu Cal hoch. Ihr Magen machte merkwürdige Dinge. Ihre Hände zitterten. Und Callums Worte hallten noch immer in ihrem Kopf wider. Es hatte sich nicht angehört, als hätte er sich bei dem Publikum entschuldigt. Es hatte sich angehört wie eine Entschuldigung, die nur ihr galt.

Einige Momente lang hörte sie nur Callums schwere Schritte auf den Holzstufen, dann, ganz langsam, fing jemand an zu klatschen. Lara ließ den Blick über die Menge schweifen und entdeckte ihren Vater, der mittlerweile auch durch die Zähne pfiff und ein paar weitere Leute mit seinem Applaus ansteckte.

Lara lachte unbeholfen auf. Sie hatten recht damit, zu klatschen. Solch brutale Ehrlichkeit verdiente begeisterte Jubelschreie. Leider bekam sie nicht mit, ob diese noch aufbrandeten.

Callum war die Aufmerksamkeit offenbar zu viel, denn sobald er den unteren Absatz erreicht hatte, griff er nach ihrer Hand und zog sie an der Wand entlang zur nächstbesten Tür.

Das Bankett fand in einem riesigen Hotel statt und der Flur, in den Cal sie nun bugsierte, sah nicht aus, als wäre er für Gäste gedacht.

Doch Lara hatte keine Kapazitäten in ihrem Kopf frei, um sich darum Gedanken zu machen. Sie konnte sich nur auf Cals warme Finger konzentrieren, die fest die ihren umschlossen, als hätte er Angst, sie zu verlieren.

„Das lief gut, findest du nicht?", murmelte er und bog um eine weitere Ecke, bevor er endlich stehen blieb.

Lara blinzelte und sah ihm in die Augen. „Keine Ahnung. Ich weiß nicht, was du erreichen wolltest."

Fahrig rieb er sich mit der freien Hand den Nacken. „Ich wollte ehrlich sein. Wollte, dass sie dich in Ruhe lassen. Wollte sagen, was ich zu sagen hatte."

Ein Lächeln zog an ihren Mundwinkeln. „Na dann … Doch, dann lief es gut. Deine Nachricht kam an.“

Unsicher sah er zu ihr hinab. „Ja?“

„Ja. Du bist ein Idiot. Das haben jetzt alle verstanden“, stellte sie fest und hob unschuldig die Augenbrauen.

Cal lachte leise und nahm nun auch ihre andere Hand. „Ist das alles, was du meiner Rede entnommen hast?“

„Ziemlich, ja“, bestätigte sie und nickte, während ihr Atem hektischer wurde, als Cal mit dem Daumen über die zarte Haut ihres Handgelenks strich.

„Was ist mit dem Teil, in dem ich erklärt habe, dass ich Menschen verletzt habe, die ich liebe?“

Sie schluckte den großen Kloß in ihrem Hals hinunter und hob die Schultern. „Den habe ich leider nicht ganz verstanden. Das wirst du mir noch mal genauer erklären müssen.“

„Ja, gut.“ Callum setzte einen fachmännisch sachlichen Gesichtsausdruck auf. „Also, diese Person, dich ich verletzt habe, die bist du“, erklärte er langsam.

„Ach. Wirklich?“

„Ja. Und es tut mir leid. Es war nie meine Absicht. Ich dachte, ich könnte dich vor einem gebrochenen Herzen bewahren, indem ich dir die Entscheidung, ob du mit mir zusammen sein willst oder nicht, abnehme … aber das war ein Fehler.“

Sie nickte, während ihr Magen einen Purzelbaum schlug. „Das war es“, bestätigte sie mit belegter Stimme.

„Ja. Ich hatte nur solche Angst, Lara.“ Er atmete zitternd ein. „Nicht genug zu sein. Ich kenne mich mit Maschinen und meiner Arbeit aus. Ich tue so, als wüsste ich immer, was jeder fühlt. Aber von Beziehungen habe ich keine Ahnung."

„Nein. Das stimmt nicht. Vom Kochen hast du keine Ahnung. Von Beziehungen hast du wenig Ahnung", korrigierte sie ihn mit wackligen Lippen.

Er lachte und schloss einen kurzen Augenblick lang die Augen. „Ja. Aber auch wenig Ahnung zu haben, ist beängstigend. Und meine Pläne werden sich nicht ändern. Ich will trotzdem diese Drohne zu Ende bauen. Ich will die Welt besser machen ... aber ich möchte auch mit dir zusammen sein. Also werde ich wohl einfach versuchen müssen, beides unter einen Hut zu bekommen, oder? Egal, wie schnell du dann herausfindest, wie dämlich ich in manchen Bereichen bin."

„Cal, mir ist egal, ob du ein Genie bist und die Welt rettest", flüsterte sie. „Ob du zu viel arbeitest. Du könntest dumm wie Brot sein. Solange du deinen Humor und dein Mitgefühl behältst, bin ich glücklich."

„Das sagst du jetzt. Aber was ist in einem Monat? Oder in einem Jahr?"

„Das sehen wir dann", murmelte sie und legte die Arme um ihn. „Wir wissen nicht, was innerhalb der nächsten Jahre passieren wird. Wie wir mit unseren Problemen klarkommen, sehen wir erst, wenn wir sie haben."

Cal atmete tief durch, doch er nickte. „Okay. Klingt nach einem Plan."

Sie schluckte und verschränkte die Hände hinter seinem Rücken. „Gut. Wenn du möchtest, kannst du jetzt noch etwas Kitschiges sagen", bot sie an. „Irgendetwas, was sie in den Liebesfilmen immer am Ende loswerden, die du laut deinem Internetdating-Steckbrief so gerne guckst.“

Seine Hände wanderten zu ihrem Gesicht und sacht fuhr er mit den Daumen über ihre Wangen. „Lara. Du bist mein Gegenstück. Meine Herausforderung. Der Funke, der mein Feuer zum Lodern bringt, und das Wasser, das mein erhitztes Gemüt löscht. Du machst alles kompliziert – doch ich will es gar nicht anders haben. Ich glaube immer noch, dass es ziemlich schwer ist, mit mir zusammen zu sein ... aber wenn es jemand schafft, es mit mir auszuhalten, dann bist du das. Die stärkste Frau, die ich kenne. Ich liebe dich.“

Eine Träne löste sich aus ihrem Augenwinkel und sie lachte. „Wer hätte das gedacht? Vielleicht bist du ja doch ein Genie“, wisperte sie und küsste ihn.

# Epilog

„Weißt du, als du Gartenparty gesagt hast, habe ich mit ein wenig mehr … Garten gerechnet,", meinte Callie stirnrunzelnd und sah sich in Callums Innenhof um. Der Metallschrott war beiseite geräumt worden, türmte sich aber immer noch an den Wänden, und sie konnte keine einzige Pflanze erkennen. Das hier war höchstens ein Garten für Roboter und rostige Schrottkarren.

Cal lächelte breit und legte einen Arm um ihre Schultern. Gott, es tat gut, ihren Bruder so glücklich zu sehen. Sie hatte sich innerhalb der letzten Monate wirklich Sorgen um ihn gemacht, aber seit Lara bei ihm eingezogen – und einfach nicht mehr ausgezogen – war, wirkte er meistens so entspannt und zufrieden, dass ihr das Herz aufging.

„Ich weiß gar nicht, was du hast", meinte er im Plauderton. „Ich habe Rasen gesät."

Sie schnaubte und sah zu ihren Füßen. „Du hast einen grünen Kunstteppich ausgelegt."

Grinsend sah er auf die abgetretenen Plastikhalme. „Hübsch, oder?"

„Nichts hier ist hübsch."

„Hey, das stimmt nicht", echauffierte er sich. „Ich hab eine Lichterkette aufgehängt." Er nickte gen Himmel.

Darüber konnte sie nur die Augen verdrehen. „*Du* hast eine Lichterkette aufgehängt?"

„Lara hat eine Lichterkette aufgehängt", korrigierte er sich. „Aber die ist schön, oder?"

Seufzend schüttelte sie den Kopf. „Du hast wirklich keine Ahnung, wie man eine Party schmeißt."

„Doch. Es gibt Bier und Fleisch", meinte Coop, der sich auf einen der rostigen Gartenstühle gefläzt hatte, die um einen billigen Plastiktisch drapiert worden waren. „Cal weiß halt, was wichtig ist."

Callum nickte zufrieden. „Siehst du? Hör auf Coop, während ich Lara beim Essenholen helfe."

Im nächsten Moment verschwand er in der Werkstatt.

„Na, kritisierst du die Inneneinrichtung deines Bruders?", wollte eine leise Stimme an ihrem Ohr wissen, bevor zwei starke Arme sie von hinten umschlangen.

„Ich habe sie nicht kritisiert", widersprach sie und neigte den Kopf, damit James ihren Nacken besser küssen konnte. „Ich habe lediglich angemerkt, dass das hier kaum eine *Garten*party ist."

„Gut, dann ist es eine Grillparty", schlug er vor und deutete zu dem schwarzen Standgrill, an dem Hannah stand ... und von dem beängstigend schwarzer Rauch aufstieg.

Coop schien das ebenfalls bemerkt zu haben, denn erschrocken sprang er auf und lief zu seiner Freundin. „Oh mein Gott", sagte er schockiert. „Du verbrennst sie, Hannah!"

Die Ärztin winkte ab. „Blödsinn. Ich brate sie kross."

„Das sind Steaks! Die sollen nicht kross werden!", rief Coop alarmiert, während die Tür zur Werkstatt aufging und Lara und Cal daraus hervortraten.

„Oh." Schuldbewusst sah Hannah zu Coop auf. „Na ja, wir haben noch genug anderes Essen", fügte sie dann hinzu und deutete zu den Schüsseln in den Armen der Neuankömmlinge.

Lara verzog das Gesicht und hob die Schultern. „Ähm ... also ... Ich hab Callum kochen lassen, weil ich dachte, dass er nur eine kulinarische Herausforderung braucht, um seine Kochfähigkeiten zu entdecken ..."

„... aber sie lag falsch", beendete Cal ihren Satz fröhlich, bevor er eine riesige Schüssel Kartoffelsalat auf den Tisch stellte. „Ich habe die Kartoffeln nicht lang genug gekocht und zu viel Senf reingemacht. Hat mir gerade die Nebenhöhlen weggeätzt."

„Aber er hat sich Mühe gegeben!", sagte Lara hastig und drückte seine Schulter.

„Mühe kann man nicht essen", rief Coop ungläubig.

„Hey!", beschwerte sich Lara. „Vielleicht schmeckt der Salat ja einem von euch ... Ich meine: Die Kartoffeln sind gerade genug durch, um nicht mehr giftig zu sein, und wie wichtig ist es schon, den Rest des Abends seine Zunge zu spüren?"

Hannah stöhnte. „Ich hab Hunger!"

James winkte ab. „Na, dann gibt es eben nur die Erdbeeren mit Schlagsahne, die ich mitgebracht habe. Die kann niemand versauen."

Cal und Lara wechselten einen langen Blick.

Callies Herz sank. „Oje. Ihr habt sie versaut, oder?", bemerkte sie seufzend.

Callum zog eine Grimasse. „Na ja, ganz ehrlich: Zucker und Salz sehen sich wirklich verboten ähnlich und woher soll ich wissen, dass man aufhören muss, Sahne zu schlagen, *bevor* sie klumpig wird?“

Ungläubig sah James ihn an. „Jedes Kind weiß das, Cal!“

„Mhm.“ Er zuckte die Achseln. „Nicht dieses Kind.“ Er deutete mit beiden Daumen auf sich selbst.

Lara versuchte, einen ernsten Gesichtsausdruck zu behalten, fing jedoch nach einer Minute an zu kichern.

„Wir haben Brot“, bot sie an und reckte die Schüssel in ihren Händen in die Höhe.

„Brot und Wasser. Was fürs Gefängnis reicht …“, meinte Cal unschuldig.

Coop schob seufzend ein schwarz-krosses Steak auf einen Teller. James sah aus, als wolle er anfangen zu weinen. Hannah reichte Coop den Ketchup. Und Callie lächelte so breit, dass es wehtat.

„Du kannst ihm keinen Vorwurf machen, James“, meinte sie entschuldigend und tätschelte seine Wange. „Unsere Erziehung ist daran schuld. Wir hatten einen Privatkoch.“

Er schnaubte und sah sie düster an. „*Du* kannst Sahne schlagen.“

„Ja, aber ich bin auch einfach sehr viel klüger als Cal“, meinte sie unschuldig.

„Ich kann auch Sahne schlagen!“, bemerkte Coop selbstgefällig.

Seufzend klopfte Hannah ihm auf die Schulter. „Darauf solltest du wirklich nicht allzu stolz sein, Süßer.“

Lara lachte, während die rostige Tür zum Innenhof aufging und Cole und Savannah eintraten.

„Hey“, sagte Savannah. „Sorry für die Verspätung. Wir hatten ...“ Sie blickte hastig zu Cole auf. „Eine kleine Auseinandersetzung.“

Den Satz ignorierte der älteste Panther geflissentlich. Er hatte nur Augen für den Grill. „Fantastisch. Ihr habt schon angefangen“, sagte er erleichtert. „Gott, ich verhungere gleich.“

Ausnahmslos alle fingen an zu lachen.

Irritiert sah ihr ältester Bruder zu Savannah, dann in die Runde. „Alles okay? Haben wir was verpasst?“

„Natürlich haben wir was verpasst“, bemerkte seine Ehefrau achselzuckend. „Und du bist schuld daran, dass wir zu spät sind. Es ist also nur fair, wenn du nicht alle Witze verstehst.“

„Du bist es, die mich nicht im Anzug hier aufkreuzen lassen wollte!“, sagte er ungläubig.

Verärgert schlug Savannah ihm gegen den Bauch. „Es ist Sonntag, Cole, und ich habe dir nicht umsonst Jeans gekauft! Wirklich, irgendwann stranguliere ich dich noch mal mit einer deiner blöden Krawatten!“

„Jaja, ich liebe dich auch“, meinte er knapp, auch wenn Callie deutlich sah, wie seine Mundwinkel zuckten. „Also? Seid ihr schon am Essen?“

„Jap.“ Callie lächelte breit. „Hättest du gern ein verbranntes Steak, rohen Kartoffelsalat oder Butter mit gesalzenen Erdbeeren?“

Cole kniff die Augen zusammen und legte eine Hand an die Stirn. „Oh, Shit. Cal hat gekocht.“

„Er muss es lernen!“, verteidigte Lara ihn sofort.

„Nein. Niemand, der siebzig Millionen Dollar auf seinem Konto hat, muss kochen lernen“, widersprach Coop. „Wenn man so verdammt reich ist, muss man nur gut im Bett sein. Denn für diese Aufgabe möchte man niemanden anstellen."

Hannah schloss die Augen und stöhnte leise. „Manchmal fasse ich einfach nicht, dass ich dich liebe", bemerkte sie wehleidig.

Cooper grinste und küsste sie auf die Wange. „Du tust es, weil ich so witzig und charmant bin – und gut im Bett."

„Mann", murmelte James und legte Callie abwesend die Hand in den Nacken. „Wo bin ich hier nur reingeraten? Weißt du, ich könnte jede Frau lieben. Jede. Aber ich musste mir ja eine aussuchen, deren Familie vollkommen durchgeknallt ist!"

Sie lachte leise und ließ sich gegen ihn sinken.

Ja, vielleicht hatten er und all die Klatschzeitschriften recht. Die Familie Panther war ein wenig verrückt. Definitiv verkorkst. Ihre Mitglieder außerdem ein wenig arrogant. Das Ego ihrer Brüder definitiv zu groß.

Aber alles in allem waren sie dennoch irgendwie ... normal. Und zurzeit sehr glücklich.

Sie lächelte.

Das war es doch, was zählte ... oder?